Gwyneth Cravens:
Herzmuster
Roman

Deutsch von Eva Bornemann

Klett-Cotta
im
Deutschen
Taschenbuch
Verlag

Für Dovie und Henry

Ungekürzte Ausgabe
Juni 1988
2. Auflage März 1991
Deutscher Taschenbuch Verlag GmbH & Co. KG,
München

Titel der amerikanischen Originalausgabe:
›Love and Work‹ (Alfred A. Knopf Inc., New York 1982)

Umschlaggestaltung: Celestino Piatti
Umschlagbild: Frank Olinsky (© 1987 Frank Olinsky)
Gesamtherstellung: C. H. Beck'sche Buchdruckerei,
Nördlingen
Printed in Germany · ISBN 3-423-10906-8

Das Buch

Angela ist genau das geworden, was sie nie hat werden wollen: ein Single in New York. Nach ihrer mißglückten Ehe verkündet sie lauthals, die Liebe gebe es nicht, es sei alles nur eine Frage der Konditionierung, und überhaupt sei für sie jetzt Schluß damit. Als sie sich jedoch bei Joe Bly, dem Redakteur eines Informationsblattes für Manager, um die ausgeschriebene Stelle als Assistentin bewirbt, ist es Liebe auf den ersten Blick. Joe hat in ihr seinen »Geisteszwilling« gefunden und sie in ihm »Denjenigen Welchen«. Doch die rosaroten Wölkchen halten nicht lange. Denn Joe, der ebenfalls eine Scheidung hinter sich hat, lebt mit Edith zusammen, »als Experiment« zwar, aber Angela kommt an dieser Realität nicht so richtig vorbei. Da nützt alles *I Ging* nichts. Gwyneth Cravens' Roman ist eine hinreißend unterhaltsame Studie über die berühmten »Beziehungskisten«, an denen »ständig gearbeitet wird, und zwar bevorzugt mit Hammer und Brechstange ... Eine Großstadtliebesgeschichte, humorvoll und unsentimental erzählt von einer Frau, die die therapiesüchtige, exaltierte New Yorker Szene nicht ohne Selbstironie und warmherzige Einfühlung genau beobachtet hat.« (Heiko Zupke in der ›Basler Zeitung‹)

Die Autorin

Gwyneth Cravens hat bisher vier Romane publiziert. Ihre journalistischen und kleineren erzählerischen Arbeiten sind im ›New Yorker‹, im ›New York Times Magazine‹ und in ›Harper's‹ erschienen. Die Autorin lebt in New York City.

1

Und was machen Sie beruflich? Diese Frage, die unweigerlich jedem gestellt wird, der in dieser Stadt unter Leute geht, ist für Angela Lee schon zum Ohrwurm geworden. Es gibt davon zwei Fassungen: »Und was machen Sie *beruflich*?« oder »Und was machen *Sie* so?« Im Laufe der letzten sieben Jahre in New York hat Angela viele nicht gerade enthusiastische Antworten gegeben – Inventarsachbearbeiterin, Teilzeitsekretärin, Archiv-Assistentin bei einem Schriftsteller und dergleichen –, und jetzt mischen sich die Antworten in ihrem Kopf wie die einzelnen Jobs und die jeweiligen Einstellungsgespräche. Zwar hätte sie bis vor vierzehn Tagen von sich sagen können, sie habe eine Ratgeberkolumne in einer Liebes-Comic-Serie, aber meistens antwortet sie nur: »Ach, nichts Besonderes.« Heute früh beim Zähneputzen, als sie in den Spiegel schaute, fragte eine Stimme in ihrem Kopf ganz unbeteiligt und wie von weither: »Und was ist dein Schicksal?«

Dabei glaubt sie gar nicht, so etwas wie ein Schicksal zu haben. Schicksal ist für Astrologen oder unglücklich Verliebte. Sie will einfach nur leben; sie ist davon überzeugt, daß man am besten gar nicht genau weiß, wieviel man auf dem Konto hat, es könnte ja weniger sein, als man denkt, und es ist ihr auch noch nie gelungen, eine Packung Cracker oder Frühstücksspeck entlang der punktierten Linie aufzureißen. Am liebsten würde sie zu Hause bleiben, Freunde besuchen, lesen oder Platten hören, wie sie es getan hat, seit sie ihre Kolumne an den Sohn des Herausgebers abgeben mußte – einen jungen Mann mit einer Vorliebe für weiße italienische Seidenhemden und Goldkettchen. Aber sie ist knapp bei Kasse, und deshalb muß sie möglichst mühelos ein paar Stunden des Tages zu Geld machen, für Miete, Lebensmittel und so.

Früher einmal wollte sie höher hinaus. Mit fünf Jahren zum Beispiel, als sie von ihrer Mutter in einer Wohnwagensiedlung in Gatch, New Mexico, lernte, wie man Spitzendeckchen säumt; damals meinte Angela, sie würde später dutzendweise Spitzendeckchen säumen und an Touristen verkaufen. Als sie alt genug war, die Anzeigen auf den Rückseiten ihrer Comic-Heftchen zu entziffern, sah sie sich als künftige Cloverine-Salben-Vertreterin. Was oder wieviel sie dabei verdienen würde, war nicht klar zu ersehen, immerhin winkten Prämien, darunter ein Chihuahua in einer Teetasse. In der Oberschule, als ihre Mitschülerinnen sich eine nach der anderen verlobten und sie nicht einmal einen festen Freund hatte, stellte sie vorübergehend das Lesen und Träumen ein, gerade lange genug, um ein Stipendium zu erlangen, das sie von Gatch weg und in die bundesstaatliche Universität bringen würde. Am College bekam sie weitere Stipendien und würde wahrscheinlich ihr Studium fortgesetzt haben, hätte Arthur Lee ihr nicht gleich bei ihrer ersten Verabredung einen Heiratsantrag gemacht. Da war sie neunzehn und er gerade vom Militär entlassen. Er hatte ein G. I.-Stipendium. Angela fand ihn attraktiv und sophisticated – nach bestandener Prüfung wollte er nach New York übersiedeln und vor seinem dreißigsten Lebensjahr eine Million Dollar machen. In New York ging die Ehe dann in die Brüche.

Heute, zwei Jahre nach der Scheidung und in einem Intervall zwischen Liebesaffären und Jobs, fühlt sie sich ausgeglichen. Die letzte Affäre ist endlich vergessen. Sie hat im vergangenen Monat ein schlimmes Ende genommen, und Angela hatte ihren Freundinnen daraufhin eröffnet: »Liebe gibt es nicht. Es ist nur eine Frage der Konditionierung. Für mich ist Schluß damit, und ich kann euch nur raten, es genauso zu machen.« Sie grübelt also weder über ihn noch sonst jemand. Es ist ein blendend heller Januarmorgen, der Boden unter Angelas Füßen hartgefroren wie Eisen; die Wolkenkratzer ragen hinter den kahlen Baumwipfeln in ein strahlendes Licht, das die Gesichter der Entgegenkommenden aufhellt und vertraut erscheinen läßt: als seien all die Kinder, Kindermädchen, Hundebesitzer, Männer und Frauen auf dem Weg zur Arbeit ihr schon jahrelang bekannt. Heute gleicht die Beleuchtung dem trockenen Licht über den Bergen von Gatch mit seinen tiefen und scharfen Schatten. Angela hat keine Angst, sie ist im Einklang mit ihrer Umgebung und mit sich im reinen: sie braucht nichts und niemanden, um sich glücklich und vollständig zu fühlen. Es genügt, die kalte, frische, nach etwas Süßem, Brennendem schmeckende Luft zu atmen.

Aber Luft allein genügt eben doch nicht. Sie braucht einen Job, und beim Gedanken an das bevorstehende Einstellungsgespräch wird ihr leicht beklommen um die Magengegend. Heute, denkt sie, wird es anders sein als sonst. Heute wird etwas geschehen.

Beim Verlassen des Parks überfällt sie ein derart starkes, rätselhaftes und wie aus dem Nichts kommendes Hochgefühl, daß sie an Erzählungen von Menschen denken muß, die, für tot gehalten und ins Leben zurückgekehrt, zum erstenmal empfinden, daß sie lebendig sind. Einen Moment lang überlegt sie, ob sie das Interview einfach sausen lassen und sich statt dessen im Museum eine Ausstellung mittelalterlicher Gobelins mit Einhörnern ansehen soll. Später wird sie sich an diesen Augenblick erinnern und ihn mit den Berichten von Leuten vergleichen, die, einer unerklärlichen Eingebung folgend, einen schon gebuchten Flug nicht nahmen und nachher erfuhren, daß die Maschine, mit der sie fliegen wollten, abgestürzt ist.

»Who do you love? Who do you love?« singt Bo Diddley mit kehliger Stimme. Joe Bly stellt das Radio lauter und wühlt in seiner Aktenmappe. Sie liegt auf dem Eßtisch neben einer leeren Chiantiflasche und zwei Tellern mit den verkrusteten Resten eines mit Käse überbackenen Makkaroniauflaufs. Er schiebt Unterlagen, Aktendeckel und Zeitungsausschnitte beiseite. Nein, heute kann er unmöglich ein Einstellungsgespräch führen. Die Zeit ist zu knapp, er hat zu viel zu tun. Wenn er das Bewerbungsschreiben von diesem Mädchen und ihre Telefonnummer findet, wird er sie anrufen und ihr absagen. Der Inhalt der Mappe ist total durcheinandergeraten; gestern abend hatte er ihr einen Fußtritt versetzt, daß die Papiere kreuz und quer in der Gegend herumflogen. Beißender Qualm durchzieht den Dachboden.

»Du läßt den Speck anbrennen!« schreit Edith Berk aus dem Schlafzimmer. Das ist ein rohgezimmerter, abgetrennter Verschlag am hinteren Ende des Dachbodens. »Hörst du nicht? Du läßt den Speck anbrennen!«

Er beißt sich auf den Schnurrbart, geht hinüber zum Herd und nimmt die Pfanne von der Gasflamme. Die verschrumpelten, verkohlten Speckstücke schwimmen in dem glibbrigen Fett. Wie üblich ist es auf dem Dachboden empfindlich kalt. Überall sind Heizkörper angebracht, an den Wänden und unter den Fenstern zur Straße. Manche müssen bald hundert Jahre alt sein. Sie sind mit schmiedeeisernen Blumen und Ranken verziert und mit unzähligen Schichten abblätternder Farbe bedeckt. Der Griff der Pfanne ist heiß, Joe setzt sie auf dem breiten Fensterbrett nahe dem Herd ab. Er hält die Pfanne mit dem Oberschenkel fest und öffnet ein Fenster, um den Qualm hinauszulassen.

»Who do you love? Who do you love?«

Sechs Minuten verloren, ohne zu wissen, wo sie geblieben sind. Vor zwei Wochen ist er dreißig geworden. Heute kann er unmöglich alles schaffen. Nichts klappt, und mit jeder Sekunde verrinnt sein Leben, das ist eine Tatsache. Der Text für das Informationsblatt ist noch nicht da, das Bulletin wird zu spät in Satz gehen, dann will sich das junge Mädchen heute vorstellen, was ihn noch mehr Zeit kosten wird. Dabei will er gar keine Teilzeit-Assistentin. Eine Person, die er nicht kennt, die er womöglich anlernen muß, mit der er dauernd zusammenarbeiten soll. Noch eine zusätzliche Verantwortung. Er kommt ohnehin kaum klar mit dem, was anfällt. Es wäre wirklich einfacher, auch künftig alles selber zu machen.

Fetzen von Wellpappe und Computerlochkarten wirbeln im Wind von den Verladedocks auf die Straße. Die Sonne steht fast genau über den rußgeschwärzten Ziegelfassaden der gegenüberliegenden Lagerhäuser mit ihren verschmierten Fenstern. Er hat kein sauberes Hemd, keine gewaschenen Socken, kein frisches Unterzeug mehr.

»Arlene took me by the hand, she said ›Oowee bo, you know I understand.‹ Who do you love? Who do you love?«

»Mir geht gerade etwas auf!« Ediths Stimme ist ungeduldig. Joe fährt zusammen. Neun Monate leben sie auf dem Dachboden miteinander und immer noch schrickt er zusammen, wenn sie mit ihren hartbesohlten Stiefeln über die Ahorndielen trampelt. »Den Speck, den hast du unbewußt anbrennen lassen, weil du mit dem Frühstück dran bist, dich aber vor deiner Verantwortung drücken und vor ihr weglaufen willst.« Beim Gehen schreit sie fast. Sie stammt aus einer Familie von Schreihälsen und glaubt, schreien sei normal und nützlich. Inzwischen ist sie in der Mitte des riesigen, leeren Raumes angelangt. Er ist spärlich mit einem weißen Sofa, einer Stereoanlage und einem Flokati möbliert. Nur wenn sie Besuch haben oder wenn Ediths Frauengruppe kommt, wird dieser Bereich benutzt. Sie schaltet das Radio ab. »Du hast das Fenster offengelassen«, sagt sie.

Je näher sie kommt, desto mehr verkrampfen sich Joes

Rückenmuskeln. Er knallt das Fenster zu, wünscht, er könne sich ganz zusammenkringeln und verschwinden. Sein Leben vergeht wie ein Traum. Ereignisse, Menschen, Dinge, alles stößt ihm einfach zu. Nachdem seine Frau Lucy samt dem Baby zu Joes bestem Freund gezogen war, hatte er sich geschworen, nie wieder mit einer Frau zusammenzuleben. Weltenbummler wollte er werden, Einsiedler, Zen-Mönch, Eremit auf dem Berge Athos. Und nun ist diese Frau hier, kommt dahergestapft und schreit etwas von angebranntem Speck, offengelassenen Fenstern und seinem Unbewußten. Er holt tief Luft und will gerade ankündigen, daß all dies aufhören muß, daß er das, was er vor ein paar Wochen gesagt hat, auch ernst gemeint hat und daß er von Anfang an nicht beabsichtigt hatte, mit ihr zusammenzuziehen.

»Mama hat gestern wirklich deprimiert geklungen.« Ediths Stimme ist plötzlich weich und gütig geworden. »Du weißt schon, was ich meine. Sie behauptet immer, es geht ihr gut. Warum ruft sie dann jeden Tag an, nur um mir zu sagen: ›Ich wollte dir nur sagen, es geht mir gut‹?«

»Ich bin schon spät dran«, sagt Joe.

»Vergiß deine Vitamintabletten nicht.«

Sie bewegen sich umeinander wie Menschen, die nicht im Dunkeln über Stühle stolpern wollen. Edith steuert die Küche an, Joe das Schlafzimmer.

»In der Mittagspause gehe ich mit Lois in ein Möbellager, wo es Eames-Sessel gibt«, ruft sie ihm nach. »Und heute abend habe ich meinen Kurs. Denk also daran, Gemüse fürs Abendessen zu besorgen.«

Edith arbeitet sechs Tage in der Woche als Geschäftsführerin einer stark frequentierten Abtreibungsklinik im Stadtteil Queens und besucht außerdem noch Abendkurse in Betriebswirtschaft. Seit Joe erklärt hat, er bezweifle, daß sie zusammenbleiben sollen, konsultiert sie auch eine Psychotherapeutin, die Lois, die Leiterin der Klinik, ihr empfohlen hat. Nach den Sitzungen ist Edith jedesmal sehr aufgekratzt und berichtet Joe in den darauffolgenden Tagen ausführlich über ihre neu gewonnenen Erkenntnisse. Zum Beispiel, daß Joe von seiner Firma und seinem Chef ausgenützt wird. Daß er überarbeitet ist und diese Tatsache sich nachteilig auf ihre Beziehung auswirkt. Daß er glücklicher wäre, wenn er nicht so viele Verpflichtungen hätte. Daß er sich doch bitte ebenfalls therapieren lassen möge. Daß er doch nicht immerzu wie ein Besessener arbeiten soll. Daß er offener, interessierter sein soll. Dann würde er glücklich sein. Und wenn er glücklich wäre, wäre auch sie glücklich. Sie will ihm so gerne bei seinen Problemen helfen. Es war ihr Vorschlag gewesen, daß er einen Assistenten engagiert, und sie hat ihn auch überredet, seinen Chef zu bitten, jemanden einzustellen. Wenn Joe erst eine tüchtige rechte Hand bei der Arbeit haben wird, werden Edith und Joe viel mehr Zeit haben, an ihrer eigenen Beziehung zu arbeiten.

Sie hat erkannt, daß einfach so zusammenzuleben bloß etwas für psychologisch Zurückgebliebene ist; an einer echten Beziehung muß man dauernd arbeiten. Aber Joe hat kein Interesse an einer derartigen Arbeit, besonders nicht spät abends oder morgens früh – seine einzige freie Zeit –, und weil seine Trägheit sie zur Weißglut bringt, hat sie ihm vorgeworfen, er wolle sich nur nicht festlegen wegen seiner ungelösten Probleme. Weil Joe inzwischen erkannt hat, daß er sich selber nicht kennt – ein Teil von ihm ist offenbar damit beschäftigt, Abschlüsse zu tätigen und Versprechungen zu machen, die sein anderer Teil anständigerweise einhalten muß –, fürchtet er, daß ihre Behauptungen wahr sein könnten.

Die Therapeutin zum Beispiel hat gemeint, Edith könne Joe bei der Arbeit an ihrer Beziehung helfen, indem sie alles miteinander teilten. Indem sie miteinander teilten, was in ihren jeweiligen Jobs passiere. Indem sie sich die Hausarbeit teilten. Meist bringt Joc abends noch Arbeit mit nach Hause und hat deshalb wenig Zeit, die Tagesereignisse mit Edith zu teilen, doch ist er einverstanden, jede zweite Woche den Einkauf zu übernehmen, zu kochen und die Wäsche wegzubringen. Bis jetzt hat Edith das meiste davon erledigt.

»Soll ich auch die Ottomane kaufen, die zu dem Eames-Sessel gehört?« ruft sie aus der Küche. »Ich denke doch«, beantwortet sie ihre Frage und redet weiter, aber er hört nicht hin.

Mitten im Raum bleibt er stehen, umgeben von kalter Leere. Er weiß nicht mehr, wohin er gehen oder was er tun wollte. Er starrt auf das verrußte Dachfenster.

Sehnsucht überfällt ihn, die Sehnsucht nach einem gänzlich anderen Leben, in dem all die disparaten Teile seines Selbst zusammengebracht würden, einem Leben, das nicht ein bloßes Dahintreiben wäre, einem Leben, das er unbedingt kennenlernen muß, bevor er stirbt. Er spürt es in der Magengrube, in den Armen und Fingerspitzen, in der Luft um ihn herum. Er weiß genau, sollte sich eine Chance für die Erfüllung dieses Wunsches bieten, wird er sie mit beiden Händen ergreifen.

Die Starr Whorf Corporation umfaßt mehrere Etagen eines neuen Wolkenkratzers, der einem Arzneischrank ähnelt. Joe Blys Büro im 17. Stock gleicht einem engen, unordentlichen Zugabteil mit einem Fenster an der Schmalseite. Überall Bücher, in Stapeln oder achtlos in Regale gestopft. Auf dem Teppich Haufen von Zeitungen und Zeitschriften, ein Tisch, auf dem sich Akten und Ausschnitte türmen. Auf dem besonnten Fensterbrett eine leere grüne Weinflasche. Über dem Schreibtisch ein schwarzes Brett mit Merkzetteln, Telefonnotizen und zwei Negativen.

Als Belinda, die Empfangsdame, Angela hereinführt, sitzt Joe über den Schreibtisch gebeugt. Angela bleibt auf der Schwelle stehen. Nur seinen Rücken kann sie sehen, und der ist breit. Er trägt ein zerknittertes, ausgeblichenes blaues Hemd, die Ärmel hochgekrempelt. Sehr gut. Wenn er nicht im Anzug ins Büro kommt, braucht sie auch keine Kleider oder irgendwelche aufwendigen Klamotten zu tragen, zu denen unbequeme Schuhe und Strümpfe gehören und die chemisch gereinigt oder gebügelt werden müssen.

Als er sich umdreht, sie zu begrüßen, scheint er überrascht. Ist sie zu früh gekommen? Die Überraschung steht hauptsächlich in seinen Augen, und die sind grün. Ein dichter Bart umrahmt sein Kinn, was ihm etwas von einem Banditen oder Sheriff auf einer alten Wildwest-Daguerreotypie gibt. Etwa wie Wyatt Earp. Seine Stirn ist breit und steil, sein Mund eine Spur verkniffen, die Nase gerade. Das hellbraune Haar trägt er ziemlich lang, es bedeckt die Ohren und reicht bis auf den ungebügelten Hemdkragen. Er ist stämmig, vielleicht ein wenig übergewichtig. Schade. Gewiß, er sieht gut aus, aber ihr sind schlanke Männer lieber. Er hat muskulöse Arme und wirkt stabil, mit beiden Beinen auf der Erde. Als er aufsteht und ihr die Hand hinstreckt, stößt er seinen Schreibtischstuhl um.

Er wird rot, blickt Angela an, dann den Stuhl, dann wieder ihre ausgestreckte Hand und weiß nicht, ob er zuerst den Stuhl aufheben oder Angela die Hand geben soll. Er denkt:

mein Gott. Sie steht reglos, den Kopf ein wenig zur Seite geneigt, lächelt süß und eine Spur belustigt. Ihr üppiges Haar schimmert rötlich-golden im Sonnenlicht. Augen, Brauen und Haare haben dieselbe Farbe.

»Oh – mmm – mm –« Das leichte Stottern, das er bereits als Halbwüchsiger überwunden hat, kommt wieder. Er weiß nicht, soll er sie nun »Miss« oder »Mrs.« anreden? Ihr Lebenslauf sagt »geschieden«.

Das Büro ist so eng, und er steht so nahe vor ihr, daß ihr etwas schwindlig wird, als würde sie eingesogen in einen Strudel von Intimität. Weshalb starrt er sie so an? Stimmt etwas nicht?

Er spricht nun sehr rasch, mit einer Stimme, die kaum lauter als ein Flüstern ist. Macht er einen Moment Pause, antwortet sie leise und zögernd, und er hört die Sprachmelodie des Westens heraus. Er spürt ihre Stimme in seiner Brust, und er, der sich nur selten an Vergangenes erinnert, sieht sich plötzlich auf einer Baustelle in Montana an einem hellen, heißen Sommertag vor seinem letzten Studienjahr.

Sie weiß, ihre Lippen bewegen sich; sie spricht. Aber sie hört weder dem zu, was sie selber sagt, noch dem, was er sagt. Es kommt ihr vor, als täten sie nur so, als redeten sie miteinander, ihr ist, als seien sie Filmdarsteller in einer langen Einstellung, die der Regisseur ohne Ton aufnimmt, und bewegten die Lippen nur zum Schein.

Ein in beiden schlummerndes Wesen ist plötzlich erwacht: Sie betrachten einander grenzenlos verblüfft.

Endlich gelingt es ihr, die eigene Stimme wieder zu vernehmen, aber was sie hört, ist Unsinn. Sie unterbricht sich. So bewirbt man sich nicht um einen Job. Sie sieht schon seinen Bericht an die Stellenvermittlung vor sich: »Bitte schicken Sie mir das nächstemal jemand Zurechnungsfähigen.«

Sind wir uns nicht schon einmal begegnet, fragt er beinahe, hebt statt dessen aber den umgestoßenen Stuhl auf. Dabei bemerkt er ihr Kleid, es ist recht lang, ein hübsches Rot. »Würden Sie ... wollen wir zusammen mittagessen? Es ist zwar noch etwas früh, aber ...«

Sie lächelt, ein schiefes Lächeln, von links unten nach rechts oben – sie hat ebenmäßige weiße Zähne und volle Lippen. »Gern.«

Erst im Fahrstuhl fällt ihm ein, daß er zum Essen mit

einem Anwalt von Dupont verabredet ist, eine Ausgabe des Informationsblattes soll sich mit dem Aktienrecht befassen. Angela duftet kaum merklich nach Rosen. Ihr Haar fällt in dichten Wellen über den Mantelkragen; er möchte es streicheln. Sie fahren wieder hinauf in den 17. Stock, und er bittet Belinda, seine Verabredung mit dem Dupont-Mann abzusagen.

Joe geht mit Angela in das nächstgelegene, schummrige Restaurant; es hat eine dunkle Kunststofftäfelung und Styroporbalken und soll einem englischen Pub ähneln. Sie setzen sich in eine Nische und bestellen Ale vom Faß und Devonburgers.

Sie bringt nur ein paar Bissen herunter. Er ißt alles auf und fühlt sich immer noch ausgehungert. Er zwingt sich dazu, sie nicht fortwährend anzustarren, ihre langen schmalen Finger, die Linie ihres Schlüsselbeins, den Leberfleck auf ihrer Wange, ihre glatte Stirn. Er möchte sie umarmen, sie erobern, seine Flagge auf ihr Territorium pflanzen – all das, natürlich. Aber da ist noch etwas anderes neben seiner Faszination. In einer Kammer seines Herzens vibriert es. Sein Körper ist nach langer Abwesenheit zu ihm zurückgekehrt, er sieht alles mit neuen Augen. Und in diese Flut von Empfindungen und Eindrücken mischt sich Furcht. Ganz förmlich erklärt er ihr, um was es sich bei ihrer zukünftigen Aufgabe handelt.

Später wird sie sich nur daran erinnern, daß er sagte, Starr Whorf stelle Kartoffelchips her und Katzenaugen zur Straßenmarkierung und Dutzende anderer Dinge, von denen sie nicht geahnt hat, daß so was überhaupt hergestellt wird, und daß Starr Whorf überdies Mitteilungsblätter herausbringe – die meisten technischer Art. Joes Bulletin richte sich an Manager und Leitende Angestellte, es sei jedoch eine Ausnahme, und zwar aus folgenden Gründen ...

Sie schaut auf seinen Mund. Seine Zähne stehen ungleichmäßig. Weshalb haben seine Eltern das nicht regulieren lassen? Sie schaut auf seine Schultern, die er beim Reden bewegt. Das Hemd spannt – es hält ihn kaum zusammen. Zwischen den Knöpfen kann sie seine behaarte Brust sehen. Irgendwo zwischen Brust und Bauch hat er eine mächtige Energiequelle: sie kann die Hitze spüren. Nach dem Essen raucht er eine Zigarette, sie riecht den Tabak in seinem Atem. Sie überlegt, ob sie ihn küssen soll.

Er erkundigt sich nach ihrer Berufserfahrung.

»Glauben Sie nicht, was in meiner Bewerbung steht – das ist alles nicht wirklich«, sagt sie. »Das heißt, die Fakten stimmen schon, ich war auf dem College, natürlich, aber es ist spurlos an mir vorübergegangen. Meine Devise ist immer gewesen: nur das tun, was mir Spaß macht, und wenn der Spaß aufhört, etwas Neues anfangen.«

Er versichert ihr, daß dieser Job ihr eine Menge Spaß machen werde. Was er meint ist, daß die Arbeit mit ihr ihm eine Menge Spaß machen wird. Während er ihrer Stimme lauscht und ihr unvermittelt aufblitzendes Lächeln bewundert, wünscht er sehnlich, ihm möge ein Wort einfallen, das Vibrieren in seinem Herzen gäbe ihm ein Wort ein, das er ihr sagen könnte und das genau das richtige wäre. Er möchte sie fragen, ob sie fühlt, was er fühlt. Er möchte wissen, ob sie ebenfalls meint, daß das, was soeben passiert, ganz außerordentlich und unerwartet ist.

Sie sagt, sie habe im Nebenfach Mythologie studiert, und erzählt ihm eine Geschichte, daß Elefanten ehedem Wolken waren und nun leider auf der Erde zu wandeln gezwungen seien. Sie erzählt, sie habe als Briefkastentante für diesen Liebes-Comic mal eine Spalte mit dem Titel »Sind Sie ein Vamp? Testen Sie sich selbst!« geschrieben. Sie erzählt, daß in Träumen die Dinge von selbst leuchten, statt Licht zu reflektieren, wie es der Fall ist, wenn der Mensch wach ist. Sie erzählt von einer gespenstischen Reise in einem mexikanischen Bus mit dem Aufkleber »Führe Mich O Herr Denn Ich Bin Blind«. Sie erzählt, sie beabsichtige, sich in Tibet niederzulassen, ein Zen-Kloster tue es aber auch.

Drei Stunden später verabschieden sie sich an einer Straßenecke voneinander. Der eisige Wind bläst ihnen wechselweise Angelas lange Haare ins Gesicht. Er nimmt ihre Hände und drückt sie fest. Vielleicht kann er ihr auf diese Art seine Botschaft übermitteln. »Seit langem habe ich mich nicht so gut und optimistisch gefühlt«, sagt er. »Wegen des Infos«, fügt er rasch hinzu. Dann drückt er ihre schmalen Hände noch einmal, mit all der Kraft, die er lieber aufgewendet hätte, Angela hochzuheben und zur nächstbesten horizontalen Unterlage zu tragen.

»Haben Sie ein Motorrad?« Möglicherweise, denkt sie, hat er eins, denn alle Jungen in Gatch, die eins hatten, trugen ihre Armbanduhren so wie er, mit dem Zifferblatt nach unten. Dann konnten sie die Zeit ablesen, ohne ihre Motorräder umzuwerfen.

»Ja! Ich hatte eine BMW! Erst letzten Monat habe ich sie verkauft.« Später wird ihre Intuition ihm wie ein Wunder erscheinen, aber jetzt, da sie in das helle Licht blinzeln und einander bei den Händen halten, paßt sie genau ins Bild.

Sie schüttelt den Kopf und sieht enttäuscht aus. »Schade.« Hätte er es noch gehabt, würde sie ihn gebeten haben, mit ihr über Land zu fahren. Sie würde sich hinter ihn auf den Sitz schwingen, und los ging's – auf und davon. »Leider habe ich es verkauft.«

Sie stehen an der Straßenecke. Endlich bedankt sie sich für den Lunch und geht.

Sie ist schon fast zu Hause, als ihr einfällt, daß er ihr weder die Stelle angeboten noch auch nur ein Exemplar des Informationsblattes gezeigt hat. Was soll's: Sie haben dieselbe Wellenlänge. Sie ist froh, daß sie sich begegnet sind. Sie hat doch gleich geahnt, daß heute etwas Besonderes geschehen würde.

Joe liest Angelas Lebenslauf mehrmals durch. Es gibt sie also wirklich. Die maschinengeschriebenen Zeilen sind wie ein Code. Familienstand: geschieden. Was für eine nüchterne Art, Monate, Jahre häuslicher Qual zusammenzufassen, all die fürchterlichen Nächte, die niemandem erspart bleiben. Keine Privatschulen, Gatch, New Mexico. Gatch? Und die Stipendien, die vielen College-Auszeichnungen – sie muß auf dem besten Wege zu akademischen Würden gewesen sein, bevor sie heiratete.

»Hast du eine Assistentin gefunden, Bly?« Harrison Bolt Hallowell Goodhugh, kurz »Buff« genannt, füllt fast den Türrahmen aus. Er trägt einen ausgebeulten, zerknitterten grauen Anzug, weißes Hemd und die gestreifte Krawatte seiner Studentenverbindung. Es ist auch Joes Verbindung, nur daß Joe all seine College-Krawatten mitsamt seinen Anzügen der Putzfrau geschenkt hat, am Tag, als er den Job bei der Universitätspresse aufgab, das Haus seiner Frau und seinem ehemals besten Freund überließ und nach Europa abreiste.

Goodhugh, Nachfahre eines Präsidenten, eines Obersten Bundesrichters und des Gründers einer der besseren Bankhäuser Amerikas, ist der Chef der Abteilung Info-Dienste bei Starr Whorf. Eigentlich hat er es nicht nötig zu arbeiten, aber er glaubt es seinen Talenten schuldig zu sein – er war Chefredakteur des Campusmagazins –, Vernunft und Kultur in die Welt des Handels und der Industrie zu bringen. Er sieht in Joe eine jüngere, unerfahrene Ausgabe seiner selbst, jemanden, den er formen und heranziehen kann.

»Ich – ich glaube –«, fängt Joe an. »Ich habe heute mit einer – hmm – Person – ein Gespräch gehabt, die recht qualifiziert scheint.«

Goodhugh runzelt eine Braue und zwinkert in der Manier eines blasierten Roués. »Ich habe euch zufällig beim *déjeuner* beobachtet, Bly.« Dabei lehnt er sich schlaff gegen den ächzenden Türrahmen. »Das muß ja eine anregende Unterhaltung gewesen sein. Ich bin nämlich an euren Tisch gekommen und habe dich angesprochen, dir auch auf die Schultern getippt.«

»Ach nein.« Joe schüttelt den Kopf. »Tut mir leid, ich habe es gar nicht bemerkt.«

»Die junge Dame auch nicht.«

»Wir haben eingehend über das Informationsblatt gesprochen. Sie hat eine Menge guter Ideen.« Joe fügt noch eine Formel aus Studententagen an, um etwas Raum zu gewinnen. »Will mir scheinen.«

»Will dir scheinen«, wiederholt Goodhugh. »Denk dran, Bly, Frauen sind immer bloß Frauen.«

Joe will sich nicht seine fabelhafte Stimmung verderben lassen. Er nimmt einen Bleistift zur Hand und wendet sich wieder Angelas Lebenslauf zu, und Buff – nicht der Mann, andere Leute an der Arbeit zu hindern – verabschiedet sich mit einer Handbewegung.

Joe geht in die Kantine und trifft dort Belinda Ayers, die Dame vom Empfang. Sie ist hochgewachsen und schlank wie eine Ibo-Skulptur, trägt einen imposanten Afrohaarschnitt und hat hellbraune Augen. Nebenbei macht sie ihren Magister in Psychologie. Er umarmt sie kurz. »Du siehst ja zur Abwechslung mal richtig glücklich aus«, sagt sie erstaunt. »Was ist denn schiefgegangen?«

»Ich habe meinen Geisteszwilling gefunden.« Und schon bedauert er, es gesagt zu haben.

An diesem Abend geht Joe zu Fuß nach Hause. Er trägt eine prallgefüllte Aktenmappe und lächelt vor sich hin. Es ist ihm oft aufgefallen, daß Menschen auf der Straße vor sich hinlächeln. Er hat sie für schwachsinnig gehalten. Jetzt weiß er, daß es vielleicht noch einen anderen Grund gibt. Sie können wohl nicht anders. Dieses Wesen, das da plötzlich Form und Gestalt angenommen hat, ist der Grund für sein Lächeln. Ich kann nichts dafür, meint er jenen mißmutigen, vor dem Feinkostladen an der Straßenecke bedrohlich herumlungernden Jugendlichen erklären zu sollen. Nun gut, bin ich eben schwachsinnig.

Er schließt die schwere Eisentür auf, pfeift *»Who do you love?«* und betritt das Speicher-Atelier.

Eine irgendwie fremde Stimme bringt ihn aus dem Takt. »Wer hat *dich* denn aufgezogen?«

Edith. Natürlich ist es nur Edith, die gerade die Kühlschranktür weit geöffnet hält. Er bleibt stehen und sieht sich um. Hier lebe ich also, denkt er. An diesem merkwürdigen Ort, auf diesem Planeten. Und jene Person am entgegengesetzten Ende des Raumes ist noch ein Menschenkind, eine Frau namens Edith, die ebenfalls hier lebt. Wie seltsam! Was will ich hier? Wie ist das alles passiert?

»Es ist eiskalt, und warmes Wasser gibt es auch keins«, sagt sie.

Meist wirft er, sowie er nach Hause kommt, seine Aktenmappe auf den langen Eßtisch, schenkt sich ein Glas Wein oder einen Whisky ein und läßt sich auf einen Stuhl fallen. Heute abend stellt er die Mappe auf den Fußboden neben der Tür und geht in die Mitte des Speichers. Er erinnert sich, welches Gefühl ihn heute morgen genau an dieser Stelle überkommen hat. Er blickt hinauf zum Dachfenster und geht langsam auf Edith zu. Sie spricht weiter und öffnet und schließt Schränke. Während er sie ansieht – das erstemal seit langer Zeit –, fällt ihm auf, daß sie sich verändert hat. Als sie sich kennenlernten, trug sie ihr Haar glatt aus dem schmalen Gesicht gekämmt, zu einem langen, seidigen Zopf geflochten. Mit ihrer scharf geschnittenen Nase und ihren durchdringenden dunklen Augen erinnerte sie ihn an einen Indianerhäuptling. Damals hatte sie eine beruhigende Art, sich geschmeidig, anmutig und ungezwungen zu bewegen. Heute trägt sie die Haare kurzgeschnitten und kraus. Wann hat sie das machen lassen? Um ihren Mund haben sich Falten gebildet. Aus der Art, wie sie die Schranktüren zuschlägt, entnimmt er, daß sie bemüht ist, ihm keine Vorwürfe zu machen, und die Art, wie sie die Lippen gegen die Zähne preßt, sagt ihm genug von dem, was sie versucht, ihm nicht zu sagen. Edith macht ihn ganz krank; immer erwartet sie, daß das Universum einen Sinn ergibt, und wenn es das ausnahmsweise nicht tut, was ihm generell so vorkommt, fühlt sie sich sofort bemüßigt, die Dinge zurechtzurücken.

»Es ist kein Gemüse da.« Sie zieht die Brauen hoch, ihr Ton ist von übertriebener Liebenswürdigkeit.

Eine Ahnung von dem Ausmaß ihres gemeinsam begangenen Fehlers überfällt ihn. Sie waren sich begegnet, als er durch Griechenland reiste, und er fühlte sich sicher mit ihr. Jetzt auf einmal will sie die große Karriere, einen richtigen Ehemann – keinen zufällig im Hause wohnenden Durchreisenden –, zwei Kinder, die im Alter etwa vier Jahre auseinanderliegen, eine schicke Wohnung oder ein repräsentatives Stadthaus – keinen zugigen Fabrikspeicher, noch dazu in einer verkommenen Gegend. Und sie will ein solide konstruiertes Auto, ausländisches Fabrikat, und ein Wochenendhaus auf dem Lande. Joe will nichts von alledem. Er hat eine richtige Ehefrau gehabt, einen Sohn, ein repräsentatives Haus, ein solide konstruiertes Auto, ausländisches Fabrikat. Aber das ist nun alles vorbei. Er legt Edith die Hand um die Schulter und fühlt ihre spitzen Knochen unter dem Pullover, als sie wieder die Kühlschranktür öffnet.

Die Kälte des Speichers, das fehlende Gemüse und sein verspätetes Nachhausekommen – alles beweist seine Nachlässigkeit. Er hat die Fenster nicht wie versprochen abgedichtet, er hat den Hauswirt nicht wegen der Heizung angerufen, er –

»Es tut mir leid, Eed. Ich geh sofort und hol Gemüse.«

»Wahrscheinlich hat doch kein Laden mehr auf.« Sie ringt sich ein Lächeln ab und schüttelt den Kopf.

»Ich werde schon einen finden, der noch offen hat.«

Er ist froh, wieder draußen zu sein. Zunächst steuert er den Supermarkt ein paar Straßenblöcke weiter an und beeilt sich dabei, wie all die anderen Fußgänger, die allerdings nach Hause streben, einem heimelig-warmen, bernsteinfarben erleuchteten Intérieur entgegen. Doch dann erinnert er sich an den Duft von Angela, und seine Schritte verlangsamen sich.

Rosen – ein Geruch, so besonders und eindringlich, daß sich seine Lippen spannen und sein Mund feucht wird. Wie sie sich wohl anfühlt? Fast weiß er es. Er hat zwar ihre Beine nicht sehen können, sie trug ein längeres Kleid und Stiefel, aber er weiß, daß sie lang und wohlgeformt und glatt unter seinen Handflächen sein werden. Heute abend weiß er überhaupt fast alles: Er wird bald etwas erleben, etwas Neues, ganz und gar Ungewöhnliches, etwas, das er um ein Haar vielleicht niemals erfahren hätte.

Als er an einer Telefonzelle vorbeikommt, gleitet seine Hand wie von selbst in die Manteltasche, und seine Finger reiben eine geriffelte Münze; plötzlich hat er Angst. Was soll er ihr sagen? Angela, zum erstenmal in meinem Leben glaube ich – mir ist plötzlich eingefallen, daß ich –; Ich möchte –. Still vor sich hinlächelnd, ohne Zweifel idiotisch, entfernt er sich aus dem Kräftefeld des Münzfernsprechers. Er muß Angela gar nichts sagen, sie weiß. Die Straßen heute abend sind voll von schönen Frauen mit langem Haar, aber keine hat Angelas schwebende, fließende, ins Goldene schimmernde Wellen.

Er bleibt vor dem Schaufenster eines Blumenladens stehen und starrt in den lavendelfarbenen Lichtwürfel, auf Stapel von Blumentöpfen, blaßgrüne, aus flachen, mit Kieselsteinen gefüllten Schalen ragende Blattspitzen, auf kleine Miniaturbäumchen mit glänzenden, dunkelgrünen Blättern und rosa Blütendolden. Eine Welt, die er so unmittelbar nie zuvor bemerkt und die doch immer an der Peripherie seines Bewußtseins gewartet hat. Angela hat eine kehlige Stimme. Sie hätte beim Essen das Einmaleins herleiern können, er hätte gebannt gelauscht. Er tritt in den Laden, in die treibhauswarme, süßliche, vom Geruch wachsender Pflanzen erfüllte Luft, und ersteht eine Topfpflanze mit roten, glockenförmigen Blüten. Die griechische Verkäuferin sagt, es sei eine Gloxinie und sie vertrage kein direktes Licht.

Behutsam trägt er das lebendige, in Seidenpapier eingewickelte Ding im Arm. Der Winter ist lang und eintönig gewesen; nur mit Mühe hat er alles am Laufen gehalten – zwischen endlosen nächtlichen Gesprächen mit Edith, die nichts brachten, und unendlicher Plackerei im Büro. Er hat gute Ideen, aber bis jetzt hat niemand ihm geholfen, sie in die Tat umzusetzen. Seine Zeit wird aufgefressen von Sitzungen und Telefonaten. Doch nun glaubt er das Herannahen des Frühlings zu spüren, obwohl erst Januar ist.

Ihre Telefonnummer hat er sich mit einem einzigen Blick eingeprägt. Manchmal gelingt ihm das – er braucht etwas nur einmal anzusehen, um es nie wieder zu vergessen. Das ist merkwürdig, denn er kann sich kaum an die eigene Kindheit erinnern – eines seiner Probleme, sagt Edith. Angelas Nummer ist sofort in seine Gehirnzellen gedrungen – Zellen, die nie eine andere Information speichern werden. Diese Nummer hat eine Aura und einen Sog, die ihn magisch zu jeder Telefonzelle ziehen. Auf der Straßenseite gegenüber dem Fabrikgebäude aus roten Ziegeln, in dem er wohnt, geht er in eine hinein, stellt den Topf mit der Pflanze zwischen seine Füße und wählt ihre Nummer. Sein Herz scheint stillzustehen, das Telefon läutet und läutet. Es ist niemand zu Hause, aber wenigstens hat er eine Wirkung in ihrer Wohnung, in ihrem Leben erzielt. Möglich, daß sie einen Liebhaber hat. Gewiß hat sie einen. Mehrere. Eine so anziehende Frau ist doch nicht unbemannt. Seine Nase wird zum Eiszapfen. Beim Verlassen der Zelle fällt ihn ein beißender Wind an. Er kommt direkt vom Fluß und peitscht ihm ins Gesicht. Der Topf mit der Pflanze wiegt schwer in seinem Arm.

Edith knallt die Backofentür zu; drin ist eine gefrorene Pizza. »Midge nennt so was Schutt abladen«, sagt sie. Midge ist die Therapeutin. »Diese hysterischen Weiber kommen einfach an und kippen ihren ganzen Seelenmist von wegen Abtreibung und Gottweißwas über andere aus, besonders natürlich über mich, weil ich die Vorauszahlung kassiere. Midge meint, ich halte meinen Zorn zurück, und ich sollte meinen Gefühlen mehr freien Lauf lassen. Und kommt man nach Hause, tagsüber nichts als Schuttabladeplatz, bis zu dreihundert Patienten die Woche, dann ist kein frisches Gemüse da und dir ist es wurscht. Hörst du mir überhaupt zu?«

Er tut es nicht. Er sitzt am Eßtisch und fragt sich, ob die Gloxinie im Kleiderschrank hinter den Schlafsäcken gut aufgehoben ist, fragt sich, wann Edith ins Bett geht, damit er telefonieren kann, fragt sich, was er wohl mit seinem Leben anfangen wird.

Angela legt sich auf die Couch und beginnt die verschiedenen Momente, Nuancen und Farben ihrer Begegnung mit Joe Bly zusammenzufügen. Es soll ein einziges, großartiges

Bild daraus werden. Ehe sie sich richtig darauf konzentrieren kann, klopft es an der Tür.

»Ich bin's, Sharon.« Sharon Abend ist bereits eingetreten und kommt mit einem Teller voll Baisers durch den Flur. »Die sind von meiner Mutter. Einen Geburtstagskuchen hat sie auch noch gebracht. Ich habe ihn gleich in die Tiefkühltruhe getan, so deprimierend fand ich das alles. Außerdem hat sie mir noch was geschenkt, du faßt es nicht, einen antiken Babykorb, und an das kleine Kopfkissen hat sie einen Zettel geheftet: ›Ein Wink mit dem Zaunpfahl, meine kleine Sharon!‹ Ich bin restlos bedient.«

Sharon wohnt einen Stock höher, sie hat die Dachwohnung, in der es trotz des Atelierfensters immer dunkel ist. Das Oberlicht ist rußverschmiert, hat eine einbruchsichere Eisenvergitterung und davor einen Korb aus Maschendraht. Möbel, Vorhänge und Bodenbelag sind dunkelbraun, umbrafarben oder beige. Seit Clifford Atwood vor einem Jahr ganz plötzlich ausgezogen ist und alle seine Sachen, einschließlich des Fernsehapparats, mitgenommen hat, ist Sharon depressiv. Sie findet ihre Wohnung deprimierend und kommt oft herunter zu Angela.

Angela setzt sich auf. »Hast du heute Geburtstag? Gratuliere.«

»Nein, erst übermorgen.« Sharon hat sich auf das Fußende der Couch fallenlassen. »Meine Mutter wollte mir die Sachen nur im voraus geben, damit sie meine *Pläne* nicht durcheinanderbringt. Nimm ein Baiser. Sie sind wirklich nicht übel.« Sie steckt ein Baiser in den Mund. Sharon hat einen üppigen, ein wenig melancholischen Mund, braune, mandelförmige Augen, einen großen Busen und eine schmale Taille. »Ich und Pläne! Alles, was ich mir zum Geburtstag wünsche, ist ein Mann. Und gescheit soll er sein. Meinem Kopfschrumpfer zufolge kann es für mich gar keine echte Liebe zu einem Mann geben, weil ich in meinen Vater verliebt bin, und der ist ein echtes Miststück.«

Sharon geht zum Psychotherapeuten, seit Clifford das Weite gesucht hat. Angela hat den Überblick verloren über die verschiedenen Einsichten, die Sharon inzwischen gewonnen hat – sie kommen und gehen wie Ebbe und Flut –, aber Angela ist überzeugt, daß sie gut sind, weil sie Sharon glücklich machen, und sei es auch nur für einen Tag.

»Man weiß nie, wem man begegnet, und dann – peng!«

Angela möchte nicht schon jetzt über Joe Bly sprechen. »Die Liebe kann hinter der nächsten Straßenecke lauern; sie kann jeden Moment ins Zimmer hereinspazieren.«

»Ach. Und ich dachte, du hältst die Liebe für eine Verschwörung zur Unterdrückung der Frau«, sagt Sharon. »Du hast doch gesagt, je eher wir erkennen, daß wir in dieser Weise vorprogrammiert sind, desto besser.«

»So, hab ich das?«

Unten klingelt es an der Haustür. Angela drückt auf den Summer im Flur und öffnet, sie stellt sich vor, es könnte Joe sein. Er sei nur mal eben vorbeigekommen. Er könnte sagen, er habe vergessen, ihr das Informationsblatt zu zeigen, und könnte ihr ein Exemplar dalassen. Sie wirft einen Blick in den ovalen, in dunkler Eiche gerahmten Spiegel neben der Wohnungstür. Ist sie verführerisch genug für einen Besuch von Joe? Bestimmt ist ihr Haar in Unordnung. Die bloße Möglichkeit, der Besucher könnte Joe sein, verursacht ihr heftiges Herzklopfen. Es könnte ja sein. Immerhin hat er sie angestarrt, und ihre Adresse steht auf dem Lebenslauf.

Langsam öffnet sie die Tür, ihr Herz hämmert. Es ist Ron Nussbaum. Sie hat ihn total vergessen. Er steigt die Treppe herauf, ein Buch in der Hand.

Sie sind einander vor ein paar Wochen auf einer Party bei Melanie Gauss begegnet. Melanie ist in einer Selbsterfahrungsgruppe, der auch Angela einmal angehörte. Sie ist zwar verheiratet, aber immer auf dem Sprung, ihren Mann zu verlassen. Von Zeit zu Zeit, wenn er verreist ist, gibt sie Partys für Singles, Junggesellen und ihre Freundinnen. Bei jener bewußten Party spielte sie eine Unmenge alter Rockplatten, und Ron tanzte stundenlang mit Angela. Angela trug ihr langes rotes Kleid, und als Ron sie durchs Zimmer wirbelte, hätte sie sich fast in ihrem Rocksaum verheddert.

Ron ist hochgewachsen und schmal, mit schwermütigen, braunen Augen, weichem, dunklem Haar und einem ziemlich langen Schnurrbart (wahrscheinlich gibt es in dieser Stadt auch Männer, die keinen ziemlich langen Schnurrbart haben, doch ist Angela ihnen noch nicht begegnet). Er trägt eine runde Hornbrille und einen grünen Cordanzug mit Lederflicken auf den Ellbogen. Ron hat Angela erklärt, er sei Lyriker, und er sieht auch so aus – wie ein Dichter, der traurig, aber genial ist und irgendwo im Norden Europas in einer Dachkammer in einer kalten steinernen Stadt haust. In Wahrheit stammt er aus Brooklyn, wohnt jetzt auf der anderen Seite des Parks und schreibt Rezensionen für das Magazin ›Rock Raps‹. »Ich mußte meiner Ex-Gattin einen Scheck vorbeibringen«, sagt er. »Sie wohnt nur einen Straßenblock weiter. Da dachte ich, Sie würden vielleicht heute abend mit mir ausgehen.«

Ron wollte Angela damals, nach der Party, mit in seine Wohnung nehmen, doch sie hatte abgelehnt; sie hat es noch nie über sich gebracht, gleich nach der ersten Begegnung mit jemandem ins Bett zu gehen. Seitdem hat er sie ein paarmal ausführen wollen. Schließlich nahm sie die Einladung an und schlug eine Tasse Kaffee auf neutralem Boden vor – ein verglastes Straßenrestaurant mit Schlingpflanzen in Makrameekörben. Er legte zwei Finger auf ihre Hand. »Ich habe jeder der Brüste meiner Ex einen Namen gegeben«, sagte er. »Nachher habe ich sie umgetauft. In Chlora und Phosgena.« Angela hoffte, es fiele ihr eine unverbindliche Bemerkung darauf ein. Er wollte wissen, ob sie ihrem Ex gegenüber schlimme Gefühle hätte oder Bitterkeit empfände. »Keine Spur«, hatte Angela geantwortet. »Als ich fertig war mit ihm, war alles vorbei. Ich weiß kaum noch, wie er aussieht.« Ron zog seine Finger zurück. Angela fand es interessant, daß sie ihn mit einer so beiläufigen Bemerkung, die noch dazu gar nichts mit ihm zu tun hatte, aus der Fassung bringen konnte. Nun, da Ron mit großen Schritten durch den Flur kommt, fragt sie sich, ob sie auch Joe Bly aus der Fassung bringen könnte. Der Gedanke treibt ihr das Blut ins Gesicht. Sie sieht auf, um Ron zu begrüßen. Er ist im Begriff, ihr einen Kuß zu geben, doch sie dreht sich weg, und der Kuß landet auf ihrer Stirn.

Sharon hat sich inzwischen neu arrangiert: Ihr Haar ist hinter die Ohren gestrichen, sie hat die Beine übereinandergeschlagen, den Arm auf die Rückenlehne der Couch gelegt, den Busen vorgereckt. Sie hebt die Finger zum Gruß.

»Ron, das ist Sharon«, sagt Angela. »Nussbaum, meine ich, und Sharon Abend.« Nie hat sie sich merken können, wen man zuerst wem vorstellt. Die korrekte Form fällt ihr immer erst ein, wenn alles bereits verpatzt ist.

»Ich glaube, wir kennen uns«, sagt Sharon. »Vom Hill's.« Hill's ist eine Bar für Journalisten und Theaterleute.

»Stimmt. Ihr Gesicht kommt mir irgendwie bekannt vor.« Ron geht in dem kleinen Zimmer auf und ab. »Genau, wie ich es mir vorgestellt habe.«

Angela weiß nicht, ob sich diese Bemerkung auf das Poster

mit der tibetanischen Mandala, die durchhängenden Bücherregale, die einstmals weißgetünchten und nun rußiggrauen Wände oder auf die Reihe staubiger Spinnenblumenpflanzen in den Fenstern bezieht. »Was meinen Sie damit?«

»Einsame Frauen züchten immer Spinnenblumenpflanzen.« Er läßt sich auf die Couch sinken; die Couch knarrt.

In Gatch haben die Leute nie solche Bemerkungen gemacht. Angela hat sich jedoch inzwischen an das Benehmen der Menschen in New York gewöhnt. In Gatch wartete man draußen vor der Tür, bis man hereingebeten wurde. Dann sagt man: »Ich bin so frei ...«, als wäre man von selbst nie darauf gekommen einzutreten. Sodann hatte man eine schmeichelhafte Bemerkung über das gemütliche Heim zu machen, woraufhin die Gastgeberin einem etwas zu essen oder zu trinken anbot. »Möchten Sie etwas essen?« fragt Angela. »Oder eine Tasse Tee? Im Kühlschrank ist noch eine Dose Krabbencocktail.« Rons abfällige Bemerkung über ihre Wohnung beunruhigt sie. Was wird jemand, der wirklich zählt, Joe zum Beispiel, von ihr halten?

»Möchten Sie ein Baiser?« fragt Sharon.

»Das wäre denkbar«, sagt Ron.

»Sie schreiben für ›Rock Raps‹, oder?«

»Also eigentlich nur im Moment.« Ron hat eine hohe Stimme und eine wohlartikulierte Aussprache. »Meistens schreibe ich Lyrik.«

»Ich weiß.« Sharon lächelt und reicht ihm ein Baiser.

»Sind Sie Sharon Abend, die Reporterin?«

»Die bin ich – Brenda Ross.«

Angela möchte ins Schlafzimmer gehen, sich hinlegen und von Joe träumen; während Sharon und Ron über gemeinsame Bekannte reden, lehnt sie im Türrahmen zum Wohnzimmer und malt sich Joes ersten Besuch aus.

Nach einer Weile steht Sharon auf. »So, ich gehe jetzt nach oben und flenne eine Runde«, sagt sie. »Übermorgen werde ich nämlich achtundzwanzig«, verkündet sie Ron. »Ich glaube, bei mir ist der Film gerissen.«

»Ach, bleib doch noch ein bißchen«, sagt Angela. Sie möchte ungern mit Ron alleinsein. »Bitte.«

»Nein, nein – es könnte ja jemand anrufen. Man weiß nie.«

Sie geht, und Ron reicht Angela das Buch, das er mitgebracht hat. »Ihre Freundin hat ein hübsches Gesicht – irgendwie nachdenklich«, sagt er.

»Sie ist eine sehr liebe Person, ich bin gern mit ihr zusammen«, sagt Angela. Sie schlägt das Buch auf. Es ist Lyrik, und sie ist von Ron. »Oh, vielen Dank. Sie sind der zweite Lyriker, der mir begegnet ist. Als ich den ersten kennenlernte, wohnte ich noch in Greenwich Village.« Sie fühlt sich unbehaglich, und wenn das passiert, strömen ihr manchmal von irgendwoher Worte zu und reihen sich in ihrem Mund zu Geschichten aneinander, die zwar stimmen, die aber völlig unpassend sind und von denen sie wünscht, sie nie erzählt zu haben. »Er wohnte nebenan. Eines Abends kam er zu uns herüber – ich war damals noch verheiratet – und behauptete, meine Füße seien die schönsten, die er je gesehen hätte. Am nächsten Tag fuchtelte er auf der Straße mit einem Degen herum. Er wurde ins Krankenhaus gebracht und mit Elektroschocks behandelt. Er hat mir ein paar sehr schöne Gedichte vorgelesen. Ich glaube nicht, daß sie gedruckt sind.«

»Lyrik bringt man nur schwer bei Verlagen unter. Ich habe Glück gehabt. Wollen Sie die Widmung lesen?«

»Das wollte ich mir für später aufheben, wenn Sie gegangen sind.«

»Ich hatte gar nicht vor zu gehen. Ich denke, wir beide sollten irgendwo schick zu Abend essen, in irgendeinem netten Schuppen und –«

»Uhhh.« Angela fällt keine halbwegs plausible Ausrede ein, mit der sie seiner Einladung entgehen könnte. Sie schlägt das Vorsatzblatt auf. »Für Angela – einem Solitär von einem anderen – in der Hoffnung, daß sie eines Tages, so seltsam es klingen mag, doch zueinander finden. Ron.«

Sie zieht einen langen schwarzen Seidenrock an und borgt sich von Sharon hochhackige Sandaletten.

Es ist ein russisches Restaurant und heillos überfüllt; überall hängen Spiegel, alles ist rot, überheizt, die Tischtücher sind rosa. Ron sagt, er sei Russe, und spricht von seinem Vorbild Osip Mandelstam und von seiner Mutter.

Angela gefällt es hier mit Ron. Er ist nett und witzig und redet in einem fort, während sie Piroggen, Kaviar und saure Sahne essen. Zum Schluß bringt ihnen der Kellner, der eine Art Kosakenuniform trägt, je eine Marzipankartoffel, und Angela beginnt sich Sorgen zu machen, was wohl als nächstes kommt.

»Sie können gut zuhören, Angela.«

Sie nickt und kaut. »Oh, vielen Dank.« Seit sie klein war

und die Nachbarinnen herüberkamen, um ihrer Mutter von ihren Operationen zu erzählen, hat sie immer allen bei allem zugehört. »Denken Sie nur – eine *Marzipan*kartoffel«, meint sie. »Sie sieht aus wie eine schmutzige alte Kartoffel und schmeckt doch so köstlich.«

»Ich mag Sie, Angela, wirklich.«

Sie starrt die Marzipankrümel auf ihrem Teller an. »Wie lieb von Ihnen, das zu sagen«, flüstert sie. Mit ihm zusammenzusein wird immer verwirrender und komplizierter. Er sieht zweifellos gut aus, sie sollte sich von ihm angezogen fühlen. Wäre Joe ihr nicht begegnet, reagierte sie vielleicht anders. Aber er ist ihr begegnet, und wegen seiner grünen Augen ist sie gewillt, ihm in die Wüste zu folgen, notfalls auch auf Stöckelschuhen. Sie lächelt.

Nach dem Dinner führt Ron sie noch in einen Club in der Innenstadt, wo eine Rock-Gruppe auftritt. Obwohl ihr die Füße in Sharons unbequemen Schuhen weh tun und sie nichts weiter will, als nach Hause, möchte sie nicht unhöflich erscheinen und sich jetzt schon verabschieden. Schließlich hat Ron ihr gerade ein feines Essen spendiert, und eigentlich hat er seine guten Seiten. Nur eben, er ist nicht Joe Bly.

Der Club hat eine viel zu niedrige Decke. Es ist dunkel, Glitzerstaub überzieht die Wände, und eine Menge Transvestiten tummeln sich hier. »Dies ist eine sogenannte Dekadent-Rock-Gruppe«, sagt Ron. Das erklärt auch die Mädchen mit roten Lidschatten, grün lackierten Fingernägeln und Punkfrisuren. Auf der Bühne tanzt Baby Boom in roten Strumpfhosen und einem Esther-Williams-Badeanzug und singt dazu einen Song über seine Mama.

Um von Baby Boom wegzukommen und gleichzeitig einen Blick auf Rons Uhr zu werfen, tritt Angela dichter an ihn heran. Er mißversteht es und legt den Arm um sie. Sie weicht zurück und starrt auf ihre Zehen, die unter dem Rocksaum hervorschauen und ihr Erste Hilfe signalisieren. Sie denkt an Joe und wie sie ein Paar werden können. Und an den Job. Es könnte interessant sein – Joe hat so begeistert von seinem Projekt gesprochen – diesem Informationsblatt. Es soll demnächst herauskommen, und wer weiß, es wird vielleicht ein Erfolg. Bisher hat Angela sich Arbeit immer als etwas vorgestellt, dem man am besten aus dem Wege geht, doch Joe hat sie geradezu als Quell lustvoller Aufregung geschildert. Und dabei hat er Angela behandelt, als wisse sie genau, was ihm vorschwebt. Seit langem, hat er gesagt, habe ich mich nicht so gut und optimistisch gefühlt. Als sie ihn auf das Motorrad angesprochen hat, schien sich das Grün seiner Augen noch zu vertiefen. Dort, an jener sonnigen Straßenecke, hat er ihre Hände gehalten. Sie hüllt sich in einen schillernden, vielschichtigen Traumschleier, und nur das Brennen ihrer Füße bringt sie auf die Erde zurück.

Ron verbreitet sich unterdessen darüber, welchen Einfluß Musikschaffende wie Baby Boom auf die Zukunft des Einzelnen in der Massengesellschaft haben. »Diese Künstler haben irgendwie verstanden, daß das Selbst vernichtet werden muß, damit eine neue Welt entstehen kann.« Er scheint seine Kolumne für ›Rock Raps‹ an Angela auszuprobieren.

Hat Joe nicht gesagt, daß er in dieser Gegend wohnt? Es kann nicht weit sein. Sie könnte ja im Telefonbuch nachsehen und einfach anrufen: Ich bin rein zufällig hier vorbeigekommen und brauche dringend ein ruhiges Fleckchen, wo ich mich hinsetzen und meine Schuhe ausziehen kann – ginge das? Auf dem Weg zur Damentoilette findet sie einen Münzfernsprecher, darunter ein zerfleddertes Telefonbuch. Es verzeichnet eine Menge Blys, aber keinen Joseph oder J. Dies verleiht ihm etwas Mysteriöses, Unnahbares.

Sie geht zurück zu Ron und erklärt, es gehe ihr nicht gut, sie müsse nach Hause. Er wirkt besorgt und bietet ihr an, sie mit zu sich zu nehmen, einen Tee zu machen, ihr ein Aspirin zu geben. Außerdem habe er ein kleines –

»Nein wirklich. Ich muß nach Hause. Aber vielen Dank, das ist sehr lieb von Ihnen.«

»Die Szenerie hier ist wohl zu beunruhigend oder pervers für Sie. Sie beschwört vielleicht Dinge in Ihrem Unterbewußtsein herauf, für die Sie noch nicht reif sind.«

»Nein, nein, bestimmt nicht. Es ist wirklich – sehr nett – hier.«

Sie hofft, es klingt höflich. »Nur eben, daß ich heute dieses anstrengende Einstellungsgespräch hatte; es hat mich doch etwas mitgenommen.«

Sie verspricht, bald wieder mit ihm auszugehen, und es gelingt ihr zu entkommen. Sowie sie in ihrem Hauseingang ist, schleudert sie die tückischen Schuhe von den Füßen; sie läuft die teppichbelegten Stufen zu ihrer Wohnung im zweiten Stock hinauf, zieht sich aus, wirft die Kleider auf die Couch, holt eine Flasche Coor's Bier, legt ›Let It Bleed‹ auf und tanzt, die schmerzenden Füße vergessend, durch ihr dunkles Wohnzimmer. Sie macht sich gar nicht erst die Mühe, die Lampe – eine Glühbirne in dem obligatorischen japanischen Papierlampion – anzuknipsen. Sie läßt Wasser in die Badewanne laufen – sie hat sie an einem Samstagabend mit einem Muster von blauen Farnfächern bemalt – und sinkt in das warme, tiefe Blau, das an einen winzigen Waldweiher erinnert, wenn sie die Augen zusammenkneift und durch den Dampf blinzelt. Gleich darauf wird sie wohlig müde.

Irgendwann in der Nacht hört sie das Telefon läuten. Zuerst hält sie es für ein Traumtelefon, aber dann steht sie auf und tastet sich zum Bücherregal, wo das wirkliche Telefon steht. Es ist inzwischen verstummt. Sie geht zurück ins Bett und will wieder einschlafen. Nach einer Weile setzt sie sich auf. Die Erinnerung an Joe ist so lebendig – die Energie, die von seinem kräftigen Körper ausging, die kleinen Haare auf seiner Brust, der betörend männliche Tabakgeruch in seinem Atem – daß es ihr vorkommt, als sei er hier neben ihr. In ihrem Kopf fügt sich die Gewißheit: Er ist genau der, den ich mir immer gewünscht habe. Dabei hatte ich diesen Wunsch schon fast vergessen und nicht mehr geglaubt, daß es überhaupt so jemanden geben könnte. Auf den ersten Blick schien er mir gar nicht so überaus bemerkenswert, aber wenn ich jetzt darüber nachdenke, ist mir, als ob das Schicksal gesprochen hätte.

Sie hat sich entschieden, und zwar so endgültig wie nie zuvor, ausgenommen vielleicht ihren Entschluß, sich scheiden zu lassen. Sie wird alles in ihrer Macht Stehende tun, mit Joe Bly zusammenzusein. Er ist es, er und kein anderer.

3

Joe öffnet die Augen, erinnert sich, daß Samstag ist, und läßt sich zurücksinken in den sanften Pfühl eines zweiten Schlafes, bis Edith auf holzbesohlten Sandalen den ganzen Speicher entlangpoltert und die metallisch quietschende Feuertür aufreißt: ein großes Tier, das den zarten Raum der Stille durchbricht, der einen Schlafenden umgeben sollte.

»Heute wird der Eames-Sessel geliefert«, schreit sie. »Bleib also bitte hier, bis er kommt. Joe? Hast du gehört?«

Er setzt sich auf. Im Schlafzimmer ist es eiskalt. Er reibt sich den Hals; die Muskeln sind verkrampft, als hätte er sich die ganze Nacht hindurch gestritten. »Ja doch.« Der Eames-Sessel. Lois, die Inhaberin der Klinik, hat einen, und Midge, die Therapeutin, hat auch einen. Ganze Mittagspausen hat Edith darauf verwandt, Möbelgeschäfte abzuklappern, um einen Eames-Sessel aufzutreiben. Beim Abendessen hat sie regelmäßig die verschiedenen Vor- und Nachteile der jeweiligen Eames-Sessel oder ihrer Imitationen erläutert, und er hat sie am Telefon mit ihren Bekannten und ihrer Mutter über Eames-Sessel sprechen hören. Nun hat sie endlich einen gefunden – ein leicht beschädigtes Ausstellungsstück.

»Ich möchte ihn dem Sofa gegenüberstellen, einverstanden?«

»Aber ja.« Joe kann seinen Atem sehen. Fröstelnd zieht er Pullover und Jeans über.

»Ich will versuchen, heute etwas eher Schluß zu machen, ich möchte Mama besuchen. Aber zum Abendessen bin ich wieder zurück. Es sei denn, du willst auch zu Mama kommen und wir essen dort.«

»Ich muß arbeiten«, sagt Joe.

Sie knallt die Tür zu und erzeugt einen kalten Windstoß.

Wände und Decke des Schlafzimmers sind mit Folie isoliert; das einzige Licht kommt von einer nackten Glühbirne, die in Kniehöhe angebracht ist. Noch etwas, das er machen müßte: das Schlafzimmer täfeln. Helle Kiefer vielleicht. Der übrige Speicher ist soweit fertig. Er hat die Abstellflächen und Regale in der Küche gezimmert. Gemeinsam haben sie den Boden mit Sandpapier abgeschmirgelt und mit Plastiklack gespritzt. Edith möchte umziehen und meint, es sei witzlos, allzu aufwendige Renovierungen an einer Wohnung vorzunehmen, die einem nicht gehört.

»Aber mir gefällt sie«, sagt Joe jedesmal, wenn sie sich darüber streiten. Und Streit gibt es jedesmal, wenn er die Täfelung des Schlafzimmers erwähnt. Der Speicher ist sein Refugium. Er mag den großen leeren Raum.

Allerdings lauten Mietvertrag und Telefon auf Ediths Namen. Sie war hier eingezogen, als Joe sich von ihr getrennt hatte. Nach ihrer Rückkehr aus Griechenland hausten sie zunächst mit fünf von Joes Freunden in einer baufälligen, aber einst herrschaftlichen Villa, wobei es Ediths Idee gewesen war, vorübergehend mit in Joes Zimmer zu ziehen – bis sie eine feste Stellung fände. Als sie den Posten einer Buchhalterin in der Klinik bekam, wurde sie zusehends kritischer gegenüber Joes Mitbewohnern. Sie hielten weder das Bad noch die Küche sauber, sie haschten, flippten mitten in der Nacht aus und machten sich über ihre Vorräte im Kühlschrank her. Joe erklärte, er habe nie beabsichtigt, sich weiter mit ihr einzulassen, ihre gemeinsame Griechenlandtour sei sehr schön gewesen, aber an ein Zusammenleben denke er nicht. Er habe sie gern und hoffe, sie würden Freunde bleiben. Sie weinte, zog aus, fand den Speicher und rief ihn an. Ihr Vater war gerade gestorben, und sie wurde nicht müde, alle Vorteile des Zusammenlebens aufzuzählen. Sie habe nun eine sehr gute Stellung, sie habe nette Freunde, besonders natürlich Joe. »Und wir haben so vieles gemeinsam«, sagte sie. »Außerdem brauche ich deinen praktischen Rat, wie man diese Bude hier bewohnbar macht. Wollen wir es nicht erst einmal mit Freundschaft versuchen?«

Ihr verzweifeltes Bemühen, tüchtig und vernünftig zu sein, rührte ihn. Als er den Speicher sah, mußte er an ein altes Frachtschiff denken. Durch die Fenster an der Straßenseite und zwei Dachluken fiel Licht, eine Wand bestand aus unverputzten Ziegeln, der Fußboden war aus gemasertem Ahorn. Er hatte nie einen Raum wie diesen gesehen, er steckte voller Möglichkeiten. Außerdem hatte Joe das Alleinschlafen langsam satt.

Während er das Wasser für den Pulverkaffee aufsetzt, überlegt er, ob man die Trennwand zum Schlafzimmer nicht einreißen sollte. Aber wann käme er schon dazu? Er hätte wirklich Zimmermann werden sollen. Damals, in jenem Sommer, als er in den Semesterferien in Missoula auf dem Bau arbeitete und mithalf, Fertighäuser zu errichten, war er glücklich gewesen, so glücklich wie nie zuvor. Er schuftete von sechs Uhr früh bis vier Uhr nachmittags und ging dann zu einer Country-Music-Sängerin namens Maryann. Sie wohnten zusammen in ihrem kleinen, stuckverzierten Haus aus Tuffstein mit Pyramidenpappeln und Malven in dem staubigen Vorgärtchen. Abends wartete eine deftige Mahlzeit auf ihn, dann gingen sie miteinander ins Bett, und nachher schlenderten sie Hand in Hand zu dem Café, wo Maryann auftrat und von Schienensträngen und leeren Betten und dem Kuckuck sang: »Der Kuckuck ist ein Vogel, der fliegt so sonderbar, und kuckuck kuckuck ruft er vor Juli nicht im Jahr ...«

Auf einmal muß er an Angela denken, die Maryann ein wenig ähnelt, und ihm ist, als öffne sich in seinem Herzen eine Schleuse.

Maryann wollte im Herbst zu ihm nach New York ziehen, und sie würden wahrscheinlich noch heute zusammensein, wäre Lucy Stokes nicht schwanger geworden. Damals war eine Heirat der einzige ehrenhafte Ausweg. Lucy hatte eine Fehlgeburt. Die nächsten vier Jahre blieben sie zusammen, Joe hielt das für eine Dauerlösung. Es war bequem und vertraut. Sie hatten viele Freunde – lauter gleichaltrige Paare. Dann wurde Lucy erneut schwanger und freundete sich mit Alec an, Joes bestem Freund und Kollegen bei der Universitätspresse.

Joe wünscht, er könnte Edith hassen, wie er zuletzt Lucy gehaßt hat. Er wünscht, sie würde ihm Szenen machen. Dann wäre es leichter, sich von ihr zu trennen, und er könnte sie vielleicht dazu überreden auszuziehen und ihm den Speicher zu überlassen. Aber Edith macht ihm keine Szenen. Sie bedrängt ihn nicht und verfolgt ihn nicht mit Gefühlen. Er weiß genau, daß sie mehr an ihm hängt als er an ihr. Sie ist einschätzbar. Sie lebt nach einem festen Zeitplan: In ein paar Monaten wird sie ihren Magister in Betriebswirtschaft machen und qualifiziert sein für die Leitung einer Klinik. Sie wird an eine bessere Klinik gehen und diese leiten. Dann wird sie entweder selbst eine eröffnen oder Teilhaberin an einer werden. Den Gewinn wird sie in Immobilien investieren. Während dieser Zeit wird sie heiraten und Kinder bekommen, bevor sie zu alt ist. Wenn sie fünfunddreißig ist, wird sie das Rauchen aufgeben. Man kann sich auf sie verlassen. Sie würde niemals mit seinen Freunden schlafen oder mit irgendeinem anderen Mann; daran hat er nicht den geringsten Zweifel. Sie ist wie der Mast eines Schiffes, groß, stark, verläßlich. »Ich möchte den Rest meines Lebens mit dir verbringen«, sagt sie und meint es auch.

Er legt eine Leonhard-Cohen-Platte auf. *»Into this furnace I ask you now to venture ...«* Cohen singt von Opferbereitschaft mit einer monotonen, klagenden Stimme, die besonders bewegend ist.

Angela.

Einen Augenblick durchzuckt ihn Angst. Angela ist eine

Gefahr. Bestimmt hat er ihr gegenüber erwähnt, daß er mit Edith zusammenlebt. Beim Lunch hat Angela von ihrer Scheidung gesprochen und er von seiner und von seinem dreijährigen Sohn, und dann haben sie sich verständnisinnig angegrinst: Veteranen des Ehekriegs. »Irgendwie bildete ich mir ein, ich würde immer verheiratet sein und in gesicherten Verhältnissen leben«, hat Angela gesagt. »Ich auch«, antwortete Joe. »Nie wieder«, hatte sie hinzugefügt. »Jedenfalls nicht, bevor General Tschiangkaischek das chinesische Festland zurückerobert.« Und Joe hatte gesagt, er verstehe sie genau.

»Like a bird on the wire, like a drunk in a midnight choir, I have tried in my way to be free.«

Jemand hämmert an die Tür. Wahrscheinlich ist es der verdammte Eames-Sessel.

Es ist Gerard Clewes. Er trägt eine Uniformjacke mit vielen Orden, obwohl er nie beim Militär war. »Du kannst mir gratulieren«, sagt er und legt die Jacke ab. Darunter trägt er einen blauen Cordanzug mit Weste, dazu Turnschuhe. »Ich habe soeben der illustren ›New Republic‹ ein Gedicht verkauft.«

»Gratuliere«, sagt Joe. »Das ist ja wohl der Durchbruch.«

»Eigentlich solltest du William W. Blansford gratulieren, nicht mir.«

»Wieso das denn?«

»So habe ich das Gedicht unterzeichnet.«

»Aber Bill Blansford ist doch ein berühmter Lyriker.« Als Joe noch stellvertretender Leiter der Universitätspresse war, gehörte Blansford zu seinen Autoren.

Sie gehen in die Küche, wo Gerard sich ein Bier aus dem Kühlschrank holt. »Mir war natürlich völlig klar, daß nicht mal die makelloseste Nachahmung eines Blansford-Gedichts von der Redaktion angenommen würde, wenn sie mit *meinem* Namen unterzeichnet wäre. Deshalb hab ich es eben unter seinem Namen eingeschickt.«

»Ist so was denn legal?«

»Ich habe mich erkundigt. In den Vereinigten Staaten kannst du dir jeden beliebigen Namen zulegen.« Gerard trägt Kontaktlinsen. Sie sind ihm unbequem, weshalb er die Augen oft zusammenkneift. Joe fühlt sich für Gerard verantwortlich. Während ihrer Internatszeit waren sie Zimmergenossen und schrieben beide für die Schülerzeitung, später für dasselbe College-Magazin. Joe war der Redakteur und Gerard Reporter. Jetzt ist Gerard Lehrer an einer Vorschule in der Stadt und wohnt ein paar Straßen weiter in einem Altbau. Die Wohnung ist vollgestopft mit Erstausgaben moderner Lyrik. Er hat Joe oft eingeladen, ihn zu besuchen, doch Joe hat meistens keine Zeit, verspricht aber jedesmal, bestimmt bald vorbeizukommen.

»Ich hab's gemacht, weil ich Blansford einen Denkzettel verpassen wollte. Er läßt nämlich nach, das wird ihn wieder auf Trab bringen.« Gerard rückt sich geräuchvoll einen Stuhl heran und setzt sich an den Tisch. »Aber was ganz anderes. Du hast doch gesagt, du suchst einen Assistenten.«

»Ich habe bereits einen gefunden.«

»Hast du ihn schon fest eingestellt?« Gerard ist bestürzt.

»So gut wie. Es ist eine Sie.«

»Ah ja. Tatsache ist, ich bin gerade gefeuert worden, und da dachte ich, es ließe sich vielleicht was arrangieren.«

Joe überlegt einen Augenblick. Nein, er will Angela. »Laß mich mit Goodhugh reden, möglich, daß sich was für dich findet. Weshalb haben sie dich – gehen lassen?«

»Keine Ahnung. Der Rektor ist ein Vollidiot.« Gerard möchte nicht weiter darüber sprechen. »Ich ziehe zu Elizabeth.«

»Meinst du, daß das gut ist?«

»Wie Madame LaBatt zu sagen pflegte, wenn sie Flaubert Unterricht erteilte: Wo die Liebe hinfällt, gibt's kein Halten mehr.« Gerard bringt immer die Vorschule zur Sprache, und jedesmal hat Joe ein ungutes Gefühl dabei. »A propos von nichts – Alec war kürzlich hier.«

»Ach wirklich?« Joe sagt es leichthin. »Wie geht's ihm denn?«

»Er wollte dich anrufen, hat er gesagt, aber die Zeit war zu knapp. Wir waren auch nur zum Lunch verabredet. Er und Lucy planen noch ein – ein Kind.«

Joe schweigt. Jeder, der ihn damals bei der Universitätspresse kannte, nahm an, Todd sei nicht sein, sondern Alecs Sohn, aber sowohl Alec als auch Joe wissen, daß das nicht stimmt. Todd ist Joe wie aus dem Gesicht geschnitten: die gleichen Augen, die gleiche hohe Stirn. Joe sollte sich in den Zug setzen und Todd wieder einmal besuchen – er hat ihn seit zwei Monaten nicht gesehen. Joe tut es nur ungern, weil er seinen alten Bekannten von der Uni nicht über den Weg laufen will, und weil er weiß, daß sie ihn für einen Trottel halten. Den Angeschmierten. Außerdem legt Alec immer den Arm um Joes Schulter und Lucy gibt ihm kleine Gläser mit selbstgemachter Marmelade mit – »für Edith«. Alec ist stets bemüht, Joe zu beweisen, daß er gut für Todd sorgt und sich jetzt, als Verlagsleiter, leisten kann, daß seine Frau nicht arbeiten geht, sondern nur Hausfrau ist, was Lucy immer schon wollte.

Joe hingegen hatte sie ermutigt, einen Beruf zu ergreifen, irgendwas zu tun, das sie interessierte, aber sie wollte lieber zu Hause bleiben. Als sie ihm eröffnete, daß sie sich in Alec verliebt hatte, erklärte sie, Joe sei schuld daran. »Du warst ja ständig bei deiner Arbeit, und ich war allein hier, und Alec war auch allein und hatte keine Menschenseele, die ihm geholfen hätte, über seine Scheidung hinwegzukommen.«

»Ich will nicht gleich einen neuen Job«, sagt Gerard. »Ich möchte lieber warten, bis mein Arbeitslosengeld ausläuft, es sei denn, ich kann schwarzarbeiten.«

»Ich werde mit Goodhugh sprechen«, sagt Joe wieder. Goodhugh würde niemals erlauben, daß etwas außerhalb der Bücher liefe. »Und inzwischen werde ich meine neue Mitarbeiterin ausprobieren.«

»Kenn' ich sie irgendwoher? Vom College vielleicht?«

»Nein, ich glaube nicht. Sie heißt Angela, Angela Lee, und stammt aus Gatch, New Mexico. Sie hat irgendwo im Westen studiert.« Joe weiß genau, wo Angela zur Schule gegangen ist, kennt das Jahr, in dem sie ihren Abschluß machte, kennt ihre Haupt- und Nebenfächer – alles Daten aus ihrem Lebenslauf –, möchte aber nicht allzu interessiert erscheinen.

»*Gatch?* Sag mal, du hast sie wohl am Busbahnhof aufgelesen, oder? Mit einem karierten Stoffköfferchen, einem Sattel und ihrem Lasso?«

Joe lächelt. Angela hat ihm erzählt, daß sie vor ein paar Jahren tatsächlich mit dem Bus nach New York gekommen ist, und tatsächlich mit einem karierten Stoffkoffer. »Ihr zwei würdet euch gut verstehen. Offenbar hat sie sehr – sehr viel Phantasie.«

»Dem Himmel sei Dank«, sagt Gerard. »Bei den vielen langweiligen Tucken um dich herum, muß das ja höchst erfrischend sein.« Gerard rät Joe immer, *aikido* zu lernen oder nach Kalifornien zu fahren, um dort heiße Schwefelbäder zu nehmen, oder Mescalin zu schlucken – ganz gleich was, wenn es nur entkrampft. Joe, so Gerards Meinung, sitzt in der Falle des grauen Alltags und könnte sehr wohl ein paar Lockerungsübungen vertragen. »Ich begreife nicht, wie du diesen Trott aushältst. Ich fühle mich mit jedem Tag etwas mehr befreit«, fährt Gerard fort, »von der Gesellschaft und von den aufgeblasenen Vorgesetzten und von der Arbeit auch.«

Nachdem Gerard gegangen ist, sucht Joe ein Dutzend Platten heraus, raucht einen Joint, holt seine Aktenmappe und schichtet Papierberge vor sich auf. Montag, Punkt zwölf, muß die neue Nummer des Informationsblattes beim Drucker sein. Wenn er den restlichen Tag und morgen den ganzen Tag und Abend daran arbeitet, wird er den vorgezogenen Termin einhalten können. Er sammelt die Reste des Bierflaschenetiketts auf, das Gerard zerrupft hat, dreht sie zu einem kleinen Knäuel und wirft es in hohem Bogen in den Abfalleimer. Dabei ist er stolz auf seine Treffsicherheit. Durchbrüche in der modernen Physik haben die Industrie nachhaltig beeinflußt – davon soll das Blatt diesmal handeln. In fünfzig Jahren wird es keine durch Drähte geleitete Elektrizität mehr geben; sie wird durch unterkühlten Wasserstoff fließen. Goodhugh betrachtet das Informationsblatt als einen wichtigen Faktor der Meinungsbildung für Leitende Angestellte und Manager. Joe betrachtet es als eine Art Collage von Informationen, die Leitende Angestellte und Manager untereinander diskutieren können, während sie in Firmenjets sitzen, auf Firmenspesen essen, Firmencocktails trinken und Firmenfrauen anmachen.

Ich gehöre nicht in diese Welt, denkt Joe. Aber in welche sonst? Immer befinde ich mich einen Schritt neben den eigentlichen Dingen. Die Zahl der Bauvorhaben ist in dem gerade zu Ende gegangenen Geschäftsjahr erheblich gestiegen.

Angela ist frei. Angela ist von dieser Welt. Das ist offensichtlich. Sie schwimmt in ihr, atmet sie, saugt sie auf. Sie hat ihm seinen Körper wiedergegeben, seinen in Vergessenheit geratenen Körper. Sie kennt das Geheimnis.

Die Luft entlang der Straßen Griechenlands roch nach wildem Rosmarin und Asphalt und Meer und Abgasen. Allein auf seinem Motorrad, fuhr er durch Hügellandschaften, Küsten auf und ab und sprach mit niemandem. Eingehüllt in die lärmenden Vibrationen bei hundertzwanzig Stundenkilometern, mußte er sich ganz auf die Fahrbahn konzentrieren, auf das Gleichgewicht der Maschine, auf die abenteuerliche Unberechenbarkeit der einheimischen Autofahrer. Er brauchte nicht zu denken, das gefiel ihm. Zum erstenmal fühlte er sich losgelöst von Zeit und Stunde und genoß es, daß keiner etwas von ihm wollte. Nachdem er eine Weile so dahingetrieben war, spürte er, daß er jeden Augenblick etwas Neues, Überraschendes erleben würde, etwas so Wunderbares und so Selbstverständliches wie die Brechung des hellen Lichts in den unendlichen Wellen der Ägäis. Ein Tanz von Licht und Raum, den er mit dem ganzen Körper empfunden hatte.

Ediths Eames-Sessel wird in einem großen Karton geliefert. Joe bittet die Träger, ihn gegenüber dem Sofa abzustellen, und gibt ihnen je fünf Dollar Trinkgeld.

Der Plattenspieler schaltet sich ab. Sechs Platten sind abgelaufen, ohne daß Joe sie zur Kenntnis genommen hätte. Er sieht auf die Uhr. Der Tag ist fast vorüber. Er fühlt sich wie zerschlagen. Er muß noch einkaufen. Der Kunststoffbelag auf dem Küchenbord hat sich teilweise gelöst und läßt eine dunkle, moosige Unterschicht erkennen.

Edith kommt mit der gerahmten Schwarz-Weiß-Fotografie einer Schneeverwehung nach Hause. Sie holt den Werkzeugkasten und schlägt einen Nagel in die Ziegelwand. »Lois hat heute zu mir gesagt, daß ich sehr gut mit den Leuten umgehen kann. Vielleicht macht sie mich zu ihrer Stellvertreterin – es gibt auch wirklich niemanden außer mir, der den Laden schmeißen könnte, wenn sie nicht da ist.« Sie hängt das Bild auf.

»Fein«, sagt Joe. Etwa zu der Zeit, als Edith gekommen ist, hat er aufgehört zu träumen und sich ganz auf seine Arbeit konzentriert. Jetzt kann er wieder klar denken und Edith antworten, ohne ihr allerdings genau zuzuhören. Immerhin wundert er sich einen Moment, weshalb sie ausgerechnet die Ansicht einer Schneewehe aufhängt.

»Weißt du übrigens, daß ich Lois im letzten Jahr mindestens einundachtzigtausend Dollar gespart habe? Ich habe es zusammengerechnet. Bevor ich kam, gab es keinen, der die Ausgaben kontrollierte oder sich um günstige Angebote gekümmert und den Materialbestand überwacht hätte. Das ist nämlich ein gewaltiger Posten. Die Leute lassen Hefter, Filzstifte, Klebestreifen einfach so mitgehen. Deshalb habe ich am Büromaterialschrank ein Vorhängeschloß anbringen lassen, und ich wette, daß uns dieses Zwei-Dollar-Neunzig-Schloß schon Hunderte von Dollar erspart hat.«

»Donnerwetter.«

Sie trägt den Werkzeugkasten hinüber zu dem Karton mit dem Eames-Sessel, schneidet ihn mit einem scharfen Pfadfindermesser auf und fängt an, den Fuß anzuschrauben. Ihr Vater hatte in Paterson, New Jersey, eine Reparaturwerkstatt, und Edith half ihm manchmal aus. Als sie den Sessel fertig zusammengebaut hat, läßt sie sich hineinfallen, legt die Füße auf die Ottomane und schließt die Augen. »Endlich.«

4

»Ich bin Demjenigen Welchen begegnet.« Angela liegt rücklings auf dem Boden und telefoniert mit ihrer besten Freundin, Helen, die jetzt auf einer Ranch in New Mexico, unweit von Gatch, lebt.

»Bist du verliebt?«

»Und ob.« Der bloße Gedanke wärmt Angelas Wangen.

»Bei deinem letzten Anruf hast du erklärt, daß du romantische Liebe für idiotisch hältst und daß alles bloß eine Verschwörung zur Versklavung der Frau ist«, sagt Helen. »Ich habe lange darüber nachgedacht, über dieses Gespräch.«

Es hatte um Weihnachten herum stattgefunden, nachdem Mark, ein Gitarrenspieler, von dem Angela gehofft hatte, daß er zu ihr ziehen würde, mir nichts dir nichts abgereist war, um durch Europa zu trampen. Sie mochte Mark besonders deswegen, weil er Janos ähnlich sah – er war schlank, hatte ein schmales, gebräuntes Gesicht und hohe Backenknochen und trug eine verwaschene Jeansjacke. Janos, Angelas Ausweg aus ihrer Ehe, war mit seinen Eltern als Flüchtling aus Ungarn gekommen. Er hatte die halbe Welt bereist und wohnte vorübergehend in einem Apartment neben Angela und ihrem Mann in Greenwich Village. Janos und Arthur blieben oft bis in die frühen Morgenstunden auf, tranken Wein und führten, wenn Angela längst schlafen gegangen war, philosophische Gespräche. Janos hatte immer unter der Hand mit Angela geflirtet. Je länger sie in New York wohnte, desto langweiliger, gewöhnlicher, enttäuschender fand sie Arthur Lee. Er tat nie das, was er sich vornahm – es genügte ihm, darüber zu reden. Einer seiner Pläne war, Ethnobotaniker zu werden; er belegte also Vorlesungen an der New School und arbeitete tagsüber bei einem Wohnungsmakler. Ein Kunde, der einmal ein Stück geschrieben hatte, redete Arthur ein, er habe das Zeug zu einem erfolgreichen Schauspieler. Genau das hatte Arthur immer werden wollen. Deshalb hängte er seinen Job an den Nagel und ging, während Angela als Aushilfsschreibkraft arbeitete, auf die Schauspielschule. Dort freundete er sich mit einem Studenten der Columbia-Universität an, der überzeugt war, das Land sei reif für die Revolution und man müsse den Unterdrückten nunmehr zu Hilfe eilen, indem man den Dialog mit den Arbeitern beginne. Arthur schwänzte seine Schauspielkurse und schloß sich einer Straßentheatertruppe an, die in Elizabeth, New Jersey, in einem Arbeiterviertel agierte. Er kam nur noch selten nach Hause, und wenn er kam, schlief er – manchmal achtzehn Stunden lang. Janos hatte von Anfang an exotisch und faszinierend auf Angela gewirkt, und eines Tages, als sie ihm ein Exemplar des Tibetanischen Totenbuches, das Janos ihr geliehen hatte, zurückbrachte – er war Anhänger eines tibetanischen Lamas –, landeten sie im Bett. Bis zu diesem Augenblick war Angela der Überzeugung gewesen, das meiste, was sie über Sex gelesen oder gehört hatte, sei erfunden. Sie war überrascht festzustellen, daß Sex eine hochvergnügliche Sache sein konnte. Sie mochte Arthur gern und hatte seit ihrer ersten Verabredung geglaubt, sie würde stets eine ideale Ehe führen und eine ebensolche Familie haben. Das konnte sie nun nicht mehr denken. Die Affäre mit Janos vertiefte sich, und Angela wurde immer ratloser. Janos begann, sich einhundertachtmal am Tag auf den Boden zu werfen, im Zuge der rituellen Demutsäußerungen, die der Lama von seinen Jüngern verlangte. Arthur erzählte eines Abends, er habe die Bekanntschaft eines Hafenarbeiters gemacht, der einen todsicheren Plan hätte, wie er eine Million Dollar machen könnte. Arthur und er würden Partner sein, nach Neuseeland auswandern und dort eine Kette von Kegelbahnbetrieben starten. Dort habe noch niemand etwas vom Kegelsport gehört – was also hinderte sie, ein Vermögen zu verdienen? Damit könnte er seine Schauspielkarriere finanzieren. Angela war sicher, daß sie nicht nach Neuseeland auswandern und Janos zurücklassen wollte, obwohl die Zukunft mit ihm durchaus unsicher war. Überdies hatte sie den Glauben an Arthurs Zukunftspläne gründlich verloren. Einst hatte er Helen und deren Mann Tom, die sie in New York kennengelernt hatten, davon überzeugt, daß die Lösung all ihrer Probleme in New Mexico zu finden wäre, sie brauchten nur zu viert dort hinzuziehen und das Land zu bewirtschaften. Tom kündigte bei seiner Anwaltskanzlei und investierte seine gesamten Ersparnisse in den Kauf einer Ranch, wo er einheimischen Grassamen züchten wollte, um ihn den Ranchbesitzern zu verkaufen. Angela und Arthur sollten später nachkommen, doch mittlerweile war Arthurs Interesse für Ethnobotanik erwacht. Angela schilderte Helen in einem langen Brief ihre Affäre mit Janos. Sie ließ ihn in einem unverschlossenen Umschlag neben dem Telefon liegen, weil sie gerade keine Briefmarke zur Hand hatte. Arthur las den Brief und gestand, auch seinerseits eine Reihe von Affären gehabt zu haben. Ein paar Monate danach trennten sie sich. Anfangs hatte sie nicht beabsichtigt, sich so stark für Janos zu engagieren, doch nun, nachdem ihre Ehe gescheitert war, wurde er sehr wichtig für sie, denn sie konnte sich nicht vorstellen, jemals wieder allein zu leben. Janos war inzwischen bei sechzigtausend Fußfällen angelangt und sagte, er könne spüren, wie das Blut in seinem Kopf kreise. Sie hatte ihn sich niemals als Ehemann vorstellen können. Dann reiste er ab, nach Dharmsala in Indien, und sie war sehr unglücklich. Beinahe wäre sie zurück in den Westen, zu Helen, gezogen, um mit ihr und Tom zu leben, aber dann mietete sie eine Wohnung in einem Reihenhaus im Norden der Stadt und wurde genau das, was sie nie hatte werden wollen: ein Single in New York.

Helen findet Angelas Situation unmöglich; ihrer Überzeugung nach sollte sie New York verlassen, entweder wieder mit Arthur zusammenziehen oder aber sich neu verheiraten und Kinder haben. Jedesmal, wenn Angelas Affären enden und sie schluchzend anruft, sagt Helen: »Komm einfach her, wir hängen gemeinsam die Wäsche auf, hören Hank-Williams-Platten und reiten über die Felder.« Und wenn Angela auf die Institution der Ehe, auf die Männer und die Häuslichkeit schimpft, versichert ihr Helen gelassen, daß all dies immer noch Glück und Zufriedenheit bescheren könne.

Diesmal behauptet Angela: »Es war Liebe auf den ersten Blick. Dessen bin ich so gut wie sicher. Ob was daraus wird, muß sich erst rausstellen. Ich sah ihn an, er sah mich an.« Im Moment kann sie sich sein Gesicht nicht recht vergegenwärtigen, inzwischen ist immerhin ein ganzer Tag vergangen. War es am Ende nur eine vorübergehende Verknalltheit? Oder existiert er vielleicht nur in ihrer Phantasie? Wenn sie über ihn reden kann, wird sein verblassendes Bild vielleicht wieder lebendig. »Ein sehr intensives Gefühl«, sagt sie. »Seine Augen sind umwerfend.«

»Hoffentlich klappt es diesmal. Er scheint ja recht nett zu sein.«

Helens Stimme klingt verbindlich, wie gewöhnlich. Sie stammt aus Fairfield im Staate Connecticut und hat ihre Kindheit auf einem großen Gut mit Reitpferden und Dienerschaft verbracht. Sie weiß, was sich gehört.

»Ich spüre, es wird passieren, Helen. Dieser Mann ist anders als die anderen. Er paßt haargenau zu mir. Er ist solide, er hat eine verantwortliche Stellung – nicht wie Mark oder Janos. Und er meint, was er sagt.«

»Woher willst du das so genau wissen?«

»Ich bin sicher. Warum, weiß ich nicht. Er hat mich zwar noch nicht gefragt, ob ich mit ihm ausgehen möchte, aber er wird es tun. Er will wohl nichts überstürzen. Aber es liegt was in der Luft. Es ist wie – die Schwerkraft. Wie die Gezeiten.«

»Angela, bitte, paß auf dich auf. Ich wünschte, du würdest uns besuchen kommen. Tom ist immer weg. Ich vermisse unsere langen Gespräche. Außerdem solltest du unsere beiden Jungen kennenlernen.«

Angela hat schon lange die Absicht, nach New Mexico zurückzugehen. Drei Jahre ist es her, seit sie dort war, das letztemal, als ihre Mutter starb. New York hat sie stets als eine Art Zwischenstation betrachtet, auf dem Wege woandershin, und jedesmal, wenn sie mit Helen spricht, meint sie die Berge zu riechen, die dünne, trockene Luft, die Weite nach Beifuß duftender Wiesen, und alles mutet sie an wie ein von ihr vernachlässigter Teil ihrer selbst. Doch jetzt hört sie Geschrei und Weinen im Hintergrund: Helen muß auflegen. Der Dreijährige hat den Einjährigen an den Haaren gezogen.

Ron kommt mit einem Dutzend langstieliger weißer Rosen. »Ich wollte mich nur erkundigen, wie es Ihnen geht. Ich habe mir Sorgen um Sie gemacht.«

»Oh, mir geht es gut. Wie schön die sind.« Angela ist

dankbar für die Rosen – nie zuvor hat ein Mann ihr welche mitgebracht; nun gehört sie doch auch zu den Frauen, deren Bewunderer ihnen riesige Buketts schenken und die deshalb auch eines Joe Bly würdig sind. »Wollen Sie etwas essen? Ich glaube, ich habe noch einen Becher Joghurt. Oder etwas trinken?«

»Nein, vielen Dank. Ich komme gerade vom Essen mit meiner Ex. Es war entsetzlich. Sie will, daß dieser Fiesling, mit dem sie sich neuerdings trifft, zu ihr zieht, aber sie will auch, daß ich weiter Unterhalt zahle.«

Da Angela von Arthur nichts weiter haben wollte als ein paar Bücher, die Bob-Dylan-Platten und einen indischen Keramiktopf, der nun auf dem Kaminsims steht, kann sie nicht begreifen, weshalb sich Ron und seine geschiedene Frau streiten.

Ron zieht die Jacke aus, lockert die Krawatte, öffnet die obersten beiden Hemdknöpfe und setzt sich auf die Couch. Angela steht vor ihm, den Strauß in der Hand. Falls sie ihn Ron zurückgibt, wird er dann gehen, ohne sie zu hassen? Hätte sie doch nur ein zweites Sitzmöbel, auf das sie sich setzen und eine Stunde lang höflich Konversation machen könnte. Danach würde er sich gewiß verabschieden. Sie holt einen leeren Weinkrug, spült ihn aus, stellt die Rosen hinein und den Krug mitten auf den Wohnzimmerboden. Dann setzt sie sich daneben. »Damit ich sie riechen kann«, sagt sie.

»Meine Ex ist genau wie meine Mutter«, sagt Ron. »Das klingt banal, aber es ist wahr.« Er erzählt, seine Mutter habe den Ehrgeiz, Kongreßabgeordnete zu werden. Sein Vater besitzt eine große Sammlung antiker chinesischer Schnupftabaksfläschchen. Seine Schwester lebt in einer Kommune, die eine Austernzucht in British Columbia betreibt. Sein Bruder managt eine Nachtklubsängerin namens Billy Bondage. Angela kommt sich vor wie eine Zuschauerin bei einer Familienkomödie. Ron verwirrt sie. Er hat sie nie gefragt, woher sie stammt, was sie gerne tut, wer ihre Freunde sind, oder wovon sie lebt. Weshalb bemüht er sich so um sie? Was hat er vor?

Das Telefon läutet. Es ist Joe. Mit gedämpfter, leiser Stimme entschuldigt er sich für den späten Anruf. »Aber das macht doch gar nichts«, sagt sie munter. »Wirklich nicht!«

»Ich wollte Ihnen auch nur mitteilen, daß der Job Ihnen gehört – wenn Sie ihn haben wollen. Ich muß mich entschuldigen, daß ich keine sehr ausführliche Beschreibung –«

»Oh, toll! Das ist ja phantastisch!« – Aber warum ist Joe am Samstagabend zu Hause und telefoniert geschäftlich? Entweder ist er ungebunden und an ihr interessiert oder aber hoffnungslos gebunden.

»Was Ihr Gehalt angeht«, fährt Joe fort, »so habe ich mit Buff Goodhugh gesprochen, das ist der Chef der Abteilung Informationsdienste. Leider können wir Ihnen zu Anfang nicht so viel anbieten, wie ich gerne möchte.« Er nennt eine Summe, die höher ist als alles, was sie je verdient hat – ein Vielfaches von dem, was ihre Mutter in all den Jahren als Kellnerin im Cash-In-Café bekommen hat – Trinkgelder inbegriffen. Angela ringt nach Luft. Sie flüstert: »Oh.«

»Angela, ich bedauere wirklich, daß es nicht mehr ist, aber nach einem halben Jahr gibt es bestimmt eine Aufbesserung –«

»Das ist doch nicht Ihr Ernst! Der Job klingt so aufregend – ich sollte *Sie* bezahlen!«

Joe lacht, und sie lacht, und Ron steht auf. »Würden Sie nächsten Montag vorbeikommen, damit wir das Geschäft perfekt machen können? Ich freue mich schon darauf, unsere Vereinbarung zu besiegeln.«

»Ich auch«, sagt sie. Hat er ›besiegeln‹ gesagt?

»Ich möchte Sie näher kennenlernen, ich möchte alles über Sie erfahren. Wir werden eng zusammenarbeiten. Ich bin sehr froh darüber, daß ausgerechnet Sie sich um die Stelle beworben haben; da bekomme ich doch jemanden, der intelligent und einfallsreich ist.«

»Und ich bin sehr froh darüber, daß wir uns auf Anhieb so gut verstanden haben, daß ich nicht alles immer erst umständlich erklären muß, meine ich.« Sie lächelt unkontrolliert, und Ron wirft ihr einen befremdeten Blick zu. »Ich habe unser gemeinsames Mittagessen sehr genossen, und der Gedanke, daß Sie mein Chef sein werden –«

»Ich bin nicht Ihr Chef. Wir werden Partner sein auf gleicher Ebene. Wann können Sie anfangen?«

Heute abend, wäre ihr beinahe herausgerutscht.

»Ginge es Montag in einer Woche?«

»Ich kann es kaum erwarten«, sagt sie.

Ron ist mittlerweile in der Wohnung auf und ab gegangen. Nun hantiert er am Plattenspieler: ›Let It Bleed‹, kommt mit voller Lautstärke. *»We all need someone –«*

»Schsch!« zischt Angela und macht Ron ein Zeichen.

»Ich muß Sie aber warnen; es wird viel Arbeit geben, Wochenenden, Überstunden und so weiter«, sagt Joe.

»Ich liebe Überstunden, ich arbeite gern an Wochenenden, ich arbeite überhaupt furchtbar gerne.« Was redet sie da? Sie hat vergessen, daß es sich ja nur um eine Halbtagsstelle handelt.

»Ich möchte alles ausführlich mit Ihnen besprechen, aber ich fürchte, jetzt ist wohl nicht der richtige Moment dafür, oder?«

»Ich komme – am Montag.«

Für den Rest des Abends lächelt Angela Ron an – ganz gleich, worüber er redet. Sie hört ihm überhaupt nicht zu. Jetzt nicht mehr. In Gedanken spult sie immer wieder ihr Gespräch mit Joe ab.

»Und wo soll ich bleiben, Angela?« fragt Ron schließlich. Er hat ihr inzwischen seine Gedichte vorgelesen. »Es ist vier Uhr früh.«

Sie ruft sich in Erinnerung, daß sie eine alleinstehende Frau mit vielen Spinnenblumenpflanzen ist. Immerhin – Joe hat angerufen. Aber angenommen, es klappt nicht mit ihm? Obwohl sie sich nicht zu Ron hingezogen fühlt, gehen sie zusammen ins Bett. »Es war phänomenal!« sagte er. Für sie war es das nicht. Sie dachte, vielleicht tut er nur so ekstatisch. Sie fühlt, daß sie gelogen hat, darum steht sie am nächsten Morgen früh auf, holt frische Brötchen, brät Rühreier mit Peperoni und Steak. Es ist ihr Lieblingsfrühstück, obwohl sie es niemals für sich allein bereiten würde.

Ron schiebt die Peperoni an den Tellerrand. »Als ich siebzehn war, wollte ich mich umbringen. Alle hielten mich deshalb für verrückt. Ich war es nicht, ich hatte meine Gründe.«

Angela vergeht der Appetit.

Nun spricht er über Kommunismus. Der sei die letzte, die einzige Hoffnung der Welt. Der Tag werde kommen, da jeder ein glückliches Teilchen des Ganzen sein werde. Er selbst sei Marxist. Dann geht er zur Tür, den Mantel über dem Arm, und erklärt, er müsse allein sein, um wieder komplett zu werden. Um kreativ sein zu können. »Der dramatische Ansturm deines Lebens hat mich erschöpft.« Im Türrahmen bleibt er stehen. »Du glaubst tatsächlich nicht, daß du schön bist, stimmt's?«

Sie zuckt die Achseln. »Warum sollte ich?« Sie weiß, sie ist nicht schön. Das Äußerste, was sie seit ihrer Schulzeit erhofft hat, ist, als »gepflegt« oder für eine »ausgesprochene Persönlichkeit« zu gelten.

»Das habe ich mir gedacht. Also *ciao.*«

Sie legt sich wieder ins Bett und träumt von Stimmen, die reden, reden, reden.

Sharon kommt herunter, und Angela hat ein Geburtstagsgeschenk für sie: eine große Chinamakrone in Form eines Fisches. Sie essen die übriggebliebenen Brötchen.

»Rosen!« sagt Sharon. »Du solltest dich in Ron Nussbaum verlieben. Mann, wenn mich doch mal ein großer, dunkler, gutaussehender und gescheiter jüdischer Junge ausführen würde!«

»Ron ist Jude?« Angela hat niemals die ethnischen Implikationen von Namen in New York begriffen.

»Ein jüdischer Freund ist das Größte«, erklärt Sharon. »Ein jüdischer Mann steht mitten in der Nacht auf und holt dir ein Glas Wasser – und nicht bloß aus dem Badezimmer, sondern aus der Küche, und er tut auch noch Eiswürfel rein. Und er läßt einen nicht so einfach sitzen – er würde vor Schuldgefühlen vergehen. Ich habe meinem Kopfschrumpfer meine neueste Erkenntnis verraten: Was man am meisten fürchtet, passiert zwar nicht, aber bestimmt etwas ebenso Schlimmes.«

»Aber dein Leben wird doch immer besser«, sagt Angela. Sie glaubt, daß das Leben – ihr eigenes oder das anderer Leute – immer besser werden müsse, auch wenn es nicht so aussieht. »Du hast einen prima Job. Du hast diesen Preis für die beste Reportage gewonnen, das ist doch großartig.«

»Das schon, aber die Typen von der Lokalredaktion können mich seither nicht mehr ausstehen.«

»Na schön – trotzdem.«

»Rausfliegen könnte ich. Nein, das nicht, ich bin ja in der Gewerkschaft. Aber man könnte mich versetzen. In die Redaktion für Heim und Garten oder so was. Ich könnte einen Gehirntumor kriegen.«

»Woher willst du wissen, daß dir morgen nicht etwas Wunderbares passiert? Wie mir mit diesem Typ von Starr Whorf – er ist wirklich sagenhaft. Man kann ja nie wissen. Als meine Ehe damals in die Brüche ging und Janos nach Indien zu seinem Guru verschwand, wollte ich mich umbringen. Aber seither habe ich so viele wunderbare Dinge erlebt.«

»Was denn zum Beispiel?«

Alles, was Angela in diesem Augenblick einfällt, ist Joe. Sie zögert – »Zum Beispiel die thailändische Küche. Die kannte ich vorher nicht, dabei schmeckt sie fabelhaft. Und dann, weißt du, – dann begegnet man jemandem.«

»Du – du hast tatsächlich an Selbstmord gedacht, Angela?«

»Ich hatte damals wohl etwas in mir, das mir mißfiel und das ich umbringen wollte.«

Sharon sieht Angela lange an und nickt. »Und was war das?« Sie spielt die Rolle des Analytikers schon recht gut.

Aber Angelas Gedanken sind woanders. Sie überlegt, was sie anziehen soll, wenn sie bei Joe den Vertrag unterzeichnet. »Ich kann mich wirklich nicht daran erinnern. Vielleicht das Selbstmörderische in mir.«

Sharon läßt sich in die Couchkissen fallen. »Ich bin jetzt achtundzwanzig, war nie verheiratet, bin nicht mal geschieden. Und es ist auch nichts in Aussicht. Ich kann nur hoffen, daß eines Tages ein gutaussehender Unbekannter mich im Supermarkt in die Arme schließt und wir beide zu Rieselmusik, wie Fred Astaire und Ginger Rogers, durch die Gänge wirbeln.« Dabei quietscht sie leise, als wäre sie in eine Scherbe getreten.

»Soll ich *so* alt werden?«

»Irgendwas passiert bestimmt, Sharon.«

»Ich gebe dir einen guten Rat, Angela. Halte dich an Ron Nussbaum. Geh möglichst viel mit ihm aus. Er wird es wahrscheinlich zu was bringen.«

»Er war schon mal in einer Nervenklinik«, sagt Angela. »Außerdem habe ich meinen Traummann getroffen. Den Richtigen. Keine Frage. Und er gibt mir obendrein noch einen fabelhaften Job.«

»Tatsächlich? Du hast ihn bereits? Gratuliere. Aber laß dir gesagt sein: du machst einen schweren Fehler, wenn du dich in deinen Chef verliebst. Du weißt, was passieren kann? Und bist du sicher, daß er nicht verheiratet ist?«

»Er sagt, er sei geschieden. Gott sei Dank. Ich würde es entsetzlich finden, die Andere Frau zu sein.«

Sharons Stimmung verdüstert sich. Angela weiß: sie grübelt wieder über Clifford.

5

»›Anfangsschwierigkeiten‹«, liest Katha Tibor-Nagy aus einem abgegriffenen, in gelbes Leinen gebundenen Buch vor. Sie sitzt im Lotussitz auf dem Teppich vor Angela. »›Um seinen Platz in der Unendlichkeit des Seins zu finden, muß der Mensch sich vereinzeln sowie vereinigen können‹.«

Katha bewohnt das Apartment unter Angela. Sie hat immer Kaffee, Tee, Milch, Zucker und Eier vorrätig, die Angela ausborgen kann, und kleine Bonbons in bemalten Dosen aus Frankreich. Außerdem beherrscht sie ein halbes Dutzend Wahrsagemethoden: aus Tarotkarten, Teeblättern, Handflächen, Fußsohlen und Augen. Für das *I Ging* wirft sie drei gelochte, antike chinesische Münzen. Angela hat sie soeben auf den kasachischen Teppich mit geometrischen Mustern in Türkis und Rotbraun geworfen. Nach jedem Wurf schlägt Katha im *I Ging* das Hexagramm nach, das sich aus der Lage der Münzen ergibt.

Angela hat sich über ihre Zukunft nie viel Gedanken gemacht, obwohl sie manchmal die in Chinamakronen eingebackenen Sprüche aufhebt. (Einer, den sie in ihre Brieftasche gesteckt hat, lautet: »Traue niemals Männern in blauen Anzügen.«) Nun aber, da sie in wenigen Stunden bei Joe Bly ihren Vertrag abschließen soll, möchte sie unbedingt wissen, was die Zukunft für sie bereithält. »Es kommt mir weniger auf einen Platz in der Unendlichkeit des Seins an«, sagt Angela, »als darauf, zu erfahren, wie meine Chancen bei Joe stehen. Obwohl ich zugebe, daß es bei Gelegenheit sehr nützlich sein könnte, einen Platz in der Unendlichkeit des Seins zu haben.«

Katha nickt. Sie ist schmal und langgliedrig und hält sich sehr gerade. Sie hat lockiges, seidig-blondes Haar, das sie im Nacken zu einem komplizierten Knoten geschlungen trägt, leuchtend blaue, mandelförmige Augen und einen leichten Akzent. Sie unterrichtet Kabuki, chinesische Schwertfechtkunst und *t'ai chi* in einem New Yorker Gymnastik-Studio. In ihrer Wohnung gibt es keine Möbel, sondern nur chinesische und persische Teppiche und große, weiche Kissen in buntgemusterten Kelimbezügen. Eine Wand besteht nur aus Spiegeln. An den übrigen Wänden hängen Reispapierrollen mit chinesischen und japanischen, von Katha selber gemalten Schriftzeichen. Sharon meint, daß Katha bestimmt einmal eine jener geheimnisvollen majestätischen alten Damen wird, von denen es heißt: »Sie war nie verheiratet ... sie muß zu ihrer Zeit eine große Schönheit gewesen sein.«

»›Zögern und Straucheln‹«, liest Katha.

Angela wünscht sich ebenfalls ein kleines gelbes Buch, das Wahrheit und Zukunft offenbart.

»›Das Zeichen empfiehlt Beharrlichkeit, es empfiehlt außerdem, Helfer in Anspruch zu nehmen‹.«

»Nützt es Joe, meine Hilfe in Anspruch zu nehmen? Braucht er mich, braucht er meine Hilfe? Bedeutet es das?«

»Ja und nein.« Der Teekessel pfeift, und Katha legt das aufgeschlagene Buch auf den Teppich. Mit einer einzigen, graziösen Bewegung kommt sie aus dem Lotussitz auf die Füße. »Du darfst es nicht zu wörtlich nehmen«, sagt sie und geht in die Küche. »Sei chinesisch. Der Mann, der das *I Ging* übersetzt hat, ist verrückt geworden. Orient und Okzident in einer Person vereinigen zu wollen, das war zuviel für ihn. Was möchtest du: Herztee, Kopftee oder Blütenblättertee?«

»Weiß nicht. Herz, denke ich.«

Im Tee schwimmen kleine Blätter, Kiefernnadeln und Stückchen aromatischer Baumrinde. »Ich habe so ein mystisches Gefühl Joe gegenüber«, sagt sie. Sie schlürft den Tee durch zusammengebissene Zähne, um das Grünzeug herauszufiltern. Die Tasse ist weiß, henkellos und glatt wie ein Bachkiesel. »So etwas habe ich noch nie empfunden.« Aber rasch fügt sie hinzu: »Es ist ein Klischee, ich weiß.«

Katha senkt den Blick. »Eine große Liebe kann den Anfang von etwas anderem bedeuten.«

»Wirklich?« Angela beugt sich vor.

»Wenn der geliebte Mensch nicht mehr unterscheiden kann zwischen sich und dem, der ihn liebt ... wenn er ganz und gar von Liebe verzehrt wird, wenn das weder bewußt noch willentlich geschieht, dann *wirst* du Liebe. Alles übrige zählt nicht mehr.«

»Ist das chinesisch?«

»Nein, aber es geschieht manchmal.«

Angela und Joe sitzen einander gegenüber. Ihre Knie berühren sich fast. Sie unterhalten sich, während der Himmel im Fenster sich langsam verdunkelt. Er blickt sie so versunken an, daß sich die Farbe seiner Augen ebenfalls verdunkelt. Er ist auf eine derart hohe Frequenz eingestellt, daß er ihre Schwingungen mit seinem ganzen Körper aufnimmt. Angela hat das Gefühl, als könne er seine Kraft kaum bändigen.

Sie vergißt alles um sich herum, sie vergißt, wo sie sind, was sie eigentlich tun wollten. Es genügt, zusammen in jenem kleinen, immer dunkler werdenden Raum hoch über der Stadt zu schweben. Die Hierarchie unter den Angestellten, eine Besprechung mit einem der Direktoren, Themen für künftige Ausgaben des Informationsblattes – das sind Punkte, über die sie sich unterhalten. Aber dann beschreibt er völlig unvermittelt eine lange Reise, die er nach dem Scheitern seiner Ehe unternommen hat.

Er überließ sein Haus, eine alte viktorianische Villa, die er selbst renoviert hatte, seiner Frau und deren Liebhaber, trennte sich von fast allem, was er besaß, und fuhr auf einem Frachter nach Spanien. Von dem Geld, das ihm aus der Hinterlassenschaft seines Vaters noch geblieben war, kaufte er in Bayern ein Motorrad und fuhr damit durch die Schweiz und Italien. Dann kam er nach Griechenland. Er vermied alle Stätten touristischer Attraktion, und wenn er in seiner Nähe Englisch sprechen hörte, fuhr er weiter.

Er erzählt Angela nicht von den schlimmen Nächten, in denen er, in den Schlafsack verkrochen, Lucy oder Alec innerlich verfluchte – die Hände geballt und die Kehle wie zugeschnürt. Oder sich vorstellte, wie zu Hause alle hämisch grinsten, weil seine Frau und sein bester Freund ihn betrogen hatten. Lucy hatte die ganze Zeit über eine bemerkenswerte Unschuldsmiene zur Schau getragen: Hexenkünste einer Debütantin.

Statt dessen erzählt er Angela, daß er nur schlafen konnte, wenn er das Meer rauschen hörte und sich die schwarze, goldgesäumte Brandung vorstellte. »Die hat alles hinweggespült.«

Er erzählt ihr von den wilden, einsamen Gegenden Nordgriechenlands. Sie ist verzückt. »Dort gibt es kleine Dörfer, wo die Männer auf glühenden Kohlen gehen, und Feste, die angeblich christlich, in Wahrheit aber viel älter sind. Einmal bin ich durch ein Dorf in Thessalien gekommen, wo man gerade ein solches Fest feierte. Dazu wurde eine sonderbar fremdklingende Musik gemacht, die mich sehr berührte. Ich fühlte mich seltsam entrückt. Lauten, eine Bouzouki, eine Art Flöte. Männer, Frauen und Kinder hatten einen großen

Kreis gebildet. Sie trugen Eichenblätter im Haar. Höchst befremdlich.« Er hält inne, erinnert sich an die Hitze, den Staub, den Geruch von gebratenem Hammelfleisch, an die Menschen, die ihn einluden mitzutanzen. Als ein Mann und ein Junge ihn in den Kreis ziehen wollten, wich er zurück. Ihre Berührung, so freundlich und selbstverständlich sie war, entsetzte ihn.

»Es klingt wundervoll«, entgegnet Angela. »Warum sind Sie nicht dortgeblieben?«

»Ich hatte mir vorgenommen, das Kloster Athos zu besuchen. In Meteora gibt es auf beinahe jedem Felsvorsprung ein Kloster. Früher wurden die Mönche in einem Korb hinaufgezogen und heruntergelassen. Ich habe eins davon besucht, es hatte eine Leiter – ich begegnete dort einem jungen Deutschen, der auch unterwegs zum Berge Athos war; er hat mir davon erzählt. Man braucht zur Besichtigung eine Genehmigung der kirchlichen Behörden. Ich habe tatsächlich erwogen, Mönch zu werden; die religiöse Seite hat mich zwar weniger interessiert, aber die Lebensweise dieser Mönche beeindruckte mich enorm. Ich vermute, sie sind wie Zen-Mönche. Ihr Leben ist geordnet, einfach, friedlich. Für alles ist gesorgt: keiner muß zur Münzwäscherei oder zum Supermarkt gehen. Und nachts hat man einen einmaligen Sternenhimmel.«

»Sind Sie nun auf dem Berge Athos gewesen?«

»Es kam was dazwischen.« Sein Ton ist schroff.

Sie hat die falsche Frage gestellt. Er entspricht nicht völlig dem inneren Bild, das sie sich von ihm gemacht hat, deshalb zögert sie, wartet sozusagen mit angehaltenem Atem und vertieft sich in irgendein Detail. Sie sollte sich jetzt verabschieden. Unten auf der Straße ertönt das Heulen einer Sirene, dann das einer zweiten, dritten. »Wahrscheinlich werden wir nie erfahren, was los ist«, sagt sie. »Die Sirenen, meine ich. Als ich noch neu in New York war, hat mich das gar nicht losgelassen –, daß man immerzu Sirenen hört und nachher nie etwas darüber in der Zeitung liest. In Gatch lief jeder auf die Straße, wenn eine Sirene losging. Und am nächsten Morgen gab das regelmäßig eine Schlagzeile für die Zeitung ab.«

Er lächelt, stellt sie sich als kleines Mädchen vor. Ihre Augen werden größer, wenn sie von der Vergangenheit erzählt. Schon damals muß sie sehr hübsch gewesen sein. Er sieht den Pulsschlag an ihrem Hals.

Sie hat seinen Blick aufgefangen und lächelt ein wenig verlegen; ihre Lippen zittern.

Sie streicht das Haar aus der Stirn.

Er rutscht auf seinem Stuhl hin und her, reibt die Handgelenke an seinen Schenkeln und feuchtet die Oberlippe an.

Sie schaut auf das Chaos ringsum, auf die Topfpflanze mit den schönen roten, glockenförmigen Blüten, die an seiner Merktafel befestigten Negative, die grüne Weinflasche auf dem Fensterbrett. Es ist sehr dunkel geworden, und er hat kein Licht angemacht.

Er haßt Neonbeleuchtung. Sie saugt das Blut aus den Gesichtern und löst bei ihm ein Gefühl entsetzlicher Langeweile aus.

Anfangsschwierigkeiten, denkt sie.

Sie nehmen teil an einem ausgeklügelten, lange vor ihrer Zeit festgelegten Ritual. Sie kennen ihre Rollen genau. Die gewaltige, alles überspannende Weltregel hat sie zusammengeführt, und sie können nichts dagegen machen. Alles, was sie tun können, tun sie jetzt.

Angela kauft zwei neue Kleider, ein Paar Schuhe, putzt ihre Wohnung und verbietet sich, Joe anzurufen. Sie ist voller Energie, kann kaum etwas essen und möchte mit niemandem sprechen, außer mit Joe.

Um vier oder fünf Uhr morgens läutet das Telefon. Zuerst glaubt Angela, sie habe das nur geträumt, aber dann geht sie doch schlaftrunken an den Apparat. Ron. »Ich habe gestern mit Sharon gesprochen und wollte dir nur sagen, Angela, ich weiß, Männer haben dich verletzt, aber du solltest dich mir nicht entziehen, nur weil du mir gegenüber stark empfindest. Du kannst dich wirklich auf mich verlassen. Hab keine Angst vor diesen Gefühlen. Ich habe sie auch. Kann ich zu dir kommen? Mir ist klargeworden, daß wir uns ineinander verliebt haben, das wollte ich dir sagen.«

»Das ist wahnsinnig nett von dir, aber jetzt muß ich schlafen. Du bist wirklich sehr lieb, aber ich bin noch nicht ganz wach.« Wieder im Bett blickt sie fragend zur Decke: in wen hat Ron sich bloß verliebt? Sie kann es nicht sein – er kennt sie ja kaum. Ihre Augen sind sich nie begegnet. Ihr Herz hat in seiner Gegenwart nie gebebt. Wie kann er von Liebe sprechen?

6

Buff Goodhugh hat ein Büro mit zwei Fensterfronten über Eck, einem schweren Eichenschreibtisch, zwei Bankierssesseln und einem verglasten Bücherschrank, gefüllt mit Lederbänden – Klassiker der westlichen Welt – und gesammelten Jahrgängen des ›Aerosol Ventil Erzeugers‹, der ›Mitteilungen für Hydroingenieure‹ und der ›Eisen- und Messingbeschläge-Statistik‹. Angela kann kein Exemplar ihres Informationsblattes finden – vielleicht gibt es noch nicht genügend Nummern für einen Sammelband. Auf Goodhughs Schreibtisch liegen ein schwarzer Füllfederhalter mit einem goldenen Clip, ein einziger Bogen Papier – ihr Lebenslauf? – und Macchiavellis ›Der Fürst‹ in rotem Leder. »Anscheinend ist Bly sehr angetan von Ihnen, Angela«, sagt Goodhugh.

»Und ich sehr von *ihm.*« Es ist Angelas erster Arbeitstag bei Starr Whorf. Sie trägt ein blaues Wollkleid mit Knöpfen in Form von kleinen Rosen. Sie fühlt sich verwegen, extravagant und wähnt sich mit Kraft und Glück ausgestattet, die eigentlich nicht zu ihr gehören, aber aus irgendeinem Grunde unterwegs bei ihr hängengeblieben sind. Goodhughs blauäugiges, wohlgebräuntes und von einer verknitterten Krawatte betontes »Alter-Junge-Gehabe« kann sie nicht einschüchtern. Außerdem möchte sie ihn beeindrucken, damit er es Joe erzählt. »Ich bewundere Joe sehr, ich meine, ich finde gut, was er mit dem Informationsblatt vorhat«, fügt sie hinzu.

Goodhughs Unterlippe schiebt sich ein wenig vor; er fährt mit der Hand über die Schläfe und glättet sein angegrautes Haar.

»O ja, und Sie auch«, sagt sie hastig. »Ich meine, Sie sind auch sehr nett.«

»Danke, Angela. Ich bin erfreut und entzückt.« Goodhugh wird feierlich.

»Nichts zu danken, Mr. Goodhugh.«

»Sie können Buff zu mir sagen. Wir sind hier alle untereinander befreundet. Ich hoffe, ja ich bete, daß Sie dies zu Ihrem immerwährenden Vergnügen entdecken werden.«

Sie überlegt, ob sie ihm erzählen soll, was Katha ihr heute morgen aus dem gelben Buch vorgelesen hat, über die Hilfe und Förderung tüchtiger Männer, und wie alles, was sichtbar ist, aus sich herauswachsen und sich in den Bereich des

Unsichtbaren ausdehnen muß, aber Angela will es nicht zu weit treiben. Außerdem dachte sie beim Werfen der Münzen an Joe und nicht an Goodhugh. Als Joe sie heute morgen kommen sah, ist er ihr auf dem Gang entgegengelaufen und hat ihre Hände genommen; sie spürte einen so starken elektrischen Schlag, daß sie ihm kaum ins Gesicht sehen konnte. Es war ein Echo des Orakels: »Im Menschen verbirgt sich ein Schicksal, das seinem Leben Macht verleiht.«

»Ich freue mich aufrichtig, Sie zu unserer Mannschaft zählen zu dürfen«, sagt Goodhugh. »Ich bemühe mich immer, kreative und unternehmungslustige junge Menschen zu finden. Die Firma hat das dringend nötig.«

»Ich weiß zwar nicht, was hier meine Aufgabe ist, aber sie ist bestimmt lohnender als die Ratgeberspalte für einen Liebes-Comic zu schreiben. Ein Comic muß nämlich mindestens eine Seite Text aufweisen, um bei der Post als Literatur und nicht als Bildmaterial durchzugehen. Wußten Sie das? Und diese Seite mußte ich schreiben – über Reis- oder Bananendiät, was man beim ersten Rendezvous tun oder nicht tun soll, wie man wahre Liebe mittels der Sterne findet und so weiter. Früher habe ich an Astrologie geglaubt – bis ich selbst darüber schreiben mußte.« Sie merkt, daß sie zuviel redet, und bremst sich.

Goodhugh lehnt sich in seinen Sessel zurück und ergeht sich über das Informationsblatt. »Mein Informationsblatt« nennt er es. Er erzählt ihr, er sei eines Morgens mit dem Konzept eines Blattes aufgewacht, das sich ausschließlich an Topmanager richten sollte – Männer von Intelligenz, Geschmack, Wißbegierde, Urteilsvermögen. Zuerst wollte der Vorstand nichts davon wissen, aber dann hatte Goodhugh mit jedem Vorstandsmitglied einzeln gesprochen und sie schließlich überzeugen können. Als nächstes mußte er einen geeigneten Mitarbeiter finden. »Rein zufällig hatte ich Bly schon Jahre zuvor entdeckt, als er noch Student war.«

Angela, die den Eindruck gewonnen hat, daß in Goodhughs Büro nicht sehr viel gearbeitet wird, und die sich fragt, ob sie und Joe nachher zusammen essen gehen, setzt sich auf und hört Goodhugh zu, weil er Joe erwähnt hat. »Ach wirklich?«

»Jawohl. Er war mir auf einem Ehemaligen-Treffen von Collegeabsolventen vorgestellt worden. Ich habe mich sofort an meine Verbindung gewandt und gesagt: ›Nehmt diesen Bly.‹ Er wurde Vorsitzender der Verbindung und Chefredakteur der College-Zeitung und des literarischen Magazins – außergewöhnlich. Er hätte ohne weiteres ein Rhodes-Stipendium bekommen können, wenn er nicht geheiratet hätte. Ich muß in aller Bescheidenheit hinzufügen, nicht ganz unschuldig daran gewesen zu sein, daß er nach bestandener Prüfung die Stelle bei der Universitätspresse bekam. Er war prädestiniert zum Verlagsleiter, und alle wußten, daß er es in ein paar Jahren schaffen würde. Meines Wissens wäre er dann der jüngste Verlagsleiter in der Geschichte der Universitätspresse gewesen, aber leider hatte er familiäre Schwierigkeiten und ist Hals über Kopf ins Ausland gegangen. Es ist mir dann gelungen, ihn nach seiner Rückkehr ausfindig zu machen, und *sans dire* war ich natürlich entzückt, als er sich bereit erklärte, mein Blatt zu machen. Anfangs war er ein wenig unsicher und redete sich ein, er passe nicht zu uns. Doch inzwischen hat sich alles großartig entwickelt. Ich glaube ohne Übertreibung sagen zu können, daß dieses mein Informationsblatt das beste ist, was unserer Abteilung, ja Starr Whorf überhaupt, jemals passiert ist.«

Weil Angela bis jetzt nur einige wenige Exemplare des Infos überfliegen konnte, schweigt sie und nickt zustimmend. Es interessiert sie nicht, wie hoch die Profitrate der Unternehmen im letzten Quartal war, noch kann sie sich für Auszüge aus den Protokollen des Senatskomitees für das Bankwesen erwärmen.

»Unser Blatt ist tatsächlich das einzige Info der ganzen Abteilung, das Gewinn abwirft. Unsere Kosten sind niedrig, da wir das meiste Material gratis von Maklern und aus allgemein zugänglichen Quellen beziehen, und erst kürzlich habe ich den Subskriptionspreis verdoppelt. Gewiß, das war riskant – ich fürchtete, wir würden das letzte Hemd verlieren. Aber wollen Sie wissen, was passiert ist?«

»Was ist passiert?« Angela hat inzwischen begriffen, daß sie so tun muß, als höre sie gespannt zu, und sie weiß auch, daß sie das auch künftig tun muß, wenn sie länger als vierzehn Tage bei dieser Firma bleiben will.

»Um es kurz zu machen: ich wurde von einem Anstieg der Abonnentenzahlen um vierunddreißig Prozent überwältigt!«

»Ach wirklich?«

Goodhugh steht auf. »Darf ich Sie nun zu Blys Büro geleiten?«

»Oh – machen Sie sich meinetwegen keine Mühe. Ich werde es schon finden.«

Aber Goodhugh legt die Hand auf ihre Schulter und dirigiert sie den mit einem grauen Teppich ausgelegten Korridor entlang. »Bly, Sie sind ein Glückspilz. Angela, mögen Sie blühen und gedeihen. *Bonne chance.*«

»Vielen Dank«, sagt Angela. »Sie ebenfalls.«

Angela möchte, daß jeder im Büro sie hinreißend findet und alle sich in sie verlieben, damit eine Feuersbrunst aus lauter Liebe um sie herum entfacht wird, die dann auf Joe übergreift und ihm keine andere Wahl läßt, als Angela für sich allein zu erobern. Also strahlt sie, schüttelt Hände und bemüht sich um äußerste Liebenswürdigkeit. Joe führt sie den Korridor hinunter, stellt sie Tor Bracewell, dem Redakteur der ›Mitteilungen für Hydroingenieure‹, Hazel McNutt, der Büroleiterin, und einer Reihe nahezu gleichaussehender Männer um die Fünfzig in dunklen Zweireihern, weißen Hemden und unauffälligen Krawatten vor. Als Joe sie endlich in sein Büro bringt, fühlt sie sich schwindlig und erschöpft.

»Jetzt werden Sie sicher verstehen, weshalb ich so erleichtert bin, jemanden zu haben, mit dem ich reden kann«, sagt Joe leise. Er erklärt ihr, daß ihr Büro dem seinen direkt gegenüberliegt. Bis jetzt sei es allerdings ein Abstellraum gewesen, man werde ihn aber so bald wie möglich herrichten. »Inzwischen haben Sie hoffentlich nichts dagegen, das hier« – er macht eine ausladende Geste – »mit mir zu teilen.«

»Ich fühle mich hier schon ganz zu Hause.« Sie kommt sich vor wie ein schüchternes Schulmädchen und setzt sich, um sogleich diskret die neuen, an den Fersen scheuernden Schuhe abzustreifen. »Es macht mir gar nichts, wirklich. Was ist denn das für eine schöne Pflanze?«

»Eine Gloxinie. Wenn man in die Blütenkelche hineinsieht, wird einem ganz anders.« Er ist sicher, daß sie das genauso empfinden wird.

Sie schiebt mit den Zehen ihre Schuhe unter den Stuhl, steht auf und betrachtet eingehend eine der Blüten. Dabei beugt sie sich mit dem Oberkörper über seinen Schreibtisch. Joe hat das Gefühl, als seien sie zu zweit unter Wasser. Zum erstenmal, seit er bei Starr Whorf angefangen hat, zum erstenmal überhaupt in einem Job ist ihm nicht nach Arbeit zumute. »Also fangen wir an«, sagt Angela und zieht ein kleines Notizbuch und einen Bleistift aus der Handtasche. »Was muß ich tun?« Sie ist bereit, bis Mitternacht zu arbeiten.

»Ich schlage vor, ich stelle für die nächste Nummer erst einmal lose die Themen zusammen. In der Regel mache ich Auszüge aus den Parlamentsprotokollen und gehe die Berichte der Vereinten Nationen durch, das heißt, soweit welche erschienen sind.« Es fällt ihm schwer, sich zu konzentrieren. »Außerdem veröffentlichen die Börsenmakler Auszüge aus ihrem eigenen Informationsmaterial ...«

So uninteressant kann die Arbeit doch nicht sein? Angela seufzt. Es wird hart werden.

»... Karriereaussichten«, sagt Joe. »Lohn- und Preisindex –«

»Mir ist da eben etwas in den Sinn gekommen«, sagt Angela. »Verzeihung, ich wollte Sie nicht unterbrechen.«

»Doch, doch – reden Sie nur.«

»Also gut. Wenn ich mir diese Typen hier so ansehe, Goodhugh und all die anderen, die mir gerade vorgestellt wurden – ich kann mir Namen so schlecht merken – jedenfalls erfolgreiche Topmanager und so weiter in mittleren Jahren –, dann bestehen die doch fast nur noch aus Routine. Könnte es da nicht sein, daß die Führungskräfte, für die wir unser Blatt machen, mal etwas anderes vorgesetzt bekommen wollen, zum Beispiel eine Story über einen Leitenden Angestellten, der plötzlich alles hinschmeißt und, sagen wir, Schornsteinfeger wird? Oder sich nach Rarotonga absetzt ... nein? Aber wahrscheinlich ist das eine blöde Idee. Entschuldigen Sie.«

»Nein, gar nicht, ich finde sie sehr interessant. Gerade stand in der Zeitung, daß der Aufsichtsratsvorsitzende eines Kugellagerwerks einfach abgehauen ist, ein Zelt in der Wüste von Arizona aufschlug und mit bloßen Händen eine Steinmauer errichtete.«

»Wir könnten diesen Führungskräften sagen: Seht mal, wir wissen zwar, daß euch Immobilientransaktionen und gefrorene Schweinebäuche faszinieren, aber es gibt noch etwas anderes: das Leben hat mehr zu bieten!« Angela zieht ihren Stuhl näher an Joes heran. Joe überlegt einen Augenblick, ob das, was er gerade tut, nämlich mit der Zunge über die Oberlippe fahren und Angelas Brüste in seine Perspektive für das Informationsblatt miteinbeziehen, Nachdenken genannt werden darf. »Es würde zusätzliche Arbeit bedeuten –«

»Na wenn schon. Ich arbeite wahnsinnig gern. Machen wir's doch!« Angela ist Feuer und Flamme.

»Midlife-Karrierewechsel...« Ihre Begeisterung führt dazu, daß Joe mehr Autorität in seine Stimme legt. Er nimmt den Bleistift, den er sich hinters Ohr gesteckt hat, und macht eine Notiz.

»Ganz genau«, sagt Angela. »Midlife-Karrierewechsel.«

»Wir sollten diese Aussteiger aufspüren und Interviews mit ihnen machen.«

Während sie reden, stellt Angela fest, daß sein Bart auf der linken Seite ein wenig länger ist. In seinem Haar sind blonde Strähnen, und sie bemerkt eine kahl werdende Stelle, als ihm der Terminkalender von den Knien fällt und er sich bückt, ihn aufzuheben. Heute trägt er ein brandneues Hemd – man sieht noch die Kniffe.

»Wir könnten diese Rubrik durch die Verwendung einer anderen Type von dem übrigen absetzen«, sagt Joe.

»Wir könnten als Motto ein Zitat aus einem Gedicht von Robert Frost verwenden: ›Ich kam an einen Kreuzweg in einem Wald – dadada und so weiter‹.«

»Das ist es!«

Den Rest des Tages verbringen sie auf dieselbe Weise. Das Mittagessen ist vergessen. Ganze Girlanden von Ideen winden sich durch Joes Kopf, und während er sie vor Angela ausbreitet, nickt sie begeistert oder gibt ihnen mit eigenen Einfällen eine neue überraschende Wendung.

In weniger als ein paar Stunden, so scheint es ihm, haben sie die drei nächsten Nummern entworfen, den Umbruch geändert und sich heiser geredet. Joe streckt Arme und Beine aus und zündet eine Zigarette an. Seine Knie sind ganz steif. »Es ist schon dunkel draußen«, sagt er. »Es muß spät sein.«

Angela bückt sich und schlüpft in ihre Schuhe. Er will nicht, daß sie weggeht. »Zum erstenmal seit langer Zeit«, sagt er, »bin ich ruhig und zufrieden und zuversichtlich. Das ist Ihr Werk. Ihre Ideen sind fabelhaft. Gut zu wissen, daß Sie jetzt hier sind.«

Angela strahlt ihn an. »Oh, wirklich?«

Sie steht auf dem überfüllten, zugigen Bahnsteig der U-Bahn-Station, umgeben von Popcorngeruch, sieht in den schwarzen Tunnel und betet. Sie hat nicht mehr gebetet, seit sie vor ein paar Jahren in Mexiko an einem schweren Autounfall vorbeigefahren ist. Lieber Gott, denkt sie, hilf mir bloß über diese Verknalltheit hinweg, damit ich mit diesem wundervollen Job klarkomme.

7

»Du benutzt deine Arbeit, dein Büro und diesen gottverdammten Aktenkoffer voller Mist bloß, um dich dahinter zu verschanzen. Nun hast du doch jemand, der dir hilft, da *kann* es einfach nicht mehr soviel Arbeit geben wie bisher. Das sind alles nur Vorwände, in Wahrheit ist dir an einer authentischen Beziehung nichts gelegen.« Edith kommt gerade von Midge. Sie hat Joe mit dem Taxi vom Büro abgeholt, weil sie nicht warten wollte, bis er nach Hause kommt, um ihre Gefühle auszudrücken. Sie arbeitet jetzt daran, ihre Gefühle stärker auszudrücken. »Jeden Abend kommst du spät nach Hause, und an jedem Wochenende arbeitest du. Dein Job, immer nur dein Job. Er steht mir schon hier!«

Er zieht den Kopf zwischen die Schultern und rutscht auf dem Rücksitz herum. Eine lose Sprungfeder ist im Begriff, sich durch das abgewetzte Kunstleder zu bohren. Sie weiß es, denkt er. Sie weiß von Angela, obwohl ich noch gar nichts unternommen habe. Er hält den Mund. Diese Angriffe sind häufiger geworden und verblüffen ihn jedesmal. Edith war doch früher immer so gutgelaunt. Vielleicht hat er etwas Wichtiges übersehen; irgend etwas muß ihm total entgangen sein. Das entscheidende Teilchen in dem Puzzle. Was immer es ist, für Edith liegt es klar auf der Hand, und für Midge auch, eine Frau, der er nie begegnet ist.

»Du fliehst vor der Realität, darauf läuft es hinaus.«

Joe weiß nicht, was sie damit sagen will. Wenn überhaupt, dann flieht die eher vor ihm. Etwas Wesentliches rückt immer weiter weg. Seine Begegnung mit Angela hat ihm das vor Augen geführt. Aber Edith könnte trotzdem recht haben: die Realität dient offenbar ihren Zwecken. Sie scheint es zu verstehen, mit ihr umzugehen. Ist dieser hoffnungslose Makel an ihm jedem sichtbar? Sieht Angela ihn? Goodhugh?

»Wir haben so viel in diese Beziehung investiert«, fährt Edith fort. »Warum willst du das nicht wahrhaben? Warum weigerst du dich zuzugeben, daß wir eine authentische Beziehung haben?«

Früher hat Edith nicht so geredet. Er verzieht den Mund, hebt die Schultern. Er will sie nicht kränken, er will sie nicht traurig machen.

»Und noch etwas. Du drückst deine Gefühle nie aus. Ich weiß zum Beispiel, daß du jetzt wütend bist. Midge sagt, du bist ein sehr zorniger Mensch. Aber du drückst deinen Zorn nie aus. Niemals!«

»Edith – bitte nicht so laut.« Er sieht auf den dunklen Fleck, den Kopf des Taxifahrers hinter der verschmierten, zerkratzten, kugelsicheren Trennscheibe. Auf der Scheibe klebt ein leuchtend orangenes Schild mit der Aufschrift »Leck mich am Arsch!« »Ich bin nicht wütend, Edith, wirklich nicht, ich weiß nicht, was ich empfinde.«

»Aber ich weiß es. Ich weiß, daß du im Grunde deines Herzens an mir hängst, daß ich dir etwas bedeute, daß du mit mir zusammensein willst. Deshalb sind wir wieder zusammengezogen – in Wahrheit wolltest du dich gar nicht von mir trennen. In deinem Unterbewußtsein willst du bei mir sein. Dich quält bloß die Wut über die Zustände in deinem Büro, und weil du die nicht ausdrücken kannst, läßt du sie an mir aus. Du entziehst dich. Du willst nicht teilen.«

Er fährt sich übers Gesicht; die Haut brennt. Er wird sich ein Zimmer nehmen, im Zentrum, unweit des Büros. Heute ist Angela in engen Jeans, schwarzen Stiefeln und einem leuchtend roten Nicky erschienen, klirrenden Silberkettchen am Handgelenk, und das Haar um den Kopf gewunden. Als er sie kommen sah, hat er schnell die Zeitung genommen und so getan, als lese er. Sie sollte nicht denken, er habe auf sie gewartet, um mit ihr Kaffee zu trinken. Draußen ist es immer noch kalt, es ist erst Februar, aber in ihm lebt bereits die Vision von einem grünenden, duftenden Frühling. Gestern, als sie in dem engen Büro an ihm vorbeiging, hat sie mit der Hand seine Schulter berührt, und diese Berührung hat er den ganzen Tag über gespürt. Wenn sie den Arm nach einem Schriftstück ausstreckt, streift sie manchmal zufällig die Härchen auf seinem Unterarm. Jedesmal, wenn das Telefon läutet, verläßt sie den Raum. Sie respektiert sein Privatleben. Kaum ist sie draußen, fehlt sie ihm schon.

Er gibt dem Fahrer ein Zeichen. Das Taxi hält, er steigt mit seinem Aktenkoffer aus, wirft die Tür zu und geht das letzte Stück zu Fuß.

Im Speicher ist es dunkel und kalt. Der Kühlschrank ist leer. Edith ist nicht da. Er ist erschöpft. Er trinkt einen Bourbon aus der Kaffeetasse und geht ins Bett.

Als Edith hereinkommt und ihn sanft an der Schulter berührt, wacht er auf. Sie überredet ihn aufzustehen. Sie hat den Eßtisch aufgeräumt und Kerzen angezündet. Sie hat geweint, und im Kerzenschimmer hat sich ihr Gesicht, als wäre es müde von all der Spannung, geglättet und ist weicher geworden. Wortlos verzehren sie die Sandwiches, die Edith mitgebracht hat. Ihre Stimme ist müde und kleinlaut. »Joe, ich liebe dich wirklich. Bitte verzeih mir.«

8

»Ich dachte, es wäre ein Halbtagsjob«, sagt Sharon. »Du bist überhaupt nicht mehr zu Hause.« Sie hat gebratenes Hühnchen und Käsekuchen mitgebracht, ein Geschenk ihrer Mutter.

»Stimmt schon, ursprünglich sollte es nur halbtags sein, aber die Arbeit ist ungeheuer interessant und genau das richtige für mich.«

Joe bestätigt Angela immer wieder, wie tüchtig sie ist und wie er sie dafür bewundert, daß sie stets mit neuen Ideen aufwartet. »Übrigens hat Joe Grippe, darum muß ich Überstunden machen.«

»Entweder entwickelst du eine Arbeitsneurose oder du steckst bis über die Ohren in einer Übertragungsphase mit Joe«, sagt Sharon und beißt in ein Hühnerbein. »Mein Kopfschrumpfer meint, mit Clifford hätte ich auch so was erlebt. Das bedeutet, ich habe auf einer ganz bestimmten Ebene gedacht, er sei mein Vater. Kann sein, Clifford konnte das nicht verkraften.« Sharons Bekannte dürfen Cliffords Namen nicht erwähnen. Das bleibt Sharon vorbehalten. Clifford und Sharon liebten es, gemeinsam in der Badewanne zu sitzen und Pläne zu schmieden, wie sie ein prominentes Medien-Paar werden könnten, wenn er seinen Job bei der Rennsportzeitung aufgäbe und eine eigene, seriöse Zeitschrift herausbrächte. Als Sharon eines Tages nach Hause kam, glaubte sie, Einbrecher hätten die Wohnung durchwühlt, bis sie merkte, daß nur Cliffords Sachen fehlten. Seine Freunde behaupteten am Telefon, daß es ihm gutgehe. Er hat nie wieder ein Wort mit ihr gesprochen.

»Ich habe meinen Vater seit meinem dritten Lebensjahr nicht mehr gesehen«, sagt Angela. »Ich glaube nicht, daß Joe die Bedingungen erfüllt. Oh, hier ist ein schönes Bruststück.«

»Unbewußt, meine ich.«

»Ich weiß doch nicht, was mein Unbewußtes tut«, sagt Angela.

»Freud hat es nicht umsonst das Unbewußte genannt«, entgegnet Sharon. »Also, wann gehst du mit deinem Märchenprinzen aus?«

Angela seufzt und nagt Hühnerfleisch vom Knochen. »Die Lage ist folgende: Anfangs bin immer ich zuerst ins Büro gekommen – jetzt ist er immer vor mir da. Mittags lassen wir uns was zu essen raufbringen. Wir arbeiten meistens bis in den Abend hinein. Bevor er die Grippe bekam, waren wir auch am Wochenende im Büro. Er sagt mir immer so nette Sachen und tut, als verstünde ich wirklich was von diesem Job. Hat der eine Ahnung! Und er berührt mich sehr oft – am Ellbogen oder an der Schulter. Ich bin sicher, er findet mich attraktiv. Es hat schon einige sehr brenzlige Momente gegeben. Aber gefragt, ob ich nach Büroschluß mit ihm ausgehe, hat er noch nie.« Sie hält den Hühnerknochen hoch und hat einen Wunsch frei – früher hat sie sich dann immer sehnlich ein Pony gewünscht, nun ist es Joe Bly.

»Vielleicht möchte er nicht mit jemandem aus seinem Büro anbändeln.« Sharon hat das andere Ende des zweiten Hühnerbeins ergriffen und zieht, der größere Teil bleibt in Angelas Hand. »Oder er hat schon eine andere.«

»Gut möglich.« Angela legt den Hühnerknochen auf das Fensterbrett. »Ich habe den Verdacht, daß da jemand ist, aber ich glaube, er wohnt allein, er sagt nie ›wir‹. Er spricht immer von ›*meinem* Speicher‹, ›*meinen* Pflanzen‹. Er hat gerade einen Baum für seinen Speicher gekauft.«

»Weshalb fragst du ihn nicht einfach?«

»Wir reden nie über solche Dinge. Er fragt mich ja auch nicht nach *meinen* Privatangelegenheiten, also darf ich nicht neugierig sein.«

»Du lieber Himmel!«

Weil Joe krank ist, gibt es zwar mehr zu tun, doch sie ist weniger aufgeregt und kommt besser mit ihrer Arbeit voran. Manchmal denkt sie fast eine Stunde lang nicht an ihn und kann sich ganz auf das Blatt konzentrieren. Auch zu Hause ist sie voller Energie, hat einen klaren Kopf und ist mit sich zufrieden. Ich könnte tatsächlich eine Karrierefrau werden, denkt sie. Was habe ich für Aufstiegsmöglichkeiten? Aber alles hängt von Joe ab, und davon, ob sie zusammenkommen oder nicht. Im Bett redet sie sich ein: so toll ist er nun auch wieder nicht. Ein Mann, weiter nichts. Alle Menschen, die sie kennt, erscheinen ihr plötzlich wie Phantome, die sich dauernd verändern und bewegen. Tanzende Teilchen. Sie denkt an die Rücken der Männer, die sie nachts im Bett berührt hat – so viele waren es übrigens nicht –, und meint, sie könne durch sie hindurch ins Leere greifen.

Joe liegt im Bett und dämmert vor sich hin. Die Grippe quält ihn. Alle Knochen tun ihm weh, seine Haut schmerzt, seine Augäpfel brennen. Womit hat er diese ungewöhnliche Strafe verdient? Er ißt nicht richtig. Er hat nicht genug Bewegung. Er müßte das Rauchen aufgeben, abnehmen. Oder ist es seine ganze Lebensweise? »Wir sollten Urlaub machen, irgendwo, wo es warm ist«, sagt Edith. Draußen türmt sich der Schnee. »Erinnerst du dich, wie wir damals mein Hasch geraucht haben, als wir in Griechenland am Strand lagen? Auf den Felsen?«

»Ich kann nicht vom Büro wegbleiben, wenn ich derart in Verzug bin mit meinen Terminen«, sagt er. »Ich muß arbeiten.«

Sie nimmt sich einen Tag frei, um bei ihm zu sein, als es ihm besonders schlecht geht. Sie spricht und geht gedämpft und bringt ihm Brühe. Sie kühlt ihm die Stirn mit einem feuchten Waschlappen. Als es ihm ein wenig besser geht, trägt sie den Fernsehapparat ins Schlafzimmer. Er nimmt ihre Hand. Zehn Tage hat jede Berührung geschmerzt. Jetzt fühlt sich ihre Hand beruhigend an – kühl, trocken und wohltuend. »Eed – dank dir, daß du all das für mich getan hast.«

»Wieso denn? Ist doch selbstverständlich.« Sie lacht.

»Niemand sonst hätte gemacht, was du in der vergangenen Woche für mich getan hast.« Angela ist viel zu unberechenbar. Sie würde wahrscheinlich tanzen gehen, wenn er bereits auf dem Totenbett läge. Sie sagt, sie tanzt leidenschaftlich gern. Rock'n Roll. Aber als Edith sich über ihn beugt und ihn küßt und ihr ganzes Gewicht auf seinem Brustkasten lastet, so daß er kaum Luft bekommt, will er Angela. Er hat oft im Halbschlaf an sie gedacht. Sie könnte eine Phantasiegestalt sein.

Edith legt ihren Arm um seinen Hals und zieht seinen Kopf an ihre Brust. »Wenn du dich wieder besser fühlst, möchte ich dich um einen Gefallen bitten.«

»Was ist es?« Auf einmal fühlt er sich sehr matt.

»Nichts Besonderes – es hat Zeit.«

Sie schalten das Fernsehprogramm ein. Ein kleiner Mann fährt im Motorboot im Spülkasten einer Toilette herum. Das Bild flimmert.

»Um was für einen Gefallen handelt es sich, Edith?«

»Es ist mir sehr wichtig.«

»Aber du hast doch gerade gesagt, es sei nichts Besonderes.«

»Ja schon, für dich ist es nichts Besonderes, aber mir würde es sehr viel bedeuten. Ein ganz großes Plus. Und es würde uns beiden helfen.«

»Dann sag es mir.« Sein Hals tut ihm wieder weh.

»Ich möchte, daß du dich einmal mit Midge unterhältst. Aber bitte, reg dich nicht auf – ich sehe doch, daß du dich aufregst, dabei bin ich noch gar nicht fertig.«

»Ich rege mich nicht auf!« Er ist zu krank, um sich aufzuregen.

»Es wird nicht viel Zeit in Anspruch nehmen. Nur, damit wir ein paar Dinge in Ordnung bringen. Wenn wir nicht zusammenbleiben wollen, können wir uns genausogut auf einer vernünftigen Basis trennen, damit wir am Ende nicht noch anfangen, uns zu hassen. Laß es uns versuchen, ja?«

»Wenn ich mich besser fühle, werde ich gründlich darüber nachdenken.« Er ist verblüfft. Es ist das erstemal, daß Edith von der Möglichkeit einer Trennung gesprochen hat. Früher war immer Joe es. Im Augenblick hat er keine Lust, diesen dämmrigen, warmen, schimmernden Raum zu verlassen und fiebernd und hustend in den Schnee hinauszugehen.

Während seiner Krankheit dachte Joe, Mattigkeit und Schwäche würden ihn nie mehr verlassen. Er hatte vergessen, daß er jemals energisch und gesund war und hart arbeiten konnte. Nun kommt es ihm vor, als wäre er überhaupt nie krank gewesen.

Er brennt darauf, wieder ins Büro zu kommen. Es ist Sonntag, er sitzt im Bademantel am Eßtisch und sieht hinunter auf die beschneite Straße. Er trinkt Kaffee. Edith putzt den Kühlschrank.

»Du sitzt nie in deinem Eames-Sessel, Eed.«

»Wann habe ich schon Zeit dazu?« Eames-Sessel sind kein Gesprächsthema mehr; sie hat die ganze Suche vergessen. Der Kühlschrank ist jetzt sauber und sieht aus wie die Kühlschränke in Krankenhäusern, in denen Medikamente aufbewahrt werden. »Fertig«, sagt sie und läßt sich in einen Stuhl neben Joe fallen. »Darf ich dich um einen winzigen Gefallen bitten?«

»Ich möchte mich aber gerade jetzt nicht mit Midge unterhalten.

»Darum geht es nicht. Es ist wirklich nichts. Nur, daß Trudy, meine Sekretärin, heute abend eine kleine Party gibt, und es würde ihr so viel bedeuten, wenn wir kämen. Ich bitte dich nicht oft um etwas, aber dies ist mir wichtig.«

Joe kann Partys nicht ausstehen und bemüht sich immer, ihnen aus dem Weg zu gehen, so wie er auf die andere Straßenseite wechselt, wenn er den jungen Rowdys vor dem Feinkostladen aus dem Wege gehen will. Sie tragen Axtstiele und kreischende Radios, langweilen sich, sind bösartig und suchen Streit. Aber nun denkt Joe nur daran, wie es sein wird, wenn er wieder im Büro ist und Angela in die Arme nimmt. Es wird harmlos aussehen, denn er war ja krank und lange abwesend. Er lächelt und klatscht sich auf den Bauch. Er hat ein paar Kilo abgenommen. »Einverstanden«, sagt er. »Aber nur kurz. Ich schlage vor, wir treffen uns dort, ja? Ich will vorher noch ins Büro gehen und sehen, was an Post da ist.«

Edith macht den Mund auf, will etwas sagen, hält sich aber zurück. »Gewiß doch, Schatz.«

Er schließt die Tür zum Empfang auf und hofft, daß Angela da ist. Sie arbeitet oft sonntags. Aber es ist spät, und schließlich hat sie ja ein ganzes Leben, von dem er nichts weiß.

Einmal hat sie erwähnt, sie sei im Land umhergefahren – mit einem Bekannten, um einen antiken Spiegel, von dem sie träumte, aufzutreiben. Wer war der Bekannte? Die Korridore sind dunkel, die Luft ist abgestanden. Sein Büro sieht verwahrlost und verlassen aus. Bestimmte Dinge stehen nicht mehr an ihrem Platz. Er braucht eine Weile, ehe er begreift, daß Angela ausgezogen ist.

Er geht über den Korridor. Dort, wo früher der Abstellraum voller alter Aktenschränke, verbeulter Drahtpostkörbe und Pappkartons, ausrangierter Locher, vergilbter Hauptbücher und staubiger Stapel gelber Kladden war, befindet sich jetzt Angelas Reich. Er tastet nach der Lampe auf ihrem Schreibtisch und schaltet sie ein. Der Schirm ist aus transparenten Muschelplättchen. Die Lampe verbreitet ein bernsteingelbes, warmes Licht. Die Wände sind frisch gestrichen, weiß – wie hat sie das geschafft? Er hat ein ganzes Jahr um die Renovierung seines Büros kämpfen müssen.

Angelas Schreibtisch ist tadellos aufgeräumt. Die dunkelblaue Schreibunterlage paßt zu dem Blau der persischen Miniatur an der Wand. Papierschere, Federschale und Heftmaschine in der einen Ecke, ein Lacktablett mit einer kleinen blauen Teekanne und zwei – zwei – dunkelblauen japanischen Teeschalen, deren Ränder fliegende weiße Kraniche umkreisen, in der anderen. Eine mit Blumen dekorierte Blechdose, die er öffnet. Darin Teeblätter, vermischt mit kleinen Stücken aromatischer Baumrinde, Gewürznelken und getrockneten Blütenblättern. Beim Schließen des Dekkels entweicht ein würziger Duft. Auf einem roten Aktenschrank steht eine weiße, mit Rosinen und Mandeln gefüllte Porzellanschale. Seine Hand greift hinein, ehe er sich dessen versieht. Er schiebt das süße Zeug in den Mund, er hat auf einmal mächtigen Hunger. Über dem Gewürzgeruch schwebt der Duft von Rosen und gewaschenem Haar – Angelas Duft. Seine Brust dehnt sich mit einer brennenden Empfindung, und einen Augenblick lang ist er so froh wie als kleiner Junge an einem Samstagmorgen.

Mit der Hand fährt er über den oberen Teil des Aktenschranks. Nie hat er ein derart zinnoberrotes Büromöbel gesehen. Sie fehlt ihm, er war krank. Fast hat er vergessen, wie sehr er von ihr zehrt.

Sein Blick fällt auf ein Blatt Papier mit ihren charakteristischen geschwungenen Schriftzügen. Eigentlich will er es nicht lesen, aber es liegt nun einmal so da, daß jeder es sehen kann.

Spielstand

	J.	A.
1. *Rosenblüten über Gegenspieler gestreut*	0	1
2. *Umarmungen des Gegenspielers*	5	5
3. *Dem Gegenspieler vorgesungene Lieder*	0	3
4. *Quatschnotizen für den Gegensp.*	3	4
5. *Leckerbissen & Tee für den Gegensp.*	0	11
6. *Probleme des Gegenspielers gelöst*	0	3
7. *Berührung von Kopf und Schultern*	12	2
	20	29

Er muß vor Scham und Freude lächeln und hat dabei das köstliche Gefühl, etwas Unerlaubtes zu tun. Die Lieder, die sie ihm vorgesungen hat. »*Hesitation stockings, hesitation shoes, even angels up in heaven got them hesitation blues ... all your high talk will have to wait. Can I get you now or must I hesitate?*« Und »*Weary blues from waitin', Lord I been waitin' too long ...*« und »*Your cheatin' heart*«. Ein Geräusch im Korridor; er schaltet schnell die Lampe aus und eilt zurück in sein Büro. Es ist Goodhugh. »Tag, Bly.« Er klopft Joe auf die Schulter. »Fein, daß du wieder da bist. Ich hoffe, du hast dich richtig auskuriert. Ich kann keine Verantwortung für das übernehmen, was sich unsere unerschrockene Mademoiselle Lee in der Zwischenzeit hat einfallen lassen.«

»Scheint doch in Ordnung zu sein.« Joe lächelt aus bewegtem Herzen und denkt an Angelas Spielstandsprotokoll und die scheinbar willkürlich eingesetzten Punktzahlen. »Ein Glück, daß ich wieder hier bin.«

Goodhugh trägt ein Exemplar von ›Der Wille zur Macht‹ in der Hand. Obwohl er Geschäftsmann und der Sohn des Besitzers eines angesehenen Bankhauses ist, möchte er, daß seine Untergebenen, zum Beispiel Joe, in ihm einen Renaissancemenschen oder besser noch: einen Marc Aurel sehen.

»Joe, wir haben Erfolg«, sagt Goodhugh. Sie gehen zusammen den Korridor hinunter. »Ich denke, der Augenblick ist gekommen, unseren Subskriptionspreis zu erhöhen: fünf Jahre für zehntausend Dollar.«

»Fünf Jahre?« Joe kann sich nicht vorstellen, was er in fünf Jahren tun wird. Er weiß nicht einmal, ob er seine eigenen Abonnements erneuern soll – wo wird er in einem Jahr sein?

Es ist eine dieser Partys mit großen Krügen kalifornischen Weins, Mohrrübensticks und Crackers in kleinen hölzernen Schalen und Simon & Garfunkel aus der Stereoanlage. Was Joe als erstes bemerkt, ist die niedrige Decke und wie wenig Raum sie über all den Köpfen läßt.

»Da ist er!« Edith zieht ihn zu den lärmenden Frauen, Frauen aus Ediths Klinik und deren Freundinnen. Fast alle in popfarbenen Jeans. Eine der Frauen trägt außerdem noch lila Wildlederstiefel und dazu ein graues T-Shirt mit dem Aufdruck »Liberté, Egalité, Sororité«. Was wäre, wenn Angela zufällig hier wäre, wenn sie sich hier begegnen würden? »Fällt Ihnen nicht auf, wie niedrig die Decke ist?« würde er ihr zuflüstern. Sie würden sich bald verabschieden, nach Hause gehen und miteinander schlafen.

»Oh, vielen Dank, Joe, daß Sie Zeit gefunden haben«, sagt die Gastgeberin. Sie trägt einen bodenlangen Rock und dazu eine normale Bluse – ohne Aufschrift. »Ich freue mich so, daß Sie gekommen sind. Ich habe es Edith schon gesagt.« Sie heißt Trudy, hat ein rundes Gesicht und sieht wie ein pausbäckiger Engel mit schwarzen Locken aus. Sie ist sehr ernst, sehr jung. An der Wand hängt ein Poster mit einem sich umarmenden nackten Paar – eine Silhouette am Felsrand vor einer untergehenden Sonne. Die Unterschrift lautet: »Die Liebe macht alles neu.«

Edith hat Joes Ellbogen mit beiden Händen umfaßt und steuert ihn hierhin und dorthin, um ihn ihren Mitarbeiterinnen vorzustellen. Sie sind meist Ende Zwanzig, wirken handfest, praktisch und tüchtig – eben wie Krankenschwestern. Sollte sich jemand an einer Mohrrübe verschlucken, würden sie alle genau wissen, was zu tun wäre. Oder sollte ein Feuer ausbrechen, würden sie sofort eine freiwillige Feuerwehr bilden und die Löscharbeiten organisieren. Eine von ihnen lächelt Edith zu. »Es stimmt – du hast einen guten Fang getan.« Offensichtlich weiß man über ihn Bescheid, er spürt es, weil sie ihm so vertraut die Hände schütteln. Sie haben seine Fieberkurve gelesen.

Von Zeit zu Zeit sendet Edith ermunternde Signale aus,

ein grimmiges Nicken, wenn sie merkt, daß er sich langweilt. Er trinkt rasch zwei Becher Wein.

Soll er seinen Schuh ausziehen und ihn essen? Wäre das nicht interessant? Er holt sich noch einen Becher Wein. Vor Jahren ist er auf einer Wohltätigkeitsveranstaltung seines Colleges Paul Newman begegnet. Paul Newman machte einen überaus gelangweilten Eindruck und hatte sich eine Bierdose in den Bund seiner Smokinghose gesteckt. Joe zieht am Kragen seines Pullovers, ein grauer, dicker Wollpullover, den Edith ihm zum Geburtstag gestrickt hat. Der Halsausschnitt ist zu eng, Joe hat das Gefühl, erwürgt zu werden.

»Darf ich Ihnen meine Schwester vorstellen?« fragt Trudy.

»Hallo«, sagt Joe. Lynn sieht anders aus als die anderen Frauen hier. Sie ist blaß und dünn und trägt ein ausgeschnittenes schwarzes Kleid. Sie legt die Hand auf die Hüfte und schiebt das Becken vor. Joe nimmt einen großen Schluck Wein. Sie ähnelt Trudy so wenig, daß er vermutet, eine von beiden müsse adoptiert sein.

»Arbeiten Sie auch in der Klinik?« erkundigt sich Joe, obwohl er sicher ist, daß es nicht sein kann. Nur ist er auf einmal zu müde, um etwas anderes zu sagen.

»Natürlich nicht. Ich bin *Lynn Lewis*!« Sie erklärt ihm, sie sei Journalistin, Kolumnistin, Feministin und steckt eine lange Zigarette in ihre Zigarettenspitze. Sie sei gerade von einer Fernsehdiskussion gekommen, in der es um mißhandelte Ehefrauen ging.

»Sie sind verheiratet?« Joe gibt ihr Feuer.

»Natürlich nicht!« Die Frage hat eine solche Entrüstung ausgelöst, daß Joe seine Taktlosigkeit bereut. Während sie sich über die Ehe und über das, was an dieser Institution falsch ist, verbreitet, wandert sein Blick vorbei an ihren abfallenden Schultern zu dem Poster. Es ist in Rot, Orange und Gold gehalten, die Körper des Liebespaars zeichnen sich dunkel ab. Das Foto ist geschmacklos und kitschig und dürfte aus einem Hippie-Laden stammen. Aber es erinnert Joe an Liebe, richtige Liebe, an die blendende, weiße, von Angela entfachte Flamme, die ohne ihrer beider Zutun aufgelodert ist. Die Welt ist mit einemmal voller Möglichkeiten, ist ein transparentes Ganzes geworden. *Die Liebe macht alles neu.* Es ist wahr, es ist wahr! »Es ist wahr«, sagt er.

»Und so wird es auch bleiben, bis wir gesetzlich verankern, daß Männern die gleiche Last auferlegt wird.«

»Da haben Sie völlig recht«, bestätigt er, und vielleicht hat sie es wirklich. Er hat ihr nicht zugehört. Während er wieder an die weiße Flamme denkt, durchflutet ihn ein Gefühl von Wohlwollen und Wärme gegenüber der ganzen Welt, einschließlich der verstörten Frau vor ihm, welche offenbar die Fähigkeit besitzt, ununterbrochen, und ohne Luft zu schöpfen, auf ihn einzureden. Ihre Augen sind tiefblau und sehr schön, ihre Haut schimmert zart – eigentlich sieht sie gut aus.

Sie macht einen Moment Pause. »Aber *wir* wissen, das heißt, ich weiß, wer *Sie* sind. Eine meiner Kolleginnen ist mit Angela Lee befreundet.«

Joe fühlt, wie seine Ohren heiß werden. »Oh, richtig, ja«, murmelt er. »Sie hat gerade bei uns angefangen, beim Marketing-Informationsdienst.« Sein Blick sucht Edith. Edith steht in einem Halbkreis von Frauen und lacht: sie ist beliebt.

»Sharon – das ist die Kollegin – sagt, Angela geht ganz in ihrer Arbeit auf. Für sie bedeutet es eine große berufliche Chance, es ist auch wirklich an der Zeit, daß Konzerne wie Starr Whorf Frauen in verantwortliche Positionen bringen. Oder ist sie Ihr Mädchen?«

»Mädchen?«

»Ich meine Ihr Mädchen-für-alles.«

»Aber nein, nein, sie ist sehr tüchtig. Wir sind völlig gleichgestellt. Es klappt alles sehr gut.«

»Das hat Sharon auch gesagt.«

Joe schweigt und sieht Lynn durchdringend an. Dies ist ein Trick, den er als Reporter beim College-Magazin gelernt hat. Man muß sein Gegenüber mit einem erwartungsvollen Ausdruck ansehen, nichts sagen und den gezückten Bleistift über den Notizblock halten. So schafft man einen gewaltigen Abgrund, zu dem es die meisten Menschen hinzieht, und am Ende werden sie sich hineinstürzen – alles, nur um das Vakuum zu füllen. Aber weil Lynn selber Reporterin ist, kennt sie womöglich diesen Trick und durchschaut ihn – nur ist sie offenbar nicht sehr aufmerksam.

Oder es widerstrebt ihr ganz einfach, Informationen zurückzuhalten. »Ich kann natürlich gut verstehen, daß Angela sich auch intensiv Ron Nussbaum widmet.«

»Ron Nussbaum –« wiederholt Joe mit tonloser Stimme, verzieht aber keine Miene. Sein Herz steht fast still.

»Ja, Ronald A. Nussbaum, der Lyriker. Sie wissen schon.«

Joe hat Nussbaums Verse in Zeitschriften gesehen. Gerard Clewes kennt ihn wahrscheinlich. »Nein ... wer ist das?«

»Ach so – naja, ihr Managertypen, ich vergesse das immer. Er hat diesen furchtbar wichtigen Lyrikpreis gewonnen. Ich kenne ihn seit Jahren.«

»Und Angela lebt jetzt mit ihm?« Noch ein Journalistentrick. Übertreibe und warte auf eine Richtigstellung.

»Das glaube ich nicht. Aber er hat Angelas Brüsten exotische Namen gegeben – ich habe vergessen welche.«

Joe fühlt sich nicht wohl. Lynn scheint geschrumpft und in weite Ferne gerückt. Er reibt sich die Stirn, kann sein, daß er die Grippe doch noch nicht ganz überwunden hat.

»Worüber redet ihr?« Edith legt den Arm um Joe und drückt seinen Brustkasten. Schnell holt er tief Luft.

»Über das Liebesleben von Joes Assistentin.«

»Sie ist nicht meine Assistentin. Wir sind gleichgestellt.«

»Liebesleben? Liebesleben?« Ediths Stimme klingt rauh, sie hat zuviel geredet, geraucht, getrunken. »Mein armer Joe ist so überarbeitet, du glaubst es nicht. Aber jetzt hat man endlich eine rechte Hand für ihn engagiert, so daß wir mal gemeinsam in Urlaub fahren können.« Ihr Lächeln ist breit, gezwungen.

»Ja wirklich, ich muß mich verabschieden, es ist zuviel Arbeit liegengeblieben.« Joe fürchtet, daß sein Kopf an die Zimmerdecke stößt.

Ediths Lächeln schmilzt. »Du hast es versprochen.«

»Bleib doch noch ein wenig und amüsiere dich, Edith. Ich habe mir ein paar Akten aus dem Büro geholt und möchte sie noch vor morgen durchsehen.« Er wünscht sich, er könnte einfach den Mund halten und würde nicht versuchen zu entkommen – es wäre so viel einfacher für alle Beteiligten. Jetzt wird alles wiedergekäut und diskutiert und seziert werden.

»Denk bitte daran, was Midge gesagt hat.«

Joe kommt sich erbärmlich vor. Edith leidet seinetwegen. Er flüchtet vor der Wirklichkeit. Er möchte in einer Welt wie der auf dem Poster leben. Midge hat recht.

»Midge?« fragt Lynn.

»Eine sehr hilfreiche *Freundin*«, sagt Edith.

»Wahrscheinlich steckt mir die Grippe noch ein wenig in den Knochen«, erklärt Joe Lynn. »Also nur noch eine halbe

Stunde«, sagt er zu Edith und sieht auf die Uhr. Dabei denkt er an Thoreau, ein Idol seiner Jugendjahre. Als könnten wir die Zeit totschlagen, ohne die Ewigkeit zu verletzen.

In dieser Nacht, im Bett, weint Edith und sagt ihm, wie ihr zumute war, als er vorzeitig die Party verlassen wollte, wie sie sich selber auch nicht amüsiert habe, wie sie nur Trudy einen Gefallen tun wollte. Er denkt an Angela und an diesen Nussbaumtyp. Ein Lyriker – wer hätte das gedacht? Der ihren Brüsten Namen gibt. Wie idiotisch von ihm, sich einzubilden, Angela hätte außer einem harmlosen Flirt noch etwas anderes mit ihm im Sinn. Offenbar zieht sie einen erfolgreichen Lyriker so einer Null wie ihm vor. Alles, was er kann, ist arbeiten. Und Ediths Gefühle verletzen.

Er kann Edith ja immer noch verlassen. Aber wofür? Für einen kleinen Verschlag mit niedriger Decke, einem Bett und einem Stuhl? Wie das Zimmer, das er mietete, nachdem er Lucy verlassen hatte? Kalte Hotdogs zum einsamen Abendessen? Gespräche mit kaputten Frauen in schummrigen Bars und auf Partys? Und dann ins Bett mit diesen Frauen oder auch nicht, Abend für Abend bis ans Ende seiner Tage?

»Es tut mir sehr leid.« Er berührt Ediths Schulter, und sie reagiert mit einer heftigen Umklammerung. Er wünscht sich, Angela im Arm zu halten. »Ich muß mir über vieles klarwerden.«

»Hast du dir schon über diesen Gefallen Gedanken gemacht?«

»Gefallen?« Er will zerstreut klingen, aber er bringt die Kraft nicht auf, die Stimme fragend zu heben.

»Über dein Gespräch mit Midge.«

»Also gut ... irgendwann, wenn ich Zeit habe.«

»Donnerstagnachmittag um drei?«

9

Angela hat ihre Karteikästen durchgesehen, die noch neu genug sind, um nicht in Unordnung zu geraten. Sie horcht auf das schwache Knarren und Rascheln jenseits des Korridors. Joe arbeitet noch. Alle anderen haben bereits das Büro verlassen. Sie wartet. Heute hat sie sich zum erstenmal das ›Wall Street Journal‹ gekauft, und sie liest darin, daß Frauen allmählich auch in der Managementetage großer Unternehmen ernstgenommen würden. Nach dem College, als sie mit Arthur nach New York gekommen war, wollte sie unbedingt Erfolg haben. Aber womit, das wußte sie nicht. Dann las sie ein Buch über Karrierefrauen und wie man es anstellt, eine führende Position zu erlangen und vielleicht sogar in der Chefetage zu landen, wenn man statt Rock und Bluse einteilige Kleider trägt, in der Handtasche stets Mundspray mitführt und eine Nase für neue Ideen hat. Angela, die eine führende Position suchte, zeichnete ein Poster, von dem sie hoffte, es würde bei einer Werbeagentur Eindruck machen. Im praktischen Biologieunterricht hatte sie ihr zeichnerisches Talent bewiesen, und so zeichnete sie einen Plattwurm, schnitt das Foto eines Volkswagenkäfers aus einem Magazin und klebte es neben das Bild des Plattwurms. Darunter schrieb sie, daß weder Plattwurm noch Volkswagen jemals ihre Form verändert hätten. Als sie sich damit das erstemal bei einer Werbeagentur vorstellte, weigerte sich der Personalchef, Angelas Anzeigenentwurf auch nur eines Blikkes zu würdigen, und erklärte ihr, daß ihre Arbeit hauptsächlich darin bestehen würde, Fluggesellschaften anzurufen und Tickets reservieren zu lassen. Schließlich fand Angela eine Stellung als Schreibkraft und Archivassistentin bei einem Anthropologen, der ein Buch über Äthiopien schrieb.

Joe zieht einen Stuhl herüber in ihr Büro. »Bitte um Entschuldigung, daß ich störe.«

»Aber stören Sie nur – nichts, was mir lieber wäre«, sagt sie. »Ich werde erst einmal Teewasser aufstellen.«

Sie sitzen im warmen Licht ihrer Lampe – sie schaltet nie die Neonröhre an der Decke ein – und trinken Tee aus den Schalen mit den fliegenden Kranichen.

»Was hielten Sie davon, wenn wir unser Informationsblatt neu gestalten würden – ich meine mit neuen Rubriken?« Sie trägt den roten, zum Streicheln einladenden Nicky. Ihr Haar wird im Nacken mit einer silbernen Spange zusammengehalten. »Als Sie krank waren, ist mir das so durch den Kopf gegangen. Es gefällt mir schon, wie das Blatt jetzt ist, aber wir könnten trotzdem noch etwas Neues versuchen.«

»Zum Beispiel?« Will sie damit sagen, er habe das Blatt nicht gut genug gemacht?

»Also etwas – wie soll ich mich ausdrücken – es ist ja auch nur ein Vorschlag – etwas wie ... das neueste Know How.«

Sie zögert. »Aber vielleicht liege ich damit falsch.« Sie beißt sich auf die Lippe; drei horizontale Furchen erscheinen auf ihrer Stirn.

Er zündet sich eine Zigarette an. Er möchte sein Informationsblatt nicht schon wieder umstoßen. Bei Angela geschieht alles so schnell.

»Ich weiß nicht.«

Angela zwinkert ihm aufmunternd zu.

Er grinst. »Also gut. Ich höre.«

Sie nimmt einen Notizblock aus der Handtasche. »Ich habe mir da ein paar – Sachen – notiert.«

Als er heute wieder zur Arbeit gekommen war, hatte er sie kurz, aber fest in den Arm genommen. Es hatte ganz harmlos ausgesehen, ganz unschuldig, sie sind Kollegen, er war zehn Tage krank. Er und Belinda umarmen sich auch manchmal. Angela löst die Spange und läßt ihr Haar auf die Schultern fallen. Sie seufzt. »Vielleicht ist es doch kein so guter Vorschlag.«

»Nein, nein, sprechen Sie nur. Wir sind doch Partner.«

Sie schlägt ihr Notizbuch auf, beachtet es aber nicht. »In jeder Ausgabe könnten wir von einer Entdeckung oder bahnbrechenden Erfindung berichten.«

»Auch von unkonventionellen Lösungen«, ergänzt er. »Ein Problem seitwärts statt frontal in Angriff zu nehmen?«

»Unkonventionelle Lösungen – das klingt sehr gut.« Sie macht sich eine Notiz. »Energie«, sagt sie.

Auf einmal sieht er deutlich vor sich, wie das Blatt mit dieser Hinzufügung aussehen könnte. Andere Typografie, vielleicht mit einer Strichzeichnung. Insider-Informationen, aber von allgemeinem Interesse. »Alternative Energiequellen«, sagt er, »Sonnenkraft, Windmühlen – irgendeine kleine Firma im Südwesten hat mir da doch ihren Prospekt geschickt.«

»Aber ja, wunderbar, phantastisch.« Sie macht wieder eine Notiz.

»Angela, das ist ein sehr brauchbarer Vorschlag. Überdies gibt uns das die Möglichkeit, alles, was sich nicht ohne weiteres einordnen läßt, was wir aber für wichtig halten, unterzubringen.« Er spricht nicht weiter, schaut sich um und holt tief Luft. Ihm ist gerade wieder eingefallen, daß sie einen Liebhaber hat, einen Lyriker, der ihren Brüsten Namen gibt. Immerhin, sie werden gute Arbeitskollegen bleiben. »Wie wär's mit Poesie?« fragt er und kommt sich superschlau vor. »Wie wär's, wenn wir manchmal ein paar Gedichte bringen würden?«

»In einem Informationsblatt für gestreßte Manager? *Gedichte*?«

»Wallace Stevens war Direktor einer Versicherungsgesellschaft.« Seine Stimme ist leise geworden. »Ich mag ihn sehr.« Er möchte andeuten, daß er kein so hoffnungsloser Banause ist, daß es außer Nussbaum noch andere empfindsame Seelen gibt.

»Also gut: Gedichte.«

»Wenig bekannte Tatsachen. Vielleicht Artikel über medizinische Technologie – künstliche Herzklappen. Sexualforschung – da kommt eine Menge auf uns zu.«

»Hm.«

Wäre es denkbar, daß sie rot geworden ist? Sie ist siebenundzwanzig, geschieden und sagt, sie hat ein Verhältnis mit dem Freund ihres Ehemannes gehabt. Und sie flirtet dauernd. Mit Goodhugh, mit Tor Bracewell und anderen Bürolöwen. Sie flirtet sogar am Telefon. Wie könnte sie erröten? Sie unterhalten sich doch nur über eine Idee, eine Idee allerdings, die ihn immer mehr fasziniert. Nach einer Weile redet er weiter. »Wie sind Sie eigentlich aufgewachsen?«

»Das wollen Sie wirklich wissen?« Noch nie hat jemand sie danach gefragt.

»Ja, ich möchte es wissen.«

Während sie es ihm beschreibt, stellt er sich die weite, nach Beifuß duftende Prärie vor, umgeben von gezackten, dunkelblauen Bergen. Sandstürme, die ihr auf dem Schulweg Gesicht und Beine peitschen, Platzregen, Sturzbäche, Sommer, die so heiß sind, daß man auf dem Asphalt vor dem Cash-In-Café, wo ihre Mutter einunddreißig Jahre lang als Serviererin gearbeitet hat, ein Setzei braten könnte.

Sie berichtet, daß sie mit elf Jahren eine Seite aus ihrem Schulheft riß und notierte, wie alt sie in zehn, zwanzig, dreißig Jahren sein würde. Bis dahin hatte sie nie über die Zukunft nachgedacht, außer kurz vor Weihnachten oder wenn sie die Sommerferien kaum erwarten konnte. Als ihr bewußt wurde, daß sie selbst auch älter wurde, stimmte sie das sehr traurig; Jahre, angefüllt mit Unvorhersehbarem, durchlebt von einer Person namens Angela, die sie nie kennenlernen würde, die größer und klüger, auch wohl attraktiv und welterfahren sein würde. Sie bezweifelte keinen Moment, daß mit den Jahren etwas aus ihr werden würde. Aber sie machte sich doch Gedanken darüber, wie man von elf auf einunddreißig kommt. »Ich habe meine Mutter gefragt, und die meinte: ›Es passiert einfach, mein Liebling, also mach' dir deswegen keine Sorgen.‹ Aber ich machte mir Sorgen, wie es sein würde, wenn ich nicht mehr elf war. Ich wollte nicht so werden wie meine Mutter. Als ich noch ganz klein war, ließ mein Vater sie sitzen, und sie hat all die Jahre auf ihn gewartet, auf seine Rückkehr oder auf jemanden, der kommen und sie mit nach Los Angeles nehmen würde, denn dort wollte sie immer hin.« Angela erinnert sich, daß sie oft fürchtete, eines Morgens aufzuwachen und alt zu sein, eine alte, alte Frau. Sie beobachtete alte Menschen, die ihr ganzes Leben in Gatch verbracht hatten, um einen Hinweis zu finden auf das, was die Zukunft für sie bereithielte, aber die runzligen, verwitterten Gesichter verrieten ihr nichts.

»Denken Sie manchmal daran, zurückzugehen?« fragt Joe.

»Oft. Ich hatte ja nie die Absicht, in New York zu bleiben. Mein Ex und ich – wir machten immer Pläne, wir wollten uns eine Ranch kaufen und von der Landwirtschaft leben wie unsere Freunde. Helen – sie ist meine beste Freundin – und Tom sind tatsächlich Farmer geworden, aber dann ließen Arthur und ich uns scheiden. Helen fragt dauernd, wann ich denn endlich komme. Die Gegend von Gatch wäre nicht übel. Die Menschen sind dort sehr freundlich, und die Wolken – so etwas haben Sie noch nicht gesehen. Immer wenn mir die Dinge in der Stadt über den Kopf zu wachsen drohen, spiele ich mit dem Gedanken zurückzugehen.«

»Ich habe einen Sommer über in Montana gearbeitet«, sagt Joe, »und weiß genau, was Sie meinen: die Wolken sind dreidimensional.«

Es folgt eine lange Pause, in der sich keiner von beiden rührt. Er starrt Angela an, und sie hat das Gefühl, zuviel geredet zu haben, und daß er unmöglich jemanden gernhaben kann, der einen so staubigen, gewöhnlichen Hintergrund hat.

»Ach ja, Redaktionsschluß«, sagt sie schließlich. Nie fragt er sie, ob sie nach diesen späten Sitzungen mit ihm irgendwohin essen gehen will. Stimmt mit ihr etwas nicht? »Während Sie krank waren, hat sich Goodhugh über Kostenüberschreitungen aufgrund versäumter Termine beschwert. Wäre es nicht machbar, alle unsere Termine einfach um eine Woche vorzuziehen? Ein kleiner Selbstbetrug sozusagen ...« Sie bricht ab. Er sagt gar nichts. Statt dessen starrt er sie unentwegt aus grünen, leuchtenden Augen an.

Sie möchte ihn fragen, woran er denkt, aber ihre Stimme läßt sie im Stich. Sie hat Angst, seinem Blick zu begegnen, aber dann dreht sie sich doch um und sieht ihm direkt in die Augen. Sie wendet den Blick nicht wieder ab.

Die Zeit steht still. Sie schweben im All.

Angela betritt ihre Wohnung und schaut in den Spiegel im Flur. Weshalb hat er sie nur so angestarrt? Was war los? Was geht vor? Kein Mann hat sie je so behandelt. Diese anhaltende Spannung zermürbt und erregt sie. Soll sie den großen Schritt wagen und ihn zu sich einladen? »Du bist ja verrückt«, erklärt sie der Spiegelperson, trinkt ein Bier, läßt das Abendessen ausfallen und geht ins Bett. Sie denkt: Es ist nichts weiter als eine Kombination von Geistesschwäche und niederer Begierde, die mich in diesen Zirkus gelockt hat.

Als Joe die riesige Empfangshalle von Midges Bürohaus auf der anderen Seite des Parks betritt, verspürt er ein Würgen im Hals. Trotzdem, er hat es Edith versprochen. Er hat noch nie ein Versprechen gebrochen. Edith ist sehr lieb gewesen, besonders, als er die Grippe hatte. Jeden Morgen denkt er, er wird ja bald ausziehen, vielleicht nächstes Wochenende. Jeden Abend ist er erleichtert, ein Dach überm Kopf und zu essen zu haben – ohne Komplikationen. Häufig ist Edith überhaupt nicht da. Entweder ist sie noch in der Klinik oder bei ihrer Mutter oder sie macht Besorgungen oder hat irgendwelche Abendkurse.

»Da wir künftig miteinander arbeiten werden«, sagt Midge, »möchte ich gern soviel wie möglich über Sie erfahren.« Sie sitzen in ihrem Sprechzimmer, das auf einen Kinderspielplatz hinausgeht, in Eames-Sesseln einander gegenüber. Er vernimmt fröhliches Kindergeschrei, das Quietschen von Schaukeln und Wippen. Der Raum ist groß, in Beige gehalten und kaum möbliert. An der Wand hängen mehrere Schwarzweißfotos von Schneeverwehungen.

Auch Midge ist ganz in Beige gekleidet – Joe hält ihr Gewand für eine Art Schlafanzug –, dazu trägt sie mehrere

Goldketten, eine goldene Armbanduhr, aber keine Ringe. Sie hat kurzes lockiges Haar, schwarz mit grauen Strähnen. Sie raucht Gauloises.

Joe zündet sich eine Zigarette an, rutscht auf seinem Sessel hin und her und kratzt sich unauffällig die Wade, wo ihn sein Stiefel scheuert. Sein linkes Ohr fängt an zu jucken.

»Wenn wir nicht über uns selber sprechen oder über etwas Spezifisches Auskunft geben wollen, dann nennen wir das Resistenz«, sagt Midge. »Manchmal haben wir Angst, daß uns die Menschen nicht mehr mögen werden, wenn sie über uns die Wahrheit erfahren. Sie sollten sich aber völlig frei fühlen, nicht zu reden, wenn das für Sie angenehmer ist. Ich frage mich nur, weshalb Sie nicht reden wollen.«

»Ich habe Edith versprochen, daß ich ...«

»Ja? Versprochen?«

Er zuckt die Achseln.

»Es steht Ihnen natürlich frei zu tun, was Sie wollen, aber ich frage mich, ob Sie und Edith nicht eine Menge in Ihre Beziehung investiert haben und ob Sie bereit sind, die Dinge durchzuarbeiten.«

Joe schüttelt den Kopf.

»Sie sind anderer Meinung?«

»Doch, doch, natürlich – mein Hals ist bloß ein bißchen steif.«

Sie schaut auf die Uhr. »Edith wird bald hier sein.«

In dem Urlaubsort, von dem aus Kajiks zum Berg Athos fahren, war Joe in einem drittklassigen Hotel abgestiegen und hatte auf ein Besuchervisum der Kirchenbehörde in Thessaloniki gewartet. Die Zündung am Motorrad funktionierte nicht richtig, die Werkstatt am Ort war hoffnungslos. Immerhin konnte er den Mechaniker dazu bewegen, Ersatzteile aus Deutschland zu bestellen. Die Stadt war voll von Frauen, deren Männer sich auf den Berg Athos zurückgezogen hatten, wo selbst weibliche Tiere keinen Zutritt haben. Gelegentlich begegnete er Frauen, die Lucy ähnelten. Eine hatte sogar ein Baby im Arm, das wie Todd aussah. Edith, die Lucy überhaupt nicht ähnelte, wohnte mit zwei Schwedinnen im selben Hotel. Alle drei riefen »Hal-lo« und winkten freudig, als er den Speisesaal des Hotels betrat. Wollte er in die Bar gehen, wo getanzt wurde? War er Sporttaucher? Sie setzten sich mit einer Flasche Ouzo an seinen Tisch.

Später, unter dem mythischen Himmel und den mythischen Sternen, nahe der Brandung des weindunklen Meeres, legte Edith den Arm um ihn. Zuletzt hatte ihn seine Frau berührt. Edith, dünn und knabenhaft, erklärte ihm, sie wolle nur spazierengehen. Allein, mit ihm. Es war kühl geworden und spät, und er wollte eigentlich schlafen. Die Anstrengung, die es ihn gekostet hatte, mit Frauen zusammen zu sein, wieder Englisch zu reden, war enorm gewesen. Unter dem Mond der Artemis drangen unsägliche amerikanische Großstadtlaute an sein Ohr, deren Sinn sich ihm nur schwer erschloß. Edith stammte, so schien es, aus Paterson, New Jersey, und dann war ihre Familie nach Queens gezogen. Ursprünglich wollte sie heiraten, aber es hatte nicht geklappt. So verbrachte sie nach abgeschlossenem Studium einen Sommer in einem Kibbuz. Ihr Magen setzte ihr zu, wahrscheinlich wegen eines am Vortage gegessenen Muschelgerichts. Sie meinte, Griechenland sei sehr sauber. Und wirklich billig. Sie hatte gerade einen Flokati gekauft – zu einem Spottpreis –, wie sie ihn schon immer haben wollte. Nach ihrer Rückkehr in die Staaten würde sie ihre Sachen von den Eltern holen und eine Wohnung in Manhattan nehmen. Deshalb brauche sie Einrichtungsgegenstände. Sie beabsichtige, ihre Prüfung in Betriebswirtschaft zu machen. Ihre Mutter arbeite bei der Telefongesellschaft und wolle vor ihrem Tod Enkelkinder haben. Edith sagte auch, sie habe erstklassiges Hasch dabei.

Unter dem griechischen Himmel mit seinen blitzenden Sternen und am Ufer des griechischen Meeres, in einer griechischen Stadt, wo ihm so vieles fremd war, bedeutete Edith die Heimat. Sie sagte, er gefalle ihr, und er wollte wieder einmal eine Frau im Arm halten. Die Tatsache, daß sich sein Verlangen nach ihr durchaus in Grenzen hielt, gab der Geschichte mit Edith in seinen Augen etwas Harmloses und Unverbindliches. Außerdem half sie ihm, das Motorrad wieder flott zu machen, wusch seine Socken, stopfte sie, packte seine Sachen um. Ihre Intelligenz, ihr Eifer und ihre flinke, präzise Art taten ihm wohl. Sie beschlossen, gemeinsam weiterzureisen. Er gewöhnte sich an sie, und überhaupt war es ja nur ein vorübergehendes Arrangement: gute Kameraden der Landstraße, das war alles. Als sie dann vorschlug, einen Abstecher nach Jugoslawien zu machen, erklärte er sich einverstanden. Zum Besuch des Berges Athos wäre ja immer noch Zeit – später. Eines Morgens wachte er auf und konnte sich kaum noch an das Gesicht seines Sohns erinnern. Sie sagte, sie sei bereit, ebenfalls in die Staaten zurückzukehren, aber sie brauche eine Bleibe, bis sie Arbeit gefunden und sich einen Studienplatz besorgt habe; es fiel Joe nicht schwer einzuwilligen, daß sie erst einmal zu ihm in die Wohngemeinschaft zöge.

Joe versucht, die Kette der sich an diese erste anschließenden Einwilligungen zu rekonstruieren, die ihn schließlich in diesen Sessel in dieses Sprechzimmer gebracht hatte, aber der Film reißt. Er kann überhaupt nichts mehr denken, bis Edith hereinkommt. Dann fragt er sich, ob Angela, wenn er zurückkommt, noch im Büro sein wird.

Edith läßt sich in den Stuhl neben ihm sinken und schüttelt sich aus ihrem Mantel. »Oh je«, sagt sie, und er spürt die kalte Luft, die sie mit hereingebracht hat. »Fast hätte ich es nicht geschafft, ich bin in der Klinik aufgehalten worden, aber ich habe tatsächlich etwas sehr Schönes zu berichten. Man kann mir zwar keine große Gehaltserhöhung bewilligen, aber ich kriege ein paar Aktien und das Optionsrecht, später noch mehr zu erwerben.«

»Da freue ich mich aber für dich, Edith.« Die Stimme von Midge ist tonlos.

Joe hält sie nicht für jemanden, der sich für andere freut, nicht einmal für sich selbst.

»Das ist großartig, Edith«, sagt Joe.

Edith strahlt zuerst Joe, dann Midge und dann wieder Joe an. Sie hat ihren Alle-meine-liebsten-Menschen-sind-endlich-beisammen-Ausdruck aufgesetzt, den sie auch trägt, wenn sie Joe überredet hat, mit ihr und ihrer Mutter zu Abend zu essen: jedesmal Hühnersuppe und Schmorbraten.

»Edith, willst du vielleicht noch über etwas anderes reden?« fragt Midge.

Edith heftet ihren Blick auf Midge und redet. Sie liebt Joe. Es ist eine gute Beziehung, aber es gibt ein paar Probleme. Joe will nicht kooperieren oder teilen. Er vergißt, Gemüse einzukaufen. Er reagiert nicht. Sie gehen zu verschiedenen Zeiten ins Bett und stehen zu verschiedenen Zeiten auf. Und obwohl Sonntag ihr einziger freier Tag ist, besteht er darauf, ins Büro zu gehen. Nie sagt er ihr ein zärtliches Wort. Die Erwartungen, die er an Frauen stellt, sind unrealistisch, und er vermeidet jede offene Auseinandersetzung. Er verschließt seine Gefühle in sich. Er ist völlig von seiner Arbeit besetzt.

Er hört ihr nicht zu, während sie ihm immer zuhört. Er läßt seine Socken und seine Unterhose liegen, wo er sie gerade auszieht. »Wir schlafen nie miteinander – er ist sexuell uninteressiert.«

Joe hat es die Sprache verschlagen. Er vermutet, daß Edith ihre Klagen Midge gegenüber bereits aufgezählt hat und die beiden Frauen dies jetzt nur inszeniert haben. Schlimmer noch: er ist fassungslos über Ediths Verrat. Wie kann sie einer dritten Person alles über ihr Intimleben erzählen?

»Es würde mich interessieren, Joe, ob Sie irgend etwas an Edith stört.«

Ihm fällt nichts ein, was mit Edith nicht stimmen könnte. Sie macht alles richtig, sie läßt ihre Unterwäsche niemals herumliegen. Nur eben, daß er nicht mehr mit ihr zusammensein möchte. Oder ist es etwas anderes? Er preßt die Lippen zusammen.

Später kann er sich nicht erinnern, was noch zur Sprache gekommen ist. Es wird noch mehr Sitzungen geben, noch mehr Diskussionen. Im Taxi, das ihn zurück ins Büro bringt, spielt er mit der Vorstellung, einen ganzen Tag und eine ganze Nacht mit Angela im Bett zu liegen. Dann würden sie zusammen frühstücken und er würde die Hand über den Tisch nach ihr ausstrecken. Und jetzt guten Morgen ... Als er im Fahrstuhl steht, denkt er bereits, daß Midge eigentlich gar nicht so übel ist – zumindest ist es jemand, an den Edith sich wenden kann, wenn er auszieht. So daß ihr nicht so weh getan würde, wie Lucy seinerzeit ihm weh getan hat – nein, so etwas könnte er keinem Menschen antun. Aber vielleicht hat Edith doch recht: er ist ein sturer, arbeitswütiger, gefühlloser Klotz. Sexualität? Vergiß es. Er ist sexuell uninteressiert. Vielleicht kann außer Edith niemand ihn lieben. Vielleicht sollte er sich glücklich schätzen, sie zu haben.

»An einem so schönen Tag kommen Sie ins Büro zurück?« Angela sitzt an ihrem Schreibtisch. Sie ißt Käse.

Er hat nicht gemerkt, was für eine Art Tag es ist. »Hm.«

Er ist verärgert, denkt Angela. Er ist wütend auf mich, und ich weiß nicht warum. Irgendwie haben sich seine Haut und sein Haar verdunkelt, seine Miene ist finster und zerfurcht. Sie muß sich seiner annehmen. »Etwas Käse gefällig?«

Er weiß nicht, ob es ironisch gemeint ist. Oder aber sie macht sich sonstwie über ihn lustig, sie hat ja ihre eigenen, verwirrenden Normen. Und diese Normen geben ihm den

Gedanken ein, daß sie ihn für einen Trottel halten würde, wenn er Edith verließe. Bestimmt hat er ihr von Edith erzählt, damals, als sie so lange miteinander beim Lunch saßen, am Tag ihrer ersten Begegnung. Macht Angela sich vor anderen über ihn lustig? Vor Goodhugh zum Beispiel, oder ihren Freunden? Diesem Nussbaum? Bestimmt hat sie merkwürdige Freunde. Sie hat gesagt, daß es schön sei, in New York anzukommen und die Stadt voll von komischen Menschen zu finden. In Gatch war einer wie der andere. Einmal hörte er zufällig, wie sie am Telefon sagte: »Sharon – Mord, nicht Selbstmord.«

Er weist den Käse zurück, obwohl er sonst immer alles mag, was sie ihm anbietet. Aber eben erst hat man ihn abgestempelt als einen Mann, der keinen Happen Käse verdient, geschweige denn die Gesellschaft eines so außergewöhnlichen Menschen wie Angela. Er ist nichts als ein verfetteter, kastrierter Blödmann ohne Träume, ohne Jugend, ohne Pläne.

Sie hört, wie er sich in seinen Drehstuhl fallen läßt, und fühlt sich elend. Gestern, nachdem sie sich minutenlang angestarrt hatten, waren sie bereit, sich in die Arme zu fallen. Heute früh kam sie voller Erwartung ins Büro: diesmal wird er sie bestimmt fragen, ob sie noch irgendwo hingehen wollen auf einen Drink, oder sich sonstwie erklären oder ihr sagen, er sei anderweitig engagiert. Vor lauter Angst, welche Wendung das Drama nehmen würde, kam sie mit Magenschmerzen ins Büro, und unter ihren Augen standen halbmondförmige Schatten. Aber Joe hatte kaum mit ihr gesprochen, er hatte sich mit Goodhugh zusammengesetzt, war dann zu einer Vorstandssitzung gegangen und hatte sich von ihr verabschiedet, weil – so sagte er – er etwas tun müsse, das er schon vor langer Zeit versprochen habe.

Sie versucht, sich auf einen Bericht über den Hunger in der Welt zu konzentrieren, aber ihr Blick schweift umher und bleibt schließlich auf dem neuen Bild hängen, das Katha für sie gemalt hat, eine aus einem schwungvoll gepinselten, tintenschwarzen, leeren Kreis auf einem weißen Feld bestehende Zen-Kalligraphie. In der Hoffnung, daß Joe zu ihr kommen wird und endlich seine Karten aufdeckt, wird sie heute lange im Büro bleiben. Sie zieht die Lippen nach und legt Rouge auf. Allerdings ist er schon mehrmals, ohne sich von ihr zu verabschieden, gegangen. Sie haßt es, sich plötzlich ganz allein und bei ausgeschalteter Heizung in diesem Labyrinth von Bürofluchten zu finden, ohne einen Grund, gerade hier und nirgendwo sonst auf der Welt zu sein.

Ich werde mich wie ein normaler Mensch benehmen, denkt sie. Sie zieht den teuren Mantel an, den sie heute in der Mittagspause auf Anzahlung gekauft hat, nur um Joe zu beeindrucken, und setzt den dazu passenden Hut auf. Sie stopft ihre neue Aktentasche mit Arbeitsunterlagen voll, die sie tagsüber nicht hat durcharbeiten können, weil sie auf Joe und seine Antwort gewartet hat.

An der Tür zu seinem Büro bleibt sie stehen. »Nacht!« Sie hofft, es klinge beiläufig und spontan. »Die Auswertung der Nahrungsmittelstatistiken haben Sie morgen früh, als erstes.«

Er weicht ihrem Blick aus und nickt knapp seinen Stiefeln zu. Die Spitzen sind abgestoßen. Sie hat offensichtlich eine Verabredung. Sie ist warm, goldbraun – bereit, gerupft und verschlungen zu werden. Ihre Lippen sind frisch und glänzen, sie trägt einen blauen, breitkrempigen Hut, mit dem sie aussieht wie eine Diva aus den dreißiger Jahren, und einen Mantel, den er noch nicht kennt. Er ist aus blauem Wildleder mit weißem Besatz, ein Mantel wie der Nachthimmel selbst.

Geh schon, befiehlt sich Angela. Er macht sich nicht einmal genug aus ihr, um höflich zu sein. Wahrscheinlich steht sie auf der Abschußliste – deshalb war er bei diesen Sitzungen, und deshalb hat er ihr nicht gesagt, was dort verhandelt wurde. *Hau endlich ab!* schreit es in ihrem Kopf, als wolle sie einen räudigen Hund verscheuchen.

In fünf Minuten wird Edith unten im Taxi auf ihn warten. Er betet, daß Angela bis dahin gegangen ist. Sollte Edith ihn zufällig im Gespräch mit Angela entweder unten in der Halle oder draußen vor dem Gebäude überraschen, würde alles nur noch schlimmer, als es ohnehin schon ist. »Auf Wiedersehen.« Sein Ton ist so endgültig, daß Angela davoneilt.

Joe versetzt dem Papierkorb einen Fußtritt. »Auf Wiedersehen.« Und das zu dieser Frau, die unterwegs zu ihrem Rendezvous ist! Sie trifft sich mit jemandem, der genauso erfüllt, genauso bereit, genauso vollendet und smart ist. Und genauso frei.

Angela kommt in ihre dunkle, kalte Wohnung und macht nicht einmal das Licht an. Sie wirft ihren neuen Mantel und den Hut auf den Boden und öffnet den Kühlschrank. Dort stehen ein Becher Himbeerjoghurt mit einem leicht angeschimmelten Verschluß und eine Flasche Coor's Bier. Sie nimmt beides heraus, geht ins Schlafzimmer, setzt sich im Dunkeln auf die Bettkante und trinkt das Bier. Am Morgen hatte sie es so eilig, ins Büro zu kommen, daß sie nicht gefrühstückt hat. Statt Mittag zu essen, hat sie sich den Mantel und den Hut gekauft. Ausgerechnet sie – mit Hut! – was ist ihr denn bloß eingefallen? Jetzt hat sie Hunger, aber sie kann nichts essen. Sie kann überhaupt nichts tun.

Es will ihr nicht in den Kopf, daß sie von jemandem so abhängig sein soll – von jemandem, mit dem sie nicht einmal geschlafen hat. Sie hat so viel von sich in Joe hineinfließen lassen, in ihre Sehnsucht nach Joe, in ihre Zusammenarbeit mit Joe, weil sie hoffte, das würde sie unweigerlich zusammenführen. Aber jetzt? Es ist ihr klar geworden, daß sie sich etwas vorgemacht hat. Von nun an wird sie seine Blicke ignorieren, seine flüchtigen, vagen Aufmerksamkeiten.

Schließlich hat sie genügend Bier in sich, um aufs Bett zurückzusinken und augenblicklich in Schlaf zu fallen.

Gegen Morgen wacht sie auf. Kopf und Genick schmerzen, sie könnte vor Hunger weinen, und sie denkt, indem sie eine während der ganzen Nacht unterschwellig weitergeführte Debatte beendet: er ist es. Noch nie habe ich einen Mann so gewollt. Noch nie. Ich werde nicht aufgeben.

Nach ihrer Scheidung hatte sie sich gelobt, nie wieder zu heiraten, um nie wieder von einem Mann abhängig zu sein. Aber als sie diesen Schwur tat, kannte sie Joe Bly noch nicht.

Unten auf der Straße keuchen die Wagen der Müllabfuhr, durch das offene Fenster strömt Luft herein – es riecht nach Fluß. Ist etwa dies aus ihrem Leben geworden? Ausgerechnet dies, obwohl sie doch überzeugt gewesen war, alles würde immer nur besser? Obwohl sie es für selbstverständlich hielt, daß sie eines Tages für den Rest ihres Lebens glücklich und zufrieden sein würde? Soll sie sich *damit* bescheiden?

»Das ist Gerard Clewes, mein ältester Freund«, sagt Joe.

Gerard hat buschige, geschwungene Brauen, die ihm einen wohlwollenden und permanent überraschten Ausdruck verleihen.

Angela springt auf, schüttelt Gerard die Hand und lächelt. Sie möchte, daß Joes ältester Freund einen guten Eindruck von ihr gewinnt. »Ich bin entzückt«, sagt sie. Ihr ist aufgefallen, daß die Leute dies bei Starr Whorf oft sagen.

»Ich habe schon wahre Wunderdinge von Joe über Sie gehört.«

»Gerard ist ein Dichter«, sagt Joe schnell. Er ist froh, ihr einen Dichter präsentieren zu können – es wird seinem Ansehen bei Angela nützen.

»Sagt Ihnen der Name Victor Montini etwas?« fragt Angela.

»Ich kenne seine Arbeiten«, antwortet Gerard.

»Er war nämlich mein Nachbar, und dann hat er sich in den Kopf gesetzt, er habe den göttlichen Auftrag, die katholische Kirche zu reformieren. Er hat ein eigenes Meßritual ausgearbeitet und ist dann systematisch in sämtliche katholischen Kirchen der Stadt gegangen, um es dort zu zelebrieren. Schließlich wurde er festgenommen – er stand gerade auf dem Altar in einer chinesisch-katholischen Kirche –, und man hat ihn in die Klapsmühle gesperrt.«

»Sie ist reizend«, sagt Gerard. Dabei reckt er das Kinn so weit vor, daß Angela ihn für hochnäsig hält.

»Gerard wird uns beim Redigieren helfen«, sagt Joe, »dazu wird er ein paarmal in der Woche ins Büro kommen und sich die Texte holen. Das wird uns entlasten. Außerdem wird er die statistischen Berichte zusammenstellen.

»Wunderbar«, sagt Angela. Aber dieses Eindringen in ihr geschlossenes System paßt ihr nicht. Joe hat Gerard nie erwähnt.

»Von Angela stammen ein paar ganz ausgezeichnete Vorschläge«, sagt Joe. »Zum Beispiel, wie wir prominente politische Kommentatoren einspannen können, Leitartikel für uns zu schreiben.«

»Den ersten wird Derek Grinder liefern«, sagt Angela. »Ich bin heute mit ihm zum Essen verabredet.«

»Grinder – ich erinnere mich gut an ihn«, sagt Gerard. »Er

war Mitarbeiter an unserem Magazin, als Joe Redakteur war und ich das Mädchen für alles. Es heißt, er ist auf dem Weg nach oben. – Es freut mich sehr, Angela, Ihre Bekanntschaft gemacht zu haben. Joe kann jede Art Aufmunterung brauchen, und ich sehe, daß Sie so etwas wie ein Sonnenstrahl für ihn sind.«

Angela muß Gerard unbedingt näher kennenlernen. Er ist witzig und ernsthaft, und er versteht Joe. Eigentlich wollte sie sich nicht in Joes täglich wechselnde Launen hineinziehen lassen, aber es gelingt ihr nicht. Ist er in Hochstimmung, berührt er ihre Schulter und lobt sie. Ist er niedergeschlagen, fühlt sie sich verpflichtet, ihn aufzumuntern. Und immer glaubt sie, sie selber sei der Grund für alle seine Stimmungen. Vielleicht hat Gerard eine Erklärung dafür. »Fein, daß Sie uns zu Hilfe kommen«, sagt sie. »Wir sollten einmal miteinander essen gehen und uns ein bißchen näher kennenlernen.«

»Mir kommt es vor, als kennten wir uns bereits«, sagt Gerard. Seine Stimme ist weich und klar. Vielleicht ist er doch nicht so hochnäsig.

Joe beobachtet, wie sie sich unterhalten; er ist erleichtert, daß sie sich offenbar sympathisch finden, und eifersüchtig ..., weil sie sich offenbar sympathisch finden.

Joe hat wieder eine Sitzung bei Midge – diesmal ohne Edith. Midge sagt drei Dinge, die ihm in Erinnerung bleiben. »Ich frage mich, weshalb es Ihnen so schwerfällt, sich jemandem zu öffnen.« »Mir ist nicht klar, ob Sie hier sind, um an Ihrer Beziehung zu Edith zu arbeiten.« Und: »Sie machen einen sehr unglücklichen Eindruck. Hatten Sie eine gestörte Kindheit?«

Er lauscht dem Vogelgezwitscher und dem Kindergeschrei von Central Park und läßt den Blick auf den Schneewehenfotos ruhen. Warum sollte sich jemand Bilder von Schneeverwehungen an die Wand hängen? Hinterher, im Taxi, fallen ihm Antworten auf ihre Fragen ein. »Weil ich Ihnen nichts zu sagen habe«, »Sie sind Ediths Therapeutin – nicht meine; wie könnte ich mich Ihnen anvertrauen?« Und: »Ich bin sehr beschäftigt und habe keine Zeit herumzusitzen und mir Bilder von Schneeverwehungen anzusehen.« Aber so etwas würde er niemals sagen. Dazu ist er zu höflich und verbindlich – wie die übrigen Kommilitonen, die anderen von der Universitätspresse, wie sein bester Freund Alec, der mit Lucy zusammenzog. Es ist April, es fängt an, Frühling zu werden, aber das ist ihm gleichgültig. Nicht gleichgültig ist ihm Angelas ausweichendes Verhalten. Sie hat sich von ihm zurückgezogen. Wie kann er auch mit so berühmten, faszinierenden Männern wie diesem Nussbaum oder diesem Grinder konkurrieren?

Angela erscheint in der Tür. Sie trägt ein sehr hübsches, mit kleinen orangefarbenen und gelben Blumen bedrucktes Frühjahrskleid. Er mag es, wenn sie Kleider trägt, dann kann er ihre Beine betrachten. Ihr Haar fällt offen auf die Schultern. Sie wirft ihm ein Himbeerbonbon zu, das er wie zum Beweis schneller Reaktion und guter Koordination auffängt. »Na also.«

»Was also?« Sie macht sich wohl wieder einmal über ihn lustig.

»Ich reagiere nur auf Ihre Notiz – ›Wir müssen uns unterhalten‹.«

Die Notiz stammte vom frühen Vormittag, als er von seinem Stuhl aus Büroklammern in einen fünf Meter entfernten Aschenbecher warf und dachte, es sei an der Zeit, seine Situation mit Angela zu besprechen. Es könnte ja sein, daß sie der gleichen Meinung ist wie Edith und Midge – daß er psychisch schwer gestört ist und nicht vor seinen Problemen wegrennen soll, indem er auszieht. Immerhin weiß Angela eine Menge überraschende Dinge, und sie kann gut zuhören. Aber das war heute vormittag. Heute nachmittag will er nicht reden.

Als erstes erörtert er Goodhughs jüngste Pläne für eine neuerliche Expansion des Infos. »Wir machen angeblich nicht genug daraus, immerhin hätten wir doch eine garantierte Auflage. Goodhugh träumt davon, dem ›Wall Street Journal‹ Konkurrenz zu machen; wir müßten nur Leute wie Walter Lippmann für uns gewinnen.«

»Walter Lippmann ist tot«, entgegnet Angela leise.

»Weiß ich. Ich zitiere ja nur Goodhugh.« Er steckt sich seine letzte Zigarette an, knüllt das leere Päckchen wütend zusammen und wirft es in den Papierkorb. Er fühlt sich immer elender. Edith will heiraten und will ein Kind, sie behauptet, er sei *der* Mann für sie. Sie will keine Trennung. Sie weint. Midge bezweifelt, daß Joe Edith überhaupt kennt. Goodhugh will, daß er vierundzwanzig Stunden am Tag für ihn arbeitet. Und Angela – was will sie von ihm? Irgend etwas hat auch sie vor, aber er weiß nicht, was. »Ach Scheiße.« Er seufzt.

»Was ist denn los?«

Lange Pause. »Ich habe einfach nur schlechte Laune.« Aus Angst, sie könnte ihn für einen emotionalen Versager halten, fügt er hinzu: »Ich bin wohl tatsächlich überarbeitet.«

»Aber ich bin doch da. Ich bin da, um Ihnen etwas von dieser Last abzunehmen. Und jetzt kommt auch noch Gerard.« Joe tut ihr leid. Sein Gemütszustand ist ihr wichtiger als ihr eigener, wichtiger als alles andere. Immer versucht sie, seinen Standpunkt, seine Vorlieben und Abneigungen vorwegzunehmen. Sieht sie einen Film, beurteilt sie ihn danach, ob er Joe gefallen würde oder nicht. Zusammen mit Katha hat sie ›Die Rebellen vom Liang Shan Po‹ gesehen, und weil sie meint, Samurai-Filme würden ihm gefallen, haben sie einen zusätzlichen Reiz für sie bekommen. Nun fühlt sie sich privilegiert: er hat ihr gegenüber nie irgendwelche Schwierigkeiten erwähnt.

»Es ist nicht nur das«, gibt er zu. »Ich bilde mir ein, ich müßte dauernd arbeiten und Verantwortung tragen und allen Menschen alles bedeuten. Erst dann fühle ich mich sicher.« Genauer will er nicht werden; er gibt keine Beispiele, hält alles abstrakt.

Angela hört angestrengt hin, ob sie die wahre Botschaft hinter seinen Worten vernehmen kann. Er ist einsam und verlassen, wie ein alleinstehender Baum in einem unkrautüberwucherten, ausgetrockneten Flußbett, von Sand und Dürre verformt. Sie möchte ihre Lippen an sein Ohr legen und ihm versichern, daß seine Klagen grundlos seien. Sie ist da, er ist da, sie sollten zusammensein. So einfach ist das.

»Weshalb versuchen Sie es nicht einmal mit Teilzeitarbeit?«

»Das wäre ein echtes Risiko für mich.« Er hat die Möglichkeit bereits erwogen, oder besser: Edith hat es als eine Lösung vorgeschlagen. »Andererseits hatte ich noch nie Gelegenheit, einmal völlig abzuschalten.« Er wirft ihr einen raschen Blick zu.

»Was soll's! Nehmen Sie doch das verfluchte Risiko auf sich!« Ihr Ärger über seine nun schon Wochen dauernden Annäherungen und Rückzüge macht sich Luft, obwohl sie ernst und verständnisvoll sein möchte. »Als ich unbedingt auf Nummer Sicher gehen und nichts riskieren wollte, habe ich alles verloren. Ich war verheiratet und überzeugt, mein Leben würde bis ans Ende aller Tage in gesicherten Bahnen verlaufen. Und plötzlich war alles im Eimer. Reingefallen. Aber sogar wenn ich große Risiken einging, und verlor«, – sie denkt an Janos – »habe ich doch eine Menge gelernt.«

Angelas Erregung verleitet ihn dazu, Edith und Midge zu paraphrasieren. »Vielleicht habe ich Angst, daß man mich als Person nicht akzeptieren würde, wenn ich nicht dauernd arbeite.«

»Was?« Sie lacht. »Akzeptieren? Als *Person*? Sie sind doch eine Person, egal, was Sie machen. Was soll denn das heißen?« Sie verdreht die Augen und läßt die Hände in ihren Schoß fallen.

Er denkt: Sie hält mich zum besten. Wieder einmal ihre untergründigen Privatregeln. Er holt eine neue Packung Zigaretten hervor, reißt sie auf und läßt alle Zigaretten auf den Boden fallen.

Angela hat begriffen, daß er ihre Reaktion nicht komisch findet. »Sie sind wunderbar, ob sie arbeiten oder nicht.« Dies sagt sie mit einer so tiefen Überzeugung, daß ihre Stimme bebt. Sie hilft ihm, die Zigaretten aufzusammeln.

»Ich glaube das nicht«, sagt er. »Ich kann das nicht glauben.« Sein Telefon läutet.

Sie springt auf, drückt seinen Kopf rasch an ihre Brust und fährt ihm übers Haar. Während er mit dem Anrufer spricht, streichelt er ihren Arm. Er will sie näher zu sich heranziehen. »Aber gewiß, Sir!« sagt er in den Hörer.

Sie läuft in ihr Büro zurück und sitzt ganz benommen vor ihrem Schreibtisch. Wie konnte sie sich so gehenlassen? Wie eine Besessene. Und dazu noch dieses Geschwätz über ihre Lebensphilosophie und ihre Risikobereitschaft! Du lieber Himmel!

Joe beendet schnell das Gespräch und kommt in ihr Büro. Er bringt ihren Kugelschreiber und ihren Notizblock. Das Blut hämmert in seinen Schläfen. Und da denken Midge und Edith, er hat keine Gefühle! »Danke Ihnen, Angela. Das war sehr lieb eben.«

Ihr ist nicht geheuer. »Gern geschehen«, murmelt sie. Sie hat das Gefühl, als könnte sie ganz und gar die Kontrolle verlieren. Der Arbeitstag ist vorüber. Sie sind allein in ihrem Büro, bei Lampenschein. Er setzt sich neben sie.

»Meinen ersten Job hatte ich mit dreizehn, als Imbißkoch in Cape May.« Er sagt es ohne Einleitung. »Im Sommer drauf hatte ich einen Motorradunfall und mußte zwei Monate ins Krankenhaus. Hier.« Er schiebt den Hemdkragen beiseite und zeigt auf eine lange Narbe, die sich vom Schlüsselbein bis zur linken Achselhöhle zieht. »Der Würgegriff der Vergangenheit. Meine Mutter kränkelte immer, und sie starb, als ich acht war. Erst gestern ist mir zum Bewußtsein gekommen, daß meine Ex-Frau auch die ganze Zeit über kränkelte. Ich durfte meine Mutter nur ab und zu sehen. Bei ihrer Beerdigung stand ich neben meinem Vater am Grab, hielt seine Hand und weinte nicht und konnte nicht begreifen, weshalb alle anderen weinten. Dann kam ich in ein Internat. Mein Vater ist ein paar Jahre später gestorben. Mit sechzehn habe ich zum erstenmal mit einem Mädchen geschlafen. Auch der Schulleiter wollte mich verführen. Meine Schwester ist sechzehn Jahre älter als ich. Sie sollte mein Vormund werden, aber sie und ihr Mann klagten gegen mich auf Herausgabe meines Erbteils, weil ich adoptiert und sie das leibliche Kind war.«

Angela regt sich nicht, aus Furcht, sie könnte diesen Strom kostbarer Information unterbrechen.

»Ich war irgend jemandes Wechseljahrebaby, und meine Adoptiveltern haben mich auf dem Schwarzmarkt erworben. Ich habe diesbezüglich keinerlei Gefühle. Ich vermute, sie sind nur verdrängt. Jedenfalls hat das Gericht meine Schwester nicht als Vormund anerkannt, wegen des Interessenkonflikts. Meine einzige noch lebende Verwandte war eine Großtante, eine puritanische alte Jungfer aus Massachusetts, die überzeugt war, daß Familienbande verpflichten.«

Angela wartet. Dies alles könnte der Beginn einer noch tiefergreifenden Eröffnung sein. Aber der Strom der Mitteilungen versiegt so abrupt, wie er hervorgeschossen ist. Was in aller Welt geht mit ihnen vor? »Gibt es irgendwas Erfreuliches in Ihrem jetzigen Leben?« Sie meint: du hast doch mich.

»Doch, meinen Speicher«, sagt er. »Er ist meine Zuflucht.« Er lehnt sich im Stuhl zurück und seufzt. Seine Zungenspitze berührt die Oberlippe. Schließlich blickt er auf die Uhr und steht auf. »Mein Gott, es ist ja fast neun!«

Sie steht ebenfalls auf, legt den Arm um seine Schulter und zieht ihn leicht an sich. »Sei tapfer«, sagt sie.

Eine Sekunde lang stehen beide ganz still. Als sie ihren Arm wegnimmt, umschlingt er sie.

Jetzt!

Doch sogleich hat Angela das Gefühl, die Dinge forciert zu haben, und zieht sich zurück. Sie hält den Kopf gesenkt, ihr Haar fällt nach vorn und verbirgt ihr Profil. Schnell nimmt sie die Akten und stopft sie in ihre Mappe. »Bis morgen«, sagt sie.

Diese Nacht träumt sie von Motorradfahrten und Unfällen und Stränden und alten Jungfern, und sie fragt sich, warum er sich so tief in ihr Innenleben eingenistet hat.

»Wir müssen Magie in unser Leben bringen, wir müssen Zauberer werden«, sagt er zu sich selbst, als er um Mitternacht hinaustritt in den Wind, um sich Zigaretten zu holen.

»Mir steht's wieder mal bis hier«, sagt Sharon. »*Mondo depresso.*« Es ist Sonntag abend, und sie kommt gerade von einem Wochenende mit ihren Eltern in deren Haus auf dem Land zurück. »Ich gehe in ihr Schlafzimmer, da hängt doch über dem Bett ein riesiger Spiegel. An der Zimmerdecke. Was, wenn er runterfällt und sie erschlägt?« Sie öffnet Angelas Kühlschrank. »Wann wirfst du endlich diesen Joghurt weg? Der ist ja bald alt genug, um sich um die Präsidentschaftskandidatur zu bewerben. Laß uns was vom Chinesen holen, ja?«

»Alle haben ein Sexualleben«, sagt Angela, »nur ich nicht.«

»Ich auch nicht. Aber Ron erzählt überall herum, er sei in dich verliebt. Er ruft mich dauernd an, weil er über dich reden will. Wußtest du übrigens, daß er eine Unterwäschefabrik erbt, wenn seine Mutter stirbt?«

»Ich dachte, er sei ein marxistischer Dichter.«

»Er kann es sich leisten. Außerdem ist er gründlich therapiert worden. Ich halte es für wichtig, mit Männern auszugehen, die therapiert worden sind.«

»Ron ist ein feiner Kerl«, sagt Angela und hebt den Hörer ab, um das Szechuan-Restaurant anzurufen. »Es ist nur eben, daß Joe –«

»Ich werde dir was sagen über deinen Joe. Er –«

»Wenn man verliebt ist, ist man verliebt, und all diese Dinge – Politik, Therapie oder sonstwas – sind total unwichtig.« Angela schwimmt auf Wogen der Hoffnung, Joe ist einsam und braucht sie. Sie hat sogar angefangen, ihren Flur orange zu streichen. Er wird sie bestimmt besuchen kommen.

»Also hör jetzt zu! Ich wollte es dir schon lange sagen. Joe ist *besetzt.*«

Angela legt den Hörer auf.

»Lynns jüngere Schwester arbeitet in einer Abtreibungsklinik in Queens, und einer der leitenden *honchos* oder *honchitas* ist eine Frau mit Namen Edith Soundso. Und die lebt zusammen mit Joe Bly. Ich weiß das von Lynn, die nämlich auf einer Party bei ihrer Schwester war und Joe dort kennengelernt hat. Sie findet ihn übrigens gar nicht so toll.«

Angela hat Schwierigkeiten beim Atmen. Natürlich, es war ja ganz offensichtlich – wie hat sie es nur nicht bemerken können? »Ich muß alles wissen. Erzähl mir alles.«

»Lynn meint, er sei etwas eingebildet, von oben herab und so. Ihre kleine Schwester bewundert Edith. Sie soll sehr tüchtig sein. Jeder hat sie gern, und sie wird immerzu befördert, weil sie versteht, die Dinge voranzutreiben. Ohne sie hätte die Klinik fast pleite gemacht. Also hör zu: Sie ist sehr, sehr nett. Und außerdem hatten sie die ganze Zeit den Arm umeinandergelegt. Genau das war es, was Lynn mißfiel. Sie sagte: ›Wie kommt eine tüchtige Frau wie sie dazu, sich an so einen Kerl zu hängen?‹ Jedenfalls solltest du wissen: sie sind beide in einer Partnertherapie, und nach jeder Sitzung kommt Edith zurück und berichtet Lynns Schwester über die Fortschritte, die sie gemacht haben. Edith will heiraten und ein Kind haben, aber Joe schreckt davor zurück, weil seine Ehe eine Katastrophe war. Deshalb wollen sie ein Konzept entwickeln, wie man ihn stärker anbinden kann.«

»Das klingt ja entsetzlich.« Doch es könnte noch schlimmer sein. »Vielleicht mag er sie einfach nicht.«

»Hm, ja, gewiß. Gib mir mal den Hörer – ich sterbe vor Hunger.« Sharon ruft das China-Restaurant an und bestellt gebratene Klöße, Nudeln mit Sojabohnensprossen, Garnelen in Knoblauch und Huhn in pikanter Orangensauce. Dann drückt sie die Gabel herunter und spricht in die Muschel des Hörers: »Und wenn Sie schon dabei sind, schicken Sie uns gleich noch zwei Männer mit.«

Angela läßt den Blick in ihrer Wohnung umherwandern. Die ehemals weißen Wände sind rußiggrau. Das Stück Teppich, das der Vormieter zurückgelassen hat, sieht aus wie ein verfilzter Lappen. Wie tote Tintenfische hängen die Spinnenblumenpflanzen in den Fenstern: Angela hat vergessen, sie zu gießen. Sie selbst ist eine häßliche, alleinlebende Person, die allmählich alt und wabbelig wird, in einer verwahrlosten Behausung. Partnertherapie?

»Ach ja, noch etwas, fast hätte ich es vergessen. Edith hat Lynns Schwester erzählt, daß es Liebe auf den ersten Blick war, als sie sich in der Türkei oder wer weiß wo begegnet sind. Joe ist also jemand, den du lieber abschreiben solltest.«

»Er macht aber keinen sehr besetzten Eindruck, Sharon. Ich müßte mich sehr irren, wenn er nicht an mir interessiert wäre.«

»Um Himmels willen, Angela.«

Das Essen wird gebracht, aber Angela kriegt keinen Bissen herunter. »Wenn es aber doch so etwas gäbe wie die einzig wahre Liebe, wo man sich ansieht und auf einen Schlag für immer verändert ist?«

»Meiner Meinung nach ist das pubertär.« Sharon wickelt Nudeln um Stäbchen. »Ich glaube, das beste, was man überhaupt von einer Beziehung erwarten kann, ist, daß man sich gegenseitig nicht allzuviel Schaden zufügt. Was du dir vorstellst, ist unrealistisch. Das sagt mein Kopfschrumpfer.« Aber Angela weiß, daß Sharon an Clifford denkt, denn sie macht ihr charakteristisch böses Gesicht, das sie immer aufsetzt, wenn sie ihn erwähnt. »Man muß eben Kompromisse schließen.«

Angela denkt: Ich werde niemals einen solchen Kompromiß schließen. »Und all die Liebesgeschichten und Romane und Filme und Legenden über die große, wahre und schöne Liebe? Es muß sie geben, sonst würden die Menschen sich doch nicht immer noch dafür interessieren.«

»Also gut: Auch wenn du ihn nicht haben kannst, weißt du immerhin, daß es ihn gibt.«

Sharon geht nach oben und holt weiße Schokoladenherzen, die sie sich zum Valentinstag gekauft und seither im Kühlschrank aufbewahrt hat. Die verzehren sie gemeinsam zu ›Casablanca‹ im Fernsehen; jede weint leise vor sich hin und gibt sich Mühe, es vor der anderen zu verbergen. Angela stellt sich vor, Joe fände sie weinend im Büro und würde sie trösten.

»Was hast du getan?« fragt Bogart die Bergman. »Was hast du dir gedacht?«

11

Im Einschlafen denkt Angela daran, wie sie von nun an im Büro ganz kühl und formell sein wird. Joe ist besetzt, Joe ist besetzt. Zu ihrer Überraschung ist sie erleichtert. Jetzt weiß sie endlich, weshalb er sich so merkwürdig benommen hat. Sie wird Ron anrufen und sich erkundigen, was er in letzter Zeit so gemacht hat. Auch Derek Grinder ist eine nicht zu verachtende Möglichkeit.

Doch mitten in der Nacht steht sie auf und wandert in der Wohnung umher. Mit Joe zusammen zu sein – das scheint so richtig, so außergewöhnlich. Verborgene Teile von ihnen haben sich verbündet, haben einen Pakt geschlossen, den sie nicht begreift und er offenbar auch nicht. Ihm muß geholfen werden. Er muß aus Ediths Fallstricken befreit werden. *Partnertherapie!* Joe will da raus, deshalb starrt er sie so an, deshalb hat er Angst, einen Schritt weiterzugehen. Unten dröhnt es. Das muß Katha beim *aikido*-Training sein.

Sie geht die Treppe hinunter und klopft an Kathas rote Tür. Katha erscheint in einem türkisblauen Kimono, wie immer sieht sie makellos aus. Ihr Haar ist zurückgekämmt und im Nacken gebunden, die Stirn von ihren blonden Locken umrahmt, die Wangen von natürlichem Rosa, die Wimpern dicht und dunkel. Sie wirkt heiter und gelassen. Angela möchte laut herausschreien: Bitte, so verrate mir doch, wie du lebst, damit ich auch so leben kann! Verrate mir dein Geheimnis! Sag mir, wie du allein zufrieden und in einem Zustand der Vollendung leben kannst!

Sie trinken Drachenquellentee. Angela berichtet Katha, was sich zugetragen hat. In ihrer Erzählung wird Joe zu einem von Leidenschaft zerrissenen, vom Schicksal getriebenen Mann und sein Drama immer einzigartiger, faszinierender.

»Ich sehe nicht, wo das Problem liegt«, sagt Katha. »Nichts kann euch hindern, zueinander zu finden, wenn er ebenso fühlt.«

Angela ist froh, endlich jemanden gefunden zu haben, der ihre Vereinigung mit Joe für richtig und notwendig hält. »Und wie siehst du das mit Edith?«

»Aus dem, was du sagst, entnehme ich, daß er im Begriff ist, die Koffer zu packen. Was du über Edith sagst, klingt nicht sehr sympathisch und weiblich. Was er braucht, was jeder Mann braucht, ist die Verschmelzung mit dem weiblichen Prinzip, um sich zu vervollständigen. Du brauchst da gar nichts zu tun; du bist ja bereits eine schöne, starke Frau. Sei freundlich zu ihm und mach dir weiter keine Gedanken. Aber was immer du tust, geh nicht mit ihm ins Bett. Nicht, bevor er frei ist. Denn hat ein Mann erst einmal eine Frau im Bett gehabt, ist sie kein Mysterium mehr für ihn.«

»Glaubst du wirklich, daß das heutzutage noch gilt?«

»Gewiß, das sind uralte, in jedem von uns schlummernde Gesetze. Man begehrt immer das am heißesten, was man nicht haben kann.« Dann fügt sie hinzu: »Was man nicht auf die richtige Weise sucht, kann auch nicht gefunden werden.«

Katha massiert sich die Füße. Angela schaut umher und sieht zwei große, grünglasierte Vasen mit Forsythienzweigen. Das Zimmer selbst ist wie ein Gemälde arrangiert. Seine Anmut und Harmonie wirken beruhigend auf Angela. »Offenbar brauchst du gar nichts, Katha. Wie machst du das bloß?«

Über Kathas Gesicht huscht ein Schatten. Angela weiß nicht, ist es Traurigkeit oder Weisheit. »Ich habe mich von allem befreit, wovon ich mich befreien konnte. Dann nahm ich mir zurück, was ich brauchte. Und nun gefällt mir, was ich habe. Es ist doch irgendwie alles Illusion.«

»Ich wünschte, ich könnte so denken«, sagt Angela. »Was ich mir wirklich wünsche, ist mit Joe zusammensein. Ich würde alles dafür geben. Nie zuvor habe ich mein Herz so sehr an jemanden gehängt.«

Katha atmet tief ein und langsam aus. »Wenn du nichts haben willst, kannst du alles haben. Nur, dann willst du es nicht mehr.«

Angela kehrt gestärkt in ihre Wohnung zurück. Vorher wußte sie nicht, was sie tun sollte, nun weiß sie es. Nie zuvor hat sie einen Plan oder eine Strategie ausgearbeitet; systematisch vorzugehen wäre ihr früher gar nicht in den Sinn gekommen. Aber jetzt hat die Liebe an ihre Tür geklopft, und schon ist sie auf einem Auge blind.

Ihre Strategie ist folgende: sie muß subtil und verführerisch und feminin sein, sie muß genau das werden, was Edith, eine Frau, die sie nie gesehen hat, nicht ist. Angela spürt ungeahnte Kräfte – und einen Willen – in sich aufsteigen, die aus verschütteten Quellen tief in ihrem Inneren gespeist werden und die ihr bei der Erfüllung ihres Wunsches beistehen sollen. Sie stellt sich vor, daß Edith Joe verläßt und Joe, erschüttert, sich Angela zuwendet. Sie gehen zusammen aus, in eine Bar, er betrinkt sich, sie gehen in ihre Wohnung, sie streckt ihn auf ihrem Schlafzimmerteppich aus und massiert ihn so zärtlich, daß er zu weinen beginnt. Sie nimmt ihn in die Arme und tröstet ihn, und aus Dankbarkeit dafür, daß sie seine Situation nicht ausgenutzt hat, sagt er ihr, daß er sie liebt.

Sie hört auf den Lärm des Straßenverkehrs und sinkt in Schlaf. Das Bett zittert – es ist ein unterirdisch vorbeifahrender Zug: er verschwindet in dem Traumtunnel.

12

Midge rät Joe und Edith, gemeinsame Ferien zu machen. Eine Methode, so erklärt sie ihnen, die neu erlernten Verhaltensweisen auf ihre Authentizität hin zu überprüfen. Einige dieser neuen Verhaltensweisen hatten Joe und Edith mittels einer Spielzeugeisenbahn erlernt. Sie mußten die Räder so auf die Schienen setzen, daß die Waggons nicht umkippten, und abwechselnd die Geschwindigkeit so regeln, daß der Zug nicht entgleiste. Joe kam sich dabei zwar wie ein Schwachsinniger vor, mußte aber zugeben, daß wenigstens diese Sitzung ihm Spaß machte. Hinterher ermahnte Midge Edith, nicht so anspruchsvoll und herrisch zu sein, und von Joe forderte sie mehr Anerkennung für Edith und bereitwilligere Mitarbeit. Joe denkt, daß Midge alles in allem doch eine recht vernünftige Person ist. Unter vier Augen hat er ihr sogar anvertraut, er wolle ausziehen und sich mit Angela zusammentun. »Was würde geschehen, wenn Sie und Edith einmal eine Woche oder länger ohne diesen Arbeitsstreß wären? Ob Sie sich dann immer noch so entscheiden würden ...?« war Midges Antwort gewesen.

Während Joe zehn Tage in der Karibik ist, glaubt Angela genau zu spüren, daß er ständig an sie denkt, obwohl er seit ihrer letzten Umarmung auf Distanz gegangen ist. Sie streicht den Rest ihrer Wohnung, hängt neue Vorhänge auf und kauft Topfpflanzen, die Joe gefallen würden: Gloxinien, Jasmin, eine Gardenie. Sie überredet Sharon, durch Lynn alles Erdenkliche über Edith in Erfahrung zu bringen. Sie macht Überstunden, weil sie die neueste Nummer des Infos bis zu Joes Rückkehr so weit fertig haben will, daß er den Text nur noch abzeichnen muß. Ein Geschenk für ihn, er soll nicht gleich in der liegengebliebenen Arbeit ertrinken. Sie kauft sich ein teures Kleid mit Kimonoärmeln – dunkelblau mit roten und rosafarbenen, japanisch anmutenden Rosen. (Sie setzt voraus, daß Edith Schneiderkostüme trägt.) Sie hellt ihr Haar eine Spur auf. (Edith ist brünett oder schwarzhaarig.) Sie übt Kühle, Ruhe, Selbstbeherrschung. Als Ron anruft, probiert sie die an ihm aus. Derek Grinder lädt sie wieder zum Mittagessen ein: Sie ist der Inbegriff von Selbstsicherheit und Charme.

Als Joe zurückkommt, tritt er in Angelas Büro, entspannt, braungebrannt und fünf Kilo leichter. Ein Hotelfriseur namens Babalou hat ihm die Haare geschnitten. Er drückt sie an sich. Ihr ist, als drehe sich das Zimmer. Sie könnten einander immer so in den Armen halten. »Mein Gott, wie ich mich freue, daß Sie wieder da sind!« ruft Angela. »Sie – Sie sehen einfach toll aus.«

»Ich fühle mich wie befreit«, sagt er, und es widerstrebt ihm, sich von dem Duft ihres Körpers – Rosen! – zu trennen, der sanften, klaren Kurve von Arm, Nacken und Schultern, dem Kitzeln ihres Haares an seiner Nase. Sie trägt ein neues Kleid; ihre Brüste zeichnen sich unter den blauen Falten ab. »Trinken wir was nach Büroschluß? Haben Sie Zeit?«

»Gerne.« Sie überreicht ihm eine Päonie aus der Vase auf ihrem Schreibtisch. Er stellt sie in die leere Weinflasche auf seinem Fensterbrett.

Es ist Frühling. Die Luft ist weich und der beginnende Abend noch mild. Während sie stadteinwärts zu seiner Lieblingsbar schlendern, füllt sich der Himmel über dem World Trade Center mit goldenen Wolken. Er erzählt ihr von dem Licht in Griechenland. »Zuerst glaubte ich, es ähnelte dem Licht in der Karibik, aber es ist ganz anders. Es ist weiß, man hat das Gefühl, daß es uralt ist, daß man es anfassen kann. Man denkt, die Zeit habe sich verlangsamt. Das klingt verrückt, wie?«

Sie sieht ihn von der Seite an: Er drückt sich poetisch aus. »Überhaupt nicht«, sagt sie. Sie gehen an einem Krankenhaus vorbei. »Dort drin wäre ich fast mal gestorben«, sagt sie.

»Wieso denn das?« fragt er. Immer sagt sie etwas ganz Unerwartetes. Was, wenn sie tatsächlich gestorben wäre? Dieses erstaunliche, seit Jahren in ihm schlummernde Wesen hätte einfach weitergeschlafen und diesen frühlingshaften Spätnachmittag versäumt.

»... Typhus oder Cholera«, sagt sie. »Aber das ist ja lächerlich. Wie hätte ich mir in New York die Cholera holen sollen? Vielleicht war es bloß Heimweh. Es war mein erster Winter fern von New Mexico. Mir kam überhaupt nicht in den Sinn, warme Sachen zu kaufen. Ich hatte nur den leichten Trenchcoat aus meiner Collegezeit, keine Handschuhe, keine Mütze, keinen Schirm – alles Sachen, die mir heute noch ungewohnt sind. Ich fühlte mich immer eingesperrt, weil ich den Horizont nicht sehen konnte. Ständig habe ich mir Gedanken gemacht, wo ich hinrennen könnte, falls ein Bombenangriff käme. Der Himmel hing immer so tief und war so dunkel – als würde es jeden Augenblick regnen. Und alles – Straßen, Gebäude, Gehsteige – dreckig und verschmiert. Ich lächelte alle Leute an, aber niemand lächelte zurück: ich war wahnsinnig einsam. Mein Mann arbeitete nachts, ich hatte diese Nachtprogramme eingeschaltet über fliegende Untertassen und solches Zeug. Jedenfalls wurde ich krank. Aber dann habe ich mich ganz schnell wieder erholt, obwohl der Arzt meinte, ich würde es nicht überleben. Ich kann mich noch entsinnen, wie ich damals im Krankenhaus lag und gefroren habe und wie gleichgültig mir alles war. Ich habe nur inständig darum gebetet, nicht in Queens begraben zu werden.«

»Und heute – haben Sie solche Anwandlungen nicht mehr?«

»Oh, nein!«

Sie strahlt, ist voller Zuversicht und Lebenslust, und ihre Antwort klingt wie ein Jauchzen. Es schmeichelt ihm, daß sie ihm von ihrer Vergangenheit erzählt, er hatte schon bereut, ihr soviel von seiner berichtet zu haben. Sie kommen an einem kleinen Park vorbei. Die Wipfel der Bäume sind von einem zarten, verschleierten Grün. Wann immer ihm Edith in den letzten Tagen auf die Nerven ging, zog er mit seiner Taucherbrille los und verbrachte Stunden im Wasser unweit des Korallenriffs in der Bucht, ein T-Shirt zum Schutz auf seinem sonnenverbrannten Rücken, und ließ sich mit dem Gesicht nach unten wie ein Stück Seetang zwischen den Korallen treiben. Am letzten Urlaubstag machte Edith ihm dann ihren Antrag. »Ehe als Experiment«, sagte sie. »Dies waren die zwei glücklichsten Wochen meines Lebens.«

»Ich möchte mehr von Ihnen wissen«, sagt Joe. »Am liebsten alles.«

Genau das hat sie gehofft, erträumt, sich vorgestellt, herbeigesehnt.

Sie wendet sich ihm zu und sieht ihn lächelnd an.

Botticellis Venus, denkt er, und ein zarter, süßer Schmerz fährt ihm durchs Herz.

Angela liegt nichts ferner, als sich Joe zu offenbaren, zumal sie sich in den vergangenen Wochen solche Mühe gegeben hat, eine neue Angela zu erschaffen.

Während seiner Abwesenheit hat sie geschuftet. Wenn sie nicht gerade am Info arbeitete oder in einer Besprechung mit Goodhugh war, hat sie gesägt, gehämmert, alte Farbe von den Wänden gekratzt und alles neu gestrichen. Von ihrem letzten Gehalt hat sie sich eine große Fächerpalme gekauft, die nun über das halbe Wohnzimmer wächst, und einen grünen, gebrauchten Chinateppich mit purpurfarbenen Glyzinienblüten. In den Fenstern hängen neue Farnpflanzen. Die Spinnenblumen hat Sharon geerbt, in deren düsterer Wohnung sie nun weiter vor sich hinkümmern.

Über dem Bett hat Angela den roten, mit Goldfäden durchwirkten Seidensari befestigt, den ihr Janos einmal geschenkt hat. Er sagte dazu, den Sari könne man durch einen Trauring ziehen – eine Bemerkung, die ihr damals sehr wehtat.

Als sie mit dem Renovieren fertig war, setzte sie sich auf den Teppich unter die Fächerpalme, hörte Flamencoplatten und bewunderte die anmutig geneigten Zweige und das Grün der Blätter vor dem Hintergrund der neuen weißen Wände. Eine köstliche Entspannung kam über sie, ihr eigenes, namenloses Sein erfüllte das Zimmer. In diesem Moment brauchte sie nichts und niemanden: Sie konnte alleine gedeihen. Sie fühlte sich vollkommen ausgeglichen. Aber wenig später – das war der Abend vor Joes Rückkehr – überfiel sie plötzlich der Gedanke, er könnte ihr mitteilen, daß er und Edith heiraten wollten, und sie sah sich, wie sie weinend rief: »Aber ich bin es doch, die dich liebt!« Sie wählte seine Nummer, sie wird einfach sagen, daß sie einem unwiderstehlichen Drang gefolgt ist. Aber niemand nahm ab.

Sie betreten eine Bar mit alter, roher Zederntäfelung. Es ist schummrig, nur gelbes Kerzenlicht fällt auf die winzigen Tische. Er bestellt Retsina, sie einen *kir*, einen Drink, den Sharon kürzlich erwähnt hat. Keiner sagt etwas. Er rückt mit seinem Stuhl hin und her, stößt versehentlich an ihr Knie und entschuldigt sich.

Dann sagt er: »Goodhugh ist sehr zufrieden mit Ihrer Arbeit, und das will was heißen. Er hat sonst immer was auszusetzen.« Er zögert. »Wahrscheinlich verkauft sich das Info besser, weil Sie eine ganz andere Linie reingebracht haben. Es stehen jetzt Sachen drin, auf die unsere Kunden insgeheim scharf sind, Sachen, die sie anderswo nicht finden. Es kommt nur darauf an, ihnen in jeder Ausgabe so was zu servieren. Wir müssen ihre geheimen Sehnsüchte herausbekommen.« Er blickt auf die Uhr. Edith wird erst in zwei Stunden nach Hause kommen.

»Fein.« Angela nippt an ihrem Drink. Sie will unbedingt diese Stimmung erhalten, die sich zwischen ihnen wie ein feines Spinnennetz spannt. »Ein paar Dinge haben sich während Ihrer Abwesenheit ergeben. Was war das noch?« Sie starrt auf das dunkle Deckengebälk und tippt sich an den Kopf. »Es fällt mir im Moment nicht ein, aber ich habe es notiert.« Sie bückt sich und tastet unter dem Tisch nach ihrer Handtasche.

Ihre Sucherei unter dem kleinen Tisch rührt und amüsiert ihn, andererseits fürchtet er, im nächsten Augenblick wieder von ihr vor den Kopf gestoßen zu werden.

»Ich glaube, ich habe mein Notizbuch vergessen.« Sie taucht mit gerötetem Gesicht wieder auf.

Er erzählt ihr von seinem Urlaub, vom Schnorcheln. Es klingt, als sei er ganz alleine weggewesen. »Aus irgendeinem Grunde mußte ich immer an Griechenland denken, es hat mir gefehlt, der Geruch, das Licht, ich kann nicht sagen, was eigentlich. Wie etwas, das man auf der Zungenspitze spürt.« Er kippt den Retsina runter, er kommt sich verrückt vor; jeden Augenblick kann er etwas Unmögliches sagen. Aber es würde ihr nichts machen.

»Während Sie weg waren, aber auch schon vorher, hatte ich das Gefühl, daß wir beide irgendwie den Draht zueinander verloren haben – allerdings nur äußerlich. Innerlich –« und sie berührt das blasse, auf den Kopf gestellte Dreieck aus Haut über ihrem Brustbein – »innerlich sind wir uns nahe.« Sie spricht weiter. Sie verstößt gegen die Regeln, spricht tatsächlich aus, was zwischen ihnen vorgegangen ist, findet Worte dafür. Sie gleitet auf einer Rutschbahn, kann nicht anhalten. »Als ich Sie das erstemal sah, war so eine unheimliche Helligkeit um Sie, ein Schein, der mich blendete. Wie Lichtreflexe auf dem Wasser. Ich habe das natürlich nicht richtig gesehen – gesehen habe ich gar nichts, es war eher eine Art Wahrnehmung von ...« Was redet sie da? Gütiger Gott.

»Erstaunlich!« sagt er. Sie spricht mit ihm, wie er es sich erträumt hat, so, wie er vermutet, daß sie und ihr Dichterfreund sich unterhalten. »In Griechenland lag ich oft auf den Felsen und starrte in das Licht auf dem Wasser, auf diese schimmernden Lichtteilchen, Sie wissen schon, und stellte mir vor, es sei ein Code. In der Karibik ging es mir genauso.«

Er ruft sich ins Gedächtnis, daß er mit Angela ja nur hergekommen ist, um ihr zu sagen, daß er sich durch die Situation mit Edith erst noch hindurcharbeiten muß. Daß dies Zeit brauche, daß er Angela dennoch ernsthaft in Betracht ziehe. Er senkt den Blick. Kaut an seinem Bart. Bestellt noch einen Retsina bei dem »Red Sails in the Sunset« pfeifenden Barkeeper.

»Ich muß Ihnen ein Geständnis machen«, sagt er zögernd und beobachtet sie, die ihn beobachtet. Er kommt sich vor wie ein kleines Kind. »Ich wollte in den Ferien über vieles nachdenken. Ich habe auch über Sie – viel – nachgedacht.«

»Ich weiß.« Sie sagt nicht, daß sie dies über die große Entfernung gespürt hat. Ihre Finger auf dem Tischrand zittern. Sie verkrampft die Hände in ihrem Schoß. Nun kommt es, sagt sie sich. Endlich werde ich erfahren, was mit uns beiden geschehen soll. Gleich wird er es sagen.

»Ich kann in Ihnen nun mal keine Angestellte sehen, Angela.« Warum klingt er so streng? »Ich würde lieber mit Ihnen zusammen die Staten-Island-Fähre fahren.«

Sie schluckt und nickt. Sie ist blaß und nervös.

»Ich weiß gar nicht, ob ich Ihnen bei unserem ersten Lunch erzählt habe, daß ich damals in Griechenland eine Frau kennengelernt habe? Edith? Die, mit der ich augenblicklich zusammenwohne? Habe ich das erwähnt?«

»Nein«, entgegnet sie mit gespielter Gelassenheit. »Aber ich vermutete, daß Sie irgendwie anderweitig engagiert wären.«

Lange Pause. Sie wartet. Was bleibt ihr anderes übrig?

»Was mich mit Edith verbindet ... das ist etwas ganz Handfestes. Reelles. Es fehlt der Zauber, das Magische. Das ist einfach nicht vorhanden, und ich fürchte, ich habe mich mit etwas begnügt, das ... mir einfach zu wenig ist.« Das hatte er nun keineswegs sagen wollen, aber wie sollte er ahnen, daß Angela über ihr Gefühl für ihn sprechen würde? Er will Edith nicht schlechtmachen und setzt deshalb hinzu: »Edith ist sehr menschlich, und sehr tüchtig.«

»Was tut sie?«

Er senkt den Kopf, hebt das Glas, stellt es wieder hin. »Hm ... sie ... arbeitet in einer Klinik.« Eine weitere Pause. »Sie ... ist nicht jemand, den ich mir ... aussuchen würde. Bei Ihnen ist es ...«

Angela fühlt sich von einer Strömung erfaßt, die ihr die Beine wegreißen und sie ins offene Meer schwemmen will. Sie hält sich am Tischrand fest und beugt sich vor.

»Andererseits ist es die beste Beziehung, die ich je hatte«, hört er sich sagen. »Ich vertraue ihr.« Er kann sich nicht vorstellen, daß Edith in einer Bar sitzt und sich mit einem Mann unterhält wie Angela mit ihm. Entweder arbeitet sie in der Klinik oder zu Hause, besucht Midge oder einen Fortbildungskurs, und wenn sie U-Bahn fährt, strickt sie Socken für ihn.

Angela möchte aufspringen und davonlaufen. Aber dann wird sie nie erfahren, was Joe ihr sagen will – worauf diese umständliche Einleitung zielt.

Er sieht, wie sie den Blick abwendet, merkt, daß die Stimmung verflogen ist. Er möchte Angela zurückholen. »Edith will heiraten, ein Kind haben. Ich möchte mich aber nicht festlegen, ich habe das alles schon mal mitgemacht.«

Angela nickt. »Ich weiß genau, was Sie meinen. Ich möchte auch nie wieder heiraten.«

Er seufzt. »Edith und ich wollen zunächst mal den Dingen ihren Lauf lassen und sehen, wie sie sich entwickeln.«

Angela denkt: Er sagt das zwar, aber es sind nicht seine Worte. Sie kommen von jemand anderem. Edith? Sie ringt sich ein Lächeln ab. Im Zweifelsfall – lächle. Sie spielt mit der Kerze, schiebt ihm den Untersatz ein paar Zentimeter entgegen, dann wieder von ihm weg. Zwei Zentimeter nach rechts, zwei Zentimeter nach links. »Ist es eine gute Beziehung?«

»Mmm.« Er hebt die Hand und läßt sie wieder fallen. »Ich weiß nicht, wie ich sie bezeichnen soll.« Er sieht sie an. So hatte er sich die Sache nicht vorgestellt. Aber andererseits ist er auch nicht sicher, wie er sie sich vorgestellt hatte. So jedenfalls nicht. »Angela – Sie ... Sie sind für mich etwas ganz Besonderes.«

»Und ich kann nicht leugnen, daß ich Sie sehr attraktiv finde.« Sie ist immer noch zuversichtlich, trotz dieser unerfreulichen Eröffnungen. Schließlich verfügt sie über Magie und Phantasie, eine märchenhafte Macht, die Edith fehlt. Sie berührt sein Gesicht. »Sie gefallen mir.«

Er bedenkt, was sie gerade gesagt hat, ... kann nicht leugnen ... attraktiv finde. »Auch ich finde Sie sehr attraktiv«, sagt er.

Ich habe viel zuviel verraten, denkt sie. »Natürlich finde ich auch andere Männer attraktiv ...«

Das reicht. Es mußte ja kommen. Er hat darauf gewartet, daß sie ihm von diesem Charakterkopf, diesem Dichter, mit dem sie sich abgibt, erzählt. Erst hatte er geglaubt, sie hätten wenigstens eines gemeinsam – Partner, die nicht zu ihnen passen. Aber gleich mehrere, gütiger Gott! Er ist also nur einer von vielen, alle »attraktiv«, was immer sie darunter versteht. Wie aus der Werbung für Herrenunterwäsche.

Auch sie merkt, daß etwas schiefläuft. Sie sieht, daß er aus der Fassung geraten ist und daß er den Mund ärgerlich verzieht. »Das Sexuelle spielt dabei keine große Rolle, aber ...« Sie kann den Satz nicht vollenden, weil Sex eben doch eine große Rolle spielt. »Ich habe ziemlich verworrene Affären gehabt. Reichlich kompliziert. Mit Männern, die mich nicht verstanden. Aber von Ihnen fühle ich mich verstanden.«

Er sieht wieder auf die Uhr. Später als er dachte.

Es macht sie krank, wenn er das tut – sie weiß genau, was es bedeutet. Sie kennt diesen Blick von Janos, der ihr damit zu verstehen geben wollte, daß sie vor ihrem Mann wieder zu Hause sein mußte. Wenn sie Janos ärgern wollte, nahm sie sein Handgelenk und sah auf seine Uhr.

Sie gehen hinaus in den Sonnenuntergang. Alles ist tieforange. An der Nordseite vom Washington Square bleibt er stehen. Er fürchtet, sie könne ihn bis zu seiner Haustür begleiten. »In welche Richtung gehen Sie?«

Sie zeigt nach Westen. »Da lang – zur U-Bahn. Also bis morgen.« Sie wendet sich ab.

Er faßt sie bei den Schultern und hält sie zurück. Er stellt die Mappe auf die Erde, zieht Angela an sich – sie ist so zierlich! – und küßt sie. Anfangs scheu, weil er fürchtet, sie könne schockiert sein und weglaufen. Aber als sie ihren Kopf zurücklegt und sich an ihn schmiegt, umfaßt er unter ihrem aufgeknöpften Mantel ihre Taille. Sie küssen sich lange; beide sind glücklich und erleichtert. Angela, weil sie nun weiß, wie alles enden wird, und Joe, weil Angela seine Küsse erwidert.

Während er sie immer wieder und immer leidenschaftlicher küßt, denkt sie: Was wäre, wenn Edith oder sonst jemand uns jetzt sähe?

Er läßt sie los und blickt sich um.

»Ich bin sicher, du bist ein fabelhafter Liebhaber!« Angela ist so verwirrt, daß sie sich kaum auf den Füßen halten kann.

Er lacht und läßt den Blick den Park und die Straße entlang wandern. »Es ist alles sehr unheimlich.«

»Also dann.« Sie macht sich los, obwohl sie es nicht will.

»Geh und töte den Drachen.«

Er sieht sie fragend an, und sie hofft, er denkt nicht, Edith sei gemeint. »Deine Schuldgefühle, meine ich.«

Sie gehen auseinander, Angela ein wenig schwankend, aber lächelnd.

Obwohl Edith in dieser Woche mit Kochen dran ist, macht Joe das Abendbrot. Seine Hände bewegen sich heute flink wie zwei Zauberlehrlinge. Bratwürste, Sauerkraut, Brot, Schweizerkäse. Edith wird sich freuen: eine neue Verhaltensweise seinerseits. Er geht ins Badezimmer und blickt in den Spiegel. Keine Lippenstiftspuren auf seinem Gesicht. Angela findet es schön.

Edith kommt mit zwei prallgefüllten Einkaufstüten im Arm. »Ich sehne mich direkt nach einem anständigen Schmorbraten.« Sie stellt die schweren Tüten auf die Anrichte. »Nach all dem Fisch.« Im Urlaub gab es jeden Abend Huhn oder Fisch. Joe umarmt sie. Ihre Schultern sind schmal und knochig. Sie schiebt ihn beiseite. »Ich muß mal aufs Klo.«

Joe ist auch mit Schmorbraten einverstanden. Er pfeift ›Ain't Misbehavin'‹, deckt schwungvoll den Tisch.

»Du«, ruft sie aus dem Badezimmer. »Alle haben mir zu meiner Bräune gratuliert. Sie sagen, ich sehe fabelhaft aus.«

Sie kommt wieder in die Küche. »Die Gabeln fehlen. Du bist ja glänzender Laune.«

»Alles paletti.«

»*Paletti?* Was sind denn das für Ausdrücke? Und deinen Ring trägst du auch nicht.« Das ist ein silberner Ring, den sie für ihn im Duty-Free-Shop auf dem Flughafen von San Juan gekauft hat, die Miniatur des Kühlergrills eines Buick, Baujahr 53.

»Ich hatte Angst, ihn zu verlieren.« Pfeifend schlendert er ins Schlafzimmer und holt den Ring aus dem offen auf dem Boden liegenden Koffer. Er kann ihn ja abends tragen, zum seidenen Schlafrock und den Krokodillederpantoffeln. Er blickt auf die Uhr. In etwas mehr als vierzehn Stunden wird er Angela wiedersehen. Sie hat ihn geküßt. Sie findet ihn attraktiv. Sie glaubt, daß er ein fabelhafter Liebhaber ist. Sie versteht ihn. Er hat ihr von Edith erzählt, und trotzdem hat sie ihn geküßt. Er durchquert die dunkle, leere Mitte des Speichers, geht an den schattenhaften Höckern unbenutzten Mobiliars vorbei. Er hat den Quell seiner Seligkeit gefunden.

»Eed, du siehst hübsch aus.«

Es freut sie, daß er so vergnügt ist. Sie tätschelt seine rechte Hand, an der jetzt der Ring sitzt. »Unser Urlaub war eine gute Idee.«

»Es war schön, einmal auszuspannen, aber ich habe viel nachzuholen.«

»Ist denn so viel Arbeit liegengeblieben? Du hast doch diese – wie heißt sie noch – Angela?«

»Ja, schon«, murmelt er. Jetzt lebt er in einem anderen Land, unter einer anderen Regierung. Eine Macht, die stärker ist als er, beherrscht ihn neuerdings.

»Hat sie denn nichts getan inzwischen?« Ediths Stimme hebt sich entrüstet. Sie ist bereit, Angela herbeizuzitieren und ihr den Kopf zurechtzurücken.

»Doch, doch, sie hat den laufenden Kram erledigt, bloß muß ich mich jetzt um den Vertrieb kümmern und dann diese Konzernbibliothekare zum Essen ausführen und ihnen das Info schmackhaft machen. Ich hasse dieses Andrehen- und Anpreisenmüssen, aber ich habe Goodhugh deswegen immer auf dem Hals. Expandieren sollen wir. Und das ist eine elende Schufterei, auch wenn mir jetzt jemand hilft.«

»Wir haben alle Probleme. Bring mal den Wein.« Sie steckt sich eine Gauloise an. »Ich muß mich einen Augenblick ausruhen, ehe ich mit dem Schmorbraten anfange. In der Klinik sind auch alle heiklen Sachen liegengeblieben. Der ganze Gewerkschaftskram zum Beispiel. Lois war heilfroh, mich wiederzusehen. Ich war heute übrigens bei Midge – sie trägt seit neuestem einen Ehering – aus Florentiner Gold. Sie meint, wir sollten meine Reaktionen darauf das nächstemal durchgehen. Hast du mit Goodhugh über den Teilzeitvorschlag gesprochen?«

»Noch nicht – es paßte heute nicht. Ich will schließlich nicht rausfliegen.«

»Nun mach mal halblang! Der schmeißt dich doch nicht raus! Ohne dich sähe der ganz schön blaß aus. Übrigens hat Lois gesagt, sie will das Haus in Connecticut kaufen. Es ist zwar ein Sommerhaus, aber sie und Jim werden es winterfest machen. Ich will mal ihren Immobilienmakler anrufen.«

»Wozu das denn?«

»Wir müssen hier weg im kommenden Sommer. Der Speicher wird wie ein Brutkasten sein. Ich mache verlängerte Wochenenden, und du wirst nur halbtags arbeiten. Wir müssen raus hier aus diesem Dreckloch.« Sie redet nun von Grundstückspreisen, sie hat sich informiert, ein Haus in der Stadt und eines auf dem Land sind die beste Kapitalanlage. Mit ihrer jüngsten Gehaltserhöhung, und wenn ihre Anteile an der Klinik erst einmal Dividende abwerfen ...

Er erlebt den Kuß mit Angela noch einmal. Unzählige Hindernisse sind zu überwinden. Unvermittelt unterbricht er Edith: »Ich halte all das für verfrüht. Lassen wir doch fürs erste den Dingen ihren Lauf und warten wir ab, was geschieht.«

»Du hast recht.« Sie drückt die Hand gegen den Bauch. »Scheiße – Krämpfe.«

Den größten Teil der Nacht verbringt er am Tisch, vor sich Angelas Textmaterial für die nächste Nummer, hört den Wind an den Fenstern rütteln und raucht. Er kann sich weder konzentrieren, noch kann er schlafen. Er ist der einzige auf der ganzen Welt, der wach ist.

Angela führt ein Ferngespräch mit Helen. »Es klappt«, sagt sie. »Joe und ich kommen uns näher.«

»Ach du, das freut mich aber«, antwortet Helen. Im Hintergrund Geschrei. »Warte mal einen Moment. Jeffrey, du darfst Timmys Buch nicht ins Klo werfen! Okay, ich bin wieder da. Ich habe geträumt, du hättest einen phantastischen Teppich mit verwirrenden Mustern, und wir beide tanzten darauf. Jetzt erzähl mal – was ihr beide macht, Joe und du?«

»Hm.« Angela erkennt, daß es eigentlich kaum etwas zu berichten gibt außer von dem Kuß heute abend, und es ist ihr peinlich, von ihrem umgemodelten Ich zu sprechen, von Ediths Gegenstück, das Joe endlich aus seiner Reserve gelockt hat. »Wir haben eine große Geschichte. Es gibt nur einen Haken, aber der ist temporär.«

Angela träumt, sie befinde sich in einem Düsenflugzeug, das mit Sicherheit abstürzen wird. Ihre Mutter ist der Pilot. Die Tragflächen wackeln, der Motor stottert und knirscht. Angela setzt Kopfhörer auf und wählt einen lautlosen Kanal, um das schreckliche Geräusch fernzuhalten. Sie hat panische Angst, erwartet den Absturz, den tödlichen Fall. Das Flugzeug landet auf der Bahn, von der es abgehoben hatte. Die Mutter macht ihr Vorwürfe, weil es in der Kabine so unordentlich aussieht. Angela denkt: Wetten, daß ich diese Maschine besser fliegen kann als meine Mutter?

Sie wacht auf. Es ist drei Uhr früh. Betäubt und verwirrt liegt sie da, die Augen weit ins Dunkel geöffnet, bis es hell wird und sie sich fürs Büro fertigmachen muß. Sie stellt sich vor, daß Joe ein paar Kilometer weiter südlich ebenfalls wach liegt.

Beim Zähneputzen erinnert sie sich an das Gespräch in der Bar. »Wir werden einander für den Rest unseres Lebens kennen«, hat sie gesagt. Höre auf das Orakel. »So sollte man es sehen«, hat er geantwortet. Sie schaut in den Spiegel und sieht die Fältchen unter den Augen. »Für den Rest des Lebens!« So lange kann sie nicht warten. Sie öffnet das Arzneischränkchen und sucht nach einer Creme, mit der sie die Falten glätten oder überdecken kann. Auf der Innenseite der Tür stehen die Worte: »Lebe von einem Tag zum nächsten«. Ein Motto, das sie dort angebracht hat, als sie einzog.

13

Um sieben Uhr fünfzehn geht Joe ins Büro. Er trägt einen dicken, in Griechenland gekauften Seemannspullover, den er seit seiner Rückkehr in die Staaten nicht mehr angezogen hat.

Als Angela kommt, vermeidet sie seine Tür. Später, in ihrem Büro, ist sie sehr förmlich, als wäre er jemand anderes. Sie weigert sich, ihn anzusehen.

»Das Zeug taugt nichts, es ist alles Scheiße.« Sein Gesichtsausdruck ist finster und besorgt. Er wedelt mit einem Bündel Papier, Angelas Vorschlägen für die neue Ausgabe des Informationsblattes. »Ich begreife überhaupt nicht, was das alles soll.«

Bis jetzt hat sie die Texte für recht gut gehalten. »Ich –«

»Und ausgerechnet heute bin ich mit dieser Bibliothekarin von IBM zum Lunch verabredet.«

Noch gestern hat Angela geglaubt, sie würde nun alles begreifen und ihre Sache gut machen. Und jetzt ist alles wieder ganz anders.

Nach der Mittagspause schaut er kurz bei ihr herein. »Eed geht es nicht gut, ich muß sie zum Arzt bringen.«

»Eed?«

»Edith.« Er verzieht den Mund.

Angela wendet sich ab, damit er ihr Gesicht nicht sieht. Edith arbeitet doch in einer Abtreibungsklinik, gibt es dort keine Ärzte? Und warum nimmt sie nicht einfach ein Taxi? Das hätte Angela getan. *Sie* brächte keiner zum Arzt, das steht mal fest. Niemand würde ihretwegen aus dem Büro weglaufen. Sie möchte weinen, aber statt dessen vertieft sie sich in einen Bericht der Vereinten Nationen über die bevorstehende weltweite Wasserknappheit und unterstreicht mit einem roten Kugelschreiber, was sie vielleicht brauchen kann.

Wieder ein Freitag, wieder eine schummrige, kerzenbeleuchtete Bar, diesmal in der Nähe des Büros. Blues, auf einer Harmonika gespielt. Er hält ihre Hand, küßt die Innenfläche ihres Handgelenks, ihre Handfläche, tut dasselbe mit der anderen Hand, drückt beide Hände. Angela liebt dieses Ritual. Ihr Haar fällt locker auf die Schultern, schimmert im roten Licht einer Hängelampe. Er kann es nicht recht glauben, daß sie ihn mag, daß sie ihm zulächelt. Er fühlt sich wie jemand, der verschollen oder totgeglaubt – etwa in der Antarktis – über Tausende von Kilometern hinweg endlich Zuflucht und Geborgenheit gefunden hat. Ihre Hände sind ganz warm. Sie blicken einander lange an.

»Vom ersten Tag an habe ich mir gewünscht, mit dir zu schlafen«, sagt er.

Sie räuspert sich, ihre Stimme will nicht recht funktionieren.

»Und mit dir auf der Staten-Island-Fähre zu fahren.«

»Tun wir's doch«, sagt sie. Sie meint die Umarmung, nicht die Staten-Island-Fähre.

»Ich möchte dir nahe sein, so nah wie möglich und so schnell wie möglich.«

Sie sagt nichts. Sie wartet, daß er ihr sagt, er werde Edith verlassen. Sie wird nicht mit ihm schlafen, bevor er nicht Edith verlassen hat.

»Edith ist nie verheiratet gewesen, hat nie eine Scheidung durchgemacht – deshalb kann sie nicht begreifen, daß ich nicht heiraten will. Edith und ich lassen uns viel Freiraum.« Er zieht die Schultern hoch und kaut auf dem Schnurrbart. »Aber vielleicht macht mich gerade das so heiratsunwillig.« Er will Ediths Freundschaft nicht aufs Spiel setzen, er will nicht mogeln. Wenn sie doch nur ein Mann wäre. Sie hat ihre guten Seiten.

»Woran denkst du?« fragt Angela.

»Daran, daß wir uns gegenseitig wehtun könnten. Davor habe ich Angst. Zwischen dir und mir könnte es ernst werden. Sehr ernst.«

»Dreiecksverhältnisse sind nichts für mich.« Sie gibt Beispiele. Wie sie mit Janos, dem Freund ihres Mannes, ein Verhältnis angefangen hat.

»Mein bester Freund hat meine Frau am selben Tag geheiratet, an dem unsere Scheidung rechtskräftig wurde.«

»Wir haben einander gefunden«, sagt Angela, »aber wir müssen behutsam sein.«

»Um am Ende zu merken, daß wir vor lauter Behutsamkeit überhaupt nicht gelebt haben?« Er sieht auf die Uhr.

Sein Blick schmerzt sie. Er muß gehen, weil Edith ihn erwartet, denkt sie. Was für ein Klischee. Ich sitze fest in einem Klischee.

»Vielleicht sollten wir miteinander schlafen, damit wir es

hinter uns haben und uns anschließend richtig kennenlernen können«, sagt er. Es wird Zeit für ihn, aber er kann sich nicht von dem kleinen Tisch und dieser Frau mit den schmalen, kerzenbeschienenen Händen losreißen. Sie verändert den dunklen Raum, der sie umgibt. Er spürt, daß jeden Moment etwas Übernatürliches geschehen wird. Er sieht ihr in die Augen und drückt ihre Hände, läßt sie los, nimmt sie wieder, läßt sie wieder los. »Was sollen wir bloß tun?«

»Was wir tun sollen?« wiederholt sie. »Manchmal denke ich, ich könnte alles für dich tun.«

»Ach«, sagt er, »du bist so *frei.*«

»Das bin ich.« Sie strafft die Schultern und bewundert sich im Augenblick sehr, vor allem, weil er sie bewundert. Natürlich ist sie nicht frei. Sie ist verliebt.

»Es ist merkwürdig, wenn ich mit dir zusammen bin, gibt es keinen Zweifel und keine Angst. Andererseits erinnerst du mich an alles, was mir im Leben passiert ist, und ich bekomme doch wieder Angst. Zum Beispiel denke ich an meinen kleinen Sohn Todd – ich müßte mich mehr um ihn kümmern. Und dann dieser ewige Leistungsdruck. Außerdem weiß ich nicht, was ich aus meinem Leben machen soll. Ich möchte zwei Deiche bauen, zwischen denen ein Strom fließt.«

»Was möchtest du?« Sie runzelt die Stirn, sie hat vergessen, daß sie, als Ediths Gegenpol, immer alles verstehen muß.

»Einer ist mein geheimes Leben im Büro, der andere mein tägliches Leben mit Edith.«

Angela zieht sachte die Hände zurück. Sie versteht nicht, was er da sagt, aber es klingt schlecht. Strom? Was soll denn da fließen? Aber dann fällt ihr ein, daß Edith weder über Magie noch über Phantasie verfügt. Daß sie diese Seite von Joe nicht versteht. »Ein Strom?« fragt sie nachdenklich. »Sag mir nochmal, was Edith eigentlich tut.«

Er zuckt die Achseln. »Sie verwaltet die Klinik.« Plötzlich erscheint ihm Ediths Tätigkeit irgendwie beschämend.

»Welche Klinik?« Angela merkt, daß es ihm peinlich ist, und bemüht sich, weniger neugierig zu klingen.

»Irgendwo in Queens.« Er nimmt wieder ihre Hände. »Meine Angst sagt, daß wir einander wehtun könnten – ich meine, du und ich. Aber mein Gefühl sagt, daß das, was wir beide haben, gut ist und immer nur besser werden kann. Wir sollten einfach so weitermachen und uns sagen, wir kennen dies ja alles und wissen schon, was wir zu tun haben.«

Angela läßt den Kopf sinken; das Haar fällt ihr wie ein Vorhang übers Gesicht. Sie ist aufgeregt und verspürt ein leises Unwohlsein. So also fallen die wichtigen Entscheidungen im Leben, denkt sie. Aufgeben wird sie diesmal aber nicht. Am Ende wird sie triumphieren.

»Die großen Dinge finden sich von selbst, und mit den Kleinigkeiten werden wir schon fertig«, meint er.

Auf der Straße streicht er ihr übers Haar. »Ich bin heute sehr verliebt in dein Haar«, sagt er. Er ist auch in alles Übrige verliebt, nur möchte er sich nicht noch lächerlicher machen, als er bereits getan hat.

Sie lächelt zu ihm auf, und er kann nicht anders, als sie küssen. Er zieht sie in eine Toreinfahrt, stellt seine Aktenmappe ab und küßt sie so lange, bis er nicht mehr weiß, wer er ist, wo er ist: es gibt nur diesen Augenblick, nur ihren Mund. Sie dreht sich weg, um Luft zu schöpfen. »Worauf warten wir noch?«

Er lacht und drückt sie an sich. Er fühlt sich vollkommen frei. Frei, zu tun, was er möchte, und warum auch nicht?

Sie spürt, wie beflügelt er ist. »Was wirst du tun?«

»Mit dir schlafen. Morgen nachmittag?«

Sie könnte jetzt ohnmächtig werden, aber sie ist noch nie in Ohnmacht gefallen, wenn es angebracht war, auch nicht, wenn es unangebracht war. »Komm einfach mit«, sagt sie. »Jetzt, sofort.« Soll doch ihr Körper das Denken übernehmen.

Er küßt sie noch einmal, und sie merkt, daß dies eher ein Abschieds- als ein Begrüßungskuß ist.

Während sie im Taxi unter üppig blühenden Kirsch- und Aprikosenbäumen dahinfährt, die sich im Dämmerlicht duftig vom Grün des Rasens abheben, zerbricht sie sich den Kopf, was er wohl mit dem Strom und den beiden Deichen gemeint haben könnte.

Abends geht Angela mit Sharon in eine Boutique in Greenwich Village. Sie muß das Passende, das Vollkommene für die neue, verwandelte Angela finden, das Joe bewegen wird, ihretwegen sein Leben zu ändern, das aber nicht so aussieht, als sei es eigens zu diesem Zweck gekauft.

»Du kennst doch Lynn, oder?«

»Hm.« Angela kann Lynn nicht leiden, obwohl sie ihr nie begegnet ist, weil Lynns Schwester Edith bewundert. »Lila, steht mir das?« Sie hält einen Pullover hoch. »Nein, zu auffällig.« Wahrscheinlich trägt Edith lila. Viele brünette Frauen tun das. Sie bringt es nicht über sich, Sharon zu verraten, daß Joe morgen zu ihr kommen wird, weil Sharon dann etwas Vernünftiges, aber zugleich Entmutigendes sagen würde.

»Lynn hat was mit ihrem Chef, Hoyt Golden. Ich weiß, er ist gottweißwie berühmt, aber er ist trotzdem ein fieser Typ. Das neueste ist: seiner Frau geht es besser, sie wird demnächst aus der Klapskiste entlassen. Sie hat Tanztherapie genommen. Wenn sie nach Hause kommt, kann Hoyt sich von ihr scheiden lassen und Lynn heiraten: Genau das ist es, was Lynn will.«

»Und wenn nun die Scheidung seine Frau von neuem zum Wahnsinn treibt?«

»Männer können einen wirklich zum Wahnsinn treiben!« mischt sich die Verkäuferin ein. Sie hat dunkles, in der Mitte gescheiteltes Haar und einen kirschrot angemalten Kußmund. »Ein Wunder, daß wir nicht alle in der Klapsmühle landen.«

»Genau«, sagt Sharon zu der Verkäuferin. »Jedenfalls will Lynn partout sofort ein Kind von ihm. Sie denkt, sie wird sonst zu alt, kriegt ein mongoloides oder sonstwie geschädigtes Baby. Es soll feministisch erzogen werden – keine sexistischen Bücher, Spielsachen und so.«

»Was ist eigentlich Tanztherapie?« fragt Angela zerstreut. Etwas stört sie, etwas, das von dem Gespräch mit Joe hängengeblieben ist. Dann verzieht sich diese Wolke, und sie findet einen weichen, tief ausgeschnittenen, moosgrünen Angorapullover, der Joe bestimmt gefallen wird und in dem sie verführerischer aussieht, als Angela Lee je auszusehen hoffen durfte.

»Bei der Tanztherapie soll man seine Probleme mit dem Körper verarbeiten«, sagt die Verkäuferin. »Ich wollte selber mal Tanztherapie machen.«

Am Schluß kriegen sich die beiden immer, ihre Blicke begegnen sich, und ihre Herzen beben. Allen Hindernissen zum Trotz klappt es am Ende doch. So etwa denkt Angela, während sie sich auf das Rendezvous vorbereitet. Sie hat schlecht geschlafen, weil sie fürchtete, eine schlaflose Nacht könnte zu Erschöpfung und Ringen unter den Augen führen, außerdem dazu, daß sie sich nicht gelassen bewegt und mit ihrer neuen, leisen Stimme spricht.

Einerseits, andererseits.

Seit er gesagt hat, sie würden sich heute mittag lieben, ist sie nervös und fühlt sich so unwirklich, als sei sie aus ihrem gewohnten Leben oder ihrem Körper vertrieben. Sie kann nicht mehr denken. Während der langen Nacht sind aus dem Dunkel widersprüchliche Wort- und Bilderfolgen in ihren Kopf eingedrungen. Das eine, das sie tun sollte, das andere, das sie tun möchte. Als sie mit Janos zusammen war, dachte sie immer nur: Wenn ich bloß nicht verheiratet wäre, würde alles einfach sein. Bevor sie verheiratet war und als alle ihre Mitschülerinnen heirateten und sich plötzlich brennend für Einbauküchen interessierten, dachte sie, wenn ich doch bloß verheiratet wäre, würde alles einfach sein. Jetzt ist sie geschieden. Jetzt kann sie tun, was sie will. Wenn ein Mann ihr gefällt, kann sie mit ihm ins Bett gehen. Leider hat sie dabei ein schlechtes Gewissen, es sei denn, sie hat den Mann wirklich gern – gern genug, um, sagen wir, ihn zu heiraten. Andererseits hat sie sich geschworen, nie wieder zu heiraten. Sharon geht mit jedem ins Bett, der sie zum Essen einlädt. Anscheinend macht ihr das nichts aus. Ebenso die Frauen in ihrer Selbsterfahrungsgruppe. Wenn sie nur Joe gegenüber gelassener sein könnte. Andererseits scheint ihr Plan zu klappen – jetzt, da sie sich verändert hat, kommt er zu ihr.

Sie beginnt einen Ritus, den sie seit vielen Jahren nicht mehr praktiziert hat.

Sie wäscht ihr Haar, drückt eine Tube Plazentaproteinkur darauf und wickelt es in ein heißes, feuchtes Frottiertuch, das schwer wie ein Türkenturban auf ihrem Kopf thront. Sie wäscht sich das Gesicht und schmiert eine spinatfarbene Substanz aus Seetang und Lehm auf Wangen, Stirn, Kinn und Nase. Ihre Augen starren mit einem verängstigten Ausdruck aus runden Löchern in der Gesichtsmaske. Sie läßt die

Badewanne vollaufen und gibt ein nach Rosen duftendes Badeöl hinzu. Dann läßt sie sich mit der Maske auf dem Gesicht in die blaue Farnkräuterwanne sinken und legt in adstringierende Lotion getauchte Wattebäusche auf die Augen. Damit sollen Schwellungen und Verzweiflung, Folgen einer schlaflos verbrachten Nacht, verschwinden. Sie rasiert Beine und Achselhöhlen, bearbeitet Zehen, Fußknöchel, Knie und Ellbogen zuerst mit Bimsstein, dann mit einer Bürste. Sie spült die verkrustete Gesichtsmaske ab und starrt mit leerem Kopf auf das auslaufende Badewasser. Nach dem Bad reibt sie duftendes mexikanisches Schildkrötenöl auf Füße, Hände und Arme. Sie feuchtet die Gesichtshaut wieder mit adstringierender Flüssigkeit ein und bespritzt Gesicht und Hals mit Vichy-Wasser. Sie zupft ein paar Härchen aus den Augenbrauen, schiebt die Nagelhaut zurück, feilt die Fingernägel mit Schmirgelpapier und überlegt, ob sie sie lackieren soll. Nein. Da sie keinen Lack im Büro trägt, würde es allzu beabsichtigt aussehen.

Sie schält sich aus dem Frottiertuch, kämmt das Haar aus und wickelt die feuchten Strähnen über rosafarbene Lockenwickler. Es ist zehn Uhr.

Sie zieht die weißen Bettlaken und Kopfkissenbezüge ab und ersetzt sie durch neue, rosafarbene. »*Love is sweeping the country*« singt sie und schiebt die Matratze in die Ecken des Spannlakens. »*There's never been so much love*«.

Sie fährt mit dem Staubsauger über den chinesischen Teppich, wischt Bücherregale und Fensterbretter ab, sprüht Vichy-Wasser auf die Fächerpalme, dreht die Couchkissen um und schüttelt sie mit raschen Bewegungen auf. »*Passion'll soon be national!*« Ihr Haar ist jetzt trocken. Sie nimmt die Wickler heraus, massiert die Kopfhaut mit Pomade und bürstet, weit vornübergebeugt, das Haar aus.

Sie zieht ein paar alte Jeans und ein T-Shirt an, läuft zum Supermarkt und ersteht grüne Weintrauben, einen Apfel, eine Birne, zwei violette Pflaumen und etwas Käse. Weiter zur Weinhandlung – eine Flasche Roten und eine Flasche Weißen. Retsina? Ouzo? Beides nicht vorrätig. Sie kauft Narzissen und Gänseblümchen. Es ist 11 Uhr 13. Die Verkäufer lassen sich Zeit und bestehen darauf, das schöne Frühlingswetter zu diskutieren. »Ja, herrlich, herrlich«, bestätigt sie ungeduldig.

Mit Tüten beladen hastet sie in die Wohnung zurück und

stellt sich vor, sie sei Joe. Wie wird ihm der frischgestrichene orangefarbene Flur gefallen? Was könnte sie herumliegen lassen, was würde seine Neugier wecken? Eine Kettensäge? Ein paar Aktien? Ein Liebesbrief von Bob Dylan? Eine Kristallkugel? Sie besitzt nichts dergleichen, er muß sie nehmen, wie sie ist. Aber sie vergewissert sich, daß Ron Nussbaums Gedichtband neben dem Telefon auf dem Bücherregal liegt. *... in der Hoffnung, daß sie eines Tages, so seltsam es klingen mag, doch zueinander finden.*

Sie wäscht das Obst, trocknet und poliert es mit Küchenkrepp und arrangiert es in einer Silberschale – ein Hochzeitsgeschenk. Das Silber ist angelaufen. Sie nimmt das Obst wieder heraus, poliert die Schale und ändert das Arrangement. In ein leeres Essigfläschchen stellt sie die Blumen. Es ist 12 Uhr 6. Ihr Herz hämmert.

Platten – die richtige Musik. Vielleicht ist er nervös. Etwas Ruhiges. John Wesley Harding? Zu intellektuell. Billie Holiday? – nicht bei Tageslicht. *Oud*-Musik aus dem armenischen Mittelosten? Zu exotisch. Ein Mozartquartett? Leonard Cohen und Joe Cocker hört er angeblich gern, wenn er sich klein und mies fühlt, aber kann jemand wie Joe klein und mies sein? Sie braucht Musik, die ihn hier festhält. Sie geht ihre Sammlung durch, Platten, die sie seit Jahren nicht mehr in der Hand hatte. Allesamt verkratzt. Wird er sie für nachlässig halten, weil sie ihre Platten nachlässig behandelt? Ella Fitzgerald? Joan Baez? Sie könnte was auflegen, das ihr etwas bedeutet, aber genau das könnte ihn an die schlimmsten Augenblicke seiner Ehe erinnern. Sie legt Bachs Cellosuiten auf den Plattenteller und schaltet das Stereogerät ein. Wenn es an der Tür klingelt, reicht ein Knopfdruck, und schon erfüllen Casals' schwermütige Celloklänge ihre Zimmer.

Sie geht ins Bad und holt aus einem Schränkchen unter dem Waschbecken einen Schuhkarton voll Kosmetika hervor: der automatische Augenbrauenstift und die halbvertrocknete Wimperntusche stammen noch aus ihrer Collegezeit. Sie sprüht ihr Gesicht erneut mit Vichy-Wasser ein, legt Feuchtigkeitscreme auf und tupft mit den Fingern leicht getönte Grundierungscreme auf Wangen und Stirn; ein hellerer Farbton unter die Augen und auf die Oberlippe. Zu maskenhaft. Mit einem Stück Klopapier wischt sie beinahe alles wieder ab. Mit zittrigen Fingern pinselt sie drei Schattierungen auf ihre Augenlider: Streifen aus creme, blau und grau. Die Augenwimpern tuscht sie schwarz. Puder-Rouge. Puder. Dann wird der Puder weggebürstet – zu mehlig. Augenbrauen ein wenig nachgezogen, Wimperntusche. Sie niest, und die Tusche läuft ihr über die Wangen. Sie entfernt die Tusche. Grundierungscreme unter die Augen. Der Augenbrauenstrich muß nachgezogen werden, dann frische Wimperntusche. Es ist 12 Uhr 21. Der Stift zittert in ihren Händen. Konturenstift, Lippenstift, Lippenpomade – nur sind ihre Lippen jetzt vor Anspannung verkniffen. Wieder sprüht sie Vichy-Wasser ins Gesicht.

Sie prüft ihr Meisterwerk. Sieht sie aus, als hätte sie gleichmütig den Vormittag über in alten Ausgaben des ›National Geographic‹ geblättert? Nein. Sie wischt den Lippenstift ab und entfernt ein wenig von dem Lidschatten. Es soll so aussehen, als trüge sie überhaupt kein Make-up. Er soll sie *au naturel* in der Selbstverständlichkeit ihres gewohnten Lebenszusammenhangs überraschen. Es ist 12 Uhr 34.

Hinter die Ohren tupft sie Teerosenöl. Ein paar Tropfen zwischen die Brüste, auf den Nabel und in die Kniekehlen. Im Schlafzimmer sprenkelt sie ein wenig auf den Kopfteil des Bettes, dann verstaut sie Make-up, Lockenwickler, Parfüm, Lotion und einen Karton mit Tampons in dem Schränkchen unter dem Waschbecken im Bad.

Sie zieht den neuen grünen Angorapullover an, dazu weiche, alte, wie eine zweite Haut sitzende Jeans.

In die Kerzenhalter und bunten Gläser auf dem Kaminsims steckt sie frische Kerzen und kohlt die Dochte ein wenig an, damit sie nicht allzu neu aussehen. Wahrscheinlich wird er bis zum Einbruch der Dunkelheit bleiben, aber wer weiß? Es ist 12 Uhr 46. Angela ist bereit.

Stunden, Jahre hat sie sich auf diesen Moment vorbereitet. All die ereignislosen Sommer, die sie über Leitfäden für Teenager, verfaßt von Leuten wie Pat Boone, zugebracht hat. Hunderte von Artikeln in ›Glamour‹, ›Mademoiselle‹ und ›Seventeen‹. Damals hatten sie und Carmen Garcia auf Carmens Bettkante gesessen und die Gesetze des Frauseins studiert. Man konnte zum Beispiel seine Gesichtsform ändern, indem man das Haar anders scheitelte. Man konnte mit Hilfe eines Tests feststellen, ob man der Tigerfrau-Typ, das im Verborgenen blühende Veilchen oder der burschikose Kumpel war. In den Hochglanzmagazinen posierten schöne

Mädchen mit makellosem Teint in Kostümen, Hüten, Handschuhen unter efeuumrankten Bögen in einem Land, wo es Rasen und große, schattenspendende Bäume gab und das man in Gatch den »Osten« nannte. Ein grünes Land, in dem eine neue Tapete, ein Lippenpinsel und ein Hauch von Ironie den Auserwählten Hals über Kopf in deine Arme trieb. Oder war es etwa umgekehrt? Angela hat die Feministinnen gelesen und über alle Themen diskutiert, welche die Nationale Frauenbewegung den Selbsterfahrungsgruppen empfiehlt. Sie glaubt an die Ideale der Frauenbewegung, nur nicht gerade jetzt. Nicht um 12 Uhr 51 an diesem Samstag Ende April. Sie begutachtet das Schlafzimmer. Alles hier muß vollkommen und verführerisch sein, für den Fall, daß er noch unentschlossen sein sollte. Die neue orange und rot gestreifte Tagesdecke auf dem Bett sitzt faltenlos. Die Vorhänge blähen sich wie orangefarbene Segel im Frühlingswind. Der rotseidene Betthimmel bebt und flattert. Nahebei, auf der gegenüberliegenden Hofseite, übt jemand den ersten Satz eines Mozartklavierkonzerts.

Wie werden sie vom Wohnzimmer ins Schlafzimmer gelangen? Sie weiß es nicht. Er wird es wissen.

Joe springt aus dem Bett, als Edith zur Arbeit geht. Müde und gelangweilt erklärt er: »Ich muß wahrscheinlich heute ins Büro.« Er steckt eine Zigarette an. Meistens wartet er damit, bis er Kaffee getrunken hat. »Und nachher werde ich wohl mit Gerard essen gehen müssen«, fügt er beiläufig hinzu.

»Du Armer.« Edith wirft ihm eine Kußhand zu und geht, kommt aber zurück, um ihr Strickzeug zu holen. »In der Mittagspause will ich mir ein paar Reihenhäuser in Brooklyn Heights ansehen«, sagt sie.

»Ich ruf' dich an«, sagt er, »falls es spät wird. Aber wahrscheinlich bin ich noch vor dir zurück.« Sonst gibt er ihr kaum je Auskünfte; heute übertreibt er. »Vielleicht gehen wir am Abend aus«, fügt er hinzu.

»Prima!« sagt sie. »Mir ist auch überhaupt nicht nach Kochen.« Die Frauenärztin hat ihr Hormone gegen die Eierstockzysten verschrieben und ihr geraten, nicht mehr allzu lange mit dem Kinderkriegen zu warten, weil es später Probleme geben könnte.

»Möglich, daß ich länger im Büro bleiben muß«, sagt er, »es kann spät werden.«

»Macht nichts«, sagt sie. Offenbar denkt er neuerdings intensiver darüber nach, wie sie die freie Zeit miteinander nutzen können. Wahrscheinlich eine Folge der Therapie. »Und vergiß bitte nicht die Wäsche.«

Kaum ist sie gegangen, duscht er, wäscht sich die Haare, rasiert sich, stutzt den Bart, zieht sich an und bringt die Wäsche in den Waschsalon.

Während er in der beengten, dunstigen, schmuddeligen Münzwäscherei wartet, wo es nach saurem Wasser und Waschpulver riecht und wo flackernde Neonröhren ein unstetes Licht werfen, stellt er sich Angela vor. Immer wieder sieht er auf die Uhr. In weniger als zwei Stunden wird er sie in den Armen halten. Wäre es bloß das Sexuelle, es wäre einfach. Er würde mit ihr schlafen und fertig. Nein, diesmal ist es mehr, viel mehr, mehr als er je erhofft hat. Zunächst einmal gilt es, sich zu versichern, daß Angela ebenso empfindet wie er und bereit ist, das Risiko zu wagen. Es wird nicht leicht sein, Edith zu verlassen. Er ist wirklich ein Träumer, er will wirklich fliehen – was hat ihm Edith denn Böses getan? Nie würde sie den ganzen Nachmittag mit einem anderen Mann im Bett verbringen. An so was mag er gar nicht denken. Sie opfert ihre Zeit verängstigten, besorgten Frauen. Welchen Typ sie wohl bevorzugen würde, sollte sie sich jemals für einen anderen interessieren? Zwar beteuert sie, sich nie von jemandem so angezogen gefühlt zu haben wie von Joe, doch war sie einmal mit einem Medizinstudenten verlobt, der sie einen Monat vor der Hochzeit sitzenließ. Vielleicht empfinden die Ärzte in der Klinik ihre Ordnungsliebe, ihren aufgeräumten Schreibtisch, ihre organisatorischen Fähigkeiten als stimulierend? Außerdem sieht sie gut aus. Und liebenswert ist sie ja auch. Was wäre, wenn sie eines Tages sagte: »Joe, ich muß dir was gestehen. Wir können so nicht weitermachen, weil ich –« Doch dieses Bild bleibt blaß, sie hat ihm versprochen, ihn nie zu hintergehen, wie seine Frau es getan hat.

»Ich würde dir das nie antun«, hat sie gesagt. Und sie meint immer, was sie sagt. Sie behauptet, er leide; als sie einander in Griechenland trafen, habe er sich aus der Realität in eine Welt des Schmerzes geflüchtet. Ihm selbst war es nicht so vorgekommen. Möglich, daß er litt und es nicht einmal merkte. Er denkt an Angelas volle Lippen, ihren sich öffnenden Mund, ihre Zungenspitze, ihren süßen Geschmack. Sie ist auf eine Weise erotisch, wie Edith es nie sein wird. Sie versteht ihn ohne Worte, was Edith nie könnte.

Aber angenommen, er verließe Edith, und Angela verlöre später das Interesse an ihm – wo bliebe er dann? Allein in einer düsteren, kalten Junggesellenwohnung mit leerem Kühlschrank, Abend für Abend. Seine Gedanken wirbeln durcheinander, und die Wäsche wirbelt in den Maschinen.

Eine Frau kommt herein mit zwei weinenden Kleinkindern in einem Sportwagen. Hinter sich her zerrt sie einen überladenen Wäschekarren. Sie ist etwa Mitte zwanzig, sieht aber abgehärmt aus. Ihr blondes Haar ist strähnig und fettig. Sie trägt einen staubigen schwarzen Mantel, darunter ein kariertes Männerhemd aus Flanell. Joe geht hin und hält ihr die Tür auf. Sie nickt ihm zerstreut zu und murmelt ihren Dank. Die Kinder schreien unablässig. Ihre Gesichter sind schmutzig, Rotz läuft ihnen aus der Nase. Die junge Frau ist mit den Nerven fertig.

Was wird mit Edith, wenn er sie verläßt? Die Ärztin hat ihr geraten, bald Kinder zu bekommen, wegen des Zustandes ihrer Eierstöcke. Aber was wäre, wenn sie keinen anderen Mann findet? Jahrzehntelang nichts als Abtreibungen. Die bloße Vorstellung ist ihm entsetzlich. Sie wird eine harte Frau in mittleren Jahren werden, in Schneiderkostümen mit betonten Schultern und kurzgeschnittenem stahlgrauem Haar, und wie eine alte Sergeantin Kommandos bellen. Keine Kinder. Nur die Beaufsichtigung von Abtreibungen anderer.

Er legt die Wäsche zusammen, läuft zurück in den Speicher und zieht frische Unterwäsche an, ein sauberes Hemd, saubere Jeans. Dann raucht er einen Joint und geht in dem riesigen Raum auf und ab. Es ist verflucht kalt in dieser Bude. April, und immer noch so kalt. Er könnte genausogut in einer Flugzeughalle sein. Hier gibt es keine Magie. Sein Aktenkoffer liegt auf dem Eßtisch neben unabgewaschenem Geschirr vom Vorabend: Teller mit Lammkotelettknochen in erstarrtem Fett und Nudelklumpen wie klebrige Wasserpflanzen.

Wenn er heute zu Angela geht, wird er sich total und hoffnungslos verlieben. Es wird ihm nichts übrigbleiben als einen Schrei auszustoßen und sich auf die Knöchel zu beißen. Ein Zurück zu Edith, ein Scheinleben mit ihr wird nicht mehr möglich sein. Wochenenden in der Münzwäscherei.

Die Rolltreppe zur U-Bahn, wochentags von deprimierten Menschen verstopft, die im grellen Licht abwärts gleiten, aschfarben, Eliots Unreal City ... ich habe nicht gedacht, daß es so viele Lebendigtote gibt.

Er muß gehen, in diesem Speicher hält er es nicht mehr aus. Er sieht auf die Uhr; ob er sich ein Taxi nehmen soll? Ein Uhr. Er will nicht zu früh kommen. Was, wenn er auf der Treppe ihrem Liebhaber von gestern abend begegnet?

Wie sieht es bei ihr aus? Er muß es wissen. Was ist in ihren Schränken? ihren Schubladen? ihrer Handtasche? ihrem Arzneischränkchen?

Er geht und geht, vorbei an blühenden Azaleen auf dem Washington Square, vorbei an Joggern, die unermüdlich wie aufgedrehte Zombies um den Park hetzen. An der Ecke, wo er Angela geküßt hat und sie ihn wiederküßte, bleibt er stehen. Eigentlich sollte es dort eine Vertiefung geben, von ihrer Leidenschaft ausgeschmolzen, oder eine vom Bürgermeister gestiftete Bronzeplakette.

Plötzlich überfällt ihn Furcht. Paare schieben Kinderwagen vor sich her. Die Sonne scheint. Unter dem Washington Arch spielt eine kleine Band Bongos, Gitarren und Flöte. Er könnte einfach zu Angela gehen und nie mehr in sein voriges Leben zurückkehren. »Das Schreckliche ist, daß alle Verheißungen eintreffen – sogar das Glück.« In der Bar hatte Angela diese Zeilen zitiert. Robert Penn Warren – als Joe bei der Universitätspresse war, ist er ihm einmal begegnet. Wäre er damals nicht davongelaufen, er wäre heute Verlagsleiter. Wäre seine Frau nicht ... Wie soll er eine Entscheidung treffen? Kann er sich auf Angela verlassen? Sie ist so rätselhaft, so schwer einschätzbar, sie bringt ihn aus dem Gleichgewicht.

Er schluckt. Wenn er einigermaßen pünktlich bei ihr sein will, muß er sich jetzt sofort ein Taxi nehmen. Aber vorher will er schnell noch ein paar Schritte gehen, um sich zu fassen. Er spreizt die Finger und streckt die Hände aus, weshalb zittern sie so? Er ist ein erwachsener Mann, er hat einen Sohn, hat einen hochdotierten Posten in einem mächtigen Konzern. Und doch zittern ihm die Hände. Er hätte den Joint nicht rauchen sollen, das war ein Fehler. Anstatt ihn zu beruhigen, hat er ihn nur noch mehr aufgeputscht. Angela wird kühl und ruhig sein, ihre Stimme leise und gleichmäßig, und er wird wie ein hoffnungsloser Neurotiker zappeln.

Er geht in eine Telefonzelle und holt eine Münze aus der

Tasche. Er wählt. Ihr Telefon klingelt und klingelt. Die Zelle ist zum Ersticken eng. Ein violetter Klebezettel gibt die Rufnummer eines Notdienstes für Selbstmordgefährdete an – rot gedruckt. Vielleicht hat sie die Verabredung vergessen und ist übers Wochenende mit Ron Nussbaum weggefahren, Nussbaum, der Namen für ihre Brüste hat! Das sähe ihr ähnlich. »Glaubst du denn wirklich, daß es mir ernst war?« wird sie sagen. Ein Scherz – *ihre* Vorstellung von einem Scherz. Und falls das so ist, dann – aber nun hebt sie den Hörer ab und antwortet mit erstickter Stimme.

»Hallo, ich bin's, Joe.«

»Ich weiß.«

»Ich – ich kann nicht.« Seine Stimme klingt hoch und gepreßt. »Ich bin den ganzen Vormittag herumgewandert und hab die ganze Nacht wachgelegen und überlegt – es ist einfach nicht richtig.«

»Ich weiß«, sagt sie wieder. »Mir geht es genauso. Diese Dreieckssituation, ich komme nicht damit zurecht.«

»Stimmt, es betrifft ja auch die Gefühle einer dritten Person.« Dadurch, daß er Edith als »dritte Person« bezeichnet, nimmt er ihr Substanz. Sie könnte irgendein menschliches Wesen sein, jemand, der fähig ist, auch ohne ihn zu existieren. Aber weshalb akzeptiert Angela seine Weigerung so bereitwillig? Sie hat doch gesagt, sie will mit ihm zusammensein, und jetzt klingt sie geradezu erleichtert!

»Auch ich habe eine schlimme Nacht hinter mir.«

Er glaubt ihr nicht. Sie ist doch immer unbefangen und fröhlich.

»Ich könnte mit dir schlafen und trotzdem mit dir arbeiten«, fährt sie fort. »Aber es geht nicht, solange du gebunden bist.«

Er wäre also den ganzen Weg zu ihr in die Wohnung gegangen, nur um von ihr einen Korb zu bekommen? »Einen Verbündeten haben wir immerhin«, sagt er. Wird sie ihm entgleiten? Wird sie am kommenden Montag im Büro sein? Ist das alles, was jemals sein wird? »Die Zeit. Die Zeit ist auf unserer Seite.«

»Du wirst mir nie fremd sein, Joe, und ich möchte keine feindselige Situation heraufbeschwören.«

Draußen gehen drei schwarze Männer in weißen Turbanen und langen weißen Gewändern vorbei. »Gut«, sagt Joe. »Dann sollten wir ein paar Grundregeln festlegen.«

»Grundregeln sind immer gut«, sagt Angela.

Joe spürt, wie die Telefonmuschel seinen Atem zurückwirft. In der engen Zelle stolpert er über die eigenen Füße und stößt sich die Schulter am Türrahmen. Warum ist sie so verflucht einverstanden mit allem? Hatte sie nicht gerade behauptet, daß sie nichts von Regeln hält? »Lassen wir also das Sexuelle mal beiseite und sehen wir, wie es weitergeht, ja?«

»Einverstanden«, kommt prompt die Antwort.

Es ist zum Verrücktwerden, sie gibt nach. »Die Grundregeln geben uns einen Rahmen.« Es geht ihm schon besser, es ist, als plane er die nächste Nummer des Informationsblattes. »Vorher hatten wir keinen Rahmen. Ein Rahmen ist etwas, worin man sich bewegen kann. Im Augenblick bleibt uns nichts weiter übrig.«

»Ja, finde ich auch. Zwischen uns muß alles geregelt sein.«

»Wir müssen lernen, uns gegenseitig zu vertrauen.«

»Genau.« Es war ihr allerdings noch gar nicht in den Sinn gekommen, daß sie einander nicht vertrauen könnten.

»Ich bin froh, daß du das alles auch so siehst«, sagt er. In Wahrheit möchte er sagen: Treffen wir uns am Flughafen, sofort, und vergessen wir alles andere, oder aber: Wir dürfen einander nie wiedersehen. »Bitte werfen Sie eine Münze ein, oder Ihr Gespräch wird automatisch unterbrochen«, ertönt eine nasale Stimme. Vergebens sucht er nach einem Fünfcentstück. Es ist besser, abstrakt zu bleiben. Im schlimmsten Fall wird sie ihn für verklemmt halten. Für einen Trottel. »Ich habe bestimmt starke, sehr tiefgehende Gefühle, auch wenn ich sie nicht so zeige.«

Worte.

Langsam geht er nach Hause. Im Rinnstein alte Zeitungen, zerbrochene Flaschen, Pappbecher, zerknüllte Papiertaschentücher und Hundescheiße. Männer und Frauen, lachend, redend. Glückstrahlend gehen sie an ihm vorüber. Diese Art Leben ist nur für die anderen.

Wenn sie sich wirklich so viel aus ihm macht, wie sie vorgibt, würde sie einfach verlangen, daß er zu ihr kommt.

Während Leonard Cohen laut singt, sortiert er die Wäsche. *»Like a bird on a wire, like a drunk in a midnight choir, I have tried in my way to be free.«* Was hat er zu ihr gesagt? Was hat sie zu ihm gesagt? Alles ist in einem trüben Dunst verschwunden. Planlos öffnet und schließt er Küchenschränke. Alle Gewürze stehen alphabetisch geordnet da, die meisten Gläschen noch ungeöffnet. Edith hat sie bei ihrem Einzug gekauft. Und warum gibt ihm der Anblick von sechs ordentlich gestapelten Paketen Salzletten, einem zweimonatigen Vorrat Küchenkrepp und einem Jahresbedarf Badeseife die Überzeugung ein, sein Leben sei vorüber?

Edith und er essen in einem gräßlichen, von Lois empfohlenen Café zu Abend; an den Nebentischen sitzen Männer in den Lederjacken eines Bombergeschwaders. Joe ist einsilbig. Edith schildert ausführlich, wie in der Klinik eine Prügelei ausgebrochen ist – anscheinend hatte ein Puertoricaner seine Frau und deren Bruder angegriffen –, wie sie die Polizei alarmieren mußte, wie sie den Sozialarbeitern beistehen mußte und wie sie die hysterisch gewordenen Patientinnen beruhigt hat. Übrigens hat sie ein Häuschen entdeckt, spottbillig, und es geht ihr auch schon viel besser – die Krämpfe sind verschwunden. Ihm ist nicht gut. Darauf also soll er sich einlassen – wie wird das alles enden?

»Ein Sommerhaus«, sagt sie gerade. »Ich mache es wie du, ich nehme mir eine Assistentin, damit ich mir im Sommer verlängerte Wochenenden gönnen kann, ohne ein schlechtes Gewissen zu haben. Hast du dich schon mit Goodhugh wegen der Halbtagssache verständigt? Ich habe nämlich einen tollen Plan. Zu uns kommen doch Frauen von überall her, so viele, daß wir schon eine Warteliste aufstellen mußten. Ich habe Lois nun vorgeschlagen, die Gebühren zu erhöhen und mit ihr zusammen eine zweite Klinik einzurichten, nachdem ich auf meinem kleinen Taschenrechner ausgerechnet habe, was ich jetzt so verdiene. Sagenhaft!«

»›Unerwartete Ereignisse zeitigen Erfolg‹«, liest Katha. »Das ist, wenn aus *Tun* die Erweckung, *Chen,* wird. ›Wer im Innersten seines Herzens erfahren hat, was Furcht und Zittern bedeutet, ist gegen jeglichen, von außen kommenden Schrecken gefeit.‹«

»Ich verstehe das eigentlich nicht«, sagt Angela. Sie sitzen auf Kathas Teppich und sind gerade aus dem Kino gekommen, wo sie ›Der tätowierte Schwertkämpfer‹ gesehen haben. Inzwischen hat Angela genügend Samurai-Filme gesehen, um sich einzubilden, daß sie irgendwie japanisch versteht.

»Eines Tages wirst du es begreifen«, sagt Katha. »Wenn nämlich das Schlimmste passiert ist und du trotzdem weiteratmest.«

15

Joe und Angela geben sich große Mühe, einander aus dem Wege zu gehen. Reden sie doch miteinander, zanken sie. »Du entwickelst weniger Initiative, als ich erwartet habe«, sagt Joe förmlich.

»Wie soll ich Initiative entwickeln, wenn du mir nicht sagst, was du vorhast – du willst ja immer alles allein machen.« Angela verläßt sein Büro. Am Ende eines Arbeitstags, nach einem dieser Wortgefechte, ruft Belinda Angela vom Empfang an.

»Ein sehr attraktiver Mann ist unterwegs zu Ihnen, Schätzchen, und er stiefelt herum, als sei es ihm wichtig.«

»Derek Grinder.«

»Besagter.«

Angela besieht sich im Spiegel ihrer Puderdose. Lippenstift? Den hat sie abgekaut. Sie gräbt in ihrer Handtasche. Ihre Hand taucht mit Rougepuder beschmiert wieder auf. Er stammt aus einer zerbrochenen Dose, die schon seit Wochen in der Tasche herumkrümelt. Sie wischt die Hand an einem Bogen Schreibpapier ab. Sharon behauptet, Derek Grinder gehe mit jeder Frau ins Bett, die er kriegen könne. Und mit denen, die es nicht täten, wechsele er nie wieder ein Wort.

Derek umarmt und küßt Angela, obwohl sie sich kaum kennen. Nur zweimal hat er sie zum Lunch eingeladen.

Derek trägt Jeans, Jogging-Schuhe, ein T-Shirt mit dem Bild von Mick Jagger und darüber ein Jackett aus rotem Brokat. Er ist feingliedrig und dünn, attraktiv wie ein Junge, hat gesunde weiße Zähne, ist sonnengebräunt, trägt eine Pilotenbrille, einen kleinen blonden Bart und das Haar über der Stirn ins Gesicht gekämmt. Er ist etwa dreißig, wirkt aber wie zweiundzwanzig.

Joe weiß, daß Angela jemanden bei sich hat. Er geht an ihrer Tür vorbei, angeblich, um sich Kaffee zu holen. Es ist Grinder. Die beiden unterhalten sich offenbar sehr freundschaftlich, und Grinder hat gerade lässig ihren Ellbogen erfaßt. Auf dem Rückweg beobachtet Joe, wie Grinder Angela in den Mantel hilft. Er stellt seinen Kaffee so abrupt hin, daß dieser auf die Schreibtischunterlage schwappt, reißt eine Schublade auf, zieht eine Tüte mit Sonnenblumenkernen heraus und stopft eine Handvoll davon in den Mund. Er will sich das Rauchen abgewöhnen.

Angela und Grinder gehen an seiner Tür vorbei. Sie winkt fröhlich und lächelt. »Joe – ich glaube, ihr beide kennt euch bereits.«

Es gibt einen Typ Mann, der lässig und arrogant mit Frauen umgeht. Während seiner Collegezeit hat Joe ein paar davon gekannt. Sie sehen gut aus, spielen leidlich Gitarre, geben sich zu Beginn offenherzig und sensibel, stammen zumeist aus Kalifornien und tun immer so, als könne ihnen nie etwas danebengehen. Im Idealfall sollten sie im Fernsehen auftreten. Grinder stammt zwar nicht aus Kalifornien, aber Joe meint, das sei lediglich ein Versehen. Und was das Ärgste ist: Seine politischen Kommentare finden immer stärkere Beachtung, und Goodhugh und andere aus der Collegezeit sind der Meinung, er habe immer die neuesten Informationen und »könne verlangen, was er wolle«.

»Tag, Joe«, sagt Derek ein wenig befangen.

»Wie geht's?« fragt Joe.

Es folgt eine Pause, die Männer mustern einander. Angela lächelt. Sie bemerkt entzückt, daß Joe seine Eifersucht nur schwer verbergen kann. Auf diesen Trick war sie bisher nicht verfallen. Als Derek zur Tür geht, wo Joe eine Zielscheibe angebracht hat, wirft Joe Angela verstohlene Blicke zu. »Dies sind die besten Pfeile«, sagt Derek mit Kennermiene und zieht einen heraus.

»Daß du bei unserem Info mitarbeiten willst, ist ja überaus erfreulich«, sagt Joe. »Gerard Clewes hat auch schon was geliefert.«

»Clewes, hm.« Derek steckt den Pfeil angewidert zurück.

Angela kann das nicht mitansehen; sie faßt Derek beim Arm. »Wiedersehen«, ruft sie.

Joe sieht ihnen nach, wie sie den Korridor hinuntergehen. Angela lacht, hört Grinder hingerissen zu. Sie trägt jetzt fast immer Röcke, weil sie weiß, daß Joe das gefällt. Ehe die Grundregeln festgelegt wurden, zwinkerte sie Joe jedesmal zu, wenn sie ihn dabei ertappte, wie er ihre Beine anstarrte. Jetzt schwebt sie förmlich.

Noch bevor Edith sich abends hinsetzen und über ihren Tag berichten kann, erklärt ihr Joe, er wolle sich eine kleine Wohnung in der Nähe des Büros suchen. Er wolle nicht mehr mit ihr zusammenwohnen, nicht mehr an ihrer Beziehung arbeiten, nicht heiraten. Und zum Vater ihrer Kinder tauge er auch nicht.

»Und was willst du statt dessen?« Edith ist sonderbar ruhig und beherrscht.

»Das weiß ich nicht. Weniger Verantwortung. Und nicht so viel Arbeit. Ich möchte was Neues ausprobieren. Ich weiß es wirklich nicht.« Es klingt erbärmlich, und er verachtet sich.

Plötzlich bricht sie in Tränen aus. »Du tust mir leid!« schluchzt sie. »Du willst den Dingen einfach nicht ins Gesicht sehen, dich nicht mit ihnen auseinandersetzen, du verleugnest deine emotionellen Bindungen.«

Er verläßt den Speicher, geht bis zur Spitze von Manhattan und zurück durch die leeren Straßen des Bankenviertels. Ein Mann in einem zerlumpten Anzug bläst mitten auf der Wall Street eine Bluesharmonika.

Joe wandert zum Fleischmarkt und beobachtet Männer, die blutige Knochen in einen Lieferwagen laden. Dann nordwärts und durch den Park. Er ist so nahe bei Angelas Wohnung ... Er stellt sich neben die kleine Treppe, die zu dem Haus führt, in dessen zweitem Stock sie wohnt. Die Fenster sind dunkel. Ist Grinder bei ihr?

Er geht weiter, geht und geht, bis er die Kälte des Gehsteigs durch die Sohle seines rechten Schuhs spürt. Als er den Schlüssel in der Speichertür umdreht, befällt ihn Furcht. Er wird sterben. Er wird alt werden und sterben, und eine Zeit wird kommen, da er nicht mehr ist. Rasch läßt er den Gedanken fallen, denn er erinnert sich, daß Edith noch wachliegen und darauf brennen könnte, die Dinge durchzuarbeiten. Auch das macht ihm Angst, aber eine andere Art Angst.

Sie schläft bereits; ihr Körper auf dem Bett formt einen Umriß aus Hügeln und Plateaus, und er streckt sich neben ihr aus.

»Joe hat noch nie gewußt, was er will«, sagt Gerard. Er und Angela sitzen beim Frühstück in einem engen, überfüllten Café in Greenwich Village. Die Fenster sind beschlagen. Dicht neben ihnen, an dem kleinen Nachbartisch, sind ein Mann und eine Frau offenbar im Begriff, sich endgültig zu trennen; die Frau greift wiederholt in ihre Handtasche. Sie sitzt neben Angela auf einer Wandbank und holt ein Papiertaschentuch nach dem anderen hervor. Nur Angelas Wunsch, von Joes ältestem Freund etwas über ihn zu erfahren, hält sie davon ab, die Auseinandersetzung zu belauschen.

»Er weiß nicht, was er will?«

»Das hat er nie gewußt ... – ich möchte den Cheeseburger mit Speck und ein großes Glas Milch –«

»Ich habe geglaubt, wenn wir zusammenleben, kommt die Liebe nach und nach von selbst«, sagt die Frau gerade. »Ich wollte dich zu nichts zwingen.«

»Ja?« sagt Angela, lehnt sich etwas zur Seite, um besser zu hören, aber so, daß Gerard nichts merkt. »Was war das mit Joe?«

»Es gibt niemanden, der nicht von Joes Integrität überzeugt wäre. In der Schule war er immer der beste, und trotzdem hatte ihn jeder gern. Sie wissen schon, der typische Einzelgänger, Anführer des Rudels, immer mit seinen eigenen Gedanken beschäftigt.«

»Ich lese gerade ›Der entfesselte Prometheus‹ – ich muß mich selbst finden«, sagt der Mann. »Mich hält hier nichts mehr.«

»Trotzdem ...« wendet die Frau ein, fängt dann aber an zu schluchzen; sie wühlt in ihrer Handtasche.

»Ich vermute, er hat es nicht leicht gehabt«, sagt Angela. »Im Leben, meine ich. Er hatte doch nie so etwas wie eine Familie.«

»Stimmt, aber er hat Geld geheiratet. Wahrscheinlich ist nichts mehr davon übrig. Als Joe noch mit Lucy verheiratet war, bin ich einmal mit ihm zu J. Press gegangen – er mußte sich dort lindgrüne Segelhosen kaufen, für die Jacht seines Schwiegervaters.«

»Joe – in lindgrünen Hosen?«

»Und mit sehr kurzem Haarschnitt. Jahrelang habe ich ihn nie ohne Krawatte gesehen. Wahrscheinlich hat er noch im Bett einen Schlips getragen. Seit Lucy ihn verlassen hat, ist er viel lockerer geworden, obwohl nur der Himmel weiß, weshalb er ausgerechnet bei Edith Berk bleibt.«

»Du wirst mir doch schreiben, nicht wahr?« Die Frau hat sich inzwischen gefaßt und verzehrt einen Windbeutel. »Bitte!«

»Ich dachte, das ist was Festes«, sagt Angela.

Gerard reckt das Kinn noch weiter vor als gewöhnlich und schließt die Augen. »Das Rätsel dieser Verbindung läßt sich nur mit dem der Pyramiden vergleichen. Es ist frustrierend, denn sie ist keineswegs der Typ, den man mit Joe assoziieren würde. Mich erinnert sie an eine Giraffe. Anfangs gefiel sie mir, aber dann ging mir auf, daß sie kalt ist, ganz anders als Joe. Sie machen es sich gegenseitig schwer. Sie will durchaus heiraten, und er weiß nicht, was er tun soll. Ich vermute, daß es zwischen ihnen irgend etwas Verbindendes geben muß, aber was das ist, entzieht sich meiner Kenntnis. Ich glaube, Joe mag Edith ganz gern – aber sie *experimentieren* unentwegt. Neulich gestand er mir, daß es doch immer dasselbe ist, egal, was sie ausprobieren. Wie öde. Und er will kein Kind mit ihr – ein sicheres Zeichen, daß er sie nicht liebt.«

»Außerdem hat er ja bereits ein Kind«, sagt Angela. Endlich hat sie einen Verbündeten.

»Hm, ja, stimmt. Joe hat sich an seiner Frau schwer die Finger verbrannt. Er fürchtet sich davor, daß jede Frau, die er liebt und achtet, ihn eines Tages reinlegt und betrügt. Und Edith hat ihn richtig gekrallt – ›Wenn du mich verläßt, werde ich ganz entsetzlich leiden‹.«

»Und was, meinen Sie, wird geschehen? Im Büro kann man manchmal kaum mit ihm auskommen.«

Gerard nimmt den Cheeseburger mit Speck vom Kellner entgegen und beißt hinein. »Joe gebraucht nicht einmal ein Zehntel seines Potentials, weil er sich nie entschließen kann – nicht beim Info, nicht bei Edith. Er hat sich nie getraut zu leben. Er sollte endlich seine Hundeleine durchbeißen und *tanzen*!« Gerard spricht jetzt so eindringlich und laut, daß das benachbarte Paar ihn anstarrt. »Ich vermute, Sie sind mir sehr ähnlich, Angela«, sagt er leise. »Im Grunde glücklich.«

»Ich habe kein Geld bei mir«, sagt der Mann am Nebentisch. »Du mußt leider für uns beide bezahlen.«

Verehrteste Lee,
neulich abend wollte ich Sie für mein Leben gern mit zu mir nach Hause nehmen (ist das unverschämt von mir . . .?), aber ich tat es nicht, weil eine Freundin, die seit längerem abwesend war, ihren Besuch angekündigt hatte und ein paar Wochen bleiben wird und ich kein Durcheinander in meinem Kopf verursachen möchte – wenn Sie verstehen, was ich mei-

ne. Aber auch dieser (oben erwähnte) Besuch wird vorübergehen.

Der gestrige Abend mit Ihnen war wirklich ganz bezaubernd. Wir werden, so hoffe ich, bald wieder zusammen essen.

Ihr Fan Derek

Angela findet den Brief aufregend. Sie liest ihn immer wieder, bis ihr klar wird, daß sie eigentlich nicht weiß, was Derek von ihr will. Derek ist äußerst liebenswürdig. Vielleicht wird sie sich von ihm ausführen lassen, bis Joe sich von Edith getrennt hat. Joe ist nicht besonders liebenswürdig, er ist nicht der Typ, der tolle Geistesblitze versprüht und amüsant plaudern kann. Er weiß nicht, was er will. In letzter Zeit ist er fast ständig nervös und einsilbig. Wann immer sie sich mit ihm unterhalten will, sagt er: »Ich habe so viel zu tun.« Er kann finster oder aufgehellt aussehen; in letzter Zeit sieht er finster aus. Sein Haar ist fettig, Mund und Kiefer sind verkniffen, der Kragen steckt halb unter dem Bund seines zerknitterten Hemdes, und außerdem hat er die verlorenen Pfunde wieder angesetzt. Manchmal, und aus unerklärlichen Gründen, wirft er ihr haßerfüllte Blicke zu.

Freitag abend ist sie mit Katha zu *sushi* verabredet, anschließend wollen sie sich ›Die sieben Samurai‹ ansehen. Angela füllt ihre Aktenmappe mit Zeitungsausschnitten und Berichten über das weltweite Waldsterben, kämmt das Haar, überprüft ihr Make-up und betritt Joes Büro. Er hockt über seinem Schreibtisch vor ungeordneten Papierstapeln, drei Aschenbecher sind randvoll mit Kippen, Kaffeereste stehen in Plastikbechern herum.

Er weiß, sie ist da, aber er arbeitet weiter. Er füllt das Antragsformular für seine Einkommensteuer aus. Vergangenes Jahr hat Edith seine Steuererklärung gemacht.

»Ach du großer Gott«, sagt Angela und schaut ihm über die Schulter.

Er zündet mit dem glimmenden Stummel eine neue Zigarette an. »Steuer«, sagt er.

Sie hebt die Hand ans Gesicht. »Au weh, das hab ich vollkommen versiebt. Ist es schon zu spät?«

»Ja. Du mußt eine Fristverlängerung beantragen.«

»Wie macht man das?«

Während er es ihr erklärt, geht sie zum Fenster hinüber. Draußen ist es noch hell. Ihr Geschenk, die Päonie, ist in der grünen Weinflasche auf dem Fensterbrett verwelkt. Plötzlich erscheint ein riesiger, orange und schwarz gemusterter Schmetterling.

»Joe! Komm doch mal! Sieh dir das an!«

Joe läuft zum Fenster und stößt unterwegs den Papierkorb um. »Aber wir sind doch im 17. Stock – wie kommt der hierher?« Er kann gerade noch einen Blick auf die orangefarbenen Flügel, die schwarzen Adern und Tupfen erhaschen –, dann entführt ein Aufwind den Chrysippusfalter.

»Wie machst du das nur?« Plötzlich kommt ihn aus dem Nichts ein Lachen an. Er legt die Hand um ihre Taille. Sie trägt ein rosa Velourshemd.

»Ich kenne jemanden, der wiederum einen Typ kennt, der einmal auf der Plaza in einer kleinen peruanischen Stadt saß«, sagt sie, »und dieser Typ, ein Amerikaner, beobachtete einen alten Mann, der erstaunliche Dinge mit Schmetterlingen machte. Er brachte sie dazu, sich auf seiner Hand niederzulassen, redete ein Weilchen auf sie ein, bewegte seine Finger auf eine ganz bestimmte Weise, und die Schmetterlinge flatterten um ihn herum und landeten wieder auf seiner Hand. Einen Schmetterling schickte der Alte auf die Hand des Gringos. Der Gringo fürchtete sich vor Insekten, aber er blickte den Schmetterling an, und der Schmetterling blickte ihn an. Dann fragte der Amerikaner: ›Wie machst du das?‹ Der Alte steht auf und kommt wie ein entwurzelter Baum auf den Typ zu und winkt ihm.«

»Und? Und?« Sie stehen sehr dicht beieinander.

Sie hebt die Schultern. »Katha, meine Freundin – sie kannte den Typ – behauptet, daß er zusammen mit dem alten Mann in den Bergen verschwand und erst nach zwei Jahren wieder in Amerika auftauchte. Sie saß mit ihm in einem Restaurant in Chinatown, als der Blitz in die Parkuhr direkt davor einschlug.«

»So müßte man leben. Einfach weggehen, wenn einem danach zumute ist. Zauberer sollte man sein und auf dem Besen davonreiten.«

Angela möchte sagen, nicht Besen würden jetzt benötigt, sondern Taten. Aber so etwas ist Ediths Sache. Statt dessen erzählt sie ihm, daß sie gerade lerne, aus Tarotkarten wahrzusagen.

»Wahrsagerinnen sind das Größte«, antwortet er. »Glaubst du, du kannst auch meine Zukunft deuten?«

»Aber sicher. Wann?«

»Heute abend.«

»Heute abend? Ich habe aber meine Karten nicht bei mir. Und wenn Buffalo Bill jemals –«

»In deiner Wohnung?«

Sein unerwarteter Eifer überrascht sie. Gelten die Grundregeln noch? Sein Arm liegt immer noch um ihre Taille. Sie erwägt, Katha abzusagen, und wirft einen Blick auf Joes Uhr. Zu spät, Katha ist bereits unterwegs. Außerdem ist die Wohnung in einem furchtbaren Zustand, und Angela muß sich die Haare waschen. »Heute abend geht es leider nicht.«

Er macht einen Schritt zurück und läßt sich in den Drehstuhl fallen. Dann zündet er eine Zigarette an und widmet sich eingehend einem seit drei Wochen unbeantwortet gebliebenen Schreiben von dem Stellvertretenden Vizepräsidenten der Vereinigten Karbid-Kompanie, den er ganz willkürlich aus einem Stapel unerledigter Post herausgegriffen hat. »Seit zwei Jahrzehnten bin ich Karbider«, fängt das Schreiben an.

»Seit wann bist du Kettenraucher?«

»Die Woche war schlimm«, sagt er, legt den Brief hin und überlegt krampfhaft, was er sagen könnte, um sie noch ein wenig festzuhalten. Er hat den Blick, den sie auf seine Armbanduhr geworfen hat, nicht übersehen. Aber wenn er erstmal anfängt zu reden, weiß er nicht, was er alles sagen wird, und das ist zu gefährlich. »Hm.« Er reibt sich die Schenkel.

Um irgendwas zu tun, geht sie wieder ans Fenster. Eins nach dem anderen flammen die gelben Lichter in den umliegenden Gebäuden auf. Der Himmel ist nun von einem zarten Rosa überzogen. »Es ist Mai.«

»Vielleicht könntest du – mir ein andermal aus den Karten weissagen?« Der Gedanke gefällt ihm. Sie würden nichts Unziemliches tun. Sie wird ihm »die Karten legen«. Angenommen, die Polizei ertappt sie beide zusammen in ihrer Wohnung, es kommen die Pressefotografen und Edith kommt auch, täte Angela nichts weiter als ihm die Karten legen.

Angela geht zur Tür. Bestimmt zu einem Rendezvous – zweifellos mit Grinder. Sie dreht sich um und lächelt.

»Morgen?«

»Um elf Uhr.«

»Und wirst du diesmal wirklich kommen? Weil ich nicht jedesmal den Teppich saugen möchte für den Fall, daß du tatsächlich einmal vorbeischaust.«

»Diesmal komme ich bestimmt.«

Später, nachts, geht sie ihre Lohnstreifen für die Steuererklärung durch, und es fällt ihr ein, daß sie ihr Formular bereits Anfang Dezember eingereicht hat, weil sie pleite war und auf eine Steuerrückzahlung hoffte.

16

Samstagvormittag. Um dreiviertel elf ruft Joe an. Er fühlt sich sterbenselend, denn er hat den Abend zuvor zusammen mit Gerard in einer Bar zugebracht, der White-Horse-Tavern. »In dieser Woche ist alles schiefgegangen«, sagt er. »Meine Ex und ihr Mann sollten meinen Sohn bei mir abliefern und ein paar Tage bleiben, aber es ist was dazwischengekommen. Außerdem geht es Edith nicht gut, und ich kann mich nicht aufraffen, zu dir zu kommen. Es bleibt also bei der Bürofreundschaft. Wir müssen unsere Beziehung einige Zeit auf Eis legen, aber wenn sie das ist, wofür ich sie halte, wird sie auch diesen Winterschlaf überdauern.«

»Du hast recht.« Angela setzt sich auf den Boden und macht sich auf eine ausgedehnte Diskussion ihrer beider Zwangslage gefaßt. Wenn sie doch nur einen Ausweg aus diesem Labyrinth fände, wenn sie sich ihn nur aus dem Kopf schlagen könnte. Unvermutet platzt sie heraus: »Ich kann diese Telefonscheiße nicht länger ertragen! Du kommst jetzt sofort her!«

»Okay.«

Eine Viertelstunde später ist er zur Stelle – außer Atem. Sie öffnet ihm lächelnd, sagt aber nichts.

Er vermeidet ihre Augen, wirft einen Blick ins Schlafzimmer und folgt ihr ins Wohnzimmer. Dabei hat er einen flüchtigen Eindruck von Orange, das in einen Tunnel führt.

»Zieh die Schuhe aus und mach's dir bequem.« Sie verschwindet in der Küche.

Er spaziert umher und betrachtet alles genau. Das Zimmer ist klein, luftig und frisch. Angela hat eine große Palme und viele Topfpflanzen; einige von ihnen blühen gerade. »Nett hast du's hier«, ruft er, aber sie hört offenbar nicht; sie hackt in der Küche irgendwas klein.

Die Rollos aus Bambusstäbchen sind hochgezogen; warmes Sonnenlicht wirft Rechtecke auf den chinesischen Teppich. An der Wand hängen persische Miniaturen. Er will sie sich einprägen, aber es geht nicht. Springbrunnen, Wasserfälle, Boote, Tiere, Berghänge, ein hängender Mann in einer Grotte, dem Schlangen ins Ohr speien, springende Gazellen, berittene Krieger in der Schlacht, mit Früchten beladene Bäume, Torbögen, Pavillons – eine gebündelte, gedrängte Welt mit all ihren Gegensätzen, satten Farben und trügerischen, sich auflösenden Bildern. Eine wirbelnde, purpurne Hügellandschaft entpuppt sich als Vexierbild aus verschlungenen Felsblöcken und Blattwerk – jedes Blatt, jeder Blütenkelch genau gezeichnet, und diese wiederum verwandeln sich in viele Menschen- und Tiergesichter. Eine Wolke wird zum Drachen. Es ist zuviel. Er wendet sich ab.

Er rückt leicht am Bücherregal, es ist nicht im Lot. Auch die Couch sieht selbstgezimmert aus – eine Kiste aus furniertem Sperrholz, bezogen mit schwarzem Cord. Er prüft das abblätternde Furnier, ein Kissen rutscht und enthüllt Sicherheitsnadeln, die den Bezug über dem Schaumgummipolster halten. Auf einem der Fensterbretter, neben einem vertrockneten Hühnerknochen, steht eine schwarze Lackdose. Er hebt sie auf und dreht sie um. Sie ist glatt und makellos. Die Dosen und Schalen in ihrem Büro sind immer mit aromatischen oder wohlschmeckenden Dingen gefüllt. Er öffnet sie. Die Innenseite ist zinnoberrot lackiert und enthält eine cremefarbene und mit schwarzer Kalligrafie überzogene Karte. »Angela?«

»Ich komme gleich«, ruft sie. Sie klingt gereizt, dreht den Wasserhahn auf und klappert mit einem Topfdeckel. Neugierig liest er, was auf der Karte steht.

Meinen Glückwunsch zum Geburtstag, Angela. Jung: »Es ist wichtig, ein Geheimnis zu bewahren, eine Vorahnung unbekannter Dinge. Es erfüllt das Leben mit etwas Ungewöhnlichem, mit einem Numinosum. Der Mensch, der dies nie erfahren hat, hat etwas Wichtiges verpaßt. Er muß spüren, daß er in einer Welt lebt, in der es Rätselhaftes gibt, daß Dinge geschehen, die unerklärlich bleiben; daß nicht alles, was ge-

schieht, voraussehbar ist. Das Unerwartete und das Unglaubliche gehören zu dieser Welt. Nur so ist das Leben vollständig.«

Immer Deine Katha

Vorsichtig stellt er die Dose wieder an ihren Platz, setzt sich auf die Couch und zieht die Stiefel aus. Vor ihm ein flacher Kamin mit einem Holzsims, darauf, neben einem schwarz und ockerfarbigen indianischen Krug, Kerzen in Kerzenhaltern und gläsernen Gefäßen in allen Farben des Regenbogens. Im Zimmer hängt der Geruch von frischer Farbe. Auf der Couch ein Kartenspiel.

Sie kommt aus der Küche, und er sieht sie an – was er sich anfangs nicht getraut hat. Sie trägt ein kurzes weißes Kleid, vielleicht aus Mexiko, mit einer roten Stickereibordüre. Ihr Haar fällt in Wellen über ihre Brüste. Sie ist barfuß und hält einen hohen, gläsernen und mit einer dunkelroten Flüssigkeit gefüllten Krug in der Hand, in dem Orangenschnitze und rote Früchte schwimmen.

»Sangria«, sagt sie.

»Ich bin froh, daß ich gekommen bin«, sagt er. »Ich genieße deinen Anblick.« Mit ihr allein zu sein erfüllt ihn mit Entzücken. Er ist ganz da, er denkt an nichts, ist klar und fließend wie Quellwasser.

Sie runzelt die Stirn. Sorgsam stellt sie den Krug auf ein Tablett auf dem Teppich und geht zurück in die Küche. Wieder wird gehackt. Unten auf der Straße geht jemand mit einem Transistorradio vorbei, das ein spanisches Lied plärrt. Sie kommt mit zwei Weingläsern herein, auf deren Rändern Zitronenscheiben gesteckt sind, und füllt sie mit Sangria. Als er sein Glas aus ihrer Hand nimmt, sieht er, daß sie zittert.

»Woran denkst du?«

Sie nimmt einen kleinen Schluck. »Ob ich genügend Zukker reingetan habe.«

Sie stellt ihr Glas ab, nimmt das Kartenspiel auf und reicht ihm die Karten.

»Mischen und abheben.«

Die Karten sind größer und schwerer als normale Spielkarten; ihre satten roten und blauen Farben erinnern ihn an mittelalterliche Gemälde. Jedes Bild ein Traum: ein vom Blitz getroffener Turm, eine nackte, bei einem Teich unter einem Stern kniende Frau. Ein seltsames Gefühl überkommt ihn. Als ob er nicht er selbst sei. Arme und Beine scheinen zu schweben, obwohl er den ganzen Tag keinen Joint geraucht hat. »Glaubst du wirklich an so was?« Er kann sich nicht vorstellen, was passieren soll, die Karten sind irgendwie lächerlich, aber wenn Angela sie ernst nimmt – gut, soll sie ihm weissagen, dann wird er vielleicht erfahren, was sie wirklich vorhat.

Am Vorabend, nach den ›Sieben Samurai‹, hat Angela Katha überredet, ihr eine Unterrichtsstunde in Tarot zu geben. Katha erklärte ihr die Reihenfolge und einige der wichtigsten Symbole und riet ihr: »Sag einfach, was dir gerade in den Sinn kommt – manchmal wird es schon zutreffen. Tarotkarten sind nur ein Vorwand, um das Unbewußte zu erschließen, und das Unbewußte weiß alles.«

Angela möchte Joe gestehen: Ich weiß gar nicht, was ich hier tue. Ich kann die Karten gar nicht lesen, ich zweifle daran, ob es überhaupt funktioniert. Ich will nur, daß wir uns lieben, und zwar ohne Vorbehalte, ohne Komplikationen, ohne Mißverständnisse. Und sie will, daß diese Worte ein Echo in ihm finden, und zwar genau mit derselben Frequenz, mit der sie in ihr widerhallen. Aber auch das kann sie nicht. Deshalb ignoriert sie seine Frage.

Ihr Schweigen beeindruckt ihn, er mischt die Karten, hebt dreimal ab und reicht ihr das Spiel.

»Wir alle haben verschiedene Lebensphasen«, beginnt sie und legt die Karten mit dem Gesicht nach unten in fünf Reihen aus. »Jugend – wenn der Mensch sich ganz auf das konzentriert, was ihm die Gesellschaft abverlangt. Man erlernt einen Beruf, gründet eine Familie und so weiter. Und dann, etwa auf halber Strecke im Leben, kommt die nächste Phase, wenn man die Richtung wechselt, sich von der Gesellschaft und ihren Anforderungen abwendet – dies wird durch die Farbe blau versinnbildlicht – und man dem inneren Leben, der Geistigkeit und so weiter, zustrebt. Das wird durch rot symbolisiert.«

Mein Leben ist halb vorüber, denkt Joe.

»In der Lebensmitte ist der Mensch in seinen besten Jahren«, fährt Angela fort. Sie wünscht, es klänge nicht so mechanisch wie etwas kurz vor der Prüfung Auswendiggelerntes. »Wenn du den Scheitelpunkt erreicht hast, sind auch dein Geist und dein Körper auf dem Höhepunkt.« Dabei lächelt sie, als wolle sie andeuten, Joe befände sich ebendort.

»Und danach ändert sich alles.« Sie glaubt, überzeugend zu klingen, weil sie ja nicht sagt, was sie wirklich sagen will. »Und wenn man sich für etwas anderes interessiert außer essen und schlafen und Geld verdienen, fängt die Suche an. Der Sinn des Tarot ist, den Menschen davor zu bewahren, in der ersten Lebensphase steckenzubleiben; es soll den Menschen daran erinnern, daß es noch etwas anderes in seinem Leben gibt.«

Eine nach der anderen deckt sie die Karten auf und beginnt mit dem Gaukler. »Hier fängt die Reise an«, sagt sie. Dann kommt die Hohepriesterin mit dem Buch der Prophezeiungen in Händen, dann die Herrscherin der Welt. Die Liebenden – Adam und Eva, Hand in Hand. Der Eremit, das Glücksrad mit einer Frau, die auf die Felge weist, während die Weisheit auf die unbewegliche Radnabe zeigt. Der Gehenkte baumelt an seinem Fuß. »Die Prüfung«, sagt Angela, »die Furcht vor der gesellschaftlichen Ächtung, die man überwinden muß, will man den Weg zur Befreiung finden.«

Die nächste Karte ist der Tod.

»Was –?«

»Ach, mach dir keine Sorgen. Sie bedeutet, daß du dein früheres Leben ganz und gar hinter dir läßt und deine Todesfurcht überwindest.« Der Teufel oder der Herr der Nacht steht über dem Höllenfeuer und sieht hämisch hinunter auf die Angeketteten, ein nacktes, gefesseltes Paar. »Die Hölle, das ist Steckenbleiben«, sagt sie. Der Turm oder die Zerstörung: Er stürzt ein, weil seine vierzackige Bekrönung vom Blitz getroffen ist. Genauso kommt sich Joe jetzt vor. »Ich glaube, das soll das Fegefeuer symbolisieren, und der göttliche Blitz ist wie ein Erwachen aus einem langen Traum.« Der Stern – die Frau am Teich – sieht Angela ähnlich. »Dies ist das Paradies, das erste Zeichen der aufgehenden Erleuchtung.« Der Mond: »Das Licht wird heller: Es ist die Jugend. Der Mond beherrscht die Gezeiten und die Jugend und das ganze Leben, aber er verdeckt die Sonne.« Als nächstes die Sonne – »Das volle Licht«, sagt sie, »das Licht persönlicher Beziehungen.« Die Auferstehung oder das Jüngste Gericht – Joe fühlt sich von dieser Karte angezogen. Die Toten sind beim Stoß der Posaune auferstanden. »Das ist die Posaune des Lichts, die die Welt der Erscheinungen fortbläst.« Die Welt. Das Bild sieht aus wie ein tanzender Hermaphrodit. Angela berührt es mit dem ausgestreckten Finger. »Das ist das Hier und Jetzt.«

Sie sieht ihn an. Bisher hat sie sich ganz auf das leuchtend bunte Farbdurcheinander auf dem schwarzen Feld zwischen ihnen konzentriert. »Es bedeutet das Leben, wie es jetzt ist, nicht in der Zukunft, nicht im Jenseits, nicht an irgendeinem Ort, wo man belohnt wird, wenn man hart gearbeitet hat.« Sie holt tief Luft und deckt die letzte Karte auf. »Das ist das Ende der Reise.«

»Und der Narr?« Er schreitet über einen Abgrund, den Blick himmelwärts gerichtet.

»Ihm ist es gleich, was die Menschen denken. Er wandert einfach durch die Welt und weiß, daß alles nur ein Scherz ist.«

»Man fängt also als Magier an und endet als Narr?«

»Hm, ja, so muß es wohl sein.« Sie sitzt im Schneidersitz, die Kurve ihres Oberschenkels, ihre glatte, feste Wade nur ein paar Zentimeter von seiner Hand entfernt. Ihr Rücken ist gerade aufgerichtet.

Ihr fällt eine Szene aus dem gestrigen Film ein. Mitten im dichtesten Schlachtgetümmel spannt der alte Samurai bedächtig seinen Bogen.

Joe biegt mit dem Daumennagel den Rand der Narrenkarte um. »Merkwürdig – irgendwie dachte ich, du würdest mir meine Zukunft vorhersagen. Du weißt schon – voraussagen, was mir als nächstes passiert. Zeigen die Karten das nicht?«

»Ich weiß es nicht. Es scheint, sie zeigen an, was jedem von uns passieren könnte.«

»Sag, was du wirklich denkst.«

In ihrem Kopf ist es leer, sie weiß nicht, was sie tun soll, sie kann nicht weiter.

Er aber sieht nur, wie stark und klar und voll tiefen, einzigartigen Verständnisses sie ist.

»Bitte.« Er muß es wirklich wissen.

»Also gut: Dir steht ein Konflikt bevor.«

»Bevor?« Noch mehr Konflikte? Ein neuer Konflikt?

»Und eine psychische Veränderung. Entweder folgst du deinem Verlangen und erweiterst deine – deine Domäne, so würde ich es nennen. Wie im Märchen, wo der verirrte Prinz zurückkehrt und sein Königreich, seinen Schatz, das, was ihm rechtens gehört, beansprucht. Oder aber du weichst zurück, du trittst nicht in die nächste Phase ein. Du läßt dich besiegen.« Sie predigt weiter, obwohl sie weiß, sie sollte besser den Mund halten. »In dir steckt jemand, von dem du weißt, daß er Energie und Talent hat, der aber am Ende in der Hölle sitzenbleibt. Zynisch, gleichgültig, borniert.«

»Wie Goodhugh«, sagt Joe. »Früher hatte er allerhand auf dem Kasten, Begeisterung, Ideen, viele Ideen.«

»Und jetzt manipuliert er andere, rechnet sich als Verdienst an, was andere leisten, und rutscht durch hundert Betten.«

»Woher weißt du das?«

Sie zuckt die Achseln. »Alle wissen es.« Sie fährt fort: »Jedenfalls mußt du wählen, das sagen die Karten. Entweder wirst du ein anderer, oder du bleibst für immer in diesem umnachteten Zustand.« Mein Gott, sie redet Stuß, sie erfindet Dinge. Sie schüttelt den Kopf.

»Was hast du?«

»Ich will nur mit dir zusammensein. Ich will dieses ganze Gerede nicht.« Sie fegt die Karten zu Boden. Nun trennt sie nichts mehr voneinander.

Sie berührt seine Zehen. Er trägt grauwollene, handgestrickte Socken. Wahrscheinlich von Edith gestrickt. Vielleicht hat er sie als Talisman angezogen.

Joe fühlt jetzt, daß er lebt. Ihre Gestalt, ihre langen Beine, und wie zart sie seine Zehen streichelt, die leuchtendroten und blauen, auf der kühlen, abgetretenen Oberfläche des grünen Teppichs verstreuten Karten, der schwache Geruch von Rosen und frischer Farbe, die inzwischen gewanderten Lichtquadrate, die immer länger werdenden Schatten jenseits seines Blickfelds, die nur aus seiner und ihrer zusammengerückten Form bestehende Silhouette, reflektiert in einer Silberschale mit grünen Trauben, seine gewichtlosen Arme und Beine, das Lärmen der unten auf der Straße spielenden Kinder, ein Klavier, auf dem jemand eine klassische Sonate übt, der ferne Donner der U-Bahnzüge, das Knarren des Fußbodens der oberen Wohnung, Angelas voller, leicht geöffneter Mund, ihr sanfter Atem, sein eigenes Herz – er spürt, wie es pocht, er spürt das andrängende Blut.

Die Augen, mit denen er sie anblickt, wechseln von blau zu schiefergrau zu grün. Ihr ist, als falle sie. Sie weiß, er begehrt sie.

Eine lange Zeit vergeht, in der nichts geschieht.

»Mit dir spüre ich immer eine Art Schwerelosigkeit.« Die Zunge will ihm nicht gehorchen.

So empfindet sie es auch. Wie kommt derartiges zwischen zwei Menschen zustande? Was bedeutet es? Wohin führt es?

Sie nimmt die Hand von seinem Fuß. Er legt die Arme um sie und zieht sie an seine Brust.

Während er sie umarmt und küßt, denkt sie an Edith und daran, daß es später, wenn sie sich jetzt nicht zurückhält, sehr schwierig sein wird. Sie und Joe sind Arbeitskollegen. Warum nur zieht es sie so heftig zu ihm – wo er doch so wenig ihren Erwartungen entspricht? Und warum führt er ein Leben, das er selber unbefriedigend nennt, warum teilt er es mit jemandem, den er nicht gewählt hat? Wie ist das möglich? Es muß etwas geben –, eine Tatsache, eine Information, einen Mechanismus, den sie übersehen hat. Etwas, das sie noch nicht weiß.

Sie wendet sich ab, nimmt seine Arme von ihren Schultern. Das erregt ihn nur um so mehr, er zieht sie wieder an sich. Sie sind nicht in einem Büro, nicht an einer Straßenekke, nicht in einer Bar. Es ist Zeit, daß sie es hinter sich bringen und er wieder ein normales Leben führen kann. Nichts Äußerliches kann sie daran hindern, zu tun, wonach es sie beide verlangt.

Aber er zögert, sucht in seiner Hemdtasche die Zigaretten. Sie sieht, wie seine Hände zittern. Er läßt die Packung fallen, auch die Streichhölzer, bückt sich, hebt die Zigaretten auf und zündet schließlich eine an. »Ich muß immer daran denken, was es mich kostet, mit dir zusammen zu sein. Die Arbeit ... Edith ... ein Gebirge, das mich erdrückt. Gestern erst habe ich von meiner Ex verlangt, daß sie mir den Jungen öfter überläßt. Außerdem habe ich mit Edith eine neue Phase erreicht, die ich erkunden will.«

Sie holt einen Aschenbecher vom Bücherregal. Dann zieht sie sich in die äußerste Couchecke zurück, glättet ihr Kleid und zieht die Knie unters Kinn. Neue Phase? Was will er erkunden?

»Ach, Scheiße.« Er seufzt. »In Wirklichkeit möchte ich doch nur wissen, ob ich mit dir rechnen kann.«

Sie streckt den Arm aus und faßt seine Hand. »Hab keine Angst. Ich weiß doch, daß du gern mit mir zusammenbist. Ich weiß ja auch nicht, was mich so zu dir hinzieht. Ein neues Gefühl. Ich möchte wissen, was vorgeht.« Sie darf nicht wehleidig klingen. »Aber ich kann das wohl auch allein enträtseln. Das tägliche Einerlei ist unwichtig. Weil ich dich liebe –«

Er läßt ihre Hand fallen, verzieht das Gesicht, als habe sie ihn geohrfeigt.

Sie spricht weiter. Das war nicht vorgesehen. »Ich habe die Bindung an dich akzeptiert und fühle mich seither wie befreit. Wir sind uns im falschen Augenblick begegnet. Deshalb sollte ich dir wohl für immer aus dem Weg gehen.« Sie hätte das Wort »lieben« nicht aussprechen dürfen.

Wie kann sie nur so leichtfertig von Liebe reden? Das sagt sich so einfach hin. Ach, ich liebe dieses Hemd, ach, ich liebe diesen Film, ach, ich liebe Toshiro Mifune. Wie kann er ihren Worten trauen? Sie ist so ruhig! Er drückt die Zigarette aus und sieht auf die Uhr. »Da haben wir's: ich kann höchstens bis halb vier bleiben. Aber gehen möchte ich auch nicht.«

Halb vier? Wie spät ist es? Ist es vormittag? nachmittag? Sie weiß es nicht. »Wie spät ist es jetzt?«

»Zehn vor drei.« Demnach steht fest: in vierzig Minuten werden sie sich trennen.

»Sprechen wir übers Wetter«, sagt sie. »Oder über Baseball. Sind die Yankees noch in New York? Oder sind sie schon in Kalifornien? Oder war es die andere Mannschaft?«

Nun macht sie sich über ihn lustig. Sie werden sich unterhalten und nichts tun, und niemandem wird wehgetan. Und in vierzig Minuten wird er sich verabschieden, und sie werden niemals wissen, was ihnen entgangen ist. Auf dem Teppich die verstreuten Karten, die Welt tanzt. Der Narr. Verrückt und dumm – so würde Edith das Tarotspiel und alle von Angela gegebenen Erläuterungen nennen.

»Hast du je diesen gruseligen Science-fiction-Film gesehen, ich glaube, er hieß ›Invasion vom Mars‹, wo der kleine Junge sieht, wie eine fliegende Untertasse in einem Sumpf landet, aber keiner ihm glauben will? Und die Marsbewohner fangen ein paar Bürger ein und operieren so lange an ihnen herum, bis sie Marsbewohnern ähneln? Ihr Äußeres bleibt dabei unverändert bis auf eine kleine Narbe am Hinterkopf – und der kleine Junge geht zum Sheriff und bittet ihn um Hilfe, und der schickt ihn weg, und als er sich umdreht, erkennt der Junge, daß auch der Sheriff operiert worden ist?« Angela redet so schnell, wie sie einst über die ausgewaschenen Straßen von Gatch rannte. Sie kommt sich um so jämmerlicher vor, als ihr die Geschichte von den Marsbewohnern immer noch eine Gänsehaut verursacht. »Ich war damals noch klein und habe den Film in einem Autokino gesehen.«

»Ich kenne ihn auch«, sagt Joe, »ich kann mich zwar nicht an die Filme erinnern, die ich als Kind gesehen habe, aber dieser klingt vertraut. Ich konnte danach nicht einschlafen.«

Sie schenkt Sangria nach.

»Seit ich mit Edith zusammenlebe, habe ich hier und da eine Affäre gehabt, nichts von Bedeutung, weder für mich noch für die beteiligten Frauen.«

»In New York ist Sex kein großes Problem«, erwidert sie. Es klingt wie die Überschrift eines Zeitschriftenartikels, nur noch verlogener. Natürlich ist Sex ein Problem. Sie kann nicht einmal mit einem Mann Kaffee trinken, ohne daß er eins wäre. Aber Liebe – die ist nun wirklich ein Problem. Plötzlich fühlt sie den Drang, sich einfach hinzulegen, ihn an den Füßen zu ziehen und zu rufen: So komm doch endlich! Sie leert ihr Glas und steht auf. »Du solltest lieber gehen. Sonst kommst du noch zu spät.«

»Du hast recht.« Er stellt sein halbgeleertes Glas auf den Teppich neben seine Stiefel und geht zum Fenster. »Was für eine Pflanze ist das?« Ihre Blätter sind glänzend und dunkelgrün, sie hat Knospen getrieben, die gerade im Begriff sind, ihre Kelche zu öffnen.

»Eine Gardenie. Ich warte, daß sie aufblüht.«

»Ich muß jetzt gehen.« Er folgt ihr durch den orangefarbenen Flur bis zur Wohnungstür. Tief in den Eingeweiden spürt er, daß er versagt hat, daß er das bedeutendste Ereignis in seinem Leben verpaßt hat. Etwas ist verloren gegangen, etwas sehr Wertvolles ist ihm abhanden gekommen. Wieder sieht er auf die Uhr: es ist drei. Er legt die Hand auf die Klinke. Ein Kuß zum Abschied.

Sie lächelt, den Kopf leicht seitlich geneigt; ihr rotgoldenes Haar ringelt sich um ihren Halsansatz, breitet sich in Wellen auf ihren Schultern aus. Sie legt die rechte Hand mit sanft gespreizten Fingern zwischen ihre Brüste, senkt den Blick, als starre sie in tiefe Gewässer; die Hüften ein wenig nach links verschoben, den rechten Fuß leicht angehoben, verharrt sie wie in einer Ballettpose. Sie scheint zu schweben. Hinter ihr das Schlafzimmer, das faltenlose, orange-rote

Bett, darüber der rotseidene, schützende Betthimmel, die wehenden rosafarbenen Vorhänge. Alle diese Linien, die fließen wie die verrinnende Zeit, drängen ihn vorwärts.

Im Blitzstrahl der Liebe wird er ganz und gar verbrannt.

»Woran denkst du?« flüstert er.

»Daß du deine Stiefel vergessen hast.«

17

»Mein Plan, wie ich mich nach der Scheidung über Wasser halte, ist folgender: Ich werde in alle mexikanischen Restaurants von New York gehen und um Avocadokerne bitten.« Melanie Gauss und Angela liegen Seite an Seite auf Liegestühlen vor Melanies Haus am Strand. In der Bucht schwappen die Wellen, Möwen kreischen. Die Luft riecht nach Kokosnuß-Sonnenöl. »Und dann werde ich aus diesen Avocadokernen Bäumchen züchten, sie verkaufen, vielleicht auch einen Laden aufmachen.«

»Klingt durchaus machbar«, stimmt Angela zu. Sie ist nicht ganz bei der Sache. Sie steht noch völlig unter dem Eindruck der verdichteten, überwirklichen Atmosphäre des vergangenen Tages. Sie denkt an Joe, an die Zeit, die sie wie etwas Stoffliches, Greifbares zwischen sich empfanden, eine Zeit, in der jede Sekunde ihr eigenes Leben atmete und dann ihr Licht an das nächste Teilchen Zeit weitergab.

»Eric ist ein geiziges Miststück, er wird mir wahrscheinlich keinen Cent geben. Und mir außerdem die Kreditkarten sperren. Ich werde bis aufs Blut um jedes Bißchen Unterhalt für die Kinder kämpfen müssen.« Melanie war in Angelas alter Selbsterfahrungsgruppe. In den letzten fünf, sechs Jahren hat sie mit einer Reihe von Männern ein Verhältnis gehabt – in der Regel waren es unbekannte junge Maler oder Musiker, die auf die große Chance warteten – und überlegt, wie sie sich von ihrem Mann unabhängig machen könnte. Eric Gauss ist Partner in einer gutgehenden Anwaltskanzlei, und unter seinen Mandanten sind auch einige Filmstars. Gelegentlich liest man seinen Namen in der Presse. Er fliegt nach Europa oder auf die karibischen Inseln, um seine Mandanten den Klauen der jeweiligen Zollbehörden zu entreißen. Melanies Söhne befinden sich in verschiedenen Internaten in New England. Melanie macht jeden Morgen eine Stunde lang besondere Übungen nach einem besonderen Programm und spült ihr Gesicht täglich dreißigmal nach einem besonderen System ab. Sie sieht viel jünger aus, als sie ist, und ihre Fingernägel sind lange, vollkommene Ovale. Sie verbringt viel Zeit in Kaufhäusern. Angela und andere Frauen der Selbsterfahrungsgruppe haben Melanie immer wieder zugeredet, sich selbständig zu machen und die Scheidung durchzuziehen. Sie hofften, Melanie würde Eric endlich verlassen und ein eigenes Leben beginnen. Angela betrachtet das wie ein Theaterstück, wo auf den ersten Akt ein zweiter folgt, in dem etwas Neues geschieht, und dann ein dritter, wo sich alles zur allseitigen Zufriedenheit löst. Aber heute tut ihr Eric leid. Sie wünscht, er hätte irgendwo insgeheim eine zärtliche Freundin, sie hofft, daß ihm klar wird, wie Melanie ihn ausnützt, sie hofft, daß er weggeht.

Aber sehr intensiv beschäftigt sie das nicht, denn fast all ihre Energie fließt nach innen, in die Erinnerung. Der warme Schock ihrer nackten, sich umarmenden Körper, Joes Ekstase und Überraschung und nachher, als er sich abwandte und den Arm über die Augen legte, das Beben seines Körpers. »Meine Schuldgefühle sind die reinsten Furien«, hatte er gemurmelt.

Nie zuvor hat sie einen so gespaltenen Menschen erlebt: Sie war zugleich besorgt und fasziniert von seinem plötzlichen Stimmungsumschwung. Hastig stieg er in seine Kleider, rannte dann wieder zurück zu ihr, um sie zu umarmen, und sagte: »Ich kann gar nicht sagen, wie –«, und dabei stieß er, als er sich die Stiefel anzog, das Glas mit Sangria um. Und dann hatte er sie wieder in die Arme genommen und gesagt: »Ich will nicht weg«, und dies so traurig, daß sie fürchtete, er würde in Tränen ausbrechen. »Bitte, sei mir nicht böse wegen dem Fleck – hoffentlich läßt sich der Teppich –.« Und dann sagte er, indem er abrupt den Abschiedskuß beendete: »Laß mir Zeit!« Während all dieser Vorgänge hatte sie einen klaren Kopf behalten und Gelassenheit gewahrt. Diese Distanzierung war ungewöhnlich für sie. Während sie sich liebten und er sie dabei ansah, hielt sie die Augen geschlossen, das war ihre Art. Sie wollte seine Leidenschaft ganz in sich aufnehmen und sie sich einprägen – endlich gab er sich ihr hin –, und sie fürchtete, etwas zu versäumen, wenn sie sich auf ihre eigene Ekstase konzentrierte. Nachher, als er sich so widersprüchlich benahm, empfand sie großes Mitgefühl. Als er aus der Wohnung gehen wollte, schreckte er zusammen, denn von unten hörte man Stampfen. »Oh, das ist weiter nichts«, sagte sie, »meine Freundin macht da unten ihre *aikido*-Übungen.«

Paul, Melanies augenblicklicher Freund, dessen Hauptbeschäftigung offenbar darin besteht, sich einen Bart wachsen zu lassen, kommt vom Strand herauf. Melanie hält ihn für einen begabten und originellen Liedermacher mit einem Schallplattenvertrag, und sie hat vor, Erics Verbindungen zur Förderung von Pauls Karriere zu nutzen. Er sieht wie Anfang Zwanzig aus, ist braungebrannt und schmalbrüstig und trägt ausgeblichene, an den Oberschenkeln abgeschnittene Jeans. Er küßt Melanie unverzüglich und ausgiebig; Angela, der das peinlich ist, geht.

Der Strand ist übersät mit rundgewaschenen, pfirsichfarbenen und schiefergrauen Kieselsteinen. Die Wellen brechen sich in langen flachen Reihen. Sie sitzt da, das Kinn auf die Knie gestützt, die Füße umschlungen. Wenigstens haben sie sich geliebt. Wenigstens ist es geschehen. »Laß mir Zeit!«

Sie war erleichtert. Als Sharon mit einer Packung Rum-Rosinen-Eiscreme herunterkam, konnte Angela nichts essen. »Jetzt hab ich's hinter mir«, verkündete sie. »Dem Himmel sei Dank.«

»Aber Angela«, sagte Sharon, »jetzt bist du die Andere Frau!«

Nach einer langen Pause, während der Angela weder etwas aß noch etwas sagte, sondern nur wie gebannt auf den Fleck starrte, den der verschüttete Wein auf dem Teppich zurückgelassen hatte, entschloß sich Sharon, wieder hinaufzugehen. »Ich finde nicht, daß Joe einen guten Einfluß auf dich hat. Ruf mich an, wenn du aus deiner Umnachtung aufwachst.«

Mit dem Finger zeichnet Angela die inneren Windungen einer großen Muschel nach, welche die Erosion ans Ufer gespült hat – geheimnisvolle rosa Spiralen. Sie hebt einen Stein auf, der rot und narbig wie ein Pfirsichkern ist. Der Himmel hängt tief und hat sich verfinstert. Die Erinnerung erleidet subtile Verschiebungen, und nun will es ihr scheinen, als ob auch sie von Leidenschaft überwältigt wurde, als ob auch sie den Höhepunkt ihres Lebens erfahren habe und daß alles, was sie vorher gesagt, gedacht und getan hat, nur ein Vorspiel war. Selbst als Kind muß sie von Joes Existenz schon etwas geahnt haben, wie manche Menschen Radioprogramme mittels ihrer Zahnfüllungen empfangen können. Von Anfang an hat etwas in ihr gelebt, das nur Joe Bly berühren und zum Leben erwecken konnte. Und nun, da es passiert ist, kann sie nicht mehr zu ihrem alten Ich zurück. Ihr Körper, ihr ganzes Sein in der Welt – sie sind für immer verändert.

Wind kommt auf und bläst durch sie hindurch. Es beginnt zu regnen, und sie rennt zurück ins Haus. Oben nehmen Paul und Melanie geräuschvoll ein Bad. Angela sitzt unter der Markise auf dem Sonnendeck und beobachtet das Gewitter.

Ich bin wahrhaftig verliebt, denkt sie und betrachtet ihre Handflächen. Was sie einst unter Liebe verstand, gilt nicht mehr. Eine neue Definition aus Klang und Licht und Empfindungen, aus vielen, immerfort wechselnden Eindrücken müßte gefunden werden. Auch ähnelt sie nicht der Liebe, die sie für ihre Mutter, für ihren Mann oder für andere Männer empfunden hat. Dies ist leidenschaftliche, verbotene, alles verzehrende Liebe, und nichts anderes zählt mehr. Sie ist davon überzeugt, daß sie Joe schon immer geliebt hat, von dem Moment an, als die Frau bei der Stellenvermittlung seinen Namen und das Datum des Einstellungsgesprächs auf einen Zettel schrieb. Hm, Joe Bly, was für ein alltäglicher Name – das hatte sie damals gedacht. Sie hätte den Zettel nicht wegwerfen sollen.

Auch ist diese Liebe etwas, was Melanie zum Beispiel überhaupt nicht kennt. Liebe, so wie sie Angela jetzt versteht, wird begleitet von einer Macht, die alle Hindernisse beseitigen wird – mit der Zeit. Weil, denkt sie, und findet das sehr logisch, weil wir geboren wurden, um zu lieben. Zu *lieben.* Dadurch sind Joe und ich über unser alltägliches Selbst hinausgewachsen – wenn auch nur für einen Augenblick.

Inzwischen hat der Regen aufgehört, es klart wieder auf. Die Sonne taucht gerade ins Meer, die Wasseroberfläche kräuselt sich golden und sieht aus wie ein von Klimt gemalter Schleier. Falten, Maserungen, goldene Bänder und dann, tanzend in einem zarten Nebel über dem Wasser, goldene Fünkchen. Hier bin ich, denkt sie, ich lebe und kann das alles beobachten. Wunderbar.

Angela versucht, sich in Joe hineinzuversetzen. Was macht er wohl gerade? Er wird Edith alles erzählen. Er wird ihr sagen, daß nun alles anders geworden ist, daß er einen Menschen gefunden hat, der ihn ganz und gar erfüllt.

Joe sitzt im Bademantel am Eßtisch, vor sich ein riesiges Puzzle des Grand Coulee-Damms, das Edith ihm geschenkt hat. Gleichzeitig verfolgt er ein Sportprogramm auf dem neuen großen Fernsehapparat, den Edith am Vortag anliefern ließ.

Edith sortiert systematisch die Randteilchen des Bildes zusammen, Stücke vom Himmel, vom Wasser, von einer Betonwand. Sie macht das schnell und gezielt und knallt jedes Stück auf den richtigen Haufen.

»Übrigens – die Kamine sind aus Marmor, hab ich das schon erwähnt?« Sie hat sich in Brooklyn ein Haus ausgesucht, das dem von Lois ähnelt. Und zwar im gleichen Viertel, sie will, daß Joe es sich ansieht.

Gestern, als Angela nackt im Türrahmen stand, war er die Treppe hinuntergestolpert, direkt in eine riesengroße Frage hinein; sein Herz hämmerte so laut, daß er fürchtete, die Passanten auf der Straße könnten es hören. Joe war acht Jahre alt, als seine Mutter starb, und er hatte nichts empfunden. Als sein Vater starb, war er fünfzehn, und während er beim Trauergottesdienst einem Pfarrer lauschte, der den Verstorbenen nicht gekannt hatte und trotzdem vollmundig dessen menschliche Vorzüge pries, fragte sich Joe, ob alle Menschen wie die Rindviecher nur geboren würden, um irgendwann sinnlos zu sterben. Wie unfair, mit dem Leben bekannt gemacht zu werden, wenn es nichts weiter ist als nur ein befristetes Geschenk! Er erlebte diesen Augenblick wieder, als Lucy ihm eröffnete, daß sie und Alec sich liebten. Ein paar Sekunden im freien Fall zwischen Schock und Rückkehr in die Alltagswelt, in eine Welt, der am besten gedient ist, wenn diese Frage begraben wird. Und nun ist sie wieder erstanden und wird ihn eine Zeitlang begleiten. Warum lebt er, zu welchem Zweck? Er ist in den Speicher zurückgerannt, mit dem Staubsauger über die großen Bodenflächen gefahren und hat den abblätternden Kunststoffbelag auf der Küchenanrichte festgeklebt. Dann hat er Muscheln gekauft, und als er an einem Gemüsestand vorbeikam, fassungslos auf die feuchtglänzenden Berge von Orangen, Auberginen, Artischocken, Salatköpfen und Kirschen gestarrt. Im Blumengeschäft kaufte er dann eine Gardenie voll duftender Knospen.

Eines Tages würde er sterben, und es bestand die schreckliche Gefahr, daß er auf ein Abstellgleis geraten könnte und niemals sein eigenes Leben leben würde. In Angela verliebt zu sein war wunderbar, denn sie öffnete ihm das Herz, und er begriff, daß alle zuvor mit Frauen gemachten Erfahrungen unwahr und mechanisch gewesen waren und seiner eigenen, wahren Natur nicht entsprachen. Andererseits war es beängstigend, daß er durch sie einen versunkenen Erdteil entdeckte, erstaunlicher als Atlantis, weil das zu Konflikten und Umbrüchen führen würde. Bis jetzt hatte er sich immer noch so durchgewurstelt, mit knapper Not. Aber nun kann er sich vor dem Leben nicht mehr verstecken. Während er die Muscheln wusch und bürstete – sie gehören zu Ediths Leibgerichten –, dachte er über Angela nach. Keine andere reicht an sie heran. Sie ist spontan und selbstverständlich, so gar nicht ehrgeizig, und ihre Wirkung auf ihn ist wunderbar. Er war nett zu dem mürrischen Verkäufer im Fischgeschäft, nett zu den abgebrannten, bettelnden Drogenfreaks auf der Straße, zu den Rowdies vor dem Feinkostladen, zu Edith und den beiden Männern, die den überdimensionalen neuen Farbfernseher brachten.

»Findest du das Bild nicht etwas grünstichig?« fragt Edith. Sie zeigt auf das Gesicht eines Sportreporters. »Übrigens, mein Magen ist nicht in Ordnung – deiner auch nicht?«

»Doch.« Er steht auf und korrigiert die Farbe. Er will sein Puzzlespiel nicht unterbrechen. Seit er als Oberschüler den Motorradunfall hatte und im Krankenhaus war, hat er kein Puzzle mehr gelegt. Er hat vergessen, wie kompliziert und befriedigend ein Puzzle sein kann.

Gestern nacht hat er lange und tief geschlafen, heute fühlt er sich frisch und rein wie ein artiges Kind. Die widerstreitenden Gedanken, die Angst, eine Entscheidung treffen zu müssen, das alles ist wie weggeblasen.

»Vielleicht waren es die Muscheln«, sagt Edith. Ein Werbespot wird gezeigt: glücklich lächelnde Mitbürger mit langen, wohlproportionierten Gliedern, die radfahren, Rollschuh laufen, surfen, von Flugdrachen hängen und bei all diesen beglückenden Tätigkeiten Limonade trinken. »Joe, wenn du soweit bist, möchte ich mich gerne mit dir *unterhalten.*«

»Hm.« Zwischen Daumen und Zeigefinger hält er ein Teilchen tiefgrünen Wassers.

»Ich habe eine wichtige Einsicht gewonnen.«

Er legt das Teilchen hin. Sie weiß also, was gestern passiert ist. Er zündet sich eine Zigarette an. Auf dem Bildschirm vollführt jemand einen Weitsprung. Ist das noch Werbung oder schon das Sportprogramm? Nichts in diesem Speicher leuchtet so scharf und bunt wie die Farben auf dem großen Bildschirm. »Ja, Edith?«

»Als ich vergangenen Freitag mit Midge sprach, wurde mir plötzlich klar: Ich wollte nur meiner Mutter zuliebe heiraten und Kinder haben. Sie fragt mich jedesmal, ob sie das noch erleben wird. Das hat mich unter einen ungeheuren seelischen Druck gesetzt. Außerdem habe ich immer gemeint, daß Midge findet, wir sollten heiraten und Kinder haben, bloß weil sie selber gerade geheiratet hat. Ich habe sie letzten Freitag rundheraus gefragt, ob sie meint, ich dürfte mit dir nicht so weitermachen, sondern müßte eine Entscheidung erzwingen. Und weißt du, was sie gesagt hat? ›Unsinn, ich denke nichts dergleichen.‹ Ist das nicht toll?« Edith hat die Ellbogen aufgestützt, streckt ihre Finger Joe entgegen und begleitet ihre Worte mit fahrigen Gesten. »Jedenfalls habe ich danach gründlich über meine Familie und alle meine Bekannten nachgedacht – Lois und Jim wollen im Juni auch heiraten –, und über die Gesellschaft als solche und wie alle, aber auch alle mich bedrängt haben, ein gutbürgerliches Vorstadtdasein zu führen. Du weißt schon, als *Hausfrau.* Aber was ist eigentlich so Schlimmes daran, eine richtige Karriere zu machen? Midge meint, in Wahrheit will ich die neue Klinik übernehmen. Abtreibungen sind immer gefragt, Krankenhäuser und Privatkliniken suchen händeringend tüchtiges Verwaltungspersonal. Midge meint, wenn ich wirklich Hausfrau und Mutter sein wollte, würde ich mich mit einem Mann zusammentun, der das auch will. In Wahrheit will ich zunächst mal Geld verdienen und beruflich Erfolg haben. Und deshalb wäre es einfach Blödsinn, dich zur Heirat zu drängen.« Sie holt tief Luft, strahlt ihn an wie ein unbeholfener Teenager, der nett sein möchte, und zündet sich eine Gauloise an.

Joe ist irritiert. Er hat nicht erwartet, derartiges aus ihrem Munde zu hören. Immerhin, sie hat sich eine passende Begründung ausgedacht und sie überzeugend vorgetragen. »Was soll ich dazu sagen?« fragt Joe.

»Du bist mit dem augenblicklichen Zustand doch ganz zufrieden, und ich auch. In letzter Zeit geht es dir besonders gut, das habe ich doch gemerkt.«

Es stimmt, daß sie sich in der vergangenen Nacht ausgiebig geliebt haben. Ahnt Edith, was er getan hat? Rennt sie womöglich jetzt doppelt so schnell, um mit ihm Schritt zu halten, um ein Unentschieden zu erreichen? Will sie eine tiefe Enttäuschung kaschieren? In der Karibik sagte sie einmal: »Als ich dich in Griechenland im Hotel das erstemal sah, sagte ich zu mir: Edith, dort sitzt der Vater deiner Kinder. Ich wußte es.« Wie kann sie so unvermittelt alle Andeutungen und Bitten, Forderungen und Vorschläge, mit denen sie ihm seither unermüdlich zugesetzt hat, einfach über Bord werfen?

»Hast du was, Joe?«

»Nein ... ich muß – das alles erst einmal verdauen. Es kommt so überraschend.« Vielleicht gibt es am Ende doch noch so etwas wie eine lockere Kameradschaft zwischen ihnen.

»Ach ja, und noch etwas: du hast schließlich ein Kind, und ich meine, Todd sollte so oft wie möglich herkommen. Besonders in diesem Sommer, aufs Land.«

18

Am Montag auf dem Weg ins Büro bekommt Angela Angst. Wie kann sie unbefangen mit Joe arbeiten und so tun, als sei nichts geschehen? Wie wird er sie jetzt behandeln? Vielleicht hat er das Interesse an ihr verloren. Sie geht in ein Juweliergeschäft und kauft eine Armbanduhr mit einer schmalen, silbernen Spange. Wenigstens wird sie von nun an nicht mehr fürchten müssen, zu spät zur Arbeit zu kommen. Sie braucht sich bei niemandem mehr nach der Uhrzeit zu erkundigen. Sie braucht auch nicht mehr auf die Uhren anderer zu schielen. Er hat gesagt: Ich weiß gar nicht, was ich sagen soll, und: Laß mir Zeit. Also gut.

Joe blickt immer wieder auf die Uhr. Kommt Angela endlich? Ist sie etwa krank? Er will sie sehen; mit einem einzigen Blick sollen sie einander all das sagen, wofür andere Paare Jahre brauchen. »Gehn wir zusammen essen, Bly«, sagt Goodhugh, aber er lächelt nicht, und Joe durchzuckt ein Gefühl der Panik.

Als Angela endlich kommt, hastet sie den Korridor entlang, den Kopf gesenkt, fest mit den Absätzen auftretend. Im Vorübergehen wirft sie einen verlegenen Blick in Joes Büro, lächelt matt und geht in ihr Zimmer.

»Ein dänisches Sandwich, getoastet, und ein großes Glas Orangensaft«, bestellt sie gerade telefonisch, als Joe zu ihr hereinkommt. Sie sieht ihn nicht an. Sie starrt wie gebannt auf ihre Schreibtischunterlage. In ihrem Büro hängt der Duft von frischer Luft, der noch an ihren Kleidern haftet. »Hallo«, sagt sie und zieht die Mundwinkel nach unten, als begrüße sie ihren Henker.

Er hatte gehofft, daß nun alles anders sein würde. Edith hat sich ihre Heiratspläne aus dem Kopf geschlagen, Angela und er haben sich geliebt. Wenn sie ihn jetzt bloß ansehen wollte, wenn er nur ihren Blick festhalten und sie wortlos fragen könnte – ist es so? Sind sie nicht in allen Himmeln geschwebt? Was sie miteinander erlebt haben, war doch unerhört aufregend, viel aufregender, als er sich je vorgestellt hätte.

Schließlich bricht Angela das Schweigen. »Ich werde diesen Typ anrufen mit dem Wagen, der angeblich mit Methan aus Hühnerkacke angetrieben wird. Paßt das für ›Durchbrüche‹ oder eher für ›Ungewöhnliche Lösungen‹?«

»Hm –.« Sie sieht ihn immer noch nicht an. Er möchte sie packen und schütteln, bis sie sich daran erinnert, was zwischen ihnen geschehen ist. Vielleicht sollte er mit ihr essen gehen. Nein, das ist nicht möglich – Goodhugh hat ja bereits seine unheilschwangere Einladung ausgesprochen. In Joes Büro läutet das Telefon. »Darüber reden wir noch«, murmelt er und geht rückwärts aus dem Zimmer.

Er überlegt, wie sie beide den Nachmittag freinehmen und in ihrer Wohnung verbringen könnten. Darüber vergeht der Vormittag. Aber vielleicht hält sie ihn für einen jämmerlichen Liebhaber. Er hat schließlich das Weinglas umgeworfen, ihren Teppich versaut und ist wie ein Irrer weggelaufen.

»Es taugt nichts«, sagt Goodhugh. Sie haben sich gerade

an seinen angestammten Tisch im Club gesetzt. An der mahagonigetäfelten Wand hängen Stiche mit Jagdszenen, und in der Garderobe gibt es eine Auswahl gebrauchter Krawatten – Joe muß sich eine umbinden, um überhaupt eingelassen zu werden. *»Bly, il ne marche pas.«* Joe wird schlecht. »Das neue Format?«

»Nicht nur das, nicht nur das grafische Design. Alles. Alles, was drinsteht, ist sehr seltsam, Bly, höchst befremdlich. Ganz und gar nicht das, was der moderne Manager sucht. Der will knappe und übersichtliche Diagramme, knallharte Informationen, die er auf einen Blick verstehen kann, nicht solches abwegige Geschwafel über einen Unternehmer, der sich eines Tages entschließt, ein Goldkettchen mit einem Amulett zu tragen und in Malibu der Liebe zu leben. Wie konnte das denn passieren? Anfangs ging doch alles so gut? Ich erwäge ernstlich, den Versand zu stoppen. Die Geschäftsleitung in Delaware wird Kopf stehen.«

»Du lieber Himmel«, murmelt Joe. »Ich wollte halt mal was Neues probieren.«

»Naja, neu ist das bestimmt, neu und abartig. Wenn das erscheint, wird die gesamte Fachpresse über mich lachen. Was in aller Welt ist bloß in dich gefahren?« Goodhugh stützt das Kinn auf die Hand und den Ellbogen auf den Tisch. Die kristallenen Kelche und Gläser beben und klirren.

»Hat schon jemand die neue Ausgabe gesehen? Der Vorstand vielleicht? Whorf and Brunell offenbar nicht.«

»Nein, Whorf and Brunell nicht, auch sonst noch keiner. Und dann die Gedichte. Es stehen Gedichte drin. Gott, ausgerechnet Robert Frost, wie ich den hasse. Wessen Idee war denn das?«

»Hm – naja – Angela und ich – wir haben die Nummer gemeinsam zusammengestellt. Sie war sehr einfallsreich, sehr hilfreich, sie ist sehr gescheit. Sie kann nichts dafür, wenn mit dieser Nummer was danebengegangen ist. Ich übernehme die volle Verantwortung. Und es war ja auch nur ein Versuch.«

Joe möchte Goodhugh den ganzen Tisch in den Schoß kippen, wie es im Film gemacht wird.

»Du mußt verstehen, Bly. Ich halte immer noch große Stücke auf dich. Du kannst nach wie vor auf eine leitende Position zählen. Das Info ist nur ein Sprungbrett. Aber diese Art von – Experiment – darfst du dir nicht leisten. Du bist schließlich nicht in Woodstock oder bei den Weathermen, du bist bei Starr Whorf.«

»Wünschen die Herren eine Vorspeise?« fragt ein dienernder Kellner mit weißem Haar und gestärkter Serviette über dem Unterarm.

In der Mittagspause kann Angela nichts essen. Statt dessen ruft sie ihre Freundin Helen an. »Wir haben endlich miteinander geschlafen«, flüstert sie ins Telefon. »Und er hat gesagt, wir sind wie zwei Funken, die aus entgegengesetzten Enden des Alls aufeinander zufliegen und sich endlich treffen. Ist das nicht schön?«

»Hat er diese andere Frau verlassen? Du hast doch gesagt, du würdest vorher nichts –«

»Ich weiß, aber dies ist – gewissermaßen – Schicksal – irgendwie. Es mußte einfach geschehen, und deshalb ist es geschehen.«

»Es klingt wundervoll.«

»Also auf der einen Ebene haben wir diese unheimliche Harmonie«, sagt Angela. »Und dann, auf einer anderen Ebene, ist es – wie soll ich sagen? – beängstigend. Ich habe völlig die Kontrolle über mich verloren.«

»Aber das ist doch sehr –! Warte mal einen Moment.« Helen legt den Hörer hin, Angela hört Hundegebell. »Tom schlachtet heute das Kalb, und ich mußte die Hunde ins Haus nehmen. Es deprimiert mich immer so, wenn Tom schlachtet, ich glaube nämlich, er tut es gern. Er macht sich deshalb über mich lustig, aber bitte erwähne es nicht, wenn du zufällig mit ihm sprichst. Also du meinst, ihr werdet heiraten?«

»Ach, du liebe Güte – ich wäre schon im siebten Himmel, wenn ich nur eine einzige Nacht mit ihm verbringen könnte. Aber ich muß mich zusammenreißen, damit meine Arbeit nicht darunter leidet – es ist der erste Job, der mir was bedeutet. Glaub mir, ich weiß gar nicht, wo mir der Kopf steht.«

»Ich habe mir immer für dich gewünscht, daß du ebenso glücklich wirst wie ich, das weißt du ja. Wir beide, Tom und ich, haben dich sehr lieb, du fehlst uns.«

»Ihr mir auch«, sagt Angela. »Egal, in was für eine verrückte Situation ich gerate, ich weiß, daß ihr immer für mich da seid.«

Joe kommt vom Lunch zurück. Angela läuft in sein Büro und will ihn schnell umarmen – sie hat genug von diesem Krampf, dieser Distanz –, aber seine Miene ist finster, sein Mund verkniffen, als er sich in den Stuhl fallen läßt, so daß sie beiseite tritt und die Hände hinter dem Rücken ballt. »Wie war's denn beim Mittagessen? Ich habe dich mit Buffalo Buff fortgehen sehen.«

»Hm, es ging so.«

Gewöhnlich erzählt er ihr, was er mit Goodhugh beredet hat, dessen neueste Einfälle für das Info. »Was Neues aus der Chefetage von Starr Whorf?«

Er beißt auf den Schnurrbart und schüttelt den Kopf. »Ich muß an die Arbeit.« Sie hat das Gefühl, Glasscherben rieselten über ihr Rückgrat. Er hat mit ihr geschlafen, und nun haßt er sie, und jetzt sind sie auch noch gezwungen, miteinander zu arbeiten. Sie geht sofort hinaus.

In ihrem Büro fällt ihr ein, wie er sie umarmt und angefleht hat: Laß mir Zeit. Niemals hat sie einen Menschen erlebt, der so aufgewühlt, so betroffen war wie Joe vor noch nicht ganz zwei Tagen. Was ist schiefgelaufen? Ihr Büro ist zu eng, um ihre Emotionen zu fassen. Sie geht in die Cafeteria, vergißt, was sie eigentlich dort wollte, kehrt zurück an ihren Schreibtisch, ruft Derek Grinder an und hinterläßt eine Nachricht auf seinem Anrufbeantworter. Dann läßt sie sich mit Gerard verbinden.

»Dicke Luft heute hier«, sagt sie, nachdem sie ein paar redaktionelle Details aufgezählt hat, um ihren Anruf zu rechtfertigen. »Anscheinend macht Joe sein Privatleben zu schaffen.«

»Das ist nichts Besonderes«, erwidert Gerard. »Die beiden sind ja immer im Begriff, sich sozusagen vorehelich scheiden zu lassen. Ihre sogenannte Beziehung ist wie aus einer Psychologiezeitschrift für Anfänger. Joe kann nur eins helfen: eine Ekstase, in der die Fesseln von ihm abfallen und ihm Flügel wachsen. Ich entsinne mich an Nächte in unserem Verbindungshaus, wo wir alle stockbesoffen waren, Whiskyflaschen an die Wand schmissen und auf dem Kaminsims tanzten – nur Joe, ganz Weste, Krawatte und Gentleman, ließ sich niemals gehen. Er braucht immer jemand, der ihm Feuer unterm Hintern macht.«

Angela geht zurück in Joes Büro. Er sitzt gebückt, mit gesenktem Kopf, die Ellbogen auf der Schreibtischunterlage.

»Joe!« sagt sie flötend. »Joe! Du hörst sofort damit auf. Steh auf!«

Er ist überrascht, steht auf und fegt mit dem Ellbogen den Aschenbecher zu Boden. »Was? Was ist los, Angela?«

Sie lächelt nur und schnalzt mit den Fingern. »Komm, und zwar augenblicklich, wir nehmen die Staten-Island-Fähre.«

Er läßt sich wieder in seinen Drehstuhl fallen. »Es geht nicht. Ich habe zu viel zu tun –.« Sie ist zu seltsam, diese Frau. Furchterregend. Goodhugh hat recht. Das Info ist eine Katastrophe, und sie ist schuld.

»Das kann warten. Komm jetzt.«

»Ich kann nicht«, sagt er trotzig.

Sie macht ein langes Gesicht. »Dann eben nicht«, sagt sie und taumelt in ihr Büro zurück. Sie möchte sich umbringen. Statt dessen ruft sie Sharon an.

»Ich habe ein Problem«, fängt Sharon an. »Heute bin ich zufällig Clifford begegnet, auf der Straße, vor dem Büro. Er hat mich nur angestarrt, als hätte er mich noch nie gesehen, und als ich ›Clifford‹ rief, starrte er mich wieder an und ging weiter.«

»Heul doch nicht«, sagt Angela. »Hör lieber auf mich: Wir dürfen einfach nicht zulassen, daß die Männer unser Leben bestimmen.« Sie dreht an ihrer Spangenuhr. Die kneift ein wenig, und der Sekundenzeiger bewegt sich so schnell, daß es ihr vor den Augen flimmert.

Der Nachmittag schleppt sich quälend dahin. Sie sitzt da wie jemand, dem die Eingeweide herausgenommen und in einer fernen Wüste vergraben wurden. Sie hat versagt. Sie hat ihr Ziel, selbstsicher und unnahbar zu sein, verfehlt, sie hat es nicht geschafft, das Gegenteil von Edith zu sein, all ihre Mühe war vergebens.

19

Angela und Katha treffen sich im Fechtstudio, wo Katha gerade einen Kursus in *t'ai chi* gibt. Angela sieht zu, wie die Schüler Katha nachahmen und die Luft mit weiten Arm- und Beinschwüngen durchpflügen. Das beruhigt sie. Nach Schluß der Stunde gehen die Schüler lautlos in die Halle, wo sie ihre Schuhe ordentlich in Reihen abgestellt haben.

»Ich hatte einen schlechten Tag heute«, sagt Angela, und bereut sofort, die vollkommene Reinheit dieses Ortes, wo es außer weißen Wänden und einem dunkel polierten Holzboden nichts weiter gibt, besudelt zu haben. »Nun habe ich endlich diesen phantastischen Job, und prompt vermassele ich alles.«

»Ich bin überzeugt, du tust genau das Richtige«, sagt Katha.

Später sehen sie ›Der blinde Samurai‹ mit dem japanischen Star Zatoichi. Dieser gibt sich darin als heruntergekommener, ungeschickter Masseur aus, bis der niederträchtige Anführer der Bande, die das Dorf terrorisiert, versucht, den blinden Samurai beim Glücksspiel zu betrügen. Mit einem einzigen Hieb und schneller, als es das Auge wahrnehmen kann, halbiert Zatoichi die Würfel in der Luft, und später, als er die Nase von den Missetaten der Schurken gründlich voll hat, tötet er ein Dutzend von ihnen und spaltet einen Ochsenkarren in zwei Teile.

Wenn Angela morgens aufwacht, klemmt sie sich widerwillig die neue Armbanduhr ums Handgelenk. Dabei wird ihr klar, wieviel Zeit täglich vergeht, ohne daß sie weiß, wo sie geblieben ist oder was sie, Angela, erreicht hat. Eben noch war es 9 Uhr 32, und schon ist es 12. Sie mag es nicht, so an die Zeit gefesselt zu sein, andererseits bestärkt es ihr Pflichtgefühl, das Bewußtsein, zu Starr Whorf zu gehören.

Um 11 Uhr 03 kommt Goodhugh herein und legt den Arm um ihre Schulter. »Meine Liebe, Sie sind *formidable*. Ich habe gerade mit Bly gesprochen. Viele Leute haben wegen der letzten Nummer des Infos angerufen, das ›Wall Street Journal‹ will sogar einen Bericht darüber bringen. Ich bin hocherfreut und baßerstaunt zugleich.«

»Wie wunderbar!« Weil Angela sich entschlossen hat, ein keusches und karriereorientiertes Leben zu führen, freut es sie, daß ihre Beiträge Goodhugh gefallen. Soll Joe sie doch von oben herab behandeln, soll er alle ihre Ideen verwerfen, es gibt schließlich noch mehr Informationsdienste und bei Starr Whorf noch andere Abteilungen.

»Bly«, ruft Goodhugh über den Korridor. »Um elf Uhr dreißig seid ihr beide im Konferenzraum!«

Angela hat noch nie an einer Vorstandssitzung teilgenommen. Was hat sie da verloren? Wenn sie doch bloß nicht ausgerechnet heute Jeans angezogen hätte. Die Tagesordnung wird von Männern traktiert, die alle gleich aussehen und deren Namen sie sich nicht merken kann. Sie blickt auf den Sekundenzeiger. So ist das also, wenn man seine unbezahlbare Zeit verkauft. Sie sieht Joe an. Er erwidert ihren Blick, dann senkt er schnell die Augen. Er atmet heftig. Okay, sie wird ihm Zeit lassen.

Goodhugh spricht. Er referiert über sein Informationsblatt für Manager und Leitende Angestellte. Der Subskriptionspreis soll erhöht werden ... die Zahl der Abonnenten hat um sechsundachtzig Prozent zugenommen, ein phänomenaler Zuwachs, erstaunlich ... das neue Format ist überall gut angekommen. »Miss Angela Lee, die heute anwesend ist, wird ab ersten Juni endgültig in die Leitung der Abteilung aufgenommen.«

Angela wird rot und bedankt sich verwirrt.

Die Männer rund um den Konferenztisch nicken ihre Glückwünsche, Joe strahlt sie an.

Angela bedankt sich noch einmal.

»Meines Wissens sind Sie hier die erste Frau in leitender Position«, sagt Tor Bracewell. Er ist blond, rundlich, hat eine rosafarbene Nase und die polierten Fingernägel eines Chirurgen.

»Toll«, sagt Angela und nimmt sich gleichzeitig vor, nicht mehr »toll« zu sagen.

Sie wartet auf Joe, während die anderen den Raum verlassen. Sie erwischt ihn am Ellbogen, und er gibt ihr einen Kuß aufs Haar. »Ich wußte, es würde gutgehen«, sagt er, »und ich habe Goodhugh zu verstehen gegeben, wieviel du für das Blatt getan hast.«

Sein Kuß macht sie glücklicher als ihr Aufstieg in die Abteilungsleitung. »Was bedeutet das übrigens konkret?«

»Ich könnte mir denken, daß du künftig im Telefonverzeichnis und auf dem Briefkopf als Abteilungsleiterin erscheinst«, antwortet Joe. »Und es ist bestimmt eine Gehaltserhöhung damit verbunden. Die Telefongesellschaft ist gerade durch eine gerichtliche Verfügung gezwungen worden, mehr Frauen in höheren Positionen zu beschäftigen, wahrscheinlich will die Firma einer ähnlichen Verfügung zuvorkommen.«

Sie folgt ihm in sein Büro. »Ich habe was für dich«, sagt sie, greift in ihre Hosentasche und läßt drei durchsichtiggoldene Muscheln, eine winzige Krebsschere und etwas Seetang auf seinen Schreibtisch fallen. Sie lehnt sich dicht an ihn, ihre Lippen berühren fast seinen Mund, und tritt dann rasch zurück.

»Wie nett«, sagt er.

»Ich war am Strand, im Haus einer Freundin. Und wollte dir was mitbringen. Letzte Nacht träumte ich, daß du –«

Joe unterbricht sie. »Oh, hallo, Buff.« Sein Gesicht wird rot.

Angela hat sich umgedreht und sieht Goodhugh im Türrahmen stehen. Etwas scheint ihn zu belustigen. »Ich habe geträumt, man hätte Moby Dick mit Messern aufgeschlitzt, um den Walspeck abzuziehen«, sagt er, »und mein Termin beim Analytiker ist erst um halb fünf.«

»Also hören Sie, Buffalo Buff, das war ja eine echte Überraschung«, sagt Angela. »Ich bin Ihnen sehr dankbar für die Beförderung und so.«

»Angela, ich bin überzeugt, daß Sie hier wachsen, blühen und gedeihen werden, ich will das meine dazu beitragen. Leistung imponiert mir immer, und wenn jemand tüchtig ist, wird er befördert.«

»Und was sind meine neuen Pflichten?«

»Bei unseren wöchentlichen Konferenzen anwesend zu sein. Habe ich übrigens die Gehaltserhöhung erwähnt?«

»Joe hat davon gesprochen.«

»Ich denke auch daran, unser Budget zu erhöhen, Joe.«

»Sie sind ja fast wie der Weihnachtsmann«, sagt Angela.

Nachdem Goodhugh gegangen ist, flüstert Joe: »Ich traue ihm nicht. Irgendwas ist faul.«

»Aber Joe! Wie kannst du nur so sein! Gerade jetzt, wo Buff sich so stark für uns macht.« Joe setzt sich und nimmt den Bleistift zur Hand.

»Die Arbeit steht mir bis hier.«

»Du fehlst mir. Laß uns nachher noch in deine Bar gehen, ja?«

»Geht nicht – ich muß arbeiten.«

Er freut sich, daß sie ein enttäuschtes Gesicht macht. Er hat also immer noch ein wenig Macht über sie. Hält sie ihn für einen guten Liebhaber?

»Dann arbeite ich auch.«

Joe nimmt sich eine Akte mit der Aufschrift »Alternative Energien« vor.

Angela ist ratlos. Vor ein paar Tagen lagen sie und Joe nackt aneinandergeschmiegt da, und jetzt tut er so, als sei das nie geschehen. Nichts in Joes Verhalten deutet darauf hin, daß er sich an ihre Umarmungen erinnert.

Helen ruft Angela aus New Mexico an. »Wann besuchst du uns?«

»Vor Ende August werde ich wahrscheinlich keinen Urlaub bekommen«, sagt Angela. »Was gibt's Neues?«

»Die Jungens haben die Windpocken«, sagt Helen. »Und ich fahre einmal wöchentlich in die Stadt, um Bauchtanzunterricht zu nehmen, aber sag Tom nichts davon.«

»Warum nicht?«

»Weil er für solche Dinge kein Verständnis hat. Du darfst nicht vergessen, er ist ein halber Italiener. Wenn er zu Hause ist, lasse ich den Kursus ausfallen. Bist du noch verliebt?«

»Und wie, nur im Moment tut sich nichts.«

»Ich wünschte, ich hätte einen Job wie du, der mich ganz in Anspruch nimmt«, sagt Sharon. Sie liegt auf Angelas Couch und löffelt Joghurt. »Ich bin wieder mal total am Boden zerstört.«

Angela hockt auf dem Teppich, um sie herum Stapel von Papieren und Zeitungsausschnitten, die sie in verschiedene Aktendeckel mit Aufschriften wie »Neue Ideen«, »Geistesblitze«, »Verschiedenes« und »Abfall« sortiert. »Weshalb bist du deprimiert?«

»Weiß ich eigentlich auch nicht. Wir haben einen neuen Kollegen, Samuel Beaufort James heißt er. Ein Sensationsreporter. Sieht phantastisch aus, soll als Student ein Fußballstar oder so was ähnliches gewesen sein. Jedenfalls hat er sich mit mir verabredet.«

»Das klingt ja toll, Sharon.«

»Na ja. Vielleicht gehe ich mit ihm.«

»Aber du hast doch gerade erzählt, wie phantastisch er aussieht. Ist er geizig oder was?«

»Nein, überhaupt nicht, er ist Südstaatler, ein echter Gentleman, hält einem die Tür auf und so. Das ist es nicht.«

»Oder ist er langweilig?«

»Im Gegenteil, brillant.«

»Ich geb's auf. Wo ist dann der Haken?«

»Na ja, wir werden gehen und uns amüsieren, nachher

kommt er zu mir und tatatatatata und am nächsten Morgen haut er ab.«

»Ja, so wird es sein.« Nun ist Angela deprimiert. »Joe –«

»Und ich werde mich in ihn verknallen, aber er wird mich für eine Trauerweide halten, weil ich deprimiert bin.«

»Klingt hoffnungslos«, sagt Angela.

»Ach weißt du, nicht direkt«, sagt Sharon. »Er ist wirklich ein fabelhafter Typ.«

»Gut – dann werdet ihr euch wenigstens amüsieren.«

»Das bezweifle ich.« Sharon hat ihren Joghurtbecher ausgelöffelt, stellt ihn auf den Teppich und macht Beinübungen. »Bis morgen abend muß der Bauch weg. Kennst du Lynn?«

»Was gibt's Neues?«

»Hast du ihren Artikel über mißhandelte Ehefrauen gelesen? Nein? Also sie und Hoyt haben sich getrennt. Hoyts Frau ist aus der Klapsmühle entlassen worden, und Hoyt ist tatsächlich zu ihr zurückgekehrt. Unglaublich, was?«

»Hm, ja.« Natürlich kennt Angela weder Lynn noch Hoyt, aber sie will, daß alle Männer die Frauen, mit denen sie aus Pflichtgefühl zusammen sind, verlassen und zu den wahrhaft geliebten Frauen ziehen. Allein schon die Macht der Statistik wird Joe von Edith trennen.

Sharon hat für jedes zweite Wochenende bis Anfang September ein Sechstel eines Strandhauses gemietet. »Du bist jederzeit willkommen, Angela. Wahrscheinlich werden eine Menge Männer da sein. Vielleicht sogar auch ein paar ganz normale.«

»Ich will aber keine Menge Männer.«

»Ich weiß, daß du nur den Märchenprinz in der emotionellen Zwickmühle willst. Hör zu, Angela, du verdienst was Besseres. Von dem hast du doch nichts. Ron Nussbaum ruft mich immer noch an und will über dich reden. Und Derek Grinder war neulich bei Hill's und hat sich eingehend nach dir erkundigt. Er hat gesagt: ›Angela Lee ist einmalig. Sie ist so etwas wie der Inbegriff einer Frau.‹ Ich dachte, das wird dir gefallen.«

»Ich will nur Joe.« Angela hat ihre Ablage beendet, stapelt die Hefter aufeinander und packt sie in ihren Aktenkoffer. »Stell dir vor, ich mit einem richtigen Aktenkoffer.«

»Und einer Beförderung, vergiß das nicht. Deinem Joe geht die Muffe wahrscheinlich eins zu tausend.«

»Da irrst du dich. Angeblich war er froh darüber. Er

möchte, daß ihm jemand die Arbeit abnimmt, damit er nur ein paar Tage die Woche ins Büro zu kommen braucht, er ist froh darüber, daß ich jetzt ganz offiziell mit ihm die Abteilung leite.«

»Und was fängt er mit seiner Freizeit an?«

»Hm – er will sich Klarheit über das verschaffen, was er eigentlich will. Klingt banal, ich weiß, aber er hat wirklich nie Zeit dazu gehabt, er stand immer so unter Druck und hat geschuftet, außer, als er in Griechenland war.«

»Ja, gut, aber was wird er nun ganz konkret tun?«

Angela beißt sich auf die Lippen und zieht die Brauen hoch. Sie hat Sharon erzählt, Joe sei der gescheiteste, begabteste, bestaussehende und phantasievollste Mann, der ihr je begegnet ist, und der beste Liebhaber außerdem, aber sie kann sich nicht dazu durchringen, ihr anzuvertrauen, daß Joe am liebsten jonglieren lernen möchte.

Katha bringt auf einem Tablett Teller mit gefüllten Weinblättern, Tomaten und Schafskäse und hat einen guten Rat für Angela. »Wenn du mit Joe Schluß machst, wirst du Macht über dein Leben bekommen.«

»Genügend Macht, um Joe zu gefallen?«

»Ausnahmsweise stimme ich mit Katha überein«, sagt Sharon.

Die drei Frauen sehen im Fernsehen ›Ich kämpfe um dich‹. Ingrid Bergman und Gregory Peck sind voneinander fasziniert, kaum daß sie sich in der Nervenklinik das erstemal begegnen. Der erste Kuß wird untermalt von symbolischen Bildern: Türen, die sich nacheinander öffnen. »Es ist nicht Liebe«, sagt Ingrid Bergman, »ich bin Ihre Ärztin.« Sharon klatscht Beifall.

Als Peck offenbar völlig wahnsinnig geworden, womöglich gar der Rasiermessermörder ist, sagt Chekov, der ehrwürdige bärtige Psychoanalytiker, zu Ingrid Bergman: »Es geht um einen Schizophrenen und nicht um einen braven Verehrer ... Der Verstand einer verliebten Frau funktioniert auf tiefstem geistigen Niveau.«

»Hört, hört«, sagt Sharon.

»Aber der Verstand ist nicht alles«, antwortet Ingrid Bergman. »Wo bleibt das Herz?« Angela wird plötzlich sehr traurig.

»Selbst einer verliebten Frau«, sagt Chekov, »sollte diese Situation unzumutbar erscheinen.«

Angela und Katha gehen ins Kino, um sich den ersten und zweiten Teil der Samurai-Trilogie mit Toshiro Mifune als Musashi Miyamoto, dem größten Schwertkämpfer des mittelalterlichen Japan, anzusehen. In Samurai-Filmen gelten eine Menge Regeln; jeder kennt sie, kennt die Verpflichtungen, den Ehrenkodex. Verstößt der Held gegen die Regeln, muß er leiden. Toshiro muß seinem Schwert und seiner Seele den letzten Schliff geben. In dem kleinen, verrauchten und schäbigen Broadway-Kino mit abgetretenen schmutzigen Läufern und scharfäugigen Fechtkunstadepten, schwarzen und japanischen, denkt Angela an Joe. Sie läßt ihm Zeit – seit sie sich liebten, ist fast eine Woche vergangen. Ein paarmal, als beide Überstunden machten, hat er sie geküßt, in seinem Büro, im Aufzug, in dunklen Toreinfahrten, in Nebenstraßen und auf dem Weg zu ihrer U-Bahnstation. »Es fällt mir sehr schwer«, hatte er gesagt, »dich alleinzulassen.« Genauso schwer ist es für Musashi Miyamoto, sich von dem liebreizenden Waisenmädchen zu trennen, das ihn so rein und tief liebt, und nach Edo zu gehen, um ein großer Samurai zu werden. Sie will auf ihn warten; jahraus, jahrein steht sie an der Brükke, wo sie sich wiedersehen wollen. Sie läuft auf jeden zu, der ihrem Liebsten ähnelt. Aber dieser kommt nicht.

Am folgenden Vormittag betritt Angela Joes Büro. Ihr Schritt ist so bestimmt und fest, daß er zuerst meint, es sei jemand anderes. »Ich bin zu einer Entscheidung gekommen.« Zwischen ihren Brauen steht eine senkrechte Falte, die er bisher nicht bemerkt hat. »Ich bin zu einer Entscheidung gekommen, und sie lautet *nein*.«

Er sieht sie lange und ruhig an, erinnert sich an die Linie ihres Rückens auf dem orangefarbenen Bett, und lächelt, weil er weiß, daß auch sie daran denkt.

»Nein ... *glaube* ich.« Sie wirft eine Studie der Rand Corporation über weltweite Edelmetallvorkommen gegen die Wand. »Ach vergiß es!« Sie muß lachen, und er grinst ebenfalls.

Sie geht zur Tür, sie hat sich selber widerlegt. »Nein«, sagt sie und dreht sich um. »Nicht gerade jetzt bei meinem ersten guten Job, aber heute wollte ich wirklich alles hinschmeißen und kündigen –«

»Nein!« Nun ist er alarmiert, er fürchtet nichts mehr als eines Tages ins Büro zu kommen und ihren Schreibtisch geräumt vorzufinden.

»Aber wenn wir so weitermachen, bleiben wir nicht mal Freunde.«

Er reißt einen Beutel Sonnenblumenkerne auf und verschüttet den Inhalt.

»Ich hab dieses ewige Versteckspiel satt! Nennst du das etwa Liebe?« Ihre eigene Heftigkeit überrascht sie. »Warum soll ich mir das antun? Du bist nämlich gar nicht so einfach, mußt du wissen.«

»Wenn du meinst.« Sein Magen dreht sich um. Er giert nach einer Zigarette. Weshalb tut sie ihm dies an? Niemand kann ihn so leicht aus der Fassung bringen wie sie.

»Also laß uns überlegen, wie wir weiter zusammenarbeiten und Freunde bleiben können.«

»Freunde?« Das Wort klingt aus seinem Mund, als fiele ein Brecheisen aufs Pflaster.

»Was sonst.« Sie verläßt sein Büro so abrupt, daß er den Luftzug spüren kann. Immer geht sie mitten in einer Auseinandersetzung, das macht ihn rasend.

Eine halbe Stunde später, er telefoniert gerade, legt sie ihm einen Pfingstrosenstrauß auf den Schreibtisch.

Wieder ein Freitag, wieder eine Bar.

»In der letzten Zeit ist es zwischen Edith und mir recht gut gegangen, als hätte es nie Probleme gegeben. Sonst war sie immer unsicher und besetzend, aber jetzt arbeitet sie daran; es hat sich gebessert. Sie will nicht mehr heiraten. Sie will auch kein Kind mehr.«

Und das nimmst du ihr ab? Aber Angela schweigt.

»Wir haben ein paar Partnertherapiesitzungen gehabt, das hat geholfen. Wir haben sehr viel Arbeit in diese Beziehung investiert, nun entkrampfen sich die Dinge allmählich.« Dabei denkt er an ein mitternächtliches Gespräch, in dem Edith erklärte, wieviel ihr sein Vertrauen bedeute und welchen Auftrieb es ihr gebe.

»Wie das?« Angela bleibt kühl und glatt wie Bierschaum. Konversation mit einem Arbeitskollegen.

»Ich habe immer auf Abstand gehalten. Habe mir nie meine Abhängigkeit von ihr eingestanden und mich nie festgelegt. Unser nächstes Experiment wird ein gemeinsames Konto sein. Bis vor kurzem hat sie von meinem Geld gelebt. Jetzt verdient sie selbst genug. Wenn ich nur die halbe Zeit arbeite, wird mein Gehalt halbiert, und sie muß mich unterstützen.« Er lächelt. Es klingt alles so erwachsen und vernünftig. Jeder äußert seine Wünsche, und man trifft sich auf halbem Weg. So sollte man sein Leben einrichten. Dann leidet keiner. Angela sollte begreifen, wie vernünftig das ist. Ihre Augen sind sehr groß. Als er »festgelegt« sagt, denkt sie an Tod durch Ersticken.

»Quatsch. Ich würde nie wieder ein gemeinsames Konto haben wollen! Für mich war das beste an der Scheidung, daß ich zum erstenmal niemanden zu fragen brauchte, ob ich das selbstverdiente Geld ausgeben darf. Das werde ich nie aufgeben.«

Midge würde darin Angelas Angst vor Abhängigkeit sehen; Joe freut es, etwas über sie in Erfahrung gebracht zu haben, wovon sie offenbar selbst nichts weiß.

»Gerade jetzt«, sagt Angela, »kann ich mir kein häusliches Leben leisten.« Sie arbeitet immer noch daran, das Gegenteil von Edith zu sein. »Ich brauche meine Freiheit, meine Unabhängigkeit.«

»Wenn ich weniger arbeite, können wir beide mehr Zeit miteinander verbringen. Bei Edith fühle ich mich geborgen, aber bei dir ist es –«

»Was?«

»Jedesmal ein Abenteuer.« Er greift nach ihrer Hand. »Bei dir bin ich ganz da – es ist wie elektrischer Strom.« Urplötzlich begehrt er sie stärker, als er sich einzugestehen wagt. »Ich habe mir nicht erlaubt, daran zu denken, wie wunderbar es letzten Samstag bei dir war. Ich – habe versucht, nicht daran zu denken, wie schön es war.« Er sieht sie eindringlich an, und sie senkt den Blick.

Aber sie hat das Blickespiel satt, sie will das nicht mehr mitmachen. Er fühlt sich also bei Edith geborgen. Soll er sie haben. Sollen sie wie wild an ihrer schwierigen Beziehung herumarbeiten. Das Wort »Beziehung« ist ihr ohnehin verhaßt. Und noch so viel Arbeit kann aus nichts etwas machen. Sie sieht ihn an, öffnet die Lippen. »Hm –«

Er vergißt alles, vergißt, wo sie sind, vergißt, daß es noch anderes gibt auf der Welt. Er wünscht nichts sehnlicher als ungestört allein zu sein mit ihr, allein in der versiegelten, vollkommenen Welt, die erschaffen ist aus ihren Blicken.

Angelas Gesicht wirkt klein, das Kinn spitz, ein Gesicht, das in die Renaissance gehört, ihr Haar eine goldene Wolke.

»Ich kann den Samstag auch nicht vergessen.« Ihre Mundwinkel ziehen sich nach unten. Gleich wird sie in Tränen ausbrechen. Es erstaunt ihn, sie plötzlich so wehrlos, so vollkommen offen zu sehen.

Hastig steht sie auf, nimmt ihren Aktenkoffer vom Tisch und geht hinaus – an dem gesichtslosen Barmann vor seinem Regal leerer, auf dem Kopf stehender Gläser vorbei.

Als sie in ein Taxi steigt und dem Fahrer ihre Adresse geben will, läßt Joe sich auf den Nebensitz fallen.

Sie liegen auf Angelas Bett in dem rosafarbenen Zwielicht, lieben sich, trinken Wein, lieben sich wieder. Während er sich anzieht, bleibt sie liegen, und als er zur Tür geht, steht sie auf und folgt ihm; ihr Haar fällt über ihre Brüste. Alles, was er sagt, ist »bitte«.

Als er fort ist, dämmert sie vor sich hin und träumt: Sie steht auf einem Rollfeld und soll mittels eines Funkgeräts ein Flugzeug zur Landung einweisen. Sie hat das deutliche Gefühl einer unmittelbar bevorstehenden Katastrophe. Das Funkgerät versagt. Sie versucht, es wieder in Gang zu bringen, aber vergeblich. Ein Rad vom Fahrgestell fällt auf sie herunter. Ein Mann aus der Menge, die sich gesammelt hat, sagt: »Herzchen, versuch gar nicht erst, das Ding weiter zu benutzen – du wirst sowieso sterben.« Sie versucht trotzdem, mit dem kaputten Funkgerät Kontakt aufzunehmen. Am Ende schmilzt der Reifen auf dem Rollfeld.

21

»Woher wollen Sie eigentlich wissen, daß Sie Edith nicht lieben?« fragt Midge. Sie hat gerade zwischen seinem Verzicht auf den Jungen und seinem Wunsch, Edith zu verlassen, eine Parallele gezogen.

Joe fixiert Midges breiten Ehering, den sie deutlich zur Schau trägt, indem sie die Hand mit der Gauloise wie zufällig dreht.

»Weil ich Edith gegenüber ein anderes Gefühl habe als Angela gegenüber. Falls ich Edith liebe – und ich muß es wohl irgendwie, sonst wäre ich nicht bei ihr geblieben; warum sehne ich mich dann unentwegt nach Angela?«

»Eben das müssen wir verstehen. Haben Sie Angst vor Ihrer Liebe zu Edith, fürchten Sie, Edith zu nahe zu kommen, von ihr abhängig zu sein? Wollen Sie deshalb immer zu dieser, dieser mythologischen Kreatur, dieser Angela flüchten?«

Joe ist es nicht gelungen, Midge begreiflich zu machen, wie Angela ihn betrifft, daß sie auf derselben Wellenlänge liegt, ein Magnet ist für ihn. »Das kommt mir irgendwie falsch vor.«

»Wir nennen es Widerstand. Aber wir können es auch von einem anderen Aspekt aus betrachten. Ich frage mich, ob der Reiz, den Angela auf Sie ausübt, in Wirklichkeit nicht Ihr ausagiertes Interesse an *mir* sein könnte.«

»Das stimmt nun wirklich nicht, ich kannte Angela schon vor Ihnen.«

Joe wirft einen Blick auf die Uhr. Noch vier Minuten. Midges Ehering hat etwas so Endgültiges. Er kommt ihm vor wie eine riesige zylindrische Falle. Er atmet tief ein, verspürt einen Stich in der Herzgegend. »Ich will weg. Aber ich weiß nicht, was ich tun soll.« Seine Kehle ist wie zugeschnürt. Plötzlich ist er den Tränen nahe.

»Das wär's für heute«, sagt Midge.

Sowie er aus dem Gebäude und aus dem Schatten der Überdachung tritt, hat er vergessen, was ihn gerade bewegte. Die Luft riecht nach heißem Teer und warmem Müll. Angelas Wohnung ist nur ein paar Häuserblocks entfernt. Er geht in eine Telefonzelle und ruft sie an. Sie nimmt nicht ab. Er erlebt ihre Abwesenheit plötzlich als Gleichgültigkeit. Wie kann sie nicht zu Hause sein? Es ist Samstagvormittag. Sie sagt, er bedeutet ihr etwas. Wie kann er wissen, daß er Edith nicht liebt? Will er leichtfertig jemanden verlassen, der ihm lieb und teuer ist? Jemanden, der seine Bedürfnisse berücksichtigt und nicht schreiend davonläuft, wenn er schlecht gelaunt ist? Er ist froh, daß Angela nicht zu Hause ist – er hat Edith versprochen, um zwei Uhr im Speicher zu sein, weil sie ihm etwas Wichtiges zeigen möchte, und weil sie sich eigens dazu den Nachmittag freigenommen hat.

Das Haus, auf einem Abhang über einem fast ausgetrockneten Bach gelegen, ist beinahe ganz hinter alten Eichen, Ahornbäumen und dichtem Gebüsch verborgen. Das Verandadach hängt unter dem Gewicht dicker, verflochtener Reben von bittersüßem Nachtschatten durch.

»Na, was sagst du nun?« Edith biegt in die kreisförmige, mit Kies bestreute Einfahrt ein, schaltet den Motor ab und lächelt breit. »Wie gefällt es dir?«

»Was bedeutet das?« Dies ist die zweite Überraschung des Tages. Die erste war der neue japanische Wagen, den Edith fast zum Selbstkostenpreis von ihrem Onkel, der in New Jersey Vertragshändler für diese Marke ist, gekauft hat.

Sie nimmt ihn bei der Hand. »Sieh dich bitte um, sag ehrlich, welchen Eindruck du hast, dann erklär' ich dir alles.«

Zuerst einmal müssen neue Schindeln her, ein neues Dach ist nötig, vielleicht auch eine neue Veranda, und das Innere – es umfaßt acht helle, luftige Räume, die ineinander übergehen, und eine Wendeltreppe; alles müßte restauriert werden, die schöne alte Bausubstanz von den späteren Verschandelungen befreit werden. Er ist sofort hingerissen. Seine Hände wissen genau, was hier zu tun wäre. Er klopft die Wände ab, findet die vorschriftswidrig installierten, uralten elektrischen Leitungen, öffnet und schließt die Kaminklappe, untersucht die Balken auf Termitenschäden, prüft die Ölheizung im Keller und vermutet, daß die Täfelung im Eßzimmer amerikanisch Nußbaum ist – eine Rarität. »Die Bausubstanz ist in Ordnung«, sagt er.

»Ich hab gewußt, daß es dir gefallen wird! Ich wußte es!« Dabei strahlt sie wie der Anführer einer Expedition, der dank umsichtiger Organisation – des Nachts die Karten studierend, des Tags die Träger ermunternd – endlich sein Ziel erreicht hat.

»Und dies ist das Haus, das du für die Sommerferien mieten willst?«

»Aber nein. Es *gehört* uns. Das ist die Überraschung. Ich habe eine Hypothek aufgenommen und die Anzahlung von meinem Ersparten und 1000 Dollar von unserem gemeinsamen Konto geleistet. Die Bank war fabelhaft entgegenkommend, man war von meinem Aktionärsstatus in der Klinik sehr beeindruckt – der Kreditfritze meinte, ich hätte die besten Aussichten, in einer rasch expandierenden Branche aufzusteigen. Und du wirst es kaum glauben, wie billig ich dieses Haus bekommen habe, besonders, wenn man die sehr begehrte Lage bedenkt.« Sie erklärt ihm die Hypothekenlaufzeit, Zinskonditionen, Tilgung und Kaufvertragsmodalitäten.

»Die Bäume stehen zu dicht.« Er betrachtet das Waldstück

jenseits des struppigen Rasens. »Das Unterholz muß gelichtet werden.«

»Drei Morgen«, sagt sie und klatscht in die Hände. »Und das Nachbargrundstück ist lauter Wald – es gehört zu einem großen Anwesen. Hier können die Grundstückspreise nur noch steigen. Wir renovieren das Haus, und wenn es uns nicht gefällt, verkaufen wir es einfach mit einem saftigen Gewinn, warum nicht? Du brauchst dich nicht mehr in der Stadt herumzudrücken, wenn du künftig nur noch die halbe Woche arbeitest – ist das nicht fabelhaft?«

»Ich muß darüber nachdenken – es ist alles so plötzlich gekommen.«

Sie blickt ihm in die Augen, ihre eigenen sind dunkel und eindringlich. »Bitte bitte – laß mich dies für dich tun.«

Joe fällt es schwer, Angela zu besuchen. Der unsichtbare Pianist, der nachmittags und abends in einem der Nachbarhäuser verbissen übt, ist jetzt beim mittleren Satz des Klavierkonzerts angelangt. Joe hat sich früher nichts aus klassischer Musik gemacht, aber inzwischen findet er Mozart erotisierend. Er liegt bäuchlings auf Angelas Schlafzimmerteppich, und sie erzählt ihm von dem Film, den sie gerade gesehen hat, ›Die scharlachrote Fledermaus‹, er handelt von einem schönen, blinden Yakuza-Samurai.

Schließlich zwingt er sich dazu, auf die Uhr zu sehen, und steht auf. »Es ist Zeit.« Er will nicht gehen. Er könnte sich hier ewig treiben lassen. »Ich bin immer noch nicht so weit, daß ich öfter kommen könnte.«

»Ich weiß.« Ihr Ausdruck ist sanft und mitfühlend.

»Mein Leben ist wie ein Flickenteppich, sehr seltsam.« Er denkt an Edith. Wie kann er wissen, daß er sie nicht liebt? Kann Midge Joes Gedanken lesen? Weiß sie etwas über ihn, das er selber nicht weiß? Neulich hat er zufällig mitbekommen, wie Edith am Telefon mit ihrer beruhigenden Nun-reg-dich-nicht-auf-Stimme einer Bekannten aus ihrer Frauengruppe erklärte, daß eine Abtreibung eine durchaus ungefährliche und verläßliche Prozedur sei; ihr Mitgefühl und ihre Geduld erstaunten ihn. Und dann das Haus – welch ein großzügiges Geschenk. Genau das, was ihm fehlt – nicht ihr. Gras und Bäume verursachen ihr Heuschnupfen, sie bevorzugt glatte, moderne, pflegeleichte Oberflächen. Nein, das Haus ist das Resultat liebevoller Überlegungen. Wer, außer ihr, würde sich all diese Mühe machen? Sie ist in der Tat eine treue Seele und niemand, den man so ohne weiteres ausrangiert – da hat Midge recht. Ohne Edith würde er wahrscheinlich in seine Einzelteile zerfallen. Er ist Edith dankbar dafür, daß sie alles zusammenhält, sich mit seiner schlechten Laune abfindet, seine Ängste und seine Ruhelosigkeit versteht, die Dinge vorantreibt und die Zukunft mit Bedacht heranzieht wie ein geübter Angler die Leine. Zum Beispiel möchte sie, daß er seinen Sohn Todd öfter sieht – sie will ein Zimmer nur für ihn einrichten. Er blickt in Angelas emporgewandtes Gesicht, auf ihre geschlossenen Augen; sie wartet auf ihn. Das Haus im Wald würde Angela gefallen. Plötzlich fühlt er sich elend. Er hat Angst. »Dieses Wochenende –«, fängt er an, spricht aber nicht weiter. Angela öffnet die Augen und lächelt. »Ja?« Sie wollte ihn schon lange in einen Samurai-Film mitnehmen; endlich wird er sie begleiten können.

»Ich wollte nur sagen, daß ich aufs Land fahre – nach Connecticut.«

»Ach ja?«

»Dort ist ein Haus. Spottbillig, weil es von Grund auf renoviert werden muß. Früher einmal war es ein Farmhaus. Ich freue mich wirklich darauf, es instandzusetzen.«

Natürlich hat Edith damit zu tun. Es wird also keine Einladung geben.

Er möchte mit Angela so gern über die gut proportionierten Zimmer reden, über die schönen Harthölzer, die geradegemaserten Tannenholzbolzen, die Nußbaumtäfelung, das Treppengeländer aus massivem roten Mahagoni, das er unter vielen Schichten grüner Farbe entdeckt hat, über den großen Kamin mit seinem Sims aus Färber-Eiche. Und er möchte ihr sagen, daß er die elektrischen Leitungen neu verlegen und all die Tischlerarbeiten selber machen wird, die umgestürzten Bäume aus dem Bach räumen, sich um das vernachlässigte Waldstück kümmern will. Bestimmt würde sie das alles hören wollen, aber er kann ihrem Gesicht entnehmen, daß er auf gefährliches Gebiet geraten ist.

»Ich habe die nächsten Wochenenden auch eine Menge vor«, sagt sie und hofft, er denkt, sie treffe sich mit einem anderen. »Außerdem«, fährt sie ganz gegen ihren Willen fort, »spiele ich mit dem Gedanken, bei Starr Whorf zu kündigen und das Info aufzugeben. Mir wird das alles hier zu kompliziert. Wir sollten uns besser überhaupt nicht mehr sehen.«

»Aber nein, *nein*!« Nun bekommt er es wirklich mit der Angst zu tun. »Wenn jemand kündigt, dann ich. Du bleibst, unbedingt.«

Verwirrt geht er. Erst behauptet sie, er sei für sie der einzige, dann deutet sie an, daß sie auch mit anderen zusammen ist – zum Beispiel mit Grinder, der lauert ja stets im Hintergrund, und manchmal muß er sogar mitanhören, wie sie am Telefon mit ihm kichert –, dann wieder erklärt sie Joe, daß sie beide am Ende doch noch zueinanderfinden werden, ihre Intuition sage ihr das, und nun verkündet sie, sie sollen einander nicht mehr sehen.

»Sie haben ein Haus gekauft«, beklagt sich Angela bei Helen. »Er kann doch unmöglich was für mich übrig haben, wenn er so etwas macht. Wie kann er sich mit ihr ein Haus kaufen, wenn er sie verlassen will?«

»Wann besuchst du uns?« fragt Helen. »Jetzt würde es gut passen. Meine Chilis stehen in Blüte – im August könntest du mit uns *enchiladas* aus grünen Chilis essen. Schlag ihn dir aus dem Kopf, er ist nicht gut für dich. Ich glaube, ich hab ihn im Traum gesehen. Du warst mit einem Mann zusammen, er war brünett und sah sehr besorgt aus. Er ist zu einem See gegangen, und ich bin ihm nach und habe ihn getröstet, bis sein Körper plötzlich anfing zu leuchten.«

Sharon erscheint in einem neuen braunen Leinenkostüm und einer neuen, glockenförmigen Ponyfrisur mit modischen Platinsträhnen. »Laß uns zur Feier des Tages mexikanisch essen gehen«, sagt sie, »ich habe eine Gehaltserhöhung bekommen.« In den vergangenen Monaten hatte Sharon immer wieder vereinzelte Vorstöße in Richtung einer Gehaltsaufbesserung unternommen, aber sie war stets so pessimistisch gewesen, daß Angela schließlich meinte, das Thema sei – wie Clifford – tabu.

Sie bestellen mexikanischen Avocadosalat, und Sharon berichtet von Sam, dem Sensationsreporter. »Ich glaube, er ist tatsächlich an mir interessiert. Wir sind schon *fünfmal* zusammen ausgegangen.«

»Unverheiratet?«

»Getrennt.«

»Auch gut.« Angela berichtet von Joe und Edith und dem Haus.

»Soll ich dir einen Rat geben? Warte ab. Wenn er erst einmal seinen Job aufgegeben hat und sie die Brötchen verdient, was wird dann aus seiner großartigen Männlichkeit? Er wird dich geradezu belagern, glaub mir. Besonders, wenn du ihm Schuldgefühle verpassen kannst.«

»Ich frage mich nur, wovon sie sich ein Haus kaufen können, wenn Joe nicht mehr soviel verdient.«

»Ihr gehört jetzt ein Teil der Klinik. Lynn sagt, Trudy hat gesagt, Edith hat jetzt das Sagen, und die Direktorin kommt kaum noch ins Haus.«

»Wie kann er sie und mich gleichzeitig mögen?«

»Vielleicht mag er nur eine von euch. Angela, mach doch nicht ein so belämmertes Gesicht. Du hast eine aufregende Karriere vor dir, du bist attraktiv, unverheiratet, gescheit. Und New York ist wunderbar.«

Joe säubert das Haus und richtet sich eine Tischlerwerkstatt im Keller ein. Es gibt so viel zu tun, und er weiß genau, was und wie es zu tun ist. Zum Beispiel die elektrischen Leitungen neu verlegen. Er liest Bücher mit dem Titel ›Die Holzverschalung. Von A bis Z‹, ›Isolieren leichtgemacht‹. Das neue Schindeldach – da müssen Fachleute her. Er und Edith reden jetzt unentwegt über das Haus, manchmal bis tief in die Nacht. Es macht Edith so froh, wenn sie merkt, daß ihr Geschenk ihm Freude bereitet – und ihm gefällt, daß es ihr gefällt. Edith kann ihn da draußen nur selten besuchen. Sie muß sich um die zweite Klinik kümmern und nebenher ihre Abschlußprüfung machen. Joe ist jetzt gern allein; seit kurzem fürchtet er sich auch nicht mehr davor, allein einzuschlafen.

Bei der Arbeit wandern seine Gedanken häufig zu Angela, und er fragt sich, weshalb er eigentlich nicht in zwei Welten gleichzeitig leben soll. Was hindert ihn daran? Amphibien können es ja auch. Das eigentliche Problem ist jedoch das Büro. Angela arbeitet jetzt mit Gerard zusammen. Aber das verdammte Info ist ja sowieso nicht mehr in seinen Händen. Sollen sie es doch so exzentrisch und subversiv machen, wie sie wollen. Und Goodhugh soll sich zum Teufel scheren.

Er tropft aus einer Plastikflasche Klebstoff auf die Unterseite der abblätternden Täfelung im Flur. Vorsichtig steigt er über den Rubinglaskronleuchter, den Edith bei einer Antiquitätenauktion erstanden hat und der auf einem Stück Schaumgummi am Boden liegt. Wenn Angela wirklich unbedingt mit ihm zusammensein wollte, würde sie ihm das sagen, würde ihn bitten, Edith zu verlassen, anstatt so zu tun, als ob Edith gar nicht existierte. Der Klebstoff ist aufgebraucht, ehe er mit seiner Arbeit fertig ist. Bis zum Dorf ist es durch das angrenzende Waldstück nur eine Viertelstunde zu Fuß. Während er durch den dunkelgrünen, feuchten Schatten geht, pfeift er *»Who do you love?«*. Im Eisenwarengeschäft fällt ihm ein, daß er auch noch zwei kleine Feuerlöschapparate braucht, eine Rauchalarmanlage, eine Drahtschere, einen Wetzstein, eine Bügelsäge für die umgestürzten Bäume, eine Handramme zum Brennholzspalten und einen Fünfkilosack Holzkohle für den Grill.

»Da hast du aber schön was zu schleppen«, sagt Dan. Er ist ein stattlicher Mann mit schwarzem Spitzbart, Pferdeschwanz und Latzhose. Er bedient die Kundschaft. »Hast du den Wagen dabei?«

»Nein – Edith kommt erst morgen abend«, sagt Joe. Er und Dan haben sich angefreundet, weil Joe so häufig in den Laden kommt.

»Ich kann den ganzen Krempel bei dir vorbeibringen, später, wenn wir dichtmachen«, sagt Dan.

»Nein nein, nicht nötig. Ich brauche ein paar von den Sachen sofort. Ich kann sie tragen, es ist ja nicht weit.«

»Dann nimm doch meine Maschine. Sie steht im Hof. Ich habe den Lieferwagen hier, ich brauche das Motorrad nicht. Morgen kannst du's zurückbringen.«

»Wirklich?«

»Ist doch klar, du Armleuchter. Nimm es!«

Es ist eine alte, klapprige Harley-Davidson, Joe hat Harleys nie gemocht, aber er schnallt die Pakete auf den Gepäckträger, schwingt sich auf das Rad und tritt den Anlasser. Das Motorrad rüttelt sich zwischen seinen Beinen wach und brüllt wie ein Stier. Joe zieht eine Schleife in dem staubigen, unkrautüberwucherten Hinterhof und spürt die alte Lust wieder, die seit Griechenland vergessen war. Diesmal nimmt er den langen Weg nach Hause, und auf einer geraden Strekke zwischen zwei Feldern fährt er die Maschine voll aus, so um die 90 herum. Bei diesem Tempo wird die stille Sommerluft zu einem kühlen, erfrischenden Fahrtwind, süß und berauschend, und die flachen Hügel sinken unter den Rädern zur Seite, als ob er flöge. Am nächsten Morgen beim Kaffeekochen beschließt er, eine neue BMW zu kaufen und sie hier auf dem Land zu lassen. Er wußte gar nicht, wie sehr ihm sein Motorrad gefehlt hat. Aber wenn es Edith nun nicht paßt? Sie hat die alte Maschine nie gemocht und ihm so lange zugesetzt, bis er sie verkaufte; das war einfacher, als immer hören zu müssen, wie teuer eine Garage und wie gefährlich das Motorradfahren ist. Würde sie etwas einwenden, hätte er eine Lösung parat: er wird das angrenzende Waldstück kaufen. Dan hat ihm gesagt, daß es zum Verkauf steht. Er wird eine Hütte bauen mit einem überstehenden Dach für gestapeltes Brennholz und für die BMW. Da könnte er ganz für sich sein. Ein paar Paraffinlampen, ein selbstgezimmerter Tisch, ein Stuhl, ein Bett. Sein Atem stockt, er stellt sich vor, wie er in der Hütte und nicht bei Edith wohnt. Nie hat er eine eigene Bleibe gehabt. Diesmal würde sie ihm ganz allein gehören, er wird alles selber machen. Angela könnte zu ihm kommen. Er wird ein Bett mit vier geschnitzten Zedernholzpfosten zimmern. Wenn er ihr davon erzählt, wird sie sich im Bett aufsetzen, den Kopf zur Seite legen und in unsichtbare Tiefen blicken wie jedesmal, wenn Worte überflüssig sind, wenn sein und ihr Innerstes zusammenfließen wie zwei Ströme.

Er spielt mit diesen Möglichkeiten wie mit glänzenden Kugeln und tritt auf die kreisförmige Einfahrt, wo das Motorrad steht. Es ist ein sonniger Samstagmorgen, er hat den ganzen Tag für sich allein, bis Edith gegen sieben Uhr kommt. Samstage seiner Kindheit steigen in seiner Erinnerung auf, das Gefühl, wenn ihm bewußt wurde, daß heute keine Schule war.

Er steigt auf das Motorrad, läßt den Motor aufheulen, fährt in einer engen Schleife aus der Einfahrt und dreht kräftig auf. Im selben Moment rutscht die Harley auf dem losen Schotter unter ihm weg, und er fliegt wie im Zeitlupentempo durch die Luft. Er kann gerade noch denken: das hab ich schon einmal erlebt. Sekundenlang sieht er auf sich herab wie aus großer Entfernung. Gleich kommt der Fall. Die Maschine fährt von selbst weiter, die Straße hinunter ins Gebüsch. Wie einzigartig er ist, dieser Flug! Wenn er doch nie aufhören würde!

Als er wieder zu sich kommt, liegt er mit dem Kinn auf einem Felsbrocken, den Mund voll Blut – in den Ohren saust es.

Er rappelt sich auf, fühlt sich schwerelos, betrunken und ohne Verbindung zu seinen Gliedern. Seine Hände sind verschrammt und blutig. Wie interessant, denkt er.

Er liegt auf der Veranda auf einer verstaubten, dick gepolsterten Couch mit einem Überzug aus scheußlichen Klatschrosen, die Edith für den Sperrmüll herausgestellt hat, und beobachtet, wie die Sonnenstrahlen langsam zur Begleitung von Krähengekrächz eine splittrige Holzsäule entlang wandern und schließlich verschwinden. Als Edith kommt, ist die Welt rot und zerläuft schwarz an den Rändern.

Edith fährt ihn in die Stadt zum Kieferspezialisten und sitzt drei Stunden im Wartezimmer. Als er wieder zu sich kommt, fällt ihm auf, daß sie ihr Haar länger trägt und daß sie ihn voll tiefer, zärtlicher Besorgnis anblickt. »Was wäre passiert, wenn ich nicht gekommen wäre?« fragt sie leise. Er ist gerührt. Einen Monat lang, während der Kieferorthopäde seine Zähne verdrahtet, Kunststoffprovisorien aufsetzt und Zähne zieht, wird er gegen den Schmerz Codeintabletten schlucken müssen.

Angela fliegt nach Akron, wo man ihr in der Druckerei vorführt, wie das Informationsblatt produziert wird. Zurückgekehrt nach New York, läßt sie sich in verschiedenen Grafikstudios Vorschläge für ein effektiveres Layout unterbreiten. Sie gewöhnt sich daran, Omeletts zu bestellen, weil sie dann mit der linken Hand essen und mit der rechten Notizen machen kann.

Goodhugh lädt sie zum Lunch ein und bietet ihr einen Platz im Management der San-Francisco-Niederlassung von Starr Whorf an: Es hat was mit Zucker zu tun. Sie lehnt ab.

Von Ron Nussbaum bekommt sie eine Ansichtskarte aus Port Said: »Du hast eine einmalige Gelegenheit verpaßt.« Derek Grinder kündigt telefonisch an, er werde sie demnächst einladen. »Wann?« fragt sie. Wie kann man eine noch nicht ausgesprochene Einladung ablehnen? »Wahrscheinlich innerhalb der nächsten sechs Wochen, möglicherweise auch schon eher.«

Abends kommt sie von ihrem vollklimatisierten Büro in ihre heiße Wohnung. Sie tanzt zu ›Let It Bleed‹, trinkt Bier, duscht und liegt – bis vier oder fünf Uhr morgens – wach im Bett. Im Hinterhof jaulen verliebte Katzen. Manchmal geben die Puertoricaner am unteren Ende der Straße eine Party zu dröhnenden Salsa- und Fenderbaßklängen. Gesang von *amor, muerte* und *fuego* schallt durch die Nacht. Einmal, als sie gerade im Begriff ist einzudämmern, dreht jemand ganz nahe den Stereoapparat auf. Janis Joplin brüllt: *»It just caiiiiin't beeeee! Oh no!«*

Wenn Joe gelegentlich zu ihr kommt und sie miteinander schlafen, ist sie meist enttäuscht. Die Vorfreude ist die Hauptsache, und nachher die Erinnerung. Weshalb sie im entscheidenden Moment nichts empfindet, weiß sie nicht. Sie schiebt die Frage von sich und phantasiert sich hinein in eine vollkommene, von der Wärme und dem Licht ihrer Begegnung gesteigerte Vereinigung mit ihm, in die totale Harmonie. Der bloße Gedanke daran verschlägt ihr in der Einsamkeit ihres Büros den Atem.

»Weshalb machst du dir immerzu selbst Angst?« fragt sie Joe.

Er steigt gerade in seine Jeans und sieht bekümmert aus. Die Schrammen auf Gesicht und Armen sind fast verheilt.

»Du tust das gern, nicht wahr?«

»Ich habe mich schon als Kind immer auf Katastrophen gefaßt gemacht, damit ich nachher nicht überrascht wurde«, antwortet er. Mit der Zunge prüft er die Kunststoffprovisorien über seinen abgebrochenen Vorderzähnen.

»In Wahrheit hast du wahrscheinlich gar keine Angst.«

Er zieht das Hemd über und knöpft es falsch zu. Er lächelt. »Könnte sein, bei diesem Unfall hatte ich jedenfalls keine Angst, nur so ein Gefühl von déjà vu.«

»Ich mache mir niemals Gedanken über das, was kommen wird«, sagt sie, dreht das Haar auf und steckt es fest.

Im Büro zeigt sie ihm, was sie während seiner Abwesenheit getan hat. Die Neuerungen. Sie hat sich Computer angesehen – hätten sie einen Terminal, könnte man das Textmaterial in einen Wortprozessor eingeben und die Druckerei sparen. Auf lange Sicht würde sich das bezahlt machen und außerdem eine große Zeitersparnis sein. Sie zeigt ihm Skizzen neuer Entwürfe. »Interessant«, sagt er, klingt aber nicht sehr begeistert. Nicht annähernd so begeistert, wie sie sich wünscht. Zum Beispiel sagt er nicht, daß sie zur Belohnung mit ihm leben und sein Ein und Alles sein soll. Statt dessen sagt er, daß sein Sohn diese Woche bei ihm verbringt und daß er nicht weiß, was mit ihm anfangen.

Joe sitzt auf einem schwarzen Schieferklotz wie auf dem Rücken einer Riesenschildkröte. In der vergangenen Nacht hat es geregnet, und heute nachmittag ist der Park sauber. Sein Sohn spielt am Fuß des Steins, brummt vor sich hin, reißt mit beiden Händen Gras aus und wirft es so fest er kann gegen den Stein.

»Macht dir das Spaß, Todd?«

»Nee.« Der Junge ist seiner Mutter sehr ähnlich: das farblose Haar, die rundlichen Arme, sogar den Anschein von totalem Desinteresse versteht er zu erwecken.

»Komm her.«

»Will nicht.«

»Todd.« Joe bleibt noch einen Augenblick sitzen, klettert dann von seinem Sitz und hockt sich ins Gras neben Todd, der sich weigert, ihn anzusehen. »Was hast du?«

»Ich will nach Hause. Zu meiner Mammi und zu meinem Pappi.« Dabei verzieht er den Mund, um nicht zu weinen.

»*Ich* bin dein Pappi.« Während der letzten Tage hat Todd ihn ohne Murren stets Pappi genannt. Von Lucy weiß er ganz genau, daß Alec nur sein Stiefvater ist.

»Du bist gar nicht mein richtiger Pappi«, erklärt Todd jetzt. »Ich will zu Alec.« Joe beißt die Zähne zusammen, bereut es aber sofort. Die neuen Drähte schneiden ihm bei jeder unbedachten Bewegung ins Zahnfleisch. Sein Kiefer schmerzt. Er schluckt eine Codeintablette. Er hätte Todd nicht kommen lassen sollen. Edith gibt sich Mühe, nett zu sein, aber die Absicht ist unverkennbar. Gestern hat sie für Todd den Tag geplant: Mittag in einem netten Lokal, ein Kinobesuch und dann der Zoo. Während des Mittagessens hat Todd nur an den Nägeln gekaut, nach einer Viertelstunde im Kino wollte er weg, und auf der Fahrt zum Zoo ist er im Wagen eingeschlafen. Hinterher war er schlecht gelaunt. Je mehr Edith versuchte, ihn aufzuheitern, desto schlimmer wurde es. Heute morgen wollte er das Spiegelei, das Edith ihm gebraten hatte, nicht essen und lehnte auch die Cornflakes, die er statt dessen verlangte, und den Toast, den Joe ihm machte, ab. Dann schmiß er einen Plastikeimer mit Spielzeugrobotern auf den Tisch und zerbrach einen Teller von dem Service, das Edith aus England bezogen hat.

Joe legt eine Hand auf das feuchte, seidige Haar seines

Sohnes und erinnert sich daran, wie es war, selbst noch ein Kind zu sein und sich nicht zurechtzufinden. Seine Mutter lag oben im Haus in einem Zimmer mit roten Vorhängen im Sterben (was er damals noch nicht wissen konnte), sein Vater war meist in der Fabrik, und wenn er nach Hause kam, war er einsilbig. Immer neue Haushälterinnen. Warum hatten seine Eltern ihn überhaupt adoptiert? Dann der Tod der Mutter, das Internat, der Schock und die Verwirrung, als er plötzlich allein im Zug saß, unterwegs zu einem ihm unbekannten Ort, begleitet nur von zwei magnetischen Plüschtieren, die die Haushälterin ihm geschenkt hatte. Noch heute kann er in seinen Fingern die rätselhafte Anziehungskraft des Magneten spüren. »Hör mal zu, Todd. Ich bin dein Vater. Auch wenn du bei deiner Mutter und Alec wohnst, bleibe ich dein richtiger Vater.«

»Ich will nach Hause.«

»Das geht nicht. Meine Freundin kommt gleich zum Picknick. Freust du dich nicht darauf?«

»Nee.«

Der Schaden läßt sich wohl nicht wieder gutmachen. Joe seufzt ... Er gehört nirgendwo hin. Seit Todds Geburt hat er sich an den Gedanken geklammert, es sei wichtig, daß er am Leben bleibe, weil Todd ihn brauche. Schließlich ist Todd sein einziger Blutsverwandter.

»Nanu, wer ist denn das?« Wie lange hat Angela schon dort gestanden? Ihr Haar ist zu zwei langen, dicken Zöpfen geflochten, ihr Gesicht halb verborgen hinter einer Sonnenbrille. Sie trägt ausgeblichene Jeans, ein besticktes grünes T-Shirt und Sandalen. Sie stellt zwei wohlgefüllte Einkaufstüten auf die Erde und ignoriert Joe vollkommen.

»Ich heiße Todd«, sagt sie. »Und wie heißt du?«

»Todd ist *mein* Name, ich bin Todd.« Der Junge ist entrüstet. Seine Nase läuft, und Joe kramt in seiner Tasche nach einem Papiertaschentuch.

»Oh, dann bin ich wohl Angela.« Schon streckt sie sich neben ihm ins Gras. »Hilfe!« schreit sie und läßt sich die grasbestandene Böschung hinunterkugeln. Todd sieht sie an, sieht Joe an und läuft die Böschung hinunter, ihr nach. »Bist du ein Kugeltier?« fragt er. Sie packt ihn bei den Knöcheln und zieht ihn neben sich. Er schreit und setzt sich auf. Sie setzt sich auf und tut nichts.

»Todd –« fängt Joe an.

Todd schreit weiter. Am Ende gibt er auf. »Gut, jetzt komme *ich* dran.« Angela schreit fast genauso laut, wie Todd vorher geschrien hat. »Und nun bist du wieder dran.«

Todd schreit und Angela schreit und Joe sieht sich um, ob Polizei in der Nähe ist.

Nun reden sie miteinander. »Hast du Schuhe an den Füßen?« fragt Angela.

»Klar«, antwortet Todd voller Verachtung.

»Sitzen deine Füße fest an deinen Beinen? Sitzen die Beine fest an deinem Bauch? Sitzt dein Kopf fest auf deinem Hals?«

»Ja, ja, ja«, sagt Todd. Er schreit nun nicht mehr, sondern will wissen, was sich Angela als nächstes einfallen läßt.

»Mittagessen«, verkündet Angela, breitet eine alte Decke auf dem Gras aus und holt ein gebratenes Hühnchen hervor. »Es ist noch warm, ich habe es in Zeitungspapier gewickelt. Dazu gibt es selbstgebackene Brötchen und Limonade und Kartoffelsalat.«

»Er hat kein Frühstück gegessen«, sagt Joe.

»Vielleicht sollten wir ihm dann auch nichts zum Mittag geben, oder?«

Todd hält einen Pappteller hin. »Bitte.«

Joe sieht zu, wie sie Todd auftut, sie weiß genau, wieviel sie ihm geben muß, sie weiß auch, daß der Pappbecher nur zu einem Drittel mit Limonade gefüllt werden darf. »Beide Hände«, sagt sie und reicht ihm den Becher. Joe kennt sie von dieser Seite noch nicht.

»Er ist genau wie du«, sagt sie, »und er sieht dir zum Verwechseln ähnlich. Die grünen Augen, alles. Todd, du siehst genau aus wie dieser Typ hier. Kennst du ihn?«

»Klar.«

»Wie heißt er?«

»Das ist mein Pappi.«

»Tatsache? Ich dachte, ihr seid vielleicht Brüder.«

»Nee, er ist mein Pappi.«

»Bestimmt?«

»Ganz bestimmt!« brüllt Todd verärgert.

»Gut – wenn du's sagst.«

Angela ballt die Fäuste und bedroht Joe. »Bist du der Pappi von diesem Jungen?«

»Aber ja doch, ja!« Joe lacht. »Genug Verwirrung für heute.« Manchmal fürchtet er, daß Angela zu weit geht.

»Diese Stirn, die Stimme – er ist genau wie du«, sagt sie. »Warst du auch so bockig? Aber du bist es ja noch.«

»Ich weiß nicht. Ich kann mich nur schwer an meine Kindheit erinnern. Wie findest du das?« Es kommt trotzig heraus, weil er erwartet, daß sie darauf entgegnet: Dann bist du aber wirklich krank, wenn du alles verdrängt hast.

Doch sie hält Todd fest und flirtet mit ihm. »Es waren einmal drei Nudeln, die wohnten in einem Haus mitten im Wald. Mutter Nudel, Pappa Nudel und ein kleiner ...«

Joe ist erleichtert. Der Tag ist gerettet. Angela mag Todd. Sie ist die geborene Mutter, auch wenn sie nie gesagt hat, sie wünsche sich Kinder. Sie war immer nur darauf bedacht, ihren Wunsch nach Unabhängigkeit zu betonen. Er möchte wissen, ob sie gern Kinder hätte, aber das zu fragen ist zu gefährlich. Wünschen sich nicht insgeheim alle Frauen Kinder? Lucy jedenfalls.

Sie gehen durch den Park, an dem großen Softballspielfeld entlang. Männer und Frauen im grellfarbigen Mannschaftsdress und Baseballmütze treten kleine Staubwolken los und rufen sich zu.

Todd stolpert vor Müdigkeit. Joe hebt ihn auf und trägt ihn. Als sie an einer Bank vorbeikommen und sich hinsetzen, schläft er bereits, das Gesicht klebrig und schmutzig, die Backen rot und staubig.

»Dank dir, Angela. Du kannst das wirklich sehr gut.«

»Ich habe mal mein Geld damit verdient.«

»Ach, wirklich?«

»Ja, ich habe schon als Kind Babys gehütet und später damit mein Studium finanziert. Ich habe auch in einer Bibliothek gearbeitet, als Putzfrau und als Aushilfsschreibkraft.«

»Oh, das wußte ich nicht.«

»Man darf schließlich nicht alles verraten.«

Sie beobachten die Softballspieler, die das Spiel anscheinend sehr ernst nehmen. »Wie können sie sich merken, in welchem Spiel sie sind?« fragt Angela.

»Mag sein, daß ein paar der Spieler gleichzeitig in zwei oder mehr Spielen sind.«

Sie legt ihm die Hand auf die Schulter. Todd schnurgelt leise im Schlaf.

»Mir geht's richtig gut, Joe.«

»Ich weiß, was du meinst.« Heute ist sie eine ganz andere

Person. Ausgesprochen unätherisch. Jemand, der sein ganzes Leben lang zugepackt hat. »Was hast du eigentlich gemacht in deiner Kleinstadt?«

»In Gatch?« Sie hebt die Schulter. »Oh, nicht viel. Es gab dort keinen Park. Keine Museen. Eine kleine Bibliothek – ich habe jedes Buch gelesen. Viel Staub und Steppenläufer und Tausendschön und *frijoles*. In der Oberschule habe ich das erstemal klassische Musik gehört. Es klang wie Wasser in meinen Ohren – Wälder und Seen und Bäche.«

»Hier zu leben muß sehr sonderbar für dich sein.«

»Ich komme mir auch immer fehl am Platze vor.«

Hinter den Hochhäusern im Westen hat sich der Himmel goldgelb verfärbt. Bald ist es Zeit aufzubrechen. Er möchte gern mit Angela und Todd zusammen nach Hause gehen können, in ein Haus, das ihm allein gehört. Sie würden Lammkoteletts braten und Artischocken essen, würden Todd baden, ihm vorlesen und ihn in seinem kleinen Zimmer mit Blick auf den Garten ins Bett bringen und dann in ihr Schlafzimmer gehen und sich lieben und hinterher aneinandergekuschelt die ganze Nacht tief und fest schlafen. Falls du nicht entscheidest, sagt eine warnende Stimme, tut es jemand anderes.

»Du hast dich um mich und um Todd sehr lieb gekümmert. Ich danke dir.« Das hört sich seltsam gestelzt an. Er umfaßt ihren nackten Fuß und ihren Knöchel und küßt ihn flüchtig. »Mehr geht jetzt nicht«, sagt er. »Betrachte dich als leidenschaftlich geküßt.«

Sie lächelt. Ihr Haar steht in krausen Ringellocken um ihr Gesicht, es hat sich aus den Zöpfen gelöst. Auf ihrem T-Shirt ist ein Limonadenfleck.

Sie geht nach Hause, erschöpft, und kocht Kaffee. Die halbe Nacht wird sie aufbleiben müssen, um nachzuholen, was sie tagsüber versäumt hat. Joe hat gesagt, er wolle Urlaub nehmen; also wird sie die Verantwortung für das Blatt allein zu tragen haben. Er weiß noch nicht, was er machen will. Außer der Arbeit am Haus wird er vielleicht in der Stadt herumschlendern, das hat er ja schon immer tun wollen, und vielleicht wird er auch jonglieren lernen.

Der Klavierspieler kann das Mozartkonzert jetzt fast fehlerlos spielen. Die ganze Nacht über miauen Katzen unter ihrem Fenster. Gegen Morgen sinkt sie ins Bett und weint.

23

»Es wird wahrscheinlich nicht klappen«, sagt Sharon. Sie und Angela sitzen auf Sharons dunkelbraunem Sofa und essen Hüttenkäse mit Honigmelone. Der von Sharons Mutter gestiftete Babykorb beherbergt jetzt die Überlebenden der Spinnenblumenpflanzen. Neuerdings hat Angela sich angewöhnt, zu Sharon hinaufzugehen, wenn sie deprimiert ist. Allerdings ist Sharon in letzter Zeit nur noch selten zu Hause anzutreffen; sie ist oft bei Sam. »Ich begreife einfach nicht, warum er so lieb zu mir ist. Er redet mir immer ein, ich sei im Grunde eine zart besaitete Südstaatenschönheit, und will mir einen Rüschenrock schenken.«

Angela verkneift sich, Sharon darüber aufzuklären, daß Südstaatenmänner immer nett sind und ihr höfliches Benehmen nicht unbedingt widerspiegelt, was sie wirklich denken. Sie möchte Sharon glücklich sehen, und Sam ist Sharon so fremd, daß Hoffnung besteht. *»Get it while you can«*, singt Angela. *»A little love and affection.«* Im Moment kann sie kaum an etwas anderes denken und über etwas anderes reden als Joe. Seine Unberechenbarkeit, seine Situation mit Edith, sein Unfall, seine rätselhaften Stimmungsumschwünge, das alles beschäftigt sie unausgesetzt. Soeben hat sie sehr ausführlich ihren Nachmittag mit Joe und Todd im Park beschrieben. Nun ist er wie alle ihre Erinnerungen wunderbar, vollkommen und strahlend.

Sam kommt mit seiner Gitarre. Er ist größer als Joe und hat einen imponierenden Brustkasten. Sein rotes Haar ist schütter, sein Schnurrbart voll. Er küßt Sharon und umarmt Angela. »Wie geht's euch denn?«

Angela berichtet. Von Joe hat er bereits gehört, von dessen Unberechenbarkeit, seiner Situation mit Edith, seinem Unfall und seinen rätselhaften Stimmungsumschwüngen.

»Bleib am Ball, Schätzchen«, sagt Sam und stimmt die Gitarre, »er wird schon weich werden.« Er singt ›Rocky Raccoon‹ mit schöner, klarer Stimme.

Angela telefoniert mit Helen. »Die Jungens haben Sommergrippe, ich bin die ganze Nacht aufgeblieben«, sagt Helen.

»Was macht der Bauchtanz?«

»Wunderbar. Ich nehme im gleichen Tanzstudio jetzt auch noch Joga-Unterricht. Mein Lehrer ist ein phantastischer

Mann, ein Armenier. Wir machen Atemübungen und konzentrieren uns auf eine Kerzenflamme. Aber wenn du aus irgendeinem Grunde irgendwann einmal mit Tom sprichst, erwähne es bitte nicht.«

»Natürlich nicht.«

»Hier unten ist es herrlich. Jeden Nachmittag ziehen Gewitterwolken ins Tal, und dann regnet es eine Viertelstunde. Hinterher hat sich alles wunderbar abgekühlt.« Allmählich klingt Helen wie eine Eingeborene. »Am Stadtrand entsteht eine große Fußgängerzone, mit Geschäften. Wenn du zu Besuch kommst, zeige ich dir alles. Und wie geht's bei dir?« Angela hat sich gerade die Gewitterwolken vorgestellt und wird von Heimweh überwältigt. Sie erzählt Helen von Joe, von seiner Unberechenbarkeit, seiner Situation mit Edith, seinem Unfall, seinen rätselhaften Simmungsumschwüngen.

»Klingt, als ob du ziemlich tief drinsteckst«, sagt Helen.

Angela ersteht einen Goldring mit einem viereckig geschliffenen Granaten. Sie trägt ihn an ihrem Ringfinger, der sich neuerdings immer verwaister angefühlt hat. Nach ihrer Scheidung war sie froh, daß der Ehering sie nicht mehr irritierte und daß sie sich in der Mitte des Bettes ausstrecken konnte. Jetzt aber schläft sie auf einer Seite. Ein paar Wochen später sieht sie in der Auslage eines Juweliers in Greenwich Village einen schweren, altmodischen Ring aus Rotgold. Sie kauft auch den.

Als Joe sie das erstemal mit den Ringen im Büro sieht, bekommt er einen Schreck. Ein Ring bedeutet immer etwas Ernstes. Er denkt zwar nicht an Ehe oder Verlobung, aber er glaubt, Frauen bekämen Ringe immer nur von Männern geschenkt und kauften sich keine selber. Und nun trägt sie drei oder vier, und wenn er ihr die Hand drückt, spürt er mehr Metall als Haut. Er hält diese vielen Ringe für exaltiert.

»Ich fühle mich merkwürdig niedergeschlagen«, erklärt er eines schwefligen, dunstigen Vormittags in seinem Büro.

Sie schnippt mit den Fingern, die Ringe klirren. »Nimm dein Bett und wandle!« ruft sie. »Wenn ich mit dir zusammen bin, komme ich mir allmählich wie eine Gesundbeterin vor.« Sie berichtet, daß sie gerade gelesen hat, Küken seien vom Augenblick des Ausschlüpfens an auf eine Angstreaktion gegen die Silhouette eines Habichts programmiert. Dann präsentiert sie ihm eine Tabelle der Subskriptionen: sie sind um 11½ Prozent gestiegen.

Wenn sie in der überfüllten, stinkenden U-Bahn ins Büro und wieder nach Hause fährt, hat Angela drei wiederkehrende Visionen.

Nummer eins: Sie geht im Park spazieren und begegnet einem Tibetaner, einem Meister uralter, geheimer Weisheit. Er fordert sie auf, seine Jüngerin zu werden, und lehrt sie alles, was er weiß; nachher ist sie unverwundbar. Sie strahlt, ist unsterblich, es ist ihr gleichgültig, was die Menschen tun oder denken, sie braucht keine Männer mehr.

Nummer zwei: Sie geht im Park spazieren, und eine fliegende Untertasse landet. »Wo ist Angela?« fragen die außerirdischen Wesen. Dann geleiten sie sie eine Rampe hinauf in das Ufo. Es stellt sich heraus, daß sie die Erde mit einem Touristenvisum besucht, diesen Umstand aber vergessen hat und nur versehentlich in diesen Körper eingeschlossen ist, der niemals das richtige Gewicht hat, keine Violett-Töne tragen kann, Kopf- und Herzschmerzen bekommt. Die gütigen außerirdischen Besucher – ihr eigenes Volk – heilen und befreien sie: Sie ist unverwundbar. Sie strahlt, ist unsterblich, sie braucht Joe nicht mehr.

Nummer drei: Sie und Joe heiraten, leben auf einer Farm mit Wäldern und Seen und Flüssen und Wüsten und Schluchten und einem Ozean, ihr Haar wächst sehr lang, sie steckt es auf, trägt kleidsame geblümte Kattunröcke, mahlt Weizenkörner für selbstgebackenes Schrotbrot, das sie jeden Morgen ihren Kindern vorsetzt, abends trinken sie labenden Kräutertee vor ihrem großen steinernen Kamin und lieben sich, hören Country Joe, spielen Bach, lesen einander im Kerzenlicht Wallace-Stevens-Gedichte vor und lieben sich leidenschaftlich, immer und ewig, komme, was da wolle.

Am Tag vor Joes Urlaubsbeginn schenkt sie ihm ein altes, in einem Zauberartikelladen nahe Times Square erstandenes Buch: ›Die Kunst des Jonglierens – für Anfänger‹. Sie gibt ihm auch ein Exemplar des *I Ging* und drei alte Bronzemünzen aus einem Geschäft in Chinatown. »Jetzt wirst du frei sein«, verkündet sie rätselhaft. »Diese Dinge werden dir helfen, dein Schicksal in die eigenen Hände zu nehmen.«

Was meint sie eigentlich? Was will sie von ihm? Er akzeptiert ihre Geschenke, vergißt nicht zu lächeln und verstaut sie in einer Einkaufstüte mit einer Menge anderer Sachen, die er aus seinem Schreibtisch und vom Schwarzen Brett genommen hat. »Lieb von dir.« Dabei kommt er sich vor wie einer, der nachts am Rande eines Abgrunds steht – weshalb hat er sich diesen Urlaub genommen? Wird er sich gehen lassen, wird er einem gefährlichen Impuls nachgeben wie dem, der mit ausgebrochenen Vorderzähnen endete? Armut, Ruin, das Obdachlosenasyl – alles ist drin.

»Ich will einfach nicht, daß du weggehst.« Sie steht vor ihm, zart, etwas unsicher, mit einem nervösen Lächeln. »Ich hoffe, du kommst bald wieder – ohne dich ist es nicht dasselbe. Es macht keinen Spaß. Ich habe auch keine gescheiten Einfälle, wenn du nicht da bist. Hoffentlich geht es mir nicht so wie der Frau, von der man mir erzählte, ihr Mann baute sich hinter dem Haus einen Turm, angeblich, um ungestört malen zu können, aber in Wirklichkeit vernaschte er dort kleine Mädchen. Eines Tages bat die Frau ihn, den Müll rauszubringen, und das tat er erstmals ohne zu maulen, aber er ist nie zurückgekommen.«

»Das verstehe ich nicht«, sagt Joe.

Wirft sie ihm etwa Unzuverlässigkeit vor?

»Ach, macht ja nichts.« Sie greift nach seinen Händen. »Auf Wiedersehen bis zum Herbst.«

Später, als er in ihr Büro kommt, um ihr einen Kuß zu geben und sie daran zu erinnern, daß er gelegentlich in die Stadt kommen und auch in der Firma erscheinen wird, ist sie weg. Er wartet ein paar Minuten und geht dann, beladen mit seinem Aktenkoffer, der schweren Einkaufstüte und unguten Gefühlen nach Hause.

Meistens verläßt Angela erst gegen neun Uhr abends das Büro. Ihr Magen rebelliert gegen den vielen Kaffee, ihre Augen brennen, und sie ist hellwach. Zu Hause trinkt sie drei Glas Bier und kann sich trotzdem nicht entspannen. Um zu ›Let It Bleed‹ zu tanzen, ist es zu heiß. Sie legt sich im Dunkeln aufs Bett. Wie kommt es nur, daß sie auch bei noch so angespanntem Arbeiten immer an Joe denken muß? Kaum, daß sie sich konzentrieren kann. Ihr Informationsblatt ist bereits eine Nummer in Verzug, dank Goodhughs Entscheidung – sie erfuhr davon aus einer Kurzmeldung im

›Wall Street Journal‹ –, das Blatt statt monatlich nun alle vierzehn Tage herauszubringen. Ein Glück, daß sie keinen festen Freund hat – wann würde sie Zeit für ihn finden?

Sie hat es satt, diese ewige Ungewißheit, diese ausschließliche Beschäftigung mit Joe; wie kann so etwas aus einem einzigen, vollkommenen, schwerelosen Augenblick der Verzückung entspringen? Sie ist nicht mehr sie selbst; sie kann sich nicht einmal mehr erinnern, wie sie vor Joe gewesen ist. Am Ende des Tages hat sie vergessen, was sie tagsüber gemacht hat. Ihr Blick ist stets nach innen gerichtet, lebt alle Sekunden mit Joe noch einmal durch, plant neue. Sie sehnt sich nach einer Lösung, irgendeiner Lösung. Unter irgendeiner Lösung versteht sie in Wahrheit die Lösung, die sie am sehnlichsten wünscht: nämlich Joe. Bedingungslos.

Ein paar Kilometer weiter südlich sieht Joe sich das Johnny-Carson-Programm an und setzt das Puzzle eines Stillebens von Cézanne zusammen. Wenn er zwei Dinge gleichzeitig tut, schaltet sich sein Gehirn aus, und er ist ruhig. Nachts überlegt er manchmal: Welche Frau soll es sein? Etwa keine von beiden? Vielleicht verschwinden beide und heben sich gegenseitig in einer sauberen Gleichung auf? Mögen Angela und Edith noch so verschieden sein, in seinem Kopf werden sie eins: Sie will, daß ich sie liebe; sie will mehr von mir haben; sie erwartet zuviel von mir; sie ist gekränkt, wenn ich sage, ich bin meiner Sache nicht sicher.

Er und Angela sind schließlich auch nichts weiter als zwei Organismen unter vielen Millionen. Nicht einmal ihre subatomaren Teilchen sind stabil. Mikroskopisch gesehen sind sie lediglich riesige feuchte Schwämme, denen der Wind durch die Poren bläst. Weint Angela nachts, setzen die Tränen Streßchemikalien in ihrem Körper frei. Wenn sich in ihrer Gegenwart sein Zustand verändert und das Licht, das die Gegenstände zurückwerfen, heller und die Geräusche deutlicher werden, so, weil sich in seinen Drüsen ein Narkotikum bildet. Sowohl er als auch Angela besitzen Millionen von Gehirnzellen mit Erinnerungsspuren aller Art. Warum wenden sie trotz des Vorhandenseins unzähliger Erinnerungen, gespeicherter lateinischer Verben, dem Sonnenlicht auf einem Grashalm, dem Wehen eines Vorhangs bei einem plötzlichen Windstoß, dem Zirpen der Zikaden um die Mittagsstunde, dem Geruch von frisch gesägter Douglastanne, der Telefonnummer eines längst vergessenen Freundes so viel innere Energie aneinander?

In der schwülheißen Nacht wacht Angela auf; ihr Bettlaken ist verrutscht und hat sich um ihre Füße gewickelt. Sie kann den Tumult der auf sie einstürmenden Gedanken nicht eindämmen, sie kann weder schlafen noch richtig wach werden. Sie steht auf, zieht den Kimono über, geht eine Treppe tiefer und klopft an Kathas Tür.

Sofort wird geöffnet. Katha trägt ein faltenloses weißes Baumwollhemd und sieht Angela mit großer Freundlichkeit an.

»Wenn es so ist, daß er dich verrückt macht, mußt du zu ihm gehen.« Katha preßt Orangen aus und füllt zwei Gläser.

»Ich kann doch nicht – Edith ist da, und übers Wochenende sind beide in ihrem Haus auf dem Land.«

»Sobald Edith zur Arbeit gegangen ist, besuchst du ihn. Warum sollst du dich quälen?«

Angela hockt sich auf die roten und blauen Rauten des Kasachs und nippt an ihrem Saft. »Jetzt geht es mir schon besser. Danke dir.«

Katha setzt sich ihr gegenüber. »Was hast du für den Rest des Sommers vor? Willst du verreisen?«

»Eigentlich hatte ich damit gerechnet, daß wir, Joe und ich, jetzt schon zusammensein und auch miteinander verreisen würden; ich wollte nur –«

»Angela.« Katha unterbricht sie und berührt ihre Hand. »Ich habe gefragt, weil Bekannte von mir, die nach Europa reisen wollen, ein Landhaus mit einem wunderschönen Garten haben. Sie suchen jemanden, der während ihrer Abwesenheit das Haus hütet. Ursprünglich wollte ich es selber tun, aber nun geht es leider nicht, ich muß hierbleiben. Ich habe meinen Bekannten versprochen, jemanden für sie zu finden.«

»Im Augenblick kann ich keinen vernünftigen Gedanken fassen. Aber es klingt verlockend. Katha – macht es dir etwas aus, ich meine, daß ich so mitten in der Nacht herunterkomme und dir was vorheule?«

»Aber nein. Es gibt nur wenig, das mir etwas ausmacht.«

»Aber mir schon!« sagt Angela. »Alles macht mir was aus.«

Katha läßt Angela die chinesischen Münzen werfen und schlägt ihr gelbes Buch auf.

»›Betrachtung meines Lebens entscheidet die Wahl zwischen Fortschritt oder Rückzug‹«, liest sie. »›Diese Selbstschau bedeutet Sieg über den naiven Egoismus desjenigen, der alles nur von seinem eigenen Standpunkt aus betrachtet. Der Mensch denkt nun nach und erlangt so Objektivität. Indessen bedeutet Selbsterkenntnis nicht ausschließliche Beschäftigung mit eigenen Gedanken, sondern vielmehr die Beschäftigung mit der Wirkung, die man erzeugt.‹«

»Ich habe diese Weisheiten nie zur Hand, wenn ich sie brauche«, sagt Angela.

»Das macht nichts. Die Dinge sind, wie sie sind, auch wenn du sie nicht verstehst.«

Der Himmel, den Kathas Spiegel zurückwirft, wird langsam hell. Angela geht wieder hinauf in ihre Wohnung und fällt wie ein müdes Kind aufs Bett. Sie schläft zwei Stunden, fährt mit der U-Bahn in die Stadt, setzt sich in ein Café und wartet, bis es zehn ist. Dann ruft sie Joe an. »Ich muß unbedingt mit dir reden.«

Sein Speicher ist riesig und fast leer. Eine Menge Pflanzen, spärliches Mobiliar aus Chrom und Leder und ein makelloser, weißer Langhaarteppich. An einer Ziegelwand Schwarzweiß-Fotos von Sanddünen. Ein langer, einfacher Eßtisch, in der Mitte ein Halbdutzend dunkelbraune Dosen mit Vitaminen, ein riesiges Fernsehgerät an einem Ende und am anderen einige tausend Teile eines Puzzlespiels. Kein Hauch von Phantasie hier, denkt Angela.

Joe trägt farbverkleckste weiße Shorts, dazu ein offenes Hemd. Seine Beine sind braungebrannt, die Haare darauf lockig und hell. Sie sieht sich gründlich um, und ihr wird übel. Es ist also wahr, er wohnt tatsächlich irgendwo, hier, und nicht allein.

»Soll ich dir einen Tee machen?«

»Bitte.«

Ihm fällt auf, wie verkrampft und blaß sie aussieht. Unter den Augen dunkle Ringe, das Haar feucht. Ein Hauch von Schweiß mischt sich in den Duft von Rosen. Wird der Rosenduft zurückbleiben, wird Edith ihn entdecken? Angela sieht aus, als ob sie den Tränen nahe ist oder geweint hätte. Sie reagiert immer so emotional; es ist seine Schuld. Er sieht, wie sie alles mit einer seltsamen Gier in sich aufnimmt, ein merkwürdiger Ausdruck erscheint auf ihrem Gesicht. Mißbilligung? Sie beißt sich auf die Unterlippe. »Wo ist das

Bad?« Er zeigt es ihr, und auf dem Weg dorthin wirft sie einen raschen Blick ins Schlafzimmer: Silberfolie an den Wänden, auf dem Boden eine Matratze. Im Badezimmer riecht es nach Desinfektionsmitteln. Weder Kosmetika noch Parfüms. Zwei Zahnbürsten, eine mit hellblauem, eine mit dunkelblauem Stiel. Und eine Flasche mit Schuppenshampoo. Seines? Ihres? Sie stellt sich Joe und Edith unter der Dusche vor, verborgen hinter milchigen, sternenbesäten Scheiben, während sie einander die Haare waschen. Auf dem Spülkasten der Toilette eine Schachtel Tampons – der einzige Hinweis bisher auf die Anwesenheit einer Frau. Sie möchte liebend gerne das Badezimmerschränkchen öffnen, aber sie hat Angst, das könnte ein Geräusch machen.

Sie sitzen auf dem langen Sofa, das mit cremefarbenem Bouclé überzogen ist, der in ihren Kniekehlen kratzt. Alles hier sieht neu und steril aus. Sie sitzt in einer Ecke und nippt an einem übergroßen Becher, er sitzt in der anderen Ecke und raucht. Sowie sie weg ist, wird er das Rauchen einstellen.

»Ich bin ganz verwirrt«, sagt sie schließlich. »Es lohnt sich nicht für mich, daß wir uns weiterhin sehen und miteinander schlafen, wenn das unsere – unsere Beziehung gefährdet.«

»Ich glaube, uns verbindet eine unauflösliche Freundschaft«, sagt er, »und dann noch diese wahnsinnige Anziehungskraft – das ist was Magnetisches, was, weiß ich auch nicht. Aber wir können doch jetzt, wo ich Urlaub habe, öfters zusammensein.«

»Magst du mich?«

»Sehr. Und magst du mich auch?«

»Und wie.«

Alte Etiketten werden neu arrangiert.

»Was wirst du tun?« fragt sie.

Er schüttelt den Kopf. »Ich habe kürzlich die subjektive Wahrheit über Edith von der objektiven getrennt.«

Das versteht Angela nicht. Aber sie läßt nicht locker. »Du hast behauptet, wenn du bei Edith bleibst, gibst du dich mit weniger zufrieden, als du eigentlich möchtest.«

»Vielleicht ist das nur meine subjektive Beurteilung. Zum Beispiel hat sie sich nicht so um meinen Jungen bemüht, wie ich gerne gewollt hätte, aber nun glaube ich, meine eigene Befangenheit war schuld – ich habe Signale ausgesandt, die sie fernhielten.« Vor kurzem erst hat Edith ihm diese Theorie von Midge unterbreitet. »Nun überwache ich das.«

Angela hat das Gefühl, einen gläsernen Hang hinunterzurutschen.

»Noch habe ich mich nicht völlig für Edith entschieden. Daß ich in unserer Beziehung etwas vermisse, liegt wahrscheinlich daran, daß ich nicht genügend investiert habe, um etwas zurückzubekommen.« Er redet wie jemand, in dessen Haut vorübergehend ein außerirdisches Wesen vom Planeten Psychotherapie geschlüpft ist. Ob er und Edith so miteinander reden?

»Ich will keine Schranken zwischen dir und mir.« Joe meint, aufrichtiger könne er nicht sein. Er hat aber auch große Angst und hofft, daß sie das nicht merkt – obwohl ihr kaum je etwas entgeht. »Mit dir genieße ich den Augenblick. Später, mit Edith zusammen und in einer völlig anderen Situation, erscheint mir das alles unwirklich.« Für den Moment hat er vergessen, wie sehr er wünscht, Edith möge sich in Luft auflösen, ja, es habe nie eine Edith gegeben, damit er und Angela in den Wäldern, in der Wildnis von Alaska gemeinsam eine Hütte bauen könnten.

Angela macht ihn nicht darauf aufmerksam, daß er, seit er sie kennt, immer wieder gesagt hat, er brauche Zeit, nichts als Zeit, um sich von Edith zu lösen.

Und Joe erinnert Angela nicht daran, daß sie ihm einmal eröffnet hat, sie könnte ihn nicht mehr achten, wenn er Edith einfach fallenließe, ohne die Konsequenzen zu bedenken.

Angela entschließt sich zu sofortiger Trennung. Warten will sie nicht mehr. Sie wird nicht wieder in seinen Armen liegen. Es tut zu weh.

Er stellt den Aschenbecher und die Zigaretten auf den Boden, lehnt sich zurück und starrt sie an. Traurigkeit hat die gekünstelte Heiterkeit der letzten Monate aus ihrem Gesicht verdrängt. Sie sieht aus wie damals, als sie einander das erstemal begegneten. Sie ist schön. Warum erregt ihn die Kurve des unter ihrem Rock hervorschauenden Knies, warum reizt ihn die Wölbung ihres Schenkels so? Warum fällt ihr Haar in so anmutigen Wellen über ihre Schultern?

Aber dann hört er auf zu denken, denn die Luft zwischen ihnen verpufft, als sie seinen Blick erwidert. Seine grünen Augen rufen sie in eine grüne Welt, einen grünen Schatten. Sie atmet mit ihm. Sie kann seinen Pulsschlag spüren. Sie fühlt jede Pore. Schließlich steht sie auf. Auch er steht auf und legt die Arme um sie.

Sie liegen auf dem Hirtenteppich. Er ist aufgeregt, unruhig und wie im Traum, er kann sich nicht rühren. Sie zieht ihn aus und schlüpft aus ihren Sandalen. »Hör nicht auf«, sagt er leise.

Als er sich aufbäumt und stöhnend den Kopf von einer Seite zur anderen wirft, entblößt er die Zähne in einer merkwürdigen Grimasse. Das hat sie nie zuvor gesehen. Und schon steht er auf und fährt in die Kleider. Dabei sieht er sie nicht an.

Am liebsten möchte sie ihre Sachen zusammenraffen und ohne sich umzusehen wegrennen. Doch sie zieht sich an und setzt sich neben ihn. Waren sie nicht vor einer knappen Stunde übereingekommen, keine Schranken zwischen sich zu dulden? Und nun sieht er sie nicht einmal an, sagt kein Wort.

»Du siehst so besorgt aus«, sagt sie.

»Es geht mir ausgezeichnet, ausgezeichnet. Und dir? Geht es dir nicht gut?«

»So was wie eben könnte uns endgültig auseinanderbringen.«

»Wir dürfen es nicht zulassen.« Er steht auf. »Also leb wohl.«

Sie ist wieder draußen, auf der heißen Straße. Überall auf den Gehsteigen schwarze Plastiksäcke mit Abfall. Es riecht nach faulendem Müll und Hundescheiße. Sie geht bis zur Ecke. Auf der gegenüberliegenden Straßenseite, vor einem Feinkostgeschäft, lungert eine Gruppe Halbstarker mit Transistorgeräten und Baseballschlägern herum. Wohin soll sie gehen? Was soll sie tun?

24

»Und ich meine, du wirst aufs Kreuz gelegt«, sagt Sam. »Oder er ist in dich verknallt und zu blöd, es zu merken. Oder er ist eine *Flasche*.« Er greift nach der Gitarre, klimpert und singt: *»My creole belle, I love you well – my darlin' baby, mah creole belle!«* Er hört auf und stimmt die Gitarre.

Angela hat ihm von ihren Schwierigkeiten mit Joe erzählt, während Sharon in der Küche das Abendessen vorbereitet. Sharon kann und will von Joe nichts mehr hören.

»Es tut so weh.« Angela weint fast.

»Hast du ›Papillon‹ gesehen? Wenn du glaubst, *du* hast Probleme, dann solltest du dir ›Papillon‹ ansehen. Der handelt von Verbannten, die von der Teufelsinsel fliehen wollen.« Er fängt wieder an zu singen. *»When the stars do shine, Ah'll make you mine, mah darlin' bay-bee!«*

Angela geht in die Küche. Sharon brät Hochrippe vom Rind, dazu gibt es Yorkshire Pudding und einen Kartoffel-Käse-Auflauf à la Julia Child. Sie schwitzt und ist blaß, ihre Sommersprossen zeichnen sich deutlich ab. »Ich liebe ihn«, flüstert sie, »ich liebe ihn wie wahnsinnig.«

»Wie wundervoll, Sharon«, sagt Angela mechanisch. Schon seit einer Weile achtet sie kaum noch auf andere Menschen, so vollständig ist sie von Joe besetzt. Und ob sie will oder nicht, bringt sie alles und jeden mit ihm in Verbindung. »Wenigstens ist Sam *verfügbar.*«

»Na ja, außer daß er zufällig verheiratet ist. Das heißt, er lebt getrennt, aber er sagt, er hat die Trennung noch nicht verkraftet. Sie ist aus Alabama, geht regelmäßig in die Kirche und trägt Kapotthüte.«

»Also fassen wir zusammen«, sagt Sam nach dem Essen. Offenbar findet er Angelas Situation spannend wie einen CIA-Spionagefall. »Joes Freundin verzichtet auf Ehe und Kinder, um ganztägig zu arbeiten und Karriere zu machen, damit sie ihn ernähren kann, wenn er seine Arbeit hinschmeißt, um mehr Zeit für dich zu haben.«

»Es ist ein Experiment«, sagt Angela. »Er hält Edith für ungefestigt und besetzend.«

Derek Grinder ruft Angela im Büro an. »Du bist das Größte«, sagt er. Seine Stimme klingt heiser.

»Und du erst.« Angela wundert sich, daß überhaupt noch jemand denkt, sie sei irgend etwas. Ein Mann, der weiß, daß sie existiert.

»Eben habe ich geträumt, ich fliege. Du weißt ja, was Freud darüber sagt.«

Joe träumt nie. Angela fühlt sich geradezu verpflichtet, für ihn mit zu träumen. Sie ist noch immer ziemlich mitgenommen von der letzten, verwirrenden Episode im Speicher. Weshalb arten alle ihre Begegnungen nur zu Titanenkämpfen aus? Derek ist sanfter, zarter. Und offensichtlich verfügbar. »Ich habe deine Infos durchgesehen«, sagt er. »Die werden immer besser. Hast du was dagegen, wenn ich daraus in meiner Kolumne zitiere? Über das Alter des Universums zum Beispiel?«

»Aber nein, bedien dich nur.«

Dann kommt er auf die Politik, und Angela denkt an Joe und überlegt, was sie sich zum Mittagessen ins Büro schikken lassen soll.

»Mein Tiefenheini rät mir immer, mir jemanden zu suchen, der ist wie ich. Du bist wie ich, Angela. Komisch und doch auch wieder ernst.«

»Danke.« War das ein Kompliment?

Er redet und redet. Wahrscheinlich ist er ausgehungert.

»Ich hoffe, du hast nichts dagegen, daß ich dich hinreißend hübsch finde. Ich möchte gern bald mit dir zusammensein.«

»Du meinst –?«

»Irgendwann einmal.«

»Irgendwann einmal«, bestätigt sie.

»Aber in allzu ferner Zeit nun auch wieder nicht.«

Die beiden Tage, an denen Joe ins Büro kommt, bleibt Angela zu Hause und spielt krank. Die übrigen Tage nimmt Belinda Anrufe und Nachrichten für sie entgegen. Joe ruft viermal an. Angela erwidert seine Anrufe nicht, und wenn sie zu Hause ist, läßt sie das Telefon läuten.

Gerard ist in einen Speicher gezogen und gibt eine große Einstandsparty. Angela weiß, daß Joe und Edith wahrscheinlich kommen werden, und erörtert mit Sharon, ob sie hingehen soll. Natürlich soll sie. Sie kauft ein Kleid aus hellblauem Seidenjersey, das Busen und Hüften vorteilhaft modelliert.

»Quäl dich nicht«, sagt Sharon. »Folge deinem Herzen«, sagt Katha.

Gerards Speicher war ehemals eine Lederfabrik, in den Ecken liegen immer noch Lederabfälle. Der Raum ist düster und verstaubt; an der Decke Neonröhren. Angela hatte keine Ahnung, daß Gerard so viele Leute kennt. Ein langer Tisch mit Drinks, die Rolling Stones von einer riesigen Tonbandanlage. Sie bleibt nahe dem Lastenaufzug stehen und wird von einem kleinen, untersetzten Mann mit blonden Haaren und einer zu breiten roten Krawatte angesprochen. »Wußten Sie schon, daß es 103 Arten von Anchovis gibt?«

»Was Sie nicht sagen!«

»Es ist nicht allgemein bekannt, aber –«

In diesem Moment tanzt Gerard wie ein Kreisel auf sie zu. Sein Gesicht ist gerötet. »Du mußt mit mir tanzen, Angela – Ron Nussbaum hat erzählt, daß du eine fabelhafte Tänzerin bist.«

»Ist er hier?«

»Ja, irgendwo.«

Sie tanzen zu ›Honky-Tonk-Woman‹. Angela ist erleichtert, tanzen zu können; andernfalls hätte sie geschrien oder wäre geplatzt. Sie hat Angst davor, Joe und Edith zu begegnen.

»I met a div-or-cee from New York City, had to put up some kind of a fight!« Angela singt den Text mit. Sie wirbelt herum und wedelt mit den Armen. Gerard ist so voller Hasch, daß er sich kaum auf den Beinen halten kann. Sie wirft ihr Haar hin und her, wie von einer manischen Wut besessen. *»She blew my nose and then she blew my mind!«* kreischt Mick Jagger und sie mit.

Plötzlich wird ihr bewußt, wie lächerlich sie und Gerard wirken müssen, wie wahnsinnig und verzweifelt, doch als sie sich umschaut, sieht sie, daß die anderen Paare genauso verrückt tanzen. Sie schließt die Augen und tanzt weiter.

»Laß mich mal dazwischen.« Es ist Derek Grinder.

»In Ordnung!« Gerard schnappt nach Luft. »Ich kann sowieso nicht mehr.« Er macht einen Schlenker und wankt davon.

Derek nimmt Angela in die Arme.

»Tanzen wir?« fragt sie.

Derek trägt Jeans und ein schwarzes T-Shirt mit der Aufschrift »Quanta and Reality for Breakfast« und sieht aus wie sechzehn.

»Ich tanze nie«, sagt er.

»Du mußt aber. Ich möchte heute abend nichts als tanzen.« Sie hofft, nicht allzu verzweifelt zu klingen. Plötzlich entdeckt sie Joes Rücken. Eine hochgewachsene, brünette Frau mit großer Nase hält ihn am Ellbogen fest. Edith muß griechisches oder italienisches Blut in den Adern haben. Sie trägt einen violetten Hosenanzug und geflochtene Sandalen. Angela wird übel.

»Gut, dir zuliebe«, sagt Derek. Er tanzt einen Walzer, während alle übrigen zu Chuck Berry rocken.

»Nadine – honey, is that you?« singt Chuck Berry.

Angela wünscht sich weit weg. Ist das Ron Nussbaum? Geht er auf Joe und Edith zu? Derek küßt Angelas Schulter.

»Ich muß gehen«, sagt er. »Ich bin nur Gerard zuliebe auf einen Sprung vorbeigekommen. Ich hasse Partys. Außerdem habe ich Hühneraugen.«

Inzwischen befinden sie sich dicht hinter Joe und Edith, die den Arm jetzt um Joe gelegt hat.

»Das Haus instandzusetzen macht uns einen Riesenspaß«, verkündet Edith soeben. Ihre Stimme ist laut, näselnd. Sie sieht recht attraktiv aus – ein wenig größer als Joe –, er wirkt irgendwie geschrumpft neben ihr, hat den Kopf eingezogen.

Janis Joplin singt jetzt ›Ball and Chain‹.

»Ich bring dich raus«, sagt Angela. »Oh noooooooo!« schreit sie unisono mit der Platte.

»Angela, Angela!« Sie bleibt stehen, hat Angst, sich umzudrehen.

Wer war das? Es ist Ron Nussbaum mit einer hübschen, dunkelhaarigen Frau mit langen Straßohrringen. »Darf ich dir meine Verlobte vorstellen? Gibbons Loring«, sagt Ron. »Sie hat versprochen, mir zu verzeihen, wenn ich ein einzigesmal mit dir tanze.«

»Und dies ist mein *Gatte*, Derek Grinder«, sagt Angela. »Wir wollen gerade gehen.«

Sie fahren mit dem Lastenaufzug hinunter. Derek hat sein Fahrrad an einem Stoppschild angekettet.

»Darf ich mal kurz probieren?« bittet sie. Seit Gatch hat sie auf keinem Fahrrad mehr gesessen. Sie steigt auf und dreht auf dem Gehsteig eine unsichere kleine Schleife, dann noch eine und fängt unbändig an zu lachen. Derek packt die Lenkstange, hält das Rad an und küßt sie. Er küßt sie sehr lange. Dann tritt er in die Pedale, Angela vor sich auf der Lenkstange. Rhythmisch und sanft streifen sie seine Knie.

Er wohnt in einem Lagerhaus über dem Büro eines Fliesenherstellers. Seine Wohnung besteht aus einem Labyrinth kleiner, modrig riechender Räume. In einem steht einzig ein Garderobenständer aus dunklem Holz samt Spiegel und Schnörkeln, meist in Form von Eicheln. Eine schwarzweißgefleckte Katze miaut. Derek geleitet Angela durchs Bad – in der Wanne liegt ein zerbrochener blauer Kaffeebecher – in einen mit Bücherregalen vollgestellten Flur und dann in ein Zimmer, das außer vier schwarzen Samtkissen und einer Stereoanlage nichts enthält. Er legt eine Rod-Stewart-Platte auf, entschuldigt sich, weil er die Katze füttern muß, kommt zurück und zieht ihr das Kleid aus.

»Du bist wirklich sehr schön«, sagt er. »Ich wußte gar nicht, wie schön.«

Sein Körper ist hochgewachsen, fest und sehnig, letzteres wahrscheinlich eine Folge des Fahrradtrainings. »Du schmeckst wie Nektar«, sagt er, »du riechst wie Trauben, die den Wein schon ahnen lassen.« Seine Metaphern beeindrukken Angela. Sie lieben sich; Angela findet ihn zärtlich und entspannt. Er ist leichter als Joe, sie vermißt Joes Gewicht, doch ist sie froh, nicht allein zu sein. Später bürstet er seine Katze. »Sie braucht ihre Streicheleinheiten.«

Angela hat Mitleid mit Derek. Hier also lebt er, in dieser merkwürdigen Wohnung, und ist wahrscheinlich sehr einsam.

Er führt sie in einen weiteren Raum, zu einem Himmelbett mit Patchworkdecke. Er legt sich hin und macht ihr an seiner linken Seite Platz. Sie schläft die ganze Nacht in seinem ausgestreckten Arm.

Als sie erwacht, weiß sie nicht, wo sie ist. Ohne seine Brille wirkt Derek fremd. Wie ein Zehnjähriger mit Flaum auf der Oberlippe. Sie erinnert sich an die Party, daran, daß Joe da war. Weshalb liegt ihr nur soviel an ihm, der es nicht einmal fertigbringt, auch nur eine einzige Nacht bei ihr zu bleiben, und warum ist das so unproblematisch mit diesem Mann, den sie kaum kennt? Sie überlegt, ob sie die Scherben des Bechers aus der Badewanne nehmen und duschen soll. Derek wacht auf, sie lieben sich wieder, er führt sie in ein Zimmer mit einer Kochplatte, einem Kühlschrank, einer Spüle, einem vorsintflutlichen Radioapparat, einem Bett und einem Schreibtisch samt Schreibmaschine. Er gießt Pulverkaffee mit warmem Leitungswasser auf, dazu essen sie einen Pfirsich, dann nimmt er sie bei der Hand und bringt sie zur U-Bahnstation, vorbei an Lastwagen, die mit Stoffballen, Lumpen und Bändern beladen sind. Angela fühlt sich von Glück getragen. Für diesen Mann könnte sie sich tatsächlich erwärmen.

»Du schüchterst mich ein«, sagt Derek. »Du bist so dramatisch.«

»Ich?«

Sie küssen sich. »Und du bist schön«, sagt er. Dafür ist sie dankbar. Joe hat niemals ein Wort über ihr Aussehen verloren. Sie glaubt Derek zwar nicht, aber es gefällt ihr, wenn man ihr sagt, sie sei schön.

»Hoffentlich sehen wir uns bald wieder.« Das wollte sie eigentlich nicht sagen, es ist ihr nur so herausgerutscht. Langsam geht sie zur U-Bahn hinunter. Feuchtwarme Luft weht ihr entgegen. Sie dreht sich nach Derek um und lächelt.

»Ich bin total verwirrt«, sagt er.

Joe ruft Angela an. Samstagvormittag – warum nimmt sie nicht ab? Warum hat sie die ganze Woche nicht zurückgerufen? Was hat er sich nun schon wieder zuschulden kommen lassen? Der Tag erstreckt sich vor ihm wie ein Schrottplatz voller Autowracks.

Als an die Feuertür geklopft wird, hofft er, sie sei es, aber es ist der Fensterputzer.

»Ich brauch' nur ein bißchen warmes Wasser«, sagt er. Mit zerknülltem, in heißes Wasser und Ammoniak getauchtem Zeitungspapier reibt er über die Fensterscheiben und erzeugt eine atonale Folge von Quietschern und Rubbelgeräuschen.

Auf Fensterscheiben quietschen – Joe denkt: so könnte ich auch enden. Was hat der Fensterputzer wohl gedacht, als ihm irgendwann einmal, vor vielen Jahren, aufging, daß sein Leben bereits zur Hälfte vorüber war? Hat er sich jemals gefragt, ob er überhaupt lebt? Hat er je nach Höherem gestrebt? Hat es in seinem Leben eine Frau gegeben? Frauen? Welche Opfer hat er gebracht? Joe wird plötzlich verlegen, wie wenn der Mann, während er die Scheiben von Staub und Ruß säubert, seine Gedanken lesen könnte.

Noch einmal wählt Joe Angelas Nummer. Es war gemein von ihr, so mir nichts dir nichts mit Grinder zu verschwinden. Sie nutzt die Situation aus. Er will sich gar nicht ausmalen, was sie sonst noch so alles unternimmt, kann jedoch seine Phantasie nicht anhalten. Hätte er Angela ganz für sich allein, könnte er sie wirklich kennenlernen. Und sich selber dazu. Er würde begreifen, wozu er auf der Welt ist. In ihrer Gegenwart glaubt er sich immer kurz vor einer großen Erleuchtung, mit Edith fühlt er sich beengt wie jemand, der gar nicht wirklich lebt. Und doch gibt es mit Angela keine Zukunft, sie glaubt an Wahrsager, an Massage, sie vergißt, ihre Einkommenssteuer zu zahlen. Sie behauptet, Joe sei außergewöhnlich, ein fabelhafter Liebhaber, ein Mensch, zu Großem berufen. Edith behauptet nichts dergleichen, sie sagt bloß, daß seine Füße stinken, wenn er nicht täglich frische Socken anzieht. Und Edith hat recht.

»Ich putze diese Fenster schon bald 30 Jahre. Das hier war mal Cohns Knopffabrik«, verkündet der Fensterputzer, als Joe ihm das Geld gibt. »Sie sollten die Fenster neu verglasen lassen, das alte Glas ist völlig blind.«

Joe wünscht sich, daß er wenigstens eine Sache ganz und gar beherrscht, wenn er einmal so alt ist wie der Fensterputzer. Angela hätte ihre Freude an einer solchen Betrachtung. Er stellt sich die sanfte halbmondförmige Kurve ihres Bauches vor und wählt wieder ihre Nummer. Nichts. Er war immer ein guter Pokerspieler – früher oder später wird sie sich vertun, sich verraten, er braucht nur auf einen Hinweis zu warten. Aber manchmal zieht sie sich einfach in sich selbst zurück, wie eine Katze, die ihren eigenen Schwanz verschluckt. Gelegentlich kann sie sehr bizarr und romantisch sein, aber zugleich ist sie so ernst, ihre Worte sind voller Empfindung, und was sie sagt, hat immer irgendwie eine tiefere Bedeutung. Für ihn ist sie ein Rätsel, eine Hieroglyphe. Könnte er sie entziffern, würde er die Welt verstehen. Aber sie nimmt den Hörer nicht ab.

Statt dessen ruft Edith an. »Ist der Fensterputzer dagewesen?«

»Ja.«

»Hat er es gründlich gemacht?«

»Ja.«

»Ist alles okay?«

»Ja doch.«

»Du klingst – so zugezogen?«

Darauf hat er nichts zu sagen.

»Vergiß bitte nicht, die Blätter für die Bandsäge zu besorgen, und vielleicht könntest du volltanken, damit wir gleich losfahren können.«

»Mach ich.«

»Küßchen.« Das klingt unnatürlich keß – es wird wohl gerade jemand in ihr Büro gekommen sein.

Er geht hinaus. Draußen fühlt er sich wie in einem Backofen. Die Luft ist dick und glühend, der Himmel wie poröser Stein. Die im Leerlauf tuckernden Sattelschlepper auf den Ladedocks stoßen Dieseldämpfe aus, die ihm die Kehle zuschnüren. Selbst für die Typen an der Ecke ist es zu heiß. Eine Frau steckt den Kopf aus der Tür des Feinkostladens, ihr Haar in rosa Lockenwicklern.

»Lee-roy!« ruft sie.

Er geht an einer Gruppe halbwüchsiger Mädchen vorbei. Sie tragen Miniröcke und rückenfreie Oberteile und lecken Eistüten. Zungen, Brüste, entblößte Nabel, nackte Beine: Joes Hände wollen nach ihnen greifen. Er hat nie genug von Angela bekommen. Er will sie umarmen, doch sie ist verschwunden und hat jenen geheimen Teil seines Ichs, den nur sie zum Leben erwecken kann, mitgenommen.

Existiert er überhaupt noch?

Er betritt das Eisenwarengeschäft. Ehe Angela in seinem Büro auftauchte, war das Leben friedlich und überschaubar. Er und Edith waren gute Freunde, oder vielleicht doch nicht? Damals? Er atmet die ölige, klimatisierte Luft und fährt mit dem Finger über die Sägeblätter. Ich habe ein psychisches Tief, denkt er. Wie komme ich da bloß wieder raus?

»Man kommt über einen unerreichbaren Mann nur hinweg, Angela, indem man etwas von ihm verlangt«, sagt Buff Goodhugh. Er hat sie zum Lunch eingeladen.

Angela ist nicht sicher, ob Goodhugh Bescheid weiß. (Natürlich macht Belinda jedesmal, wenn sie Angela etwas ausrichtet, anzügliche Bemerkungen.) »Danke für den Tip, Buffalo Buff.«

»Stellen Sie eine Forderung an ihn, und er wird sich in Luft auflösen.«

Sie ißt eine Muschel. »Wo haben Sie das denn gelernt?«

»Bei meinem Analytiker. Es stimmt, früher habe ich mich ziemlich wahllos herumgetrieben. Aber Geborgenheit – das habe ich begriffen – ist viel wichtiger als Romantik oder Leidenschaft. Die Singles richten die amerikanische Gesellschaft zugrunde. Alle Leute sollten heiraten, wissen Sie, und aufhören, einander verrückt zu machen.«

Als ob alle Singles nur im gleichen Augenblick zu heiraten brauchten und die Gesellschaft wäre gerettet. Die Vorstellung von bedrohlich sich zusammenrottenden, Unheil stiftend durchs Land ziehenden Singles erheitert Angela. Belinda hat ihr anvertraut, daß Goodhugh eine neue Freundin hat: die Vizepräsidentin eines Konzerns, der falsche Augenwimpern und Plastikfingernägel herstellt. »Sie haben vollkommen recht, Buff.« Wenn sie ihm widerspräche, würde er ohnehin nicht zuhören.

»Nehmen wir Bly«, fährt Goodhugh fort. Offenbar hat er was vor: Dieser Lunch ist kein gesellschaftliches Ereignis. »Er kann sich nicht entscheiden. Anfangs schien es, als käme er endlich zur Ruhe und würde sein Los als verantwortungsbewußter, erwachsener Mensch akzeptieren. Schließlich ist er über dreißig und hat Kinder, Töchter, glaube ich. Aber nein: Heute will er seinen Job an den Nagel hängen, morgen möchte er ein neues Blatt starten.«

Von diesem Projekt hat Angela noch gar nichts gehört.

»Und übermorgen will er nur noch mittwochs ins Büro kommen. Dann läßt er sich ganz beurlauben. Sie wissen ja, daß ich große Stücke auf ihn halte. Er hat sich ausgezeichnet bewährt und Starr Whorf eine schöne Stange Geld eingebracht – deshalb bin ich ja auch bereit, bei seinen Schwierigkeiten beide Augen zuzudrücken und ihm bei jedem neuen Projekt zur Seite zu stehen, ihm überhaupt in jeder Weise bei seiner Selbstfindung zu helfen. Aber zuerst müssen größere Strukturveränderungen in unserer Firma vorgenommen werden. *Entre nous:* der gesamte Vorstand muß weg. Er ist auf dem besten Wege, uns zu ruinieren, und in ein, zwei Jahren sitzen wir alle auf der Straße. Es ist nicht mehr viel drin.«

Angela denkt: Wie will Goodhugh denn den Vorstand auswechseln, wenn er, Goodhugh, ihm doch untergeordnet ist?

»Sie wissen ja – besser gefürchtet als geliebt.«

Angela versteht zwar nicht, wie das aus dem, was er gerade gesagt hat, folgt, aber sie nickt.

»Ich brauche Ihnen wohl nicht zu sagen, daß Sie bei uns eine große Zukunft haben können, wenn Sie Ihre Karten richtig spielen. Beschreiben Sie mir doch mal, was Sie konkret bei Ihrem Blatt machen.«

»Hm.« Sie nimmt einen großen Schluck aus ihrem Weinglas. Sie möchte nicht zugeben, daß sie neuerdings das ganze Info alleine macht, das würde Joe schaden, und Joe hat gesagt, er traue Goodhugh nicht. Sie will Goodhugh keine Handhabe bieten. Andererseits möchte sie nicht für jemanden gehalten werden, der weniger tut, als er für sein Gehalt tun sollte, besonders nicht nach der letzten Gehaltserhöhung. »Vor allem eins: die grafische Gestaltung, Layout,

Text, Redaktion, Interviews, Verhandlungen mit dem Marketing-Team und der Druckerei.«

»Würden Sie vielleicht mal ein kritisches Auge auf einen Bericht werfen, den ich gern präsentieren möchte? Sie haben Geschmack und gesunden Menschenverstand, Sie könnten mir helfen.«

»Aber natürlich, gerne.«

Sie verlassen das Restaurant. Er legt seine Hand auf ihre Schulter. »Sie können einen Menschen erst richtig einschätzen und sich geborgen fühlen, wenn Sie die Leidenschaft hinter sich haben.« Sein Ton und sein Gesichtsausdruck sind freundlich. Sie begreift, daß auch er einiges mitgemacht haben muß. Auch er sucht nach Begründungen, Wahlsprüchen, Versicherungen.

»Ich glaube, so etwas wie Geborgenheit gibt es nur in der Phantasie«, sagt sie. »Alles kann sich innerhalb einer einzigen Minute ändern. Die Bombe kann explodieren. Der Damm kann brechen.« Sie weiß genau, daß er mit dem Wort Geborgenheit eine Ehefrau, Kinder, eine Geliebte und ein garantiertes, womöglich ererbtes Einkommen von etwa zweitausend Dollar pro Tag meint. »Aber vielleicht bin ich auch nur verrückt.« Sie verzieht das Gesicht und macht eine abwehrende Handbewegung, bei der ihre Ringe klirren. Goodhugh muß ihre hoffnungslose Situation erkannt haben. Bestimmt strahlt sie Niederlage und Verlust förmlich aus.

Im Büro stolpert sie über Gerard, der auf dem Teppich liegt, die Hände über der Brust gefaltet, die Augen geschlossen. Er sieht aus wie ein gemeißelter Sarkophag.

»Was gibt's Neues von Goodhugh?« Er erhebt sich.

Sie schüttelt den Kopf. Sie denkt an Goodhughs überraschende Anteilnahme. Weiß er, daß sie Joe heillos verfallen ist? Wie allen unheilbar Kranken ist ihr nicht zu helfen. Auch Kathas Rat, Joe zu konfrontieren, hat nichts gebracht. Alle Heilmethoden sind fehlgeschlagen. Sie schneuzt sich die Nase. Gerard legt den Arm um sie. »Laß dich doch von diesem alten Mistbock nicht aus der Fassung bringen – dich wird er nie feuern.«

»Es geht nicht um Goodhugh. Der ist schon in Ordnung. Es ist wirklich nichts. Nur eben, daß so viel zu *tun* ist.«

Von zu Hause aus ruft sie Derek Grinder an und ist mit seinem Anrufbeantworter verbunden. »Komitee für die

Wiederwahl des Präsidenten«, tönt Dereks Stimme. »Hier spricht Angela Lee höchstpersönlich«, sagt sie auf das Band.

Ein paar Minuten später ruft Derek an.

»Ich wollte dir nur Guten Tag sagen«, sagt Angela.

»Ich wollte dir auch nur Guten Tag sagen«, sagt Derek.

»Wie geht es dir?«

»Ausgezeichnet. Und dir?«

»Ausgezeichnet. Und dir?«

»Ausgezeichnet. Und dir?«

»Hm ... ein schöner Tag.« Angela ist völlig aus dem Konzept gebracht.

»Ja ... ein schöner Tag.«

Langes Schweigen. Sie hat einen schweren Fehler begangen. »Was machst du so in letzter Zeit?«

»Ich arbeite an einer schwierigen, aber kleinen Sache für die ›Times‹.«

»Ich bin froh, daß du noch lebst und daß es dir gut geht.« Sie bereut, ihm per Post einen Schwamm mit dem Abziehbild einer vollbusigen Taucherin geschickt zu haben. Wen die Götter vernichten wollen, den stellen sie Derek Grinder vor.

Sharon ist bei Sam. Katha ist ausgegangen. Angela liegt auf dem Bett, trinkt Bier und läßt das Telefon klingeln. Draußen sieht es regnerisch aus. Der Himmel verfärbt sich eisengrau, die Luft ist naßkalt, und der aufkommende Wind peitscht die Zweige des Ailanthusbaums vor ihrem Fenster. Der Klavierspieler übt immer wieder dieselbe Passage des Mozartkonzerts. Eine Düsenmaschine heult am Himmel. Angela holt ein Blatt Papier und ihren silbernen Kuli und stellt eine Liste der Komplimente zusammen, die ihr je von Männern gemacht worden sind. »Buff: gesunder Menschenverstand und guter Geschmack. Derek: schön wie Pfirsich, Traube usw. Joe:?« Sie fühlt sich wertlos. Aber sie hat einen weiteren Tag hinter sich gebracht, ohne Joe anzurufen.

25

Joe geht durch den Wald und sprüht auf jeden abgestorbenen Baum ein orangefarbenes »X«, damit er, auch wenn im Herbst alle Blätter abgefallen sind, weiter Brennholz hacken kann.

Es tut ihm gut, allein zu sein. Edith kann nicht so häufig, wie sie anfangs hoffte, von der Klinik fernbleiben. Wenn sie Freitag abends ankommt, ist sie müde von der Fahrt, glaubt aber, sich nicht hinsetzen zu dürfen, bevor sie nicht die Küche aufgeräumt hat. Während des Wochenendes kämpft sie gegen ihren Heuschnupfen, bleibt im Haus und lernt, oder sie besucht Antiquitätenhändler in der Umgebung und vergleicht Möbelpreise. Als sie ein paar Tage frei hatte, war Todd zu Besuch bei ihnen, doch brach Edith ihren Aufenthalt vorzeitig ab. Gottseidank: Denn wie immer Edith sich bemüht, sie und Todd vertragen sich nicht. Aber sie sagt, sie wird daran arbeiten.

Eines Vormittags geht Joe ins Dorf, um sich bei dem Grundstücksmakler nach dem an Ediths Besitz angrenzenden Streifen Land zu erkundigen.

Jawohl, das Land ist zu verkaufen – irgendwann einmal, sagt der Makler. Augenblicklich gehört es einer Erbengemeinschaft.

Im Eisenwarengeschäft kauft Joe ein Brecheisen und geht durch den Wald zurück. Er hat Angela verloren. In ihm ist so vieles, das ihn zerstören kann, es hat ja auch schon zerstört, was ihn mit Angela verband.

Mit dem Brecheisen stemmt er die splitternden morschen Bohlen der Veranda auf.

Ein Lieferwagen bringt den von Edith besorgten Kühlschrank.

Er hat ein Tiefkühlfach und einen Eiswasserspender. Dann fährt Edith selber vor, auf dem Dachgepäckträger einen Tisch aus Kirschbaum. Ihre Augen glänzen. »Wird der Tisch nicht phantastisch unter dem Kronleuchter aussehen? Fabelhaft, was du aus der Veranda gemacht hast! Toll! Wir müssen unbedingt Lois und Jim einladen.«

Zum Abendessen gibt es *taramosalata*, Spinat- und Schafskäsestrudel, und hinterher *baklava*, das sie aus der Stadt mitgebracht hat. Nach dem Essen nickt er über einem Puzzle ein. Es wird ein abstraktes Action-Painting-Bild von Jackson Pollock. Das Telefon läutet.

Edith geht an den Apparat; ihre Beschwichtigungsstimme dringt zu ihm. »Ich bin überzeugt, es wird alles wieder gut«, sagt sie in ihrem volltönenden, vertrauenerweckenden Streichelton. »Du solltest dir keine Sorgen machen. Er wird bestimmt zurückkommen.«

Joe ist verschwitzt und schmutzig, er will duschen und ins Bett gehen, aber Edith hält ihn fest und legt die Hand auf die Sprechmuschel. »Es ist Lucy«, flüstert sie.

Joe möchte nicht mit Lucy sprechen, aber Lucy besteht darauf. Edith will es auch und schiebt ihm den Hörer ins Gesicht. Offenbar ist Alec getürmt, wohnt in irgendeinem Motel mit einer Jamaikanerin und weigert sich, Vernunft anzunehmen; Todd ist verstört, und Lucy weiß nicht, wie es weitergeht. »Wo bleibt seine *Verantwortung*. Er ist *mein* Mann. Er *gehört* hierher. Joe, du mußt mit ihm reden. Ich gebe dir die Nummer dieses Motels. Ruf ihn an und rede ihm ins Gewissen. Er hat schließlich Verpflichtungen und muß sie einhalten.«

Joe ruft Alec an. »Lucy ist ganz durcheinander, und Edith macht sich Sorgen um sie. Ist alles in Ordnung?«

»Ich bin im siebten Himmel«, sagt Alec. »Glaubst du, daß Lucy es verkraftet? Was hat sie gesagt? Wortwörtlich, ich muß es genau wissen.«

Joe ist müde. Warum soll ausgerechnet er den Schiedsrichter spielen? Er wiederholt Lucys Beschwerdekatalog. »Sie meint, du handelst verantwortungslos, du vernachlässigst deine Pflichten ...«

»Hat sie ein Wort von Liebe gesagt? Hat sie einmal gesagt ›Ich liebe Alec und möchte ihn zurückhaben‹? Irgendwas in der Art?«

»Nein ...«

»Eben.«

»Vielleicht ist es notwendig«, sagt Joe kleinlaut, »vielleicht ist es manchmal notwendig, gewisse Opfer zu bringen.«

In der Nacht reden Joe und Edith lange über Alec und Lucy.

»Alec ist immer unvernünftig und gedankenlos gewesen«, sagt Joe. »Wahrscheinlich ist ihm gar nicht bewußt, wie sehr er der armen Lucy wehtut«, sagt Edith.

Und so reden sie weiter in der kühlen Sommernacht, wie zwei gute Freunde, die erleichtert sind, daß sie ausnahmsweise an einer Beziehung arbeiten, die nicht ihre eigene ist.

»Ich werde mich also dieser Kur unterziehen«, sagt Angela. »Ich habe Überstunden gemacht und bin eine Nummer im voraus, so daß Goodhugh nichts dagegen haben kann, wenn ich Urlaub nehme. Ich werde das Haus von Kathas Freunden hüten.«

»Na dann viel Glück.« Sharon ist deprimiert. Sie liegt auf Angelas Couch und ißt scheibchenweise geräucherte Mortadella. »Ich werde wahrscheinlich zu Sam nach Westhampton fahren.«

»Habt ihr Probleme?«

»Das kann man wohl sagen! Sam will seine Ferien mit mir verbringen.«

»Aber das ist doch sehr schön.« Sie denkt daran, daß sie gehofft hatte, im August mit Joe Urlaub zu machen, und das gibt ihr einen Stich in der Herzgegend.

»Ich werde einen ganzen Monat meinen Kopfschrumpfer nicht zu sehen bekommen. Wenn ich in diesem August nun tatsächlich durchdrehe?« Sharons Miene verdüstert sich, sie streicht sich eine Haarsträhne hinters Ohr. »Er behauptet nämlich, ich benutze Sam nur, um meine wahren Gefühle zu verbergen, meine Gefühle für *ihn.*«

»Ist es denn nicht einfach denkbar, daß Sam dich liebt und du ihn? Wie Tarzan und Jane zum Beispiel – nur eben, daß ihr beide ganz altmodisch zusammensein wollt? Als Mann und Frau? Warum muß sich dieser Seelenfritze da reinhängen?«

»Weil das eben meine übliche Verhaltenskonstellation in bezug auf Männer ist, darum. Und Sam hat all diese Komplexe wegen seiner Frau. Andererseits frage ich mich manchmal, wenn ich in dies braune Sprechzimmer komme und mich auf diese schreckliche braune Couch lege, ob er überhaupt bei der Sache ist – ich meine, mein Analytiker. Er fragt immer wieder, ob ich denn nicht gemerkt hätte, wie sehr ich mich zu ihm hingezogen fühle.«

»Und stimmt das denn?«

»Angela, er ist knapp einsfünfzig groß, sehr dick und bestimmt schon fünfzig. Nein, ich finde ihn überhaupt nicht attraktiv. Außerdem hat er einen entsetzlichen Geschmack. Ich zahle ihm dieses Wahnsinnshonorar und was stellt er sich in die Praxis: einen scheußlichen Nippes nach dem anderen – zuletzt diesen stacheligen, in Plexiglas eingeschweißten Kugelfisch.«

Angela wohnt jetzt in einem großen alten Feldsteinhaus – ehedem ein Gasthof – mit einer Scheune und Feldern, die sich bis zu einem breiten Bach, einer überdachten Brücke und einem Kiefernwäldchen erstrecken. In dem kühlen, schummrigen Wohnzimmer hängt über dem Kamin ein Gruppenfoto der Familie, der das Haus gehört. Obwohl Angela ihnen nicht begegnet ist, hat sie das Gefühl, sie zu kennen. Der Papa ist groß, blond, bärtig, gutaussehend und männlich, die Mama zeigt unter einer Wolke rotblonden Haares ebenmäßige Gesichtszüge, ein ovales Gesicht und ein warmes Lächeln. Sie stehen hinter einem viktorianischen Sofa, auf dem zwei kleine Mädchen sitzen. Die sind blond und hübsch und tragen duftige, mit Schweizerstickerei verzierte Kleidchen, kurze weiße Söckchen und schwarze flache Spangenschuhe. Alle blicken mit ungetrübter Selbstverständlichkeit in die Kamera. Wir sind die ideale Familie, natürlich sind wir selbstverständlich.

Mrs. Ideal hat viele Anweisungen mit einer Unmenge von Ausrufungszeichen in einer runden, linkshändigen Schrift hinterlassen. »Zucchini ernten, solange sie *klein* sind!« »Fernsehgerät am Wandschalter einschalten – nicht am Apparat!« »Broccoli blanchieren, in Plastiksäckchen einschweißen und sofort in die Tiefkühltruhe!« »Bitte sich von *allem* zu bedienen!«

Die ersten paar Tage tut sie so gut wie gar nichts. Sie schläft lange, wandert ziellos auf dem Grundstück umher und hält ihre Füße in den seichten, steinigen Bach. Abends liest sie Wallace Stevens im Lehnstuhl neben dem Kamin im gelben Schein einer handbemalten Kugellampe.

»... Nur wir beide können austauschen,
Was jeder, du und ich, zu geben hat.
Nur wir beide sind eins, nicht du und Nacht,
Noch Nacht und ich, nur du und ich ...«

Sie legt das Buch beiseite und mustert die Plattensammlung der idealen Familie. Stapelweise Mozart. Sämtliche Klavierkonzerte. Sie legt eins auf und schreibt Joe einen Brief. »Ich kann nicht vergessen, wie es war, als ich in Deinen Armen lag. Trotzdem ist es hier wunderschön, ich liebe Dich, Du fehlst mir sehr. Ich hoffe, Du kommst mich besuchen.« Und so weiter. Sie zeichnet eine skurril detaillierte Karte auf die Rückseite des Blattes und setzt ihre Telefonnummer darüber.

Das, was zwischen uns geschehen soll, denkt sie, hat noch gar nicht angefangen.

Im Garten steht alles im Überfluß. Auberginen beugen sich unter dem Gewicht ihrer glänzenden, lilafarbenen Früchte, Tomaten bedecken den Boden, grüne Bohnen, so lang wie ihre Hände. Sie erntet Gemüse, bereitet Salate und chinesische Pfannengerichte daraus und friert sie nach Mrs. Ideals Angaben ein. Sie gräbt in der lehmigen Erde, um das Unkraut mitsamt der Wurzel herauszureißen. Den Komposthaufen, auf den sie täglich den Küchenabfall wirft, wendet sie mit der Mistgabel um.

Abends breitet sie das frisch geerntete Gemüse, das sie essen will, auf dem Verandatisch aus und betrachtet es versonnen. Sie lauscht dem mit dem schwindenden Sommer immer intensiver werdenden Insektengesirr, riecht den fallenden Nachttau und beobachtet, wie das sanfte Licht zuerst die Felder, dann das Kiefernwäldchen und zuletzt den Himmel verläßt. Sie lauscht ihrem eigenen Atem.

Wahllos greift sie sich Bücher heraus: ›Der tiefe Schlaf‹, ›Krieg und Frieden‹ und liest sich kapitelweise vom Ende nach vorn durch.

Sie schließt die Augen in der kühlen Nacht, in der Ferne Hundegebell, und stellt sich vor, wie es wäre, tot zu sein. Der Körper ist nicht mehr. Und wenn Joe auch tot wäre?

– Ist es wahr? Daß wir nie zusammengefunden haben? Es schien so wirklich.

– Nein. Wir haben nicht zusammengefunden. Ich begreife es nicht. Ich wollte doch nichts weiter als mit dir zusammensein.

Aber jetzt, im Tod, haben sie alles verloren: Zeit, ihre Körper. Empfindung, Gefühl, ihre Herzen, ihre Gedanken.

Vormittags radelt sie durch die würzigen Kiefernwälder und badet nackt im Bach.

In der zweiten Woche reißt sie sich zusammen. Ich unterziehe mich einer Kur, ermahnt sie sich selbst. Jeder Tag, den ich von Joe fern bin, bringt mir ein kleines Stück von mir selbst zurück, und eines Tages werde ich wieder vollständig sein. Auf eine ganz neue Art. Sie mäht das Gras um die

Scheune ab, karrt das welke Laub von den Robinienbäumen auf die Gartenbeete. »Häufeln Sie Laub, wenn Sie Lust haben!« hat Mrs. Ideal geschrieben. Und »Bitte regelmäßig Unkraut jäten!«

Angela denkt jetzt anders über Joe. Vielleicht ist es die Einsamkeit, die anstrengende, tägliche Gartenarbeit, vielleicht sind es die ruhigen Abende, an denen sie auf der Veranda sitzt und sich damit begnügt, alles ringsum zu betrachten. Er hält ihre Gedanken nicht mehr vollständig besetzt, ist nicht mehr ständig bei ihr. Jetzt weiß sie auch, daß er nicht anrufen, ihren Brief nicht beantworten wird. Er ist nicht im Garten, in der Erde, im Komposthaufen oder im Heu. Arbeitet nicht im Zimmer, während sie auf der Veranda sitzt. Er ist wirklich jemand für sich, ist wirklich anderswo. Ein Ex-Phantasie-Gespiele. Wenn sie während der Mittagshitze eine Siesta gehalten hat, wacht sie erfrischt und mit einem süßen Geschmack in der Kehle auf. Der Spiegel zeigt ihr ein anmutiges, sonnengebräuntes, klaräugiges Wesen.

Eines Nachts träumt sie lange und schwer. Sie ist im Kino und sieht sich selbst in Großaufnahme. Ihr wird bewußt, daß viele ihrer Eigenarten, Angewohnheiten und Gedanken nur Nachahmungen sind, andere Menschen, die sie kennt, nur imitieren. Immer bemüht sie sich, etwas zu sein, das sie nicht ist – wie ein dressierter Hund in einem Ballettröckchen. Sie ist entsetzt über diese dicke Tünche der Unechtheit. Wo ist sie denn, die richtige Angela? Beim Aufwachen denkt sie: Ich muß mein wahres Selbst finden.

Am letzten Abend sitzt sie auf der Veranda und ißt eine Suppe, die sie gerade aus Zucchini, Basilikum, Hühnerbouillon und Sahne zubereitet hat. Sie kann alles einzeln herausschmecken. Jeder Löffel voll ist ein Stück Garten, die warmen grünen Zucchini, das Basilikum, das sich aromatisch und süß im Wind bewegt. Es geht mir gut, denkt sie, ich bin glücklich.

Auf einmal knirschen Reifen auf dem Schotter der Einfahrt. Zuerst glaubt sie, es sei Laura, die Tochter eines Nachbarn, mit der sie ein paarmal geplaudert hat. Als sie das Schlurfen von Sandalen auf den Steinplatten hört, ruft sie: »Komm nur rein und leiste mir Gesellschaft!«

Dann erkennt sie Joe. Sekundenlang glaubt sie, einer Halluzination zu erliegen, hält ihn für ein Produkt ihrer Phantasie, seinen Doppelgänger, der ihr den Gedanken austreiben will, sie könnte geheilt sein. Im schwachen Licht der Veranda wirkt er blaß und dünn. Er ist unrasiert.

Sie wünscht, daß nicht gerade er es sei, der gekommen ist, diesen vollkommenen Sommerabend zu zerstören. Jeder andere, nur er nicht. Doch sie begrüßt ihn herzlich.

»Hallo!« ruft sie begeistert. Sie umarmt ihn, und er packt sie an den Oberarmen. »Das ist aber eine Überraschung!«

»Ich fahre schon seit Stunden herum.« Seine Stimme klingt gepreßt. »Ich habe Edith verlassen.«

»Oh, nein!« ruft sie unwillkürlich. »Ich meine, das darf doch nicht wahr sein!«

»Sie weiß es. Sie weiß alles.« Joe hält den Blick gesenkt.

»Was ist denn passiert?« Ist sie etwa schuld? Hat Sharon Lynn davon erzählt, hat Lynn es Trudy erzählt, hat Trudy es Edith erzählt? Hat Angela etwas getan? Sie nimmt ihn beim Arm und drückt ihn auf einen Stuhl. Plötzlich fühlt sie sich wie als kleines Mädchen, wenn sie Teddybären um einen Puppentisch gruppierte.

Er hat sie verlassen, um zu mir zu kommen, denkt sie und sagt es beinahe laut, damit sie es glauben kann. Es ist, als erzähle sie sich eine Geschichte: Es war einmal, und dann ... und wenn sie nicht ...

Er holt einen zusammengefalteten Zettel aus seiner Hemdtasche und reicht ihn ihr.

»Möchtest du etwas essen? Oder trinken?«

»Ja, was trinken.«

Sie nimmt den Zettel, geht in die Küche und knipst das Licht an. Die Helligkeit blendet sie. Es ist der Brief, den sie ihm geschrieben hat – Xe für Küsse am Ende des Briefes, die detaillierte Karte auf der Rückseite des Blattes. Es überläuft sie kalt: Der Brief eines Teenagers. Im Haus ist weiter nichts als eine Flasche Crème de Menthe, die sie mit einem Glas voll Eiswürfel auf die Veranda bringt. »Sie hat den Brief gesehen?«

»Ja.«

»Macht sie deine Post auf?«

»Nein, ich war allein zu Haus und hatte ihn oben auf dem Kühlschrank liegen lassen. Sie kam früher aus der Stadt, und als sie die Tür aufmachte, fiel er herunter.«

Angela bedauert Edith aufrichtig. Es muß ihr sehr weh tun. Sie kann Ediths Tränen tief in ihrer Kehle spüren. Sie möchte sich entschuldigen, möchte sagen, daß sie es bereut, daß ihr alles so leid tut. Sie legt ihm die Hand auf die Schulter. Kein Funke springt über. Sie haben einander noch immer nicht angesehen.

»Möchtest du Zucchinisuppe?«

Er schüttelt den Kopf.

Den Rest des Abends über ist er einsilbig. »Nett hier.« »Gut restauriert.« Und: »Sieh mal, wie dick die Balken sind.« Seine Stimme klingt stumpf. Angela bringt ihn ins Bett wie ein übermüdetes Kind und legt sich neben ihn. Er liegt flach auf dem Rücken, die Arme an den Seiten, und zittert.

Sie kann nicht schlafen. Dies ist die erste Nacht, die sie miteinander verbringen. Offensichtlich ist er nicht in Stimmung. Und sie will auch nicht, daß er hier ist. Jedenfalls nicht so. Gegen Morgen schläft sie ein und denkt dabei, ich bin genauso allein wie jahrelang fast jede Nacht. Ein rauhes, heiseres Geräusch reißt sie aus dem Schlaf.

Es ist Joe – er schluchzt.

27

Angela liegt auf dem Boden ihres Wohnzimmers nahe dem Fensterventilator, das Telefon in Reichweite. Es ist Labor Day und sehr heiß. Die Straße ist für den Verkehr gesperrt, weil ein Volleyballspiel stattfindet. Männer schreien, Hunde bellen. Aus den Radios tönt Salsa-Musik. Der unerbittliche Klavierspieler übt. Sharon ist bei Sam in Westhampton. Katha ist ausgegangen: irgendwelche geheimnisvollen Besorgungen.

Angela wartet auf Joes Anruf. Sie hat kaum geschlafen, um fünf Uhr ist sie aufgestanden, und nun hat das Warten sich verdichtet, führt ein Eigenleben. Joe wollte in Connecticut seine Sachen zusammenpacken, seine Habe aus dem Speicher holen und einlagern und sich dann mit Angela in Verbindung setzen.

»Por ti seré, mi amor, mi vida!« plärrt ein Radio.

Sie will nicht telefonieren, weil sie Angst hat, die Leitung zu blockieren, aber schließlich läßt sie sich von der Fernsprechauskunft die Nummer in Connecticut geben – selbstverständlich ist sie unter Ediths Namen verzeichnet. Sie ruft wiederholt an, legt aber auf, ehe es zu läuten beginnt. Dann wählt sie die Nummer des Speichers. Keine Antwort. Am späten Nachmittag ruft sie wieder das Haus an. Edith ist am Apparat. Angela legt auf.

Joe sitzt seitlich auf dem Bett, während Edith ihn wäscht. Er schläft immer wieder ein, aber er spürt ihre Berührung, energisch und sicher. Das Wasser ist lauwarm. Sie befinden sich in einem kleinen ländlichen Krankenhaus.

Als Joe in seinem Leihwagen ankam, stand Edith auf der obersten Stufe der Verandatreppe. Sie trug Shorts, die knochigen Knie waren dreckig, die Hände hatte sie in die Hüfte gestemmt. Die neuen Bohlen für die Veranda waren in der Einfahrt gestapelt.

Den ganzen Weg über hatte sich Joe schlecht und schwach gefühlt. Er starrte auf ihre Knie; hat sie etwa den Keller aufgeräumt?

»Du wirst dich dein Leben lang vor deinen Verpflichtungen drücken«, sagte Edith. »Was du anderen schuldig bist, ist dir völlig wurscht. Diese Veranda zum Beispiel: Wie soll *ich* sie renovieren?«

Joe schüttelt den Kopf. »Ich hole meine Sachen. Es geht mir nicht gut.«

»Weil du verdrängst. Du verdrängst deinen Haß, deinen Zorn und deine Gefühle für mich, indem du wegrennst, flüchtest zu –« Aber sie kann Angelas Namen nicht aussprechen, ohne daß ihr die Stimme versagt. »Wie weh du mir tust, ist dir völlig egal.«

»Laß mich nur einen Augenblick ausruhen, bitte.« Er setzte sich auf die Stufe, in Schweiß gebadet, gekrümmt vor Bauchkrämpfen.

Im Rettungswagen legte sie ihm einen kühlen, feuchten Waschlappen auf die Stirn und bat den Fahrer, sich zu beeilen. Nach der Operation, als Joe aus der Narkose erwacht war, erzählte ihm Edith, der Chirurg habe nicht fassen können, wie jemand mit einem Blinddarmdurchbruch noch so lange herumlaufen konnte.

In der Nacht, als die Wirkung der Sedativa nachläßt, öffnet er die Augen, erkennt seine Umgebung, weiß, was passiert ist, und erblickt Edith auf einem Stuhl neben seinem Bett, eingenickt, den Kopf seitlich geneigt.

»Eed?«

Sie ist sofort wach, legt die Hand auf seinen Arm.

Joe wird heute zu einer Besprechung mit Goodhugh erwartet. Es ist Angelas erster Arbeitstag nach dem Urlaub. Sie findet so viel Arbeit vor, daß sie erst am späten Nachmittag ihren Schreibtisch verläßt. Belinda macht ihr Komplimente über ihr Aussehen und fragt, ob sie erholsame Ferien hatte. Tor Bracewell steckt den Kopf zur Tür herein und begrüßt sie. Gerard ruft an, um ihr zu sagen, daß er es heute nicht schaffen wird, ins Büro zu kommen.

»Hast du was von Joe gehört?« fragt sie.

»Nein. Ich vermute, Edith hat ihm Beschäftigungstherapie auf dem Land verordnet.«

Goodhugh erscheint. »Bly hat vorhin angerufen. Er kommt erst in einigen Wochen ins Büro.«

»Ach wirklich?« Angela klingt unnatürlich gleichgültig. Sie hört selber ihren gekünstelten Ton und spürt, wie ihr Gesicht erstarrt.

»Offenbar hatte er da draußen einen Blinddarmdurchbruch.«

»Um Himmelswillen!« Er ist krank, möglicherweise allein. Und hat sich nicht an sie gewandt, als sie ihm hätte beistehen können.

»Wo? Hat er gesagt, wo?«

»Aber beruhigen Sie sich doch, meine Liebe. Ich weiß nicht, wo er ist, aber offenbar ist er in fachkundigen Händen, in einem Krankenhaus.«

Ist sie in einen Kitschroman gestolpert? Bei Joe bringt beinahe jeder Tag eine neue Krise, die sich mit der vorangegangenen, ebenfalls noch ungelösten, überschneidet. Aber wie dem auch sei – sie wird zu ihm eilen, er braucht sie. Hat sie denn die ganze Zeit über vergebens gewartet?

»Brauchen Sie Hilfe bei Ihrer Arbeit? Sie haben doch bestimmt mit Blys Rückkehr gerechnet –«

Sie lächelt. Sie kann gut lächeln. »Aber nein – ich pack' es schon.«

Edith liest Joe aus der Zeitung vor. Wenn sie ihn ansieht, hat sie einen weichen, liebevollen Ausdruck im Gesicht, der ihm ganz neu ist. Er hat das Gefühl, immer in diesem Bett gelegen zu haben, in diesem Krankenzimmer mit dem Ventilator an der Decke und den Insekten, die gegen das Fliegengitter prallen, immer schon diesen Geruch von gescheuertem Holz und Äthylalkohol in der Nase gehabt zu haben. Er und

Edith sprechen nicht von seiner Flucht zu Angela, obwohl Edith, nachdem sie den Leihwagen zurückgebracht hatte, munter bemerkte: »Ich habe eine neue Einsicht gewonnen, die ich Midge mitteilen muß: Jede Beziehung hat ihr Hoch und Tief.«

Eines Morgens wird ein neuer Patient eingeliefert und zu Joe aufs Zimmer gelegt. Er heißt Tim, und sein Bein ist übel zugerichtet. Aus der Betäubung erwacht, erzählt er Joe, er habe bei einem Freund auf dem Soziussitz des Motorrads gesessen, als der ein Rotlicht überfuhr. Ein Auto sei in sie hineingefahren. Sein Bekannter sei völlig unverletzt geblieben; die Maschine brauche nur ein neues Hinterrad.

Joe freut sich, jemanden bei sich zu haben, mit dem er sich unterhalten kann. Jeden Morgen und jeden Abend kommt Edith, tagsüber muß sie arbeiten. Lesen mag er nicht. Noch weniger nachdenken. Wenn er sich an Angela erinnert, schmerzt ihn der Unterleib, er muß an den farblosen, kalten Geschmack des Narkosemittels in seiner Kehle denken, und die Operationsnähte beginnen zu jucken.

»Ich habe schon zwei Motorradunfälle gehabt«, sagt er. »Aber ich finde Motorräder immer noch toll.«

»Ich auch«, sagt Tim. Er hat einen schmalen braunen Bakkenbart und trägt das Haar zu einem Pferdeschwanz gebunden. »Welches Fabrikat?«

»Eine BMW.«

Sie unterhalten sich über Motorräder und über die katholische Kirche, die, meint Tim, der größte Grundbesitzer der Welt sei, und sprechen über einen exzentrischen Millionär, bei dem Tim einmal Gärtner war. Seit einiger Zeit töpfert Tim und hat einen kleinen Laden im Dorf. »Und jetzt glaube ich an Meditation. Heute abend kommen Freunde von mir und veranstalten eine Heilmeditation. Ich hoffe, Sie haben nichts dagegen.«

»Aber nein. Wie geht das denn vor sich?«

»Bei einer gewöhnlichen Meditation sitzt man still und sieht in sich hinein, beobachtet seine eigenen Gedanken. Läßt sie einfach vorbeiziehen. Aber bei einer Heilmeditation – da konzentriert sich die innere Energie auf das, was geheilt werden soll.«

Am Abend kommt Edith, und Joe erzählt ihr, daß die Meditationsleute jeden Augenblick hereinkommen können. »Scheiße«, sagt Edith. »Was denn noch?«

»Ich glaube, wir müssen still sein.«

»Nein, nein«, widerspricht Tim. »Das ist nicht nötig.«

»Morgen muß ich in die Stadt. Ich gehe jetzt lieber nach Hause und packe. Soll ich dir irgendwas mitbringen?«

»Nein – aber du brauchst nicht schon zu gehen.«

»Nicht reden zu dürfen könnte ich nicht aushalten.« Edith küßt ihn und stupst seine Nase mit ihrer. Dann glättet sie sein Überschlaglaken, ordnet die Zeitschriften, leert den Aschenbecher und stellt ein frisches Glas Wasser auf Joes Nachttisch.

»Danke«, ruft Joe ihr nach. Er will sie nicht weglassen, aber sie ist bereits halb draußen. »Ich bin dir sehr dankbar – für alles.«

»Schon gut«, sagt Edith. »Ich werde versuchen, kommenden Freitag Urlaub zu bekommen, damit ich schon Donnerstagabend hier sein kann.«

»Sie haben wirklich Schwein«, sagt Tim. »Ich wünschte, ich hätte so 'ne Braut. Meine Alte ist eines Tages mit einem Hackbrettspieler abgehauen. Das wollte mir einfach nicht in meinen verdammten Schädel.« Er läßt die Faust auf die Matratze fallen. »Sie hieß Wakanda.«

Joe fühlt sich unerklärlich wohl. Weshalb nur? Eine blasse Erinnerung. Edith. Es tat ihm gut, sie so eifersüchtig auf Angela zu sehen. Er gibt nicht gerne zu, daß es ihn gefreut hat, aber es ist so. Er schließt die Augen und träumt von einem Becher, einem blauen Becher, um dessen Rand Kraniche fliegen, und als er die Augen wieder öffnet, hat er das Gefühl, etwas versäumt zu haben. »Und das Furchtbare ist ... das Furchtbare ist ...« Wie lautet doch die Zeile? Verlust, Schmerz, Übelkeit. Und was war es doch, das er tun wollte?

28

Angela ruft sämtliche Krankenhäuser der Umgebung an, in denen Joe liegen könnte. Als sie schließlich das richtige Hospital gefunden hat, sagt eine Frauenstimme, er schlafe. Angela hinterläßt eine Nachricht. Dann ruft sie noch einmal an und macht das rückgängig. Edith könnte es lesen.

Eines Vormittags im September hört Angela, wie Joe den Korridor entlangkommt und Kollegen begrüßt. Alle sind froh, ihn wiederzusehen. Sie hört, daß Belinda ihm eine Tasse Kaffee anbietet und Tor Bracewell ihm einen dummen Witz erzählt.

Schließlich kommt er in ihr Büro. Er ist braungebrannt, die Falten um Augen und Mund haben sich geglättet. Er hat abgenommen, der Stoff zwischen den Knöpfen seines neuen Hemds spannt nicht mehr.

»Ich bin nur vorbeigekommen, um ein paar Dinge mit Goodhugh zu besprechen«, sagt er.

Angela macht einen gehetzten Eindruck und sieht blaß aus. Hat sie immer diese Furche zwischen den Brauen gehabt, auch wenn sie lächelte? Ihr Lächeln wirkt verkrampft, so als könne ganz plötzlich etwas anderes daraus werden, wenn sie nicht aufpaßt.

»Wie geht's?«

Sie steht auf und umarmt ihn. »Joe, was ist denn passiert? Ich war so lange ohne Nachricht, ich wäre ins Krankenhaus gekommen, ich wollte –«

»Es ist alles in Ordnung, wirklich.«

»Du siehst jedenfalls gut aus.«

»Danke. Ich habe meditiert. Dort gab es nämlich eine Meditationsgruppe, die machte Heilmeditationen. Ich weiß nicht, ob es geholfen hat, aber jetzt geht es mir viel besser.«

»Wunderbar.« Sie runzelt die Stirn und wirft einen Blick auf die Uhr. »Hier hast du unsere neueste Nummer, falls es dich interessiert.«

Das Layout ist völlig geändert, der Umbruch lockerer, weiße Stellen. Eine neue Typografie. Er hätte das nicht so gemacht: Ihm gefiel das Hektische, Nervöse; jetzt ist alles glatt, professionell.

»Was hältst du davon?« Ihre Augen sind aufgerissen, flehend.

»Gut, wunderbar. Jetzt sieht es richtig nach was aus.«

»Könnten wir uns nicht unterhalten?« Sie flüstert. »Ich möchte dich sehen.« Ein Wechsel von der Berufskollegin zu der verunsicherten Frau.

»Es geht nicht – ich bin nur den einen Tag hier.«

»Bly, wir sollten uns über alternative Energiequellen unterhalten.« Goodhugh steht im Türrahmen. »Wie geht es dir?«

»Besser denn je«, erklärt Joe.

»Wir essen in meinem Club, einverstanden?«

Angela kommt sich ausgeschlossen vor. Es ist also wahr – Joe wird ein neues Projekt in Angriff nehmen. Und er muß zurück zu Edith. Offenbar hat er alles vergessen, was sich zwischen ihnen beiden ereignet hat. Nachdem Goodhugh gegangen ist, läßt sie ihre Hand zwischen Joes Hemdknöpfe gleiten und streichelt seine Brust. »Was hältst du von Derek Grinder?« Sie hat bereits jede List ausprobiert, weshalb sollte sie es nicht auch noch mit der Eifersuchtsmasche versuchen?

Einen Moment schließt er die Augen. »Derek ist ein netter Kerl. Hm – sehr – sanft«, sagt Joe betont lässig. »Warum fragst du?«

»Ach nur so, weil ich mich, glaube ich, in ihn verknallt habe.« Sie zieht die Hand zurück. »Wann schaust du wieder mal vorbei?«

»In etwa einem Monat. Goodhugh hat meinen Extra-Urlaub genehmigt. Kann sein, daß ich verreise. Ich denke viel darüber nach, was ich in Zukunft machen soll und was ich wirklich vom Leben erwarte.«

Idiot, denkt sie.

»Armer Derek, er sagt, er hat einen Minderwertigkeitskomplex.« Eigentlich will Angela über Joe reden, aber Sharon hat es satt. Sie und Joe sind einander zwar nie begegnet, aber sie kann ihn nicht ausstehen.

»Vielleicht *ist* er minderwertig«, sagt Sharon. In Sharons Wagen fahren sie über Nebenstraßen der Catskills; sie haben die Orientierung verloren.

»Bei ihm kriegst du immer nur die Schale, nie die Frucht. Vielleicht ist gar keine drin.«

»Aber er gefällt mir. Er ist – interessant. Welches Eisen habe ich sonst schon noch im Feuer?« Joe will einen Monat über sich selbst nachdenken. Vielleicht, vielleicht! Im Frühling hat er gesagt: Laß mir Zeit.

»Du weißt, Derek ist bei Frauen nicht gerade wählerisch. Wie oft trefft ihr euch?«

»Ach, ein-, zweimal die Woche. Die übrige Zeit schreibt er an seiner Kolumne oder an einem Artikel. Ich glaube, er ist sehr einsam und depressiv. Er hat Probleme, aber er arbeitet sie durch.« Angela möchte Derek wirklich zum

Freund haben, möchte die Frau sein, mit der er zu Hill's geht und auf Partys, wo man faszinierenden Leuten begegnet, Schauspielern, Politikern, Schriftstellern. Bis Joe sich von Edith freimacht, könnten Angela und Derek in dessen komischem Speicher wohnen oder vielleicht gemeinsam ein Haus auf dem Land mieten. Oder nach Italien reisen. Kann sein, er ist depressiv, aber wenigstens lebt er nicht zusammen mit Edith Berk. »Hast du durch Trudy oder Lynn wieder mal was von Edith gehört?«

»Nicht viel – eben nur, daß sie dieses Haus gekauft hat und daß ihnen der Umbau viel Spaß macht«, erwidert Sharon. »Die Therapeutin hat Edith geraten, für Joe eine Beschäftigungstherapie zu organisieren. Sieh doch mal, wie schön diese Hügel sind! Ich wünschte, ich wäre in Schottland – mit Sam.«

Angela kauft neue Kleider. Sie will nicht mehr in Jeans und Stiefeln ins Büro gehen. Statt dessen wird sie Röcke tragen, Blazer, Seidenblusen und Stöckelschuhe. Jedes neue Kleidungsstück wird daraufhin geprüft, ob es vor Joe bestehen kann, wenn dieser wieder ins Büro kommt. Sie ist überrascht, wie fleißig, wie ausdauernd und konzentriert sie arbeiten kann, obwohl ihre Gedanken so oft bei Joe und Derek sind und ihr imaginäre Aussprachen abfordern, in denen sie den beiden Bescheid gibt, ihnen den Kopf zurechtrückt, und dafür von beiden geliebt wird.

29

Joe bleibt auf dem Land und arbeitet am Haus. Er renoviert die Veranda und malt die neuen Verzierungen tiefblau an, eine wundervolle, von Edith ausgesuchte Farbe. Er verglast die Doppelfenster neu und malt die Rahmen ebenfalls blau an. Er stapelt das gehackte Brennholz auf der Veranda. Er arbeitet an den elektrischen Leitungen, was mühsam ist. Jedes Wochenende kommt Edith, um die Böden zu scheuern. Sie ist jetzt Leiterin der Kliniken in Queens und Brooklyn, und sie und Lois wollen demnächst eine Zweigstelle in Philadelphia eröffnen. Seit einiger Zeit läßt Edith Joe meist in Ruhe. Diese neue Haltung beunruhigt und fasziniert ihn zugleich: Zuerst hat sie dieses Haus gekauft und den neuen Wagen, um ihn hinzufahren, und im kommenden Herbst will sie die Anzahlung für ein Stadthaus leisten. Das Geld stammt aus einem Grundstücksgeschäft in Paterson, wo ein Onkel von ihr wohnt. Es hat den Anschein, als ob sie Joe für gar nichts mehr braucht. Angela hat sie seit seiner Blinddarmgeschichte mit keiner Silbe erwähnt. Auf ihrem gemeinsamen Konto hat sich allerhand Geld angesammelt – das meiste gehört Edith, denn er hat nichts mehr verdient, und sie hat von Lois weitere Aktien erworben. Er freut sich, wenn sie kommt. Außer mit Tim und Dan, die er im Dorf besucht, redet er mit niemandem.

Edith hat lange nicht mehr von Heirat und Kindern gesprochen, obwohl Lois und Jim geheiratet haben und Lois schwanger werden will, ehe es zu spät ist. Und Edith war es, die Alec schließlich bewog, zu Lucy zurückzukehren – Todd zuliebe.

Am Freitagabend vor Joes Urlaubsende – er ist gerade dabei, im Kamin Feuer zu machen – läutet das Telefon. Edith antwortet mit ihrer Beruhigungsstimme. »Ich bin *sicher*, es wird alles gutgehen.« Dann folgt eine ausführliche Unterhaltung mit derart vielen gynäkologischen Termini, daß er vermutet, sie spreche mit einer Patientin. Er starrt in die knisternden Flammen und entwirft im Geist einen Schaltplan für die Küche.

Edith legt auf, setzt sich auf den Boden neben den Kamin und sagt nichts.

»Was war?« fragt Joe.

»Mama.«

»Und?«

»Ihre Gebärmutter muß raus. Sie wollte mich nicht beunruhigen, deshalb hat sie zu niemandem was gesagt. Am kommenden Montag wird sie operiert.«

»Ist es was Ernstes?« Joe entsinnt sich vage, daß seine eigene Mutter diese Operation über sich ergehen lassen mußte, aber seine Mutter war ja immer krank.

»Sie hat Angst, es könnte bösartig sein.«

Joe legt die Arme um Edith. Sie schluchzt. »Eed – kann ich irgendwas für dich tun?«

»Nein, nein, ich würde niemals so etwas von dir verlangen – ich werde schon alleine damit fertig.« Sie macht sich los aus seinen Armen, steht auf, geht nach oben und schließt die Schlafzimmertür hinter sich.

Am Samstag früh wird Angela von dem widerlich süßen Geruch des Lacks auf dem sich erwärmenden Heizkörper geweckt. Draußen windet es. Sie setzt sich auf und schwingt die Beine über die Bettkante. Sie spürt eine große Veränderung. Ist die Regierung über Nacht gestürzt worden? Sind außerirdische Wesen gelandet?

Sie geht einen Stock tiefer und trinkt Tee mit Katha.

»Beim Aufwachen war mir so, als sei irgendwas passiert, als sei eine Veränderung eingetreten. Würdest du das *I Ging* für mich konsultieren?«

»Vielleicht bist du es, die sich über Nacht verändert hat. Hast du dieses Gefühl schon einmal gehabt?«

»Ja, am Tag, bevor ich den Anruf bekam, daß meine Mutter tot wäre.«

Katha befragt das *I Ging* aber nicht, sondern schenkt Angela das gelbe Buch und die drei Münzen.

»Aber das geht doch nicht, du hast es so lange gehabt, und diese Münzen sind antik. Ich kann das nicht annehmen.«

»Doch, doch, bitte. Ich weiß ja, daß sie bei dir sind, wenn ich sie brauchen sollte. Betrachte sie als eine Dauerleihgabe.«

Angela kommt am nächsten Montag zu spät ins Büro. Sie hat sich die Haare schneiden lassen, sie wellen sich modisch auf ihren Schultern. Sie trägt einen marineblauen Blazer, eine weiße Seidenbluse und einen grauen Rock. Sie kommt gerade aus einem kühlen, gedämpft beleuchteten Schönheitssalon mit beiger Ausstattung, wo Frauen in rosa Kitteln Haare frisieren und Masken aus Lehm, Algen und Mandelkleie auf die Gesichter anderer Frauen legen, die geliebt werden wollen, und wo niemand seine Stimme über ein Flüstern erhebt. Heute kommt Joe zurück.

Im Korridor trifft sie Goodhugh. *»Ma chère«*, sagt er und legt den Arm um ihre Schultern. »Heute früh hatte ich eine Sitzung mit Whorf und Brunell, sie haben den Bericht gelesen. Daß er klar und exakt war, hat sie sehr beeindruckt. Sie haben ihn fabelhaft redigiert, Angela.« Er begleitet sie zu ihrem Büro. Was lobt er sie so überschwenglich? »Und wenn es gestattet ist, möchte ich noch hinzufügen, meine Liebe, daß Sie heute sehr *sortable* aussehen.«

Sie geht sofort in ihr Büro, spürt, daß Joe in seinem Zimmer ist. Belinda steckt den Kopf herein. »Alles okay, Schätzchen?«

»Aber gewiß doch. Warum?«

»Wollte mich nur vergewissern.«

Sie geht wieder, Angela wüßte gern, weshalb sie so besorgt ist.

Angela sitzt da und sieht auf ihre Hände, bis Joe schließlich hereinkommt. Er räumt einen Stoß Akten von einem Stuhl und setzt sich. Sein Blick fällt auf die kleine Schale – heute gibt's nichts zu naschen. Beide Becher sind ungewaschen, einer hat einen angeschlagenen Rand. Berichte und Bücher und Zeitschriften stapeln sich auf Schreibtisch, Boden, Aktenschrank. Die persische Miniatur hängt schief. Angela beobachtet, wie er sich umsieht. Sie schweigt.

»Wie geht es dir?« fragt er.

»Ausgezeichnet. Und dir?« Es klingt unpersönlich. »Hattest du einen netten Urlaub?«

Er nickt. »Ja, sehr nett, sehr abwechslungsreich.«

»Bist du herumgereist?«

»Nicht viel. Meistens war ich auf dem Land.«

»Aber du trägst ja einen Puzzlering.«

»Puzzlering? Der da?« Er hebt die Hand. An seinem rechten kleinen Finger steckt ein Ring aus geflochtenem, dickem Silberdraht.

»Du weißt schon, die Sorte, die sich auseinandernehmen läßt. Hab ich recht?«

Er merkt, sie meint es ernst. »Auseinandernehmen kann man ihn nicht, aber ein Puzzlering ist es schon.« Sein Gesichtsausdruck wirkt traurig. Sie vermutet, daß es ihm in letzter Zeit nicht gut gegangen ist. Der bloße Gedanke daran sticht wie kleine Nadeln in ihrer Brust. »Wollen wir nicht zusammen essen?«

»Heute geht's leider nicht.«

»Oder nach Büroschluß etwas trinken?«

»Ich bin – bereits – anderweitig verabredet.« Er und Edith wollen ihre Mutter im Krankenhaus besuchen und ihr die frohe Botschaft überbringen.

»Dann Frühstück morgen?«

»Abgemacht.« Dann platzt er damit heraus. »Wir haben Samstag geheiratet. Tut mir leid, daß ich dir vorher nichts gesagt habe, aber es ist alles sehr plötzlich gekommen.«

»Ich hatte das dumpfe Gefühl, daß so etwas geschehen wäre. Meinen Glückwunsch.«

Er sieht unglücklich aus. Er hat versucht, Angela Samstag

früh anzurufen, als Edith unter der Dusche stand. Sie sollte unbedingt verhindern, was sonst unweigerlich geschehen würde. Aber sie war wieder nicht zu Hause. Bei Grinder oder gottweißwem. Und nun ist es zu spät. Sie lächelt wissend. »Mich hat es jedenfalls überrascht.« Die Hektik, mit der alles vor sich gegangen ist, erscheint ihm jetzt wie ein Traum. Edith hatte an alles gedacht. Sie wußte, was zu tun war, wo der Friedensrichter wohnte, welcher Silberschmied die passenden Ringe hatte. Ihr Freund, der Chirurg aus dem Krankenhaus, hatte sogar ihre Blutproben rückdatiert, damit sie nicht drei Tage warten mußten. Samstag früh sagte sie: »Wenn wir heute nicht heiraten, tun wir's nie.« Am Nachmittag kamen als Trauzeugen Lois und Jim, und Joe und Edith wurden Mann und Frau.

»Ich komme mir so – so gereift vor«, sagt Joe. Seine Stimme ist lustlos. Sein Blick sucht ihre Augen.

Angela sitzt reglos, die Hände still im Schoß gefaltet. Sie atmet kaum. »Wollt ihr Kinder haben?«

Ihre Frage überrascht ihn. »Nein. Nein – wohl nicht.« Edith hat noch nichts wieder davon gesagt.

»Ich hoffe, du wirst ein guter Ehemann und fängst nicht gleich wieder eine Geschichte an.«

Er lächelt ihr zu, zeigt dabei seine neuen, gleichmäßig weißen Jacketkronen, berührt ihr Haar und geht hinaus.

Auf dem Nachhauseweg ist Angela überrascht, daß die Leute auf den Straßen vorbeihasten, am Bordstein stehen und Taxis heranwinken, sich durch die Drehkreuze der U-Bahn zwängen, als wäre nichts geschehen. Sie will, daß die Welt untergeht, und zwar augenblicklich.

Nichts geht unter. Als sie aus der Bahn kommt, lärmen die Kinder wie gewöhnlich auf dem Spielplatz im Park gegenüber der U-Bahnstation. Der Zeitungskiosk steht noch immer an der gleichen Stelle. Hunde werden ausgeführt. Die Schwerkraft ist nicht aufgehoben. Eine entzündete, verzerrte Sonne geht im Septemberdunst auf Angelas Straßenseite unter. Wahrscheinlich wird sie morgen wieder aufgehen. Nichts davon, nichts von alledem dürfte weitergehen.

Sie spürt jeden Schritt, den sie auf ihr Haus zugeht. Sie liegt ausgestreckt in der Badewanne, bis das Wasser kalt geworden ist. Das Telefon läutet, sie nimmt nicht ab. In ihren Gliedern spürt sie den unbarmherzigen Ablauf der

Zeit, sie spürt ihn in den Wänden, in dem verblassenden Tageslicht. Die Welt ist leer geworden. Der Blitzstrahl der Liebe hat die Welt getroffen, und ihre lodernde Glut hat alles verzehrt. Nichts ist mehr übrig.

Im klaren Licht des nächsten Morgens scheint ihr Verlust selbst in die Silhouetten der Hochhäuser eingebrannt. Nichts von dem, was sie will oder was er will oder was ihre Freunde oder Edith wollen – nichts ist mehr von Bedeutung.

Sonderbar ist, daß sie sich nicht an den Schmerz erinnert, wenn sie an die schlimmsten Episoden ihrer Vergangenheit zurückdenkt, sondern an etwas anderes: etwas Gleißendes, Helles. Als ihre Ehe am Ende war und Janos sie in jenem Herbst im Stich ließ, wanderte sie stundenlang im Park herum; im Gedächtnis geblieben ist ihr davon das Licht. Damals war der Herbst klar und trocken, es kamen Nachtfröste, die die Bäume im Park purpurn und golden färbten. Als sie heute durch den Park geht, um sich mit Joe zu treffen, sieht sie große Flächen von Licht. Auf dem Wasserreservoir, in Streifen über dem Himmel, goldenes Licht hinter roten Blättern, rotes Licht hinter goldenen Bauten, blaue und pflaumenfarbene Schatten. Die ganze, gewaltige Stadt im Gegenlicht. Sie weiß nicht mehr, wie ihr Mann aussah, als sie sagte, er solle gehen, an sein Gesicht kann sie sich nicht erinnern, noch wie er wegging oder was er mitnahm – weiß nur, daß ein Platzregen niederging und zwei Tauben sich unter den Dachfirst des gegenüberliegenden Hauses geflüchtet hatten.

Joe und Angela hatten immer davon geträumt, nach einer ekstatisch durchliebten Nacht gemeinsam zu frühstücken, aber dazu ist es nie gekommen. Die einzige Nacht, die er bei ihr verbrachte, war entsetzlich gewesen, und am nächsten Morgen hatte keiner von beiden Appetit gehabt. Nun treffen sie sich bei Schrafft's. Er hat wenig geschlafen, sie ebenfalls.

Sie lesen angestrengt die Speisekarte und reden über die Arbeit. Jetzt, da das Informationsblatt etabliert ist, soll Joe für Goodhugh ein zweites, ganz anderes machen. Möglich, daß es sich mit alternativen Energien befaßt. Er ist froh, daß die Unterhaltung mit Angela nicht ins Stocken gerät. Man wird also weiter zusammenarbeiten können. »Was immer am Ende herauskommt –, ich möchte unbedingt, daß du bei diesem neuen Projekt mitarbeitest. Deine Einfälle sind ganz wichtig für mich.«

Sie fängt an zu weinen. »Warum hast du das bloß getan?«

Geistesabwesend berührt er mit dem Daumennagel den neuen Ring. Er ist ein wenig eng für seinen kleinen Finger. »Geheiratet?« Nie hat er Angela weinen sehen, er hat nicht geglaubt, daß sie jemand sein könnte, der weint. Noch dazu schluchzend wie ein Kind. Er reicht über den Tisch und legt seine Hand auf ihre, die krampfhaft einen Löffel hält.

»Ich weiß nicht, warum.« Der Klang seiner Stimme, die die Wahrheit sagt, unterbricht für ein paar Sekunden seine Gedanken und Gefühle. Dann meint er, sich entschuldigen und einige Erklärungen abgeben zu sollen, die Angela davon überzeugen, daß es notwendig war. »Ediths Mutter hat es sich so gewünscht, schon lange. Und für Todd ist es auch besser; Lucy war es nicht recht, daß er mich besuchte, solange ich nicht in geordneten Verhältnissen lebte. Und – ich vermute, daß ich durch diesen Schritt meine Abhängigkeit von einem anderen Menschen akzeptiert habe.« Diese letzte Erklärung kommt von Midge via Edith; an dem Blick, den Angela ihm zuwirft, und an der Art, wie sie abrupt zu schluchzen aufhört und entschlossen die Nase schnaubt, erkennt er, daß sie weiß, es sind nicht seine Worte.

Das sollen Gründe zum Heiraten sein? Angela denkt es, sagt aber nichts.

»Es ist ein Experiment«, sagt er. Er verachtet sich.

»Rühreier und Bratkartoffeln«, bestellt Angela. Sie starrt eine Zeitlang aus dem Fenster und beobachtet die Menschen auf ihrem Weg zur Arbeit. Die Frauen haben frisch geschminkte Lippen, die Männer tragen sorgfältig gebügelte Hosen, adrette Hemden. In ihren Gesichtern steht freudige Erwartung: Was wird der Tag bringen? Welch schöne Überraschung erwartet mich?

Angela erwartet gar nichts. Die Rühreier werden kalt. Joe beobachtet ihr betrübtes Gesicht. Merkt sie denn nicht, daß er nur ihretwegen jemand anderes geheiratet hat? Wäre sie doch nur organisierter, einschätzbarer und weniger flatterhaft gewesen, hätte sie nur nicht alles Häusliche immer so weit von sich gewiesen.

Sie hält die Luft an und will sich zusammenreißen. Ihr wird schwarz vor Augen, in ihren Ohren dröhnt es, und sie merkt auf einmal, wie ihr ganzes Sein sich wie in einer Spirale emporwindet, wie es Kraft und Farbe annimmt, wie ihr Leben sich ausdehnt, immer schneller auf andere Leben zurast und mit ihnen zusammenstößt. Bisher ist ihr alles immer nur passiert. Sie bestand aus wirbelnden Bruchstücken, von der Geschwindigkeit zusammengehalten, die es hierhin oder dorthin geworfen hat. Daß sie Joe begegnet ist, hat sie verändert. Es gibt ihr früheres Ich nicht mehr. Wer ist sie nun? Sie atmet aus, das Restaurant wird wieder sichtbar, und Joe mit ihm. Sie sieht ihm in die Augen und sagt: »Du warst meine große Leidenschaft, meine einzige wahre Liebe.«

Nun, da er sicher hinter Gittern ist und nichts Schlimmes mehr anrichten kann, erwidert er ihren Blick. »Und mir ging es mit dir genauso.«

Mitten in der Nacht ruft sie Helen an und weint.

»So beruhige dich doch«, sagt Helen, »beruhige dich. Du kannst jederzeit zu uns kommen und bleiben. Tom und ich haben dich lieb. Wir hatten so ein sonniges, warmes Wetter, das glaubst du nicht. Komm nur her, wir machen uns *chiles rellenos,* fahren in die Berge und sehen uns die Espen an – jetzt sind sie alle gelb. Und wir hängen die Wäsche auf und hören uns Hank-Williams-Platten an. Wann kannst du fliegen?«

»Ich schmeiße meinen Job hin und komme zu euch, vielleicht schon morgen.«

Aber am nächsten Tag erwarten die Vorstandsmitglieder von ihr einen zusammenfassenden Bericht über die Umsatzentwicklung des Informationsblattes im letzten Quartal. Diese ist günstig, und Joe meint, das sei einzig und allein Angelas Verdienst, er sei ja fast die ganze Zeit über nicht dagewesen. Goodhugh versichert ihr, daß sie unbezahlbar ist.

30

Angela und Joe gehen einander so weit wie möglich aus dem Weg und verkehren nur schriftlich miteinander, durch Aktennotizen. Eines Tages soll der Etat für das Info diskutiert werden. »Vielleicht kann ich mit Goodhugh wegen der geplanten Sparmaßnahmen zu einem Kompromiß kommen«, sagt Joe.

»Ich hasse Kompromisse!« schreit Angela und verläßt sein Büro.

Dann wieder, an einem anderen Tag, erörtern sie künftige Schwerpunktthemen. »Wie wär's mit Abenteuern?« fragt Joe.

»Abenteuer«, sagt Gerard, »Nervenkitzel für Kapitalistenspießer, was? Die Mehrzahl der Menschheit würde ein Abenteuer nicht mal erkennen, wenn es ihr ins Auge springt.«

»Gut, also was unternehmen die Leute heute, wenn sie ein Abenteuer erleben wollen?« Joe greift sich einen Bleistift und nimmt den Radiergummi zwischen die Zähne; er hat seit zehn Tagen keine Zigarette mehr geraucht.

»Sie klemmen sich vor ihren Farbfernseher und vertiefen sich in ein Puzzlespiel«, sagt Angela spitz und geht aus dem Zimmer.

Joe entsinnt sich all der wunderbaren Augenblicke mit Angela und kann nicht vergessen, was sie zu ihm bei Schrafft's gesagt hat. Um so mehr erschreckt es ihn, täglich mit ansehen zu müssen, wie sie nun ist: verkniffen, blaß und unzufrieden. Du warst meine große Leidenschaft, hat sie gesagt. Er sieht sich über sie gebeugt in ihrem Bett, er ruft sich das köstlich beunruhigende Gefühl ins Gedächtnis, wenn er die Treppen zu ihrer Wohnung hinaufstieg, ihre langen Beine auf den Stufen vor sich. Er erinnert sich daran, wie sie die Tarockkarten vom Tisch fegte und wie sie reglos auf einem Bein im Flur stand, als er gehen wollte und dann doch nicht ging. Er weiß noch genau, wie sie aussah, als er das erstemal zu ihr kam.

Edith verbringt viel Zeit bei ihrer Mutter, manchmal schläft sie auch dort. Ihre Mutter darf aufstehen und umhergehen: der Tumor hat sich als gutartig erwiesen, aber sie braucht Ediths Gesellschaft. Edith ruft ihn aus der Klinik an und berichtet, sie habe das ideale Haus in Brooklyn, in Park Slope, gefunden. So gut wie geschenkt. Hartholzdielen, drei Kamine, Erkerfenster, schmiedeeiserne Balkongitter, ein Miniaturgarten. Er entgegnet, er fühle sich wohl auf dem Speicher und beabsichtige nicht umzuziehen.

Eines Abends, kurz vor Redaktionsschluß, kommt Gerard in Angelas Wohnung mit dem Manuskript eines Interviews, das Angela bis zum Morgen redigiert haben muß. Sie bietet ihm ein Glas Wein an.

»Was tut sich so im Büro?« fragt er.

»Meinst du – mit Joe?«

»Zum Beispiel. Er ist so wechselnd. Einmal will er mir einen wichtigen Posten bei seinem neuen Blatt verschaffen und mit Goodhugh über eine Gehaltserhöhung reden, dann wieder benimmt er sich frostig wie ein Automat. Natürlich sind alle Menschen Roboter oder lebende Leichname – aber ich dachte immer, Joe hätte genügend Substanz. Es sieht so aus, als würde er völlig zerbröckeln.«

»Das ist mir auch aufgefallen«, sagt Angela.

»Allein schon diese plötzliche Heirat. Das war doch bizarr. Dabei *mag* er Edith nicht mal besonders. Sie kommen kaum miteinander aus.«

»Er mag seine Braut nicht?« Sie kann die Bitterkeit nicht verbergen, mit der sie das Wort »Braut« ausspricht. Es kommt heraus wie ein Knurren. Bis vor kurzem hat sie es für ein besonders hübsches Wort gehalten, wie »Schleier«.

»Sie geben sich beide kühl und distanziert. Irgendwie hat sie etwas von einem unbeholfenen Kind, das aber sehr ehrgeizig ist, und er ist eine Art Klotz. Höchst eigenartig.«

Sie zieht die Luft ein. Alles will sie wissen, obwohl es ihr sehr weh tut. Sie möchte lieber hören, Joe habe ganz impulsiv gehandelt, geblendet von seiner Liebe zu Edith. Dann würde Angela wissen, daß es vorüber ist und keine Hoffnung mehr besteht. »Redet Joe je über seine Situation?«

»Früher hat er das manchmal getan. Vor seiner Heirat hat er einmal erzählt, daß sie eine Sache nach der anderen probierten, als Experiment sozusagen, aber es funktionierte nie. Auch, daß sie ihn dauernd bedrängt: sie sollten endlich heiraten und Kinder kriegen. Er wollte weder das eine noch das andere. Ich weiß wirklich nicht, warum er es getan hat.«

Angela entschuldigt sich und geht ins Badezimmer. Mit beiden Händen hält sie sich am Rand des Waschbeckens fest und weint. Sie bebt am ganzen Körper, ihr Schluchzen kommt aus tiefstem Innern. Sie möchte es gern unterdrükken.

»Angela? Ist alles okay? Was hast du denn –«

»Ich liebe ihn«, stöhnt sie leise.

Gerard führt sie zurück ins Wohnzimmer, drückt sie auf die Couch und nimmt ihre Hand. »Ich hatte ja keine Ahnung«, sagt er. »Du hast erwähnt, daß du mit irgendeinem Märchenprinzen liiert bist, ich nahm an, es sei Grinder.«

»Nein, nein. Es ist Joe. Ich war von Anfang an in ihn verliebt. Wir haben uns geliebt. Derek bedeutet mir nichts.«

»Nun bin ich aber fertig!«

Sie erzählt Gerard die ganze Geschichte. Und während sie erzählt, merkt sie, daß sie es so formuliert, als habe Joe keine triftigen Gründe, Edith ihr vorzuziehen. Sie erwähnt nicht seine Wankelmütigkeit, nicht, daß er gleichzeitig in zwei Welten gelebt hat. »Er hat mich wirklich geliebt, das weiß ich. Es war die intensivste Beziehung, die wir beide je hatten. Und dann macht er diesen Wahnsinn ausgerechnet in dem Moment, in dem ich glaubte, er verläßt sie, um zu mir zu kommen.«

»Mir wird diese Heirat immer schleierhafter – aber immerhin hat er sie ja wirklich verlassen und ist zu dir gekommen.«

»Schon, aber nur für eine Nacht, und damals war er schwer krank. Er wollte nur noch seine Sachen holen, aber dann mußte er ins Krankenhaus, und anschließend war nichts mehr.«

»Möchtest du ein Gedicht hören, das ich einmal geschrieben habe, als ich von einer Frau verlassen wurde?«

Angela ist nicht in der Stimmung für Poesie, aber schließlich hat Gerard ihr zwei Stunden lang zugehört. »Oh ja.«

»Es gibt nur einen Traum.
Es gibt nur ein Taxi.
Es gibt nur eine Furcht.
Es gibt nur eine Geschichte.«

»Was soll ich nur tun, Gerard? Ich glaube, ich werde wahnsinnig. Noch dazu müssen wir weiter in derselben Abteilung arbeiten.«

»Sag ihm alles. Sag ihm einfach, daß du ihn liebst. Vielleicht hat er das die ganze Zeit über gewußt, möglicherweise intuitiv, und vielleicht hat es ihn verschreckt. Aber das ist jetzt nicht mehr so wichtig, oder? Er ist im Moment in einer elenden Lage. Sag ihm alles.«

»Es ist zu spät. Die Tür ist zu.«

»Ach, das ist so eine Spießerphrase. Geh, sag's ihm. Es könnte ja sein, daß er sein Gefühl für dich oder deins für ihn nur verdrängt hat. Du bist vielleicht auch zu zurückhaltend gewesen, manchmal ist Zurückhaltung ein Fehler. Es wäre ja denkbar, daß Joe sich an Edith gehalten hat, weil er meinte, du machst dir nicht genügend aus ihm. Du sprichst auch so oft von Grinder, jeder weiß, was du von Häuslichkeit hältst, dann wiederholst du immer, daß du nie wieder heiraten oder auch nur mit einem Mann zusammenleben willst, sondern auf eigene Faust das Abenteuer suchst.«

»Aber doch nur, weil ich das genaue Gegenteil von Edith sein wollte.«

»Um das zu sein, brauchst du gar nichts zu tun. Einen größeren Gegensatz kann ich mir kaum vorstellen.«

Gerard schließt die Augen und schüttelt den Kopf. Dann seufzt er und steht auf. »Ich werde herausbekommen, was eigentlich in diesem Dickschädel vorgeht. Du bist ein Goldschatz, und er verdient jemanden wie dich.«

Nachdem er gegangen ist, wählt Angela Joes Nummer. Edith ist am Apparat.

»Ich möchte mit Joe über ein Manuskript sprechen«, sagt sie gespielt unbefangen. »Es handelt sich um ein Interview, das morgen um neun beim Drucker sein muß.«

»Joe hat im Moment zu tun. Ich werde es ihm ausrichten«, sagt Edith zutraulich.

»Gut. Danke sehr.«

»Sind Sie Angela?«

»Ja.«

»Oh hallo!« Ediths Ton ist sehr freundlich. Hätten sie einander unter anderen Bedingungen kennengelernt, würde sie Angela wahrscheinlich gefallen haben.

»Ich bin Edith – Edith Berk.« Gehört es auch zu dem »Experiment«, daß Edith ihren Mädchennamen beibehält?

Angela schläft ein, erleichtert und hoffnungsvoll. Endlich hat sie jemanden in ihr Geheimnis eingeweiht, jemanden, der sie beide kennt. Gerard ist verständnisvoll und gescheit: wenn er sagt, sie sollten jede Warnung in den Wind schlagen und sich in die Arme fallen, ist er nur unparteiisch. Sie probt noch einmal, was sie Joe sagen will.

Am nächsten Morgen erwacht sie mit klarem Kopf. Sie braucht Joe überhaupt nichts zu sagen. Er weiß doch, wie ihr zumute war, wie ihr immer noch zumute ist, trotzdem hat er sich entschlossen, Edith zu heiraten. Hallo! Ich bin Edith – Edith Berk!

Es ist vorbei.

Sie ruft Derek an.

Gerard telefoniert mit Angela. »Ich war gestern abend mit Joe zusammen. Er behauptet, er sei nun weiter nichts als

Hausmann. Edith hat keine Zeit zu kochen, mal sauber zu machen oder einzukaufen. Mein Eindruck ist, daß die Sache zwischen ihnen ziemlich verfahren ist. Ich gebe ihm ein Jahr, dann hat er die Schnauze voll. All das Gerede, die Therapie, das Experimentieren wird den Schmerz nur vertiefen, von dem er meint, daß ihn ein ›Durcharbeiten‹ mit Edith lindern würde. Auf ihn warten wird schlimm sein für dich. Aber er wird sich bestimmt von ihr trennen.«

»Vielleicht nach einem Jahr? Hat er mich erwähnt?«

»Nein, nein. Mit keinem Wort. Er hat auch früher nur ganz beiläufig von dir gesprochen, kühl und sachlich.«

»Ich glaube nicht, daß ich noch länger warten kann. Ich habe fast ein ganzes Jahr gewartet. Das Gefühl für ihn ist immer noch vorhanden, das stimmt schon, aber –«

»Du mußt dir klar darüber werden, was dein Interesse für jemanden bedeutet, der so festzementierte Ansichten von der Ehe hat. Auf jeden Fall glaube ich, er wird sie verlassen oder einen Bruch herbeiführen. Womöglich indirekt, aber mit demselben Resultat.«

»Ich weiß, daß man bei Joe alles erreicht, wenn man an sein Schuldbewußtsein appelliert. Ich könnte das nicht, aber *sie,* sie kann es. Angenommen, sie wird schwanger?«

»Stimmt«, sagt Gerard, »das ist so ihre Taktik. Manche nehmen daran keinen Anstoß. Andererseits ist sie zu bedauern – sie weiß nicht, was Leidenschaft ist. Sie muß immer alles gründlich bereden. Übrigens ist sie selten zu Hause, es macht ihr nichts, wie verrückt zu schuften, sie kann planen und organisieren und Projekte realisieren. Darin ist sie unschlagbar, das muß man ihr lassen, und sie hat ihre Klauen tief eingeschlagen.«

»Und Joes derzeitige Gemütsverfassung – wie siehst du die?«

»Ich habe ihn rundheraus gefragt, was er über die Ehe denkt, wie er sich als verheirateter Mann fühlt, und er hat gesagt: ›Wir arbeiten an ein paar Problemen.‹ Er hörte sich an wie jemand, dem man allen Mumm aus den Knochen gezogen hat.«

Angela liegt auf Sharons schokoladebraunem Sofa und trinkt Milkshake mit einem Strohhalm. »Ich bin so deprimiert«, sagt sie. Sie muß noch elf Monate und neunundzwanzig Tage auf Joe warten.

»Weshalb sagst du das?« Sharon ist entrüstet. »Du hast doch alles, was du dir wünschst – eine phantastische Stellung, einen Chef, der dich anbetet. Keine Gewichtsprobleme. Wann immer ich Derek treffe, spricht er von dir. Und Ron Nussbaum, ob du es glaubst oder nicht, ruft immer noch an und will wissen, was zwischen euch beiden schiefgelaufen ist.« Sharon macht zehn Rumpfbeugen.

»Derek ist nicht Joe. Ron ist nicht Joe. Ich tue meine Arbeit, aber ich kann nichts anderes denken als Joe. Ich wünschte mir eine Gehirnwäsche, damit ich vergessen könnte, ihm je begegnet zu sein. Übrigens würde mehr als nur mein Gehirn operiert werden müssen.«

»Ich muß dir was Komisches erzählen. Ich habe meinem Kopfschrumpfer gesagt, wie es mich umhauen würde, sollte Sam mich jemals verlassen, weil er mir geholfen hat, über Clifford hinwegzukommen und weil er mir dieses wundervolle Selbstgefühl vermittelt. Und weißt du, was er geantwortet hat? Er hat gesagt, daß ich höchstwahrscheinlich im Umkreis von drei Straßenblöcken jemanden finden würde, mit dem ich genauso glücklich und zufrieden den Rest meines Lebens zubringen könnte.«

Angela fängt an zu weinen. Was sie betrifft, gibt es nur *einen* Mann in dieser Stadt. Alle anderen sind Schemen.

Angela verläßt vorzeitig das Büro, geht in einen Laden auf der Fourteenth Street, wo es mexikanische Chili gibt; sie will *enchiladas* machen. Derek hat gesagt, er ißt gerne mexikanisch. Um Viertel nach sechs hat sie *enchiladas* bereitet, im Kühlschrank verstaut, hat gebadet, sich zurechtgemacht und passend für einen Fahrradeinkauf angezogen, denn Derek hat sie überredet, sich ein Fahrrad zuzulegen, und hat versprochen, sie beim Kauf zu beraten. Ein Rennrad.

Um sieben ruft sie Dereks Büro an. Ein Anrufbeantworter tönt: »Hier spricht Derek Grinder, nichtangeklagter Mitverschwörer.« In diesem Stil geht es weiter. »Hier spricht Angela Lee, ich wollte nur sagen, daß die Bombe im Kühlschrank, der Salat im Eimer und der Fluchtweg offen ist.«

Später erscheint ihr albern, was sie da auf Band gesprochen hat, sie möchte ein zweitesmal anrufen und es irgendwie löschen. Statt dessen aber, als sie Derek zwei Stunden später erneut anruft, sagt sie nur: »Derek, wo bist du? Du wolltest doch um sechs Uhr bei mir sein.«

Sharon kommt herunter. »Heute hatte ich eine neue Erkenntnis.« Sie öffnet den Kühlschrank.

»Was für eine?«

»Meine Erkenntnis ist, daß Erkenntnisse nutzlos sind. Es gibt einen Punkt, an dem man einfach zu leben beginnen sollte. Übrigens – hast du Lynn Lewis' langen Artikel über Schwesterlichkeit, Sex und Eifersucht gelesen?«

»Nein, ich lese diese Zeitschriften nicht.«

Sharon setzt ihr auseinander, daß es sich nicht um einen Artikel in einem feministischen Blättchen, sondern in einem seriösen Magazin handelt. »Wer kommt zum Abendessen?«

»Derek – theoretisch.«

»Willst du wissen, was mein Kopfschrumpfer über Derek sagt?«

»Nein. Warum sollte er überhaupt etwas über Derek sagen?«

»Weil ich ihn als Beispiel benutzt habe, daß er zweiunddreißig ist, aber wie sechzehn aussieht und in Jeans und T-Shirts herumläuft. Der Peter-Pan-Komplex. Mein Schrumpfkopf meint, Typen wie Derek seien in Wirklichkeit Kryptohomosexuelle und schliefen nur deshalb mit so vielen Frauen, weil sie sich beweisen wollten, daß sie es nicht sind und auch, daß sie jung und unbeschwert sind. Selbstverständlich seien sie unfähig, eine erwachsene Beziehung einzugehen wie reife Männer. Und die Frauen drehen dann durch bei ihnen.«

»Derek schläft mit vielen Frauen?«

»Aber das weißt du doch!« Sharon ist gereizt. »Jeder weiß das.«

»Merkwürdig«, sagt Angela und spielt mit ihrem frischgewaschenen Haar. »Ich hielt ihn immer für den einsamen Typ, der jemanden braucht, dem er seine Sorgen erzählen kann. Ich dachte auch, ich hätte ihn so bezaubert, daß andere Frauen für ihn nicht mehr in Frage kommen.«

»Gerade darum solltest du Lynns neuesten Artikel lesen.«

Angela wärmt die *enchiladas* auf, und sie und Sharon setzen sich zu Tisch. »Wollen wir Katha einladen?«

»Es ist Freitagabend«, sagt Sharon.

»Na und?«

»Freitagabend hat sie nie Zeit. Wußtest du das nicht?«

»Ist sie jüdisch-orthodox?«

»Ach wo, sie ist überhaupt nicht jüdisch. Freitags hat sie

immer Besuch. Ein Mann. Sehr *distingué.* Aber er bleibt niemals über Nacht. Manchmal, wenn ich spät heimkomme, begegne ich ihm im Treppenhaus. Er sieht aus wie David Niven.«

»Das ist ja 'n Ding! Katha hat nie was davon erwähnt –«

»Dann sag du bitte auch nichts. Es ist ein großes Geheimnis.«

Zusammen sehen sie sich im Fernsehen ›Planet der prähistorischen Frauen‹ an.

Sharon holt das Magazin mit Lynns Artikel. Vor dem Einschlafen blättert Angela darin. Der Artikel beginnt: »Warum sollte eine ganz normale, intelligente, vernünftige Feministin wie ich einen Kaffeebecher in der Badewanne ihres Geliebten zertrümmern?«

Mitten in der Nacht hört Angela jemanden weinen und wacht davon auf. Ihr eigenes Gesicht und ihr Kopfkissen sind feucht von Tränen. Als Dreizehnjährige weinte sie manchmal, aber nachdem sie geheiratet hatte, hielt sie sich für erwachsen und glaubte, sie brauchte nie wieder zu weinen – außer, wenn jemand gestorben wäre. Aber dann, während ihrer Scheidung, weinte sie oft, obwohl sie die sehnlich herbeiwünschte; sie weinte so häufig, daß sie glaubte, sie müßte vor lauter Tränen an Gewicht verlieren. Und nun liegt sie da und weint wieder. Bestimmt wird es bald aufhören.

31

Joe steht in der Mitte des Speichers und stützt sich auf einen Besen. Der riesige, stille Raum ist von Licht erfüllt.

Nun aber soll er in ein düsteres Haus mit kleinen Zimmern ziehen, ein Haus, das er sich nicht ausgesucht hat. Und weshalb ziehe ich um? fragt er sich. Weil ich mit Edith verheiratet bin und weil sie dort wohnen will; den Speicher hat sie nie leiden mögen. Die Ehe ist ein Gemeinschaftsunternehmen. Midge zufolge hat Edith für ihn Opfer gebracht – zum Beispiel auf ein Kind verzichtet –, und deshalb ist es nur gerecht, wenn er sich revanchiert. Das Haus liegt näher bei den Kliniken, sie wird häufiger zu Hause sein können, kann lange U-Bahnfahrten vermeiden, und da sie mehr Stunden pro Woche arbeitet als er, ist es nur recht und billig, daß sie beide dort wohnen, wo es für Edith bequemer ist. Eine Sache der praktischen Vernunft. Opfer müssen gebracht werden. Ein Gedanke schießt ihm durch den Kopf, schneller als ein masseloses Elementarteilchen durch den Planeten Erde; er betrifft die Zwangsläufigkeit von Entscheidungen. Jemand erwirbt ein Haus, weil es nahe beim Arbeitsplatz liegt. Nun kann er nicht mehr wegziehen, weil das Haus nahe beim Arbeitsplatz liegt, und den Arbeitsplatz kann er nicht wechseln, weil dieser nahe bei seinem Haus liegt. Und doch gibt es eine ganze Welt, in der man leben könnte, und es gibt Millionen von Arbeitsplätzen. Weshalb also lebt er, als ob es keine Wahl für ihn gäbe? Der Gedanke steht im Raum wie die Säule von Staubpartikeln im Sonnenlicht, und er erlischt, als das Telefon läutet.

»Joe?« Die Stimme zittert und geht über in Schluchzen.

»Angela? Fehlt dir was?«

»Nichts, danke, es geht mir ausgezeichnet. Ach was, tut es überhaupt nicht. Ich habe gerade eben begriffen, daß du wirklich verheiratet bist. Dabei habe ich dich so geliebt. Ich liebe dich immer noch. Es geht mir hundeelend. Ich habe versucht, über dich hinwegzukommen, und mich mit Derek eingelassen, aber es hat nicht funktioniert. Irgendwas ganz Unersetzliches ist uns verlorengegangen.«

Schluchzend fährt sie fort, ganze Passagen aus Dutzenden nächtlicher Selbstgespräche zu wiederholen. Hoffnungslos. Dabei wünscht sie sehnlich, daß ihre herausgeheulten Worte – endlich sind sie ganz ehrlich, keine Barriere hält sie mehr zurück – alles retten und Joe aufrütteln werden. Er wird aus seinem erstickenden Traum erwachen und zu ihr kommen.

»Ich hatte ja keine Ahnung«, flüstert Joe. »Du hast es nie so gesagt. Ich wußte ja nicht, was mit dir los ist. Ich dachte immer, du hast, was du brauchst.« Er starrt auf die farblos lackierte Deckenverschalung. Er hat einen riesengroßen Fehler gemacht. »Ich bin froh, daß du mir all das sagst; es ist wichtig, sehr wichtig für mich, weil – bitte, Angela, hör' mir einen Augenblick zu! –, weil ich immer noch sehr starke Gefühle für dich habe. Nur weiß ich nicht, wohin damit. Ich versuche, sie mir vom Leib zu halten.«

»Es geht mir doch genauso, Joe. Was sollen wir bloß tun?«

»Ich weiß es nicht. Ich ahnte nicht, daß du –«

Er nimmt ein Taxi zu Angelas Wohnung, und sie sitzen auf

der Couch und halten sich in den Armen. Sie trägt ein ausgewaschenes T-Shirt und an den Knien abgewetzte Jeans, ihr Haar ist feucht, ihre Augen verweint und sehr groß. Sie wirkt hilflos. Sie ist vollkommen offen, all die Türen mit ihren komplizierten Schlössern, all die verborgenen Kästchen und Fächer mit ihren kalligrafierten Botschaften sind vor ihm geöffnet. Er könnte sie jetzt alles fragen und die Wahrheit erfahren.

»Wenigstens wissen wir jetzt was voneinander, was wir vorher so nicht gewußt haben.« Er ist zu bekümmert, um Fragen zu stellen.

Beide überlegen, wie alles hätte anders kommen können. Wenn es das doch nur wäre.

Dies ist die Frau, mit der ich leben sollte, denkt Joe. Es gibt Liebe, an der man nicht zu arbeiten braucht. Sie ist wie das Licht, die Luft. Ich habe es nie für möglich gehalten.

Sie wartet darauf, daß er sagt, er wird Edith nun endgültig verlassen.

Die Umzugskisten fallen ihm ein, angefüllt mit seinen und Ediths Sachen, mit Büchern, Platten und Wäschekram. »Ich will jetzt etwas Neues ausprobieren, diese Ehe. Ich habe mich darauf eingelassen, da kann ich nicht einfach aussteigen.«

»Nein, du kannst so was wohl nicht.« Sie ist auf einmal todmüde. Aus ihrem Gesicht ist alle Spannung gewichen, alle ihre Masken sind verbraucht.

Er kann nicht sagen, daß er selbst nicht daran glaubt, seine Ehe könnte von Dauer sein. Zugleich mit der ersten Ehe ist auch sein Glaube an Dauerhaftigkeit zu Bruch gegangen. Nach dem ersten Tod gibt es keinen zweiten. Er will nicht unehrenhaft erscheinen, indem er seine Ahnung eingesteht, daß er vielleicht doch nicht mit Edith zusammenbleibt. Angela kann ihn nicht bitten, Edith zu verlassen, und er kann von Angela keine Loyalität verlangen, bevor er nicht diesen Schritt getan hat. Er quält sich mit diesen Überlegungen wie mit schweren Gewichten. Was soll er sagen? »Wir haben Zeit.«

»Die Zeit nimmt uns alles«, antwortet Angela.

»Mein Analytiker hat mir einen guten Tip gegeben«, sagt Goodhugh eines Tages im Dezember. Er hat es sich zur Gewohnheit gemacht, bei Angela im Büro hereinzuschauen, wenn er von der Analyse kommt. »Zum Kapitel Männer und Frauen. Eine Frau, die es auf einen Mann abgesehen hat, muß herausfinden, welchen Typ Frau er insgeheim umbringen möchte. Geht ein Mann mit einer Frau ins Bett, bringt er sie um. Wenn sie sich also in den Typ Frau verwandeln kann, den er insgeheim töten will, wird er ihr hörig. *C'est façile!*« Entweder weiß also die ganze Abteilung über ihre Affäre mit Joe Bescheid – oder Goodhugh meint in Wirklichkeit seine eigene Freundin, die in ihrem Sealmantel jeden Abend neben dem Aufzug am Empfang auf ihn wartet.

Als Angela zum Mittagessen gehen will, kommt Derek. Er führt sie in einen Gruselfilm und nachher zu McDonalds. Mag sein, denkt Angela, daß wir am Ende doch noch ein Paar werden.

Er ruft sie täglich an, und sie verbringen einige Wochenenden zusammen. Eines Sonntagabends sagt er: »Es tut mir leid, daß ich ein so langweiliger Versager bin.« Sie sind in seiner Wohnung und sehen sich gerade ein Fußballspiel an. Seit Wochen versucht er, ihr das Spiel zu erklären. »Es tut mir auch leid, daß ich dich immer mit meinen Problemen belämmere.«

»Aber woher denn – das macht doch nichts. Die sind ja sehr – interessant. Ich habe dich wirklich gern.«

»Und ich verabscheue Menschen, die mich wirklich gern haben. Bitte verzeih, daß ich das so unumwunden sage. Aber es ist so. Auf dem College war ich bekannt für meine christliche Toleranz, aber die war nur gespielt.«

»Dann laß uns darüber reden, Derek.« Angela, die hofft, daß sich die Dinge klären lassen und sie dann miteinander schlafen werden, zwingt sich, wach zu bleiben und Derek bis zum Morgengrauen zuzuhören. Doch dann fallen ihr die Augen zu. Er rüttelt sie wach. »Du hast mir gerade bewiesen, daß du unsere Beziehung nicht ernst nimmst.«

Angela und Joe treffen einander nur noch gelegentlich. Er zeichnet zwar noch immer die Druckvorlage vor dem Satz ab, aber meistens arbeitet er in einem Raum neben der Firmenbibliothek und recherchiert Fakten über alternative Energiequellen.

Jeden Morgen denkt Angela: wieder ein Tag. Am Abend denkt sie: wieder eine Nacht. Sie hat noch immer Schlafstörungen.

»Reden wir vom Heiraten«, sagt Derek eines Abends. Sie liegen in dem Zimmer, das nichts weiter als Kissen und die Stereoanlage enthält. »Vielleicht kann mir das helfen.«

Sie sieht ihn an und fühlt nichts. Sie hat eine Flugkarte gekauft und will eine Woche mit Helen und Tom in New Mexiko verbringen. Heiraten? Sie hat so viel Haß auf Joes Heirat gehäuft, daß allein das Wort ihr schon zuwider ist. »Ich bin ein gebranntes Kind, ich habe das alles ja schon einmal durchgemacht. Manchmal glaube ich allerdings, es wäre gut, allmählich zur Ruhe zu kommen. Mit jemandem zusammenzuziehen, zum Beispiel.«

»Du räumst also ein, daß die Vorstellung nicht uninteressant ist? Daß du geschieden bist, empfand ich übrigens von Anfang an als Herausforderung, ich wußte, es bedeutete, daß du nicht nach einem Ehemann suchtest. Die meisten Frauen, die ich kenne, waren nie verheiratet.« Er zieht an der Unterlippe und sieht besorgt drein.

Dieses Wochenende lieben sie sich überhaupt nicht. Als sie ihn am Montagabend anruft, sagt er, er könne nicht reden. »Ich muß all diese Texte schreiben, außerdem bin ich wahnsinnig deprimiert. Ich rufe dich morgen an – ganz bestimmt. Wir gehen zusammen essen.«

Aber weder ruft er an, noch kommt er – auch am Mittwoch nicht. Gegen Ende der Woche ruft sie ihn an. Er sagt, er wolle nicht ausgehen – er sei zu deprimiert. »Dann komme ich eben vorbei und heitere dich auf. Wie wäre das? Ich verreise nämlich für ein paar Tage.« Es ist ihr schon mehrmals gelungen, ihn aus seiner finsteren Stimmung herauszuholen, er behauptet, sie tue und sage immer das Richtige, sie mache ihm Mut und er finde sie vertrauenswürdig. Sein erster Eindruck von ihr sei gewesen, daß sie eine aufgeschlossene, engagierte, stark gefühlsbetonte Frau sei – und das war sie ja auch – für Joe.

»Wie lange wollen wir uns eigentlich noch die Zähne an dieser halbtoten sogenannten Beziehung ausbeißen?« fragt Derek.

»Was soll das heißen? Was meinst du?«

»Hast du nicht endlich genug von dieser sogenannten Beziehung?«

»Derek, du kommst sofort her – und wir reden darüber.« Mit Derek zusammenzusein, ist zwar ein hartes Stück Arbeit, aber es ist immerhin besser als gar nichts.

»Ich kann nicht sofort kommen, ich habe eine Freundin hier bei mir und will ihre Gefühle nicht verletzen.«

»Du elendes kleines Miststück!« schreit Angela und knallt den Hörer auf.

»Du mußt buchstäblich vor Einfällen bersten, wenn das einschlagen soll«, sagt Gerard zu Joe in dem Restaurant, in das Joe Angela vor einem Jahr das erstemal geführt hat. »Alles soll spontan wirken und amüsant sein, aber diese ökologischen Wälzer sind allesamt sterbenslangweilig, einseitig und total farblos. Pfiff müßte es haben.«

Joe seufzt. Er kann kaum den Tag durchstehen, geschweige denn etwas mit Pfiff produzieren. An manchen Tagen erwärmt er sich für Energiequellen, an anderen bleibt er zu Hause und grübelt. Er hat Edith zwei Wochen Urlaub in Griechenland vorgeschlagen, aber sie hat keine Zeit. Er treibt ohne Ruder und Kompaß. Er wechselt das Thema. »Wie geht's dem Info?«

»Wie immer. Angela ist jetzt für eine Woche weg –«

»Ach ja? Wo ist sie denn?«

»Zu Besuch bei einer Freundin in New Mexico. Sie hat damit gedroht, ganz dorthin zu ziehen und auf einer Ranch zu wohnen.«

»Das sehe ich noch nicht«, sagt Joe nachdenklich.

»Nein, natürlich nicht. Aber in letzter Zeit ist sie – wie soll ich sagen – sehr niedergeschlagen. Irgendwas scheint ihr furchtbar zuzusetzen.« Gerard blickt Joe an, Joe blickt auf die Uhr.

»Es ist wirklich schwer zu verstehen«, sagt Joe. »Sie ist erfolgreich, hat einen Bombenjob, verdient eine Menge Geld, und Goodhugh mag sie. Aber immer kommen ihr die Gefühle in die Quere.«

Gerard nickt. »Meiner Ansicht nach will sie mehr als nur den Job. Sie möchte zwar immer als die große Unabhängige erscheinen, aber ich denke, in Wahrheit sehnt sie sich doch nach jemandem, bei dem sie sich anlehnen kann und der Kinder mit ihr haben will.«

»Meinst du?« Joe rutscht auf dem Stuhl hin und her und trinkt sein Bier aus. »Du hast das schon mal behauptet – aber ich bin nicht so sicher.« Ist Gerard verliebt in sie? »Wie geht es Elizabeth?«

»Gut – sie ist gerade Einkäuferin bei einer Pelzfirma geworden. Wir kommen gut miteinander klar.« Er verstummt. »In manchem sind wir die reinsten Spiegelbilder, dann wieder völlige Gegensätze. Sie ist die Realistin, ich der Träumer. Damit nicht allzuviel Reibung aufkommt, schlafen wir ziemlich oft zusammen. Ist das bei euch auch so?«

Joe beißt die Zähne zusammen und sieht sich nach dem Kellner um. »Zahlen, bitte.« Er und Edith schlafen selten miteinander; entweder ist sie in einer der Kliniken oder sie ist müde, oder er. »Edith interessiert sich neuerdings sehr für Macht«, sagt er. »Geld und Macht. Ich muß ihren Geschäftssinn respektieren – sie hat immer recht. Die Kliniken stehen in dem Ruf, tadellos geführt zu sein. Trotzdem gibt es Probleme. Wir arbeiten daran.«

Gerard will etwas sagen, überlegt es sich aber anders. »Jemand soll Freud einmal gefragt haben, was seiner Meinung nach ein normaler Mensch tun müsse, um glücklich zu sein«, sagt er dann. »Und alles, was Freud geantwortet haben soll, war ›lieben und arbeiten‹. Ich halte in der Regel nicht viel von Freud, aber das hat mir eingeleuchtet. Seit es mit der Liebe in meinem Leben zu klappen scheint, kann ich auch besser arbeiten.«

Joe ist etwas enttäuscht, er hätte Gerard gern für frivoler gehalten.

33

Helen sieht immer noch sehr apart aus. Heute, auf dem Flughafen, trägt sie ein langes Kleid aus schwarzem Velours, dazu eine schwere Navajo-Halskette aus Kürbisblütenfruchtbarkeitssymbolen. Aber um Mund und Augen haben sich Fältchen gebildet, und ihr Teint ist ledern und dunkel geworden. Sie macht einen erschöpften Eindruck. In New York hat nie jemand vermutet, daß sie aus Connecticut stammen könnte, man tippte eher auf Kasachstan, Kreta oder Abessinien. Als Angela sie umarmt, fühlt Helen sich steif an in den Schultern.

Sie gehen durch das Flughafengebäude zum Parkplatz. »Wie gefällt dir mein neuer Kombi?« Helens Stimme klingt so unverbindlich, wie Angela sie nie zuvor gehört hat.

»Wunderbar – ein Indianer-Cadillac!« Ein alter Witz aus Gatch. Helen reagiert nicht. Angela möchte Helen von all den Dingen erzählen, die inzwischen passiert sind, aber Helen ist so abweisend und einsilbig, daß Angela in ein überschwengliches Kommentieren alles dessen verfällt, was der Blick durch die Windschutzscheibe bietet: eine neue Fußgängerzone, Werbeplakate, sechzehn Imbißbuden – eine neben der anderen an der Ausfallstraße. Bald haben sie nur noch eine kahle, öde Landschaft mit einzelnen abgeflachten Bergen und die Landstraße vor sich. »Wie geht es Tom?«

Helen blinzelt, zuckt zusammen und starrt wie gebannt auf die Fahrbahn. »Ich hatte eine Affäre mit meinem Yoga-Lehrer, einem Armenier.« Ihr Gesicht ist unbeweglich, wie aus Holz geschnitzt. »Tom ist dahintergekommen. Da ist er gegangen.«

»Was? Das gibt's doch nicht!« ruft Angela. Sie erinnert sich an Tom und Helen in einem Restaurant in New York, wie sie einträchtig beieinander saßen und die Zufriedenheit ihnen nur so aus den Augen leuchtete. Damals war zwischen Angela und Arthur schon alles schiefgelaufen, aber Helen und Tom – die waren das perfekte Paar. Helen war schwanger und Tom außer sich vor Freude.

»Ich glaubte, ich könnte mich an unseren Kompromiß halten, aber es ging nicht.«

»Was für einen Kompromiß? Ich dachte immer, du und Tom, ihr wärt schrecklich ineinander verliebt?«

»Ach überhaupt nicht. Ich jedenfalls nie. Kann sein, daß Tom es war. Irgendwann einmal. Ich glaubte, ich hätte mich mit der Situation abgefunden.«

»Warum hast du nie was davon gesagt?«

»Naja, es ging schließlich nur Tom und mich was an, ich wollte auch nicht darüber reden. Und nachher, als er weg war, wollte ich dich nicht damit anöden, dir ging es ja selbst dreckig genug.«

Angela stellt sich Helen allein auf zweihundertzwanzig Morgen Land vor, meist kahle braune Hügel, noch dazu mit zwei kleinen Kindern. »Und dein Yoga-Lehrer?«

»Ach – der.« Sie schüttelt den Kopf. Helen hat zwei Jahre in einem teuren Mädcheninternat verbracht, wo man sein eigenes Pferd hielt. Nicht einmal tippen kann sie. Solange Tom studierte, hat sie ihrer beider Unterhalt bei der Telefongesellschaft verdient, und später hat er ihr nicht mehr erlaubt, eine bezahlte Stellung anzunehmen. »Was wirst du tun, Helen?«

»Mir einen andern angeln, schätzungsweise, der mich ernährt.« Ihre Stimme klingt flach.

»Kann ich was für dich tun?«

»Nein. Es ist schon okay.«

Als sie vor der Ranch halten, kommt ihnen das Indianermädchen, das inzwischen die Kleinen betreut hat, entgegen. Die Jungen weinen beim Anblick von Angela und laufen zur Mutter. Helen streichelt Angelas Wange. »Ich bin so froh, daß du hier bist.«

Bei Sonnenuntergang tritt Angela vor das Haus, eine dünne Schneedecke liegt zwischen Hühnerstall und dem Farmhaus. Zwei frischgelegte Eier, noch nestwarm, stecken in ihrer Jackentasche, und Angela schließt sanft ihre Finger darum. In der Ferne bellen Hunde. Der Schnee knirscht: je tiefer die Sonne sinkt, desto härter gefriert er. Im Westen, hinter den Bergen, hat sich der Himmel golden gefärbt. Ich war im Exil, denkt sie, und Tränen steigen ihr in die Augen. New York ist weiter entfernt als der Planet Pluto und genauso bizarr und unbewohnbar. Wo soll sie hin? Was soll sie mit ihrem Leben anfangen?

Sie geht zurück ins Haus. Durch die Verandatür kann sie Feuer in dem bauchigen Lehmziegelkamin erkennen. Die Jungen spielen auf dem Fußboden. Über den Kamin hat Helen ein Stickmustertuch gehängt, das noch aus ihrer Jungmädchenzeit in Fairfield stammt: »Sei mir willkommen wie die Blumen im Mai.« Angela träumt, daß dies ihr Heim ist, dies ihre Kinder.

Nachdem Helen den Kindern Abendbrot gegeben hat, bringt sie sie ins Bett. Dann schaltet sie den Fernsehapparat ein, und sie und Angela machen nach den Anweisungen eines schwarzgekleideten Mannes Yoga-Übungen.

»Hinterher ist meine Depression immer wie weggeblasen«, sagt Helen. Während sie die Yoga-Positionen nachstellen, kommen die kleinen Jungen wieder herein, wandern umher und schwenken ihre Milchflaschen. Angela, die gerade auf dem Kopf steht, fragt sich, ob ein Vierjähriger noch aus der Flasche trinken muß, aber sie sagt nichts. Während sie sich um das Abendessen kümmert, bringt Helen die beiden noch mehrere Male zu Bett. »Wenn ich nicht bei ihnen bleibe, bis sie einschlafen, geben sie einfach keine Ruhe«, sagt Helen.

Nach dem Essen sitzen Helen und Angela auf dem Navajo-Teppich vor dem Kaminfeuer und trinken *kahlua.*

»Irgendwann, wenn die Jungens älter sind, könnten wir zusammen eine Reise machen«, sagt Helen. »Nach Indien oder Bali oder Ceylon.«

»Das wär' schön! Vielleicht nach Ladakh?« Katha war einmal dort, vor langer Zeit.

»Ich träume oft davon, daß wir einen Heiligen Berg besteigen. Heute früh bin ich aufgewacht mit einer wahnsinnigen Sehnsucht, nur wußte ich nicht, wonach.«

Das Kaminfeuer prasselt, ein Kojote heult. Helen springt auf und schreit aus dem Fenster: »Hau bloß ab! Verschwinde, schschsch ...« Ein kalter Luftzug weht herein, und sie schließt das Fenster. »Ich will nicht, daß die verdammten Kojoten ins Hühnerhaus kommen. Sie graben sich nämlich unter dem Zaun durch.« Die Hunde bellen wieder, der Kojote heult, aber dann ist alles still.

Angela schaut in das Kaminfeuer durch die durchsichtige, rötlich-braune Flüssigkeit in ihrem Glas. Sie ist betrunken. Sie denkt an Katha und an ihre Umarmung zum Abschied. Was hatte sie gesagt? »Ich erinnere mich immer nur an all die guten Dinge, die in meinem Leben geschehen sind.«

Die Kinder husten die ganze Nacht, sind lange vor Sonnenaufgang wach und hängen die meiste Zeit des Tages an Helens Schürzenzipfel. Eine Unterhaltung ist kaum möglich, sie wird ständig unterbrochen, weil Helen eine Flasche füllen, Nasen putzen, Bonbons austeilen oder ein Spielzeug aus einer klebrigen Hand nehmen und es dem rechtmäßigen Besitzer zurückerstatten muß. Die Kinder haben runde, glatte Gesichter, große blaue Augen und helle Stimmen – wenn sie zufrieden sind. Aber sowie Helen das Zimmer verläßt, laufen sie schreiend und mit angstverzerrten Gesichtern hinter ihr her.

Als Angela auf dem Flughafen Abschied nimmt, fängt Helen an zu weinen, und Angela weint auch. Es war leichter für sie beide, *per distance* befreundet zu sein.

34

Angela klopft bei Katha an, aber niemand öffnet. Es beunruhigt sie, und sie geht hinauf zu Sharon.

»Gut, dich wiederzusehen«, sagt Sharon. »Ich dachte schon, du kommst überhaupt nicht mehr.«

»Natürlich komme ich wieder«, sagt Angela. »Ich bin doch jetzt hier zu Hause.«

»Ach Angela!« Sharon sieht auf einmal sehr betrübt aus. »Setz dich hin, ich mach' dir was zu essen.«

»Danke, nicht nötig, ich habe eingekauft. Aber was ist denn los?«

»Katha – sie ist weg. Sie ist nach Indien gegangen.«

Sharon gibt Angela den zusammengerollten Kasachteppich, den Katha für sie dagelassen hat.

Im Büro überlegt Angela, ob sie zu Joe gehen soll. Ein Test sozusagen. Sie glaubt, daß sie ihm gegenüber jetzt gleichgültig bleiben kann. Goodhugh, Belinda, Bracewell und andere heißen sie willkommen. »Wir haben Ihr sonniges Gesicht vermißt«, sagt Belinda.

»Mein Gesicht – sonnig?«

Goodhugh, der inzwischen auf eine eigens für ihn geschaffene Direktorenstelle gerückt ist, hat einen gewissen Mark F. Bennett zum Leiter der Infodienst-Abteilung bestellt. Bennett hat Goodhughs altes Büro sofort mit neuem Teppichboden auslegen lassen und sieben Angestellten gekündigt. Als Angela bei Goodhugh anfragt, was eigentlich los ist, antwortet er: »*Ma chérie,* es war einmal ein italienischer Herzog, der wußte, wie er den Grundstein zu seiner Macht legen mußte. Er eroberte ganz Italien, Zug um Zug. Er entdeckte dabei, daß die Romagna von schwachen, unfähigen Herrschern regiert wurde, die keine Ordnung im Land halten konnten. Also setzte er einen Mann ein, der den Untertanen Gehorsam beibringen sollte. Der war grausam und gründlich, und er hatte *carte blanche.* Als endlich Ordnung herrschte, haßten und verabscheuten ihn alle Bewohner. Weil der Herzog aber wünschte, daß die begangenen Grausamkeiten nicht ihm, sondern dem anderen angelastet würden, ließ er ihn zweiteilen und seine Leiche zur Schau stellen. Nachzulesen bei Macchiavelli. So einfach ist das, mein Kind.«

»Gott, wie entsetzlich«, sagt Angela. »So also wird man, wenn man ein hohes Tier ist!«

»Man nennt das Drittenabschlagen, meine Liebe. Aber Sie können versichert sein, daß Sie Zierde und Aushängeschild unserer Abteilung bleiben werden. Bennett ist sehr von Ihnen angetan.«

Joes Projekt stagniert. Er hat niemanden, mit dem er sich besprechen könnte. Gerard wäre nützlich, aber er arbeitet gerade konzentriert an einer Lyrikanthologie, und Angela – Angela weicht ihm aus.

Der Winter läßt sich Zeit, die Tage vergehen in leerem Dunst, er sitzt in einem abweisenden, kahlen Büro – er hat keine Zeit gehabt, es wohnlich zu machen – und starrt aus dem Fenster auf die Menschen, die sich in den neonbeleuchteten Büros gegenüber wie auf Dutzenden von Fernsehschirmen bewegen.

Er ist ein Jahr älter geworden. Zum Geburtstag hat Edith ihm eine Unze Thai-Haschisch und eine gerahmte Vergrößerung geschenkt, auf der sie beide einträchtig und demonstrativ zärtlich auf dem Flokati sitzen. Das Foto hängt im Flur ihres Hauses in Brooklyn.

Der Entwurf für das Blatt über alternative Energie liegt jetzt bei Goodhugh, der sich noch nicht dazu geäußert hat. Inzwischen bemüht sich Joe, eine Nullnummer zusammenzustellen. Er soll das Dreifache seines früheren Gehalts bekommen – alles, was er tun muß, ist, ein paar Dutzend Bögen weißes Papier in ein Millionen-Dollar-Konzept zu verwandeln. »Die Herausforderung unseres heutigen Lebens ...«, tippt er. »Die Starr-Whorf-Informationsdienst-Gruppe lädt Sie ein ...«, tippt er. Was ist bloß geschehen? Früher war er doch ein gescheiter junger Mann, oder? »Die erschöpften Energiequellen müssen ...«, tippt er und fragt sich, ob Goodhugh ihn mittels cleveren Taktierens auf ein Abstellgleis geschoben hat. Ist es sein Schicksal, Informationsblättchen zu konzipieren und zu redigieren, die Goodhugh sich dann zum Verdienst anrechnet?

»Es ist fünf Minuten vor zwölf«, tippt er und hört auf.

Er verläßt das Büro früher als sonst, nimmt die U-Bahn bis Brooklyn, kommt in ein unbeleuchtetes, kaltes Haus, füttert Ediths neue Abessinierkatze, ißt, am Abwaschtisch stehend, vier kalte Würstchen, raucht etwas Haschisch in einer kleinen Messingpfeife, die Edith ihm geschenkt hat, legt sich aufs Bett und schaltet den Fernseher an. Später träumt er von unendlichen Reihen tanzender Pinguine.

35

Angela kommt nach Hause, läßt ihren Mantel fallen und öffnet den Kühlschrank. Leer. Sie ist zu müde und zu wütend, um einkaufen zu gehen. Statt dessen steigt sie eine Treppe höher, um sich von Sharon ein Bier zu borgen. Sie will sich über die Ungerechtigkeiten beschweren, die ihr von Goodhugh, Bennett und Joe widerfahren, allesamt Unmenschen, die sie vernichten wollen.

»Es war ein furchtbarer Tag, Sharon.«

»Hmm.« Sharon wirkt träge und zerstreut. »Ein merkwürdiger Tag. Gerade ist Sam gegangen.«

Angela schaut in Sharons Kühlschrank. Kein Bier.

»Ich will die Wohnung renovieren lassen – alles wird weiß gestrichen. Dieses ganze braune Scheißzeug fliegt raus.«

»Sharon!«

Sharon geht in ihrem düsteren Wohnzimmer auf und ab, sie hat die Arme um sich geschlungen und lächelt. »Wir haben uns getrennt«, sagt sie. »Und zwar habe ich ihn fortgeschickt. Ich habe ihm gesagt, wir wollten gute Freunde bleiben, und das ist mein Ernst, ich liebe ihn ja wirklich – aber –« Sie streicht mit der Hand über die Zweige der Spinnenblumenpflanzen im Babykorb. »Ich habe mich noch nie von jemandem getrennt. Es ist ein großartiges Gefühl. Ich habe ihm vorgeworfen, daß er über seine Frau immer noch nicht hinweggekommen ist; das soll er erst mal hinter sich bringen. Ich werde schon damit fertig – ich breche bestimmt nicht zusammen. Mein Gott, wie erwachsen ich bin!«

Angela ist verärgert und geht zurück in ihre Wohnung. Ein Dutzend Pläne schwirren ihr im Kopf herum. Sie könnte alles hinschmeißen ... Plötzlich ist ihr die Wohnung zu eng, zu chaotisch. Sie will hinaus, durch die Straßen laufen, aber eine junge Frau läuft nachts in dieser Gegend nicht ohne Begleitung durch die Straßen. Also tut sie das, was ihre Mutter mitten in der Nacht zu tun pflegte: sie schrubbt den Herd und putzt die Küche.

Dann macht sie sich über den Stapel von Büchern und Zeitschriften her, der sich auf dem Regal gesammelt hat; seit Joes Heirat hat sie hier nicht mehr Ordnung gemacht. Der Gedichtband, den Ron Nussbaum ihr gewidmet hat, fällt ihr in die Hände. Weshalb war Ron nicht Joe? Ron ist so großzügig, und Joe – Joe hat ihr nie etwas geschenkt.

Sie nimmt das Poster mit der Mandala von der Wand und rollt es zusammen – es ist ausgeblichen. Sein Hauptzweck war, ihre Erinnerung an Janos wachzuhalten, und sie will nie wieder an ihn denken. Auch so ein Mistkerl. Als nächstes räumt sie den Kaminsims auf: darauf stehen verschiedene Generationen von Wachskerzen, viele davon in durchsichtigen, farbigen Kerzenhaltern. Angela ist nun richtig in Fahrt. Sie wirft alle Kerzenhalter in einen Müllsack – wer braucht schon Kerzenlicht, wenn keine Liebhaber in Sicht sind? Der letzte Kerzenhalter hat einen Sprung, das Wachs ist ausgeronnen und hat den Halter auf dem Kaminsims festgeklebt. Mit einem Ruck reißt sie ihn los, er bricht, und ein Splitter dringt tief in ihren kleinen Finger.

Sie zieht die Luft ein und preßt den Finger unterhalb der Schnittwunde. Das Zimmer scheint plötzlich riesengroß, und sie beobachtet scharf, was sie tut und denkt: ich habe mich verletzt, ich habe eine Ader getroffen. Obwohl ich wußte, daß das Ding einen Sprung hatte und zerbrechen würde, habe ich es losgerissen. Ich bin verletzt und ich bin allein. Wie ferngesteuert geht sie ins Badezimmer und läßt Wasser über den Finger laufen.

Ihr wird schwindlig, sie wickelt Papiertaschentücher um den Finger und legt sich aufs Bett. Ihr Fleisch kann also zerschnitten werden – es ist nicht aus Plastik. Was bringt sie dazu, so leichtsinnig mit zersplittertem Glas umzugehen? Und was treibt sie zu Joe, obwohl das so weh tut? Wer ist sie? Was treibt sie vorwärts? Sie denkt an den Traum vom vergangenen Sommer, als sie sich in Großaufnahme auf der Leinwand sah und über ihre eigene Künstlichkeit erschrak. Gibt es sie denn überhaupt?

»Ich habe mein Buch fertig und habe mich um das Stipendium beworben.« Gerard sieht richtig ordentlich aus, er hat sich die Haare schneiden lassen und hat ein paar Kilo abgenommen. »Es war ein hartes Stück Arbeit, aber es hat Spaß gemacht. Ich werde auch Lesungen halten und zum Ende des Jahres will ich ein zweites Buch fertig haben.«

»Du wirkst irgendwie verändert«, sagt Angela. Sie frühstücken in einem kleinen Café in Greenwich Village.

»So, findest du? Ich bin wohl einfach ein bißchen ernster geworden. Vielleicht geht es mir ähnlich wie den Fixern – wenn sie erst einmal die Dreißig überschritten haben, lassen sie ganz von selbst die Hände weg vom Stoff.«

»Und wovon hast du die Hände gelassen?« Angela will wissen, was andere tun, um sich zu befreien. Sie selbst hat es mit Zen-Meditation versucht und jeden Morgen zwanzig Minuten lang ihre Zimmerwand angestarrt. Außerdem nimmt sie *t'ai chi*-Unterricht. Sie hat Bücher über die rechte Gehirnhälfte gelesen und über die in ihr enthaltenen Wunderwerke. Sie würde alles tun, um aus dem alten destruktiven Trott herauszukommen.

»Ich weiß es nicht«, sagt Gerard und kaut langsam. »Möglich, daß es mir einen Schock versetzt hat, wie Joe in die Falle getappt ist, dabei habe ich die tollsten Dinge von ihm erwartet. Er hängt fast nur noch rum, wenn er nicht total weggetreten ist. Es ist mir wohl auch gut bekommen, daß ich rausgeflogen bin, ich habe aufgehört, mich überall nur so durchzumogeln. Und natürlich ist es ein Glück, daß ich Elizabeth habe.«

»Hast du dich mal wieder mit Joe unterhalten?« Sie denkt noch immer viel an ihn, und wenn sie ihn zufällig im Aufzug trifft, pocht ihr Herz noch immer ein wenig schneller. Aber er sieht meistens so bedrückt und in sich gekehrt aus, daß sie auf Abstand hält.

»Wir sehen uns selten, mein Arbeitsplan läßt mir wenig Spielraum. Das letztemal erzählte er mir, er langweile sich furchtbar, sei die meiste Zeit über high und beobachte seine Pflanzen. Offenbar haben sie für das Info genügend Geld aufgetrieben –«

»Eine glatte Million. Die soll Joe wieder einspielen.«

»Es sollte mich wundern, wenn er das in seiner augenblicklichen Verfassung schaffte. Ich hoffe es natürlich sehr für ihn. Falls das Projekt einschlägt, könnte er sich wieder berappeln und zu sich finden.«

»Und Edith? Werden sie es miteinander aushalten?«

Gerard legt den Kopf zurück und sieht überraschter aus als sonst.

»Bedeutet dir das denn immer noch was?«

»Du hast ihrer Ehe ein Jahr gegeben – das Jahr ist in ungefähr vier Monaten um.«

»Angela, selbst wenn seine Ehe scheitert, könntest du ihn doch nicht so haben wollen, wie er jetzt ist. Du würdest eine zweite Edith werden und ihn wie einen Tanzbär an der Nase herumführen müssen. Eine Weile könntest du ihn vielleicht mit einem Trick auf Trab halten – wenn du meinst, daß sich das lohnt?«

Aber ihr Vorrat an Tricks ist längst erschöpft. Falls es einen gibt, mit dem sie es noch nicht versucht hat, würde sie ihn gern kennenlernen. Sie hat den Eifersuchtstrick probiert, den »Ungezügelter-Sex«-Trick, den Therapietrick, den passiven, aggressiven Trick, den Ehrlichkeitstrick, den Trick der Gleichgültigkeit, des Edelmutes, der Überlegenheit, der Unterlegenheit, der Vernachlässigung. Vermutlich hat sie landesweit einen fühlbaren Mangel an Tricks verursacht. Und nun ist sie bankrott, ausgebrannt von den Gluten der Liebe.

Sie ist zu Asche geworden, und darin findet sie Ruhe. Alles ist einfacher so. Feuer hat in ihrer Stadt gewütet und alles zerstört, und nun glaubt sie, daß es nichts mehr zu verbrennen gibt.

Bevor sie schlafen geht, betrachtet sie sich in dem ovalen Spiegel im Flur und sagt zu ihrem Spiegelbild: »Dich gibt es gar nicht!«

Es kostet Angela jetzt Überwindung, ins Büro zu gehen. Sie hat es sich zur Regel gemacht, spätestens um zehn an ihrem Schreibtisch zu sitzen. Mit einem leicht wehmütigen Gefühl erinnert sie sich, wie sie früher kaum erwarten konnte, zur Arbeit zu kommen. Jetzt aber ist ihr das Informationsblatt zur Last geworden. Sie vermißt Gerards Gesellschaft, und sie erkennt, daß knallharte Informationen für Unternehmer sie eigentlich nie interessiert haben. Joes Enthusiasmus hatte sie angesteckt. Die Arbeit ist mühsam geworden: Termine, Telefonate, Lawinen von Berichten und statistischen Tabellen, Dokumentationen und Untersuchungen bedrängen sie.

Während sie an ihrem Schreibtisch frühstückt, träumt sie von einem neuen Job und läßt den Blick über Kleinanzeigen wandern. Allround-Sekretärin ... audiovisuell ... Textverarbeitung ... Rohrleger ... Yoga & Lunch. Oder sollte sie in Kalifornien noch einmal ganz von vorn anfangen, ihr Haar schwarz färben, ihren Namen ändern und sich eine Reiseschreibmaschine zulegen?

Ganz plötzlich ist der Frühling da. Von draußen dringt ein merkwürdiges Geräusch in Angelas Wohnung. Sie lehnt aus dem Fenster und sieht unten einen Mann in safranfarbener Robe mit kahlgeschorenem Kopf vorüberhüpfen, der eine Handtrommel schlägt. Am Abend geht sie zu einer Party bei Melanie Gauss. In einem blumenbedruckten, knöchellangen Kleid wandert sie umher, flirtet, bekleckert sich mit Maibowle und kommt ins Gespräch mit einem großen Mann mit schwarzem lockigem Haar, eindringlich blauen Augen und einem lebhaften Gesicht. Er spricht schnell und leise und ist außerordentlich zuvorkommend. Sie entdecken ein gemeinsames Interessengebiet: Plutonium. Erst kürzlich hat sie für das Info Angaben darüber zusammengestellt, wieviel Plutonium – die gefährlichste und giftigste aller Substanzen – bei der Atomenergie-Industrie jährlich verlorengeht. Er hat offenbar dasselbe Buch darüber gelesen wie sie. Nahebei steht eine Frau, hat die Arme über der Brust verschränkt und schaut finster zu ihnen herüber. Angela will sie in die Unterhaltung einbeziehen, doch wendet sie sich ab.

In Gegenwart dieses Mannes fühlt Angela sich wohl. Er heißt Nick Reymond und ist einer der wenigen hier, die nicht zu Melanies Protegés gehören. Er hat gerade mit zwei Partnern eine eigene Firma gegründet und will pädagogische Computerspiele für Kinder herstellen. Er bringt Angela zum Lachen.

»Ich gehe nach Hause«, sagt sie schließlich. »Es ist spät geworden.«

»Es hat mir großen Spaß gemacht, mich mit Ihnen zu unterhalten«, sagt er, und sie weiß nicht, ob er nur höflich sein will oder ob er es wirklich meint. »Ich hoffe, wir sehen uns wieder.«

»Ich auch.«

Als sie die Party verläßt, sieht sie, wie die Frau mit dem finsteren Gesichtsausdruck auf Nick zugeht und seinen Arm ergreift. Das wär's denn wohl, denkt Angela.

Starr Whorf entläßt immer mehr Angestellte, und Joe hofft, er sei als nächster dran. Er hat sehr genaue Vorstellungen davon, wie sein Blatt für alternative Energien aussehen soll, aber es fehlt ihm noch der zündende Funke. Eines Frühlingsmorgens steigt er auf der Fahrt ins Büro ein paar Stationen eher aus und geht an seiner einstigen Speicherwohnung vorbei auf den Washington Square. Die Azaleen blühen. Er bleibt an der Ecke, an der er Angela geküßt hat, stehen. Was ist geschehen? Weshalb haben sie nicht zueinandergefunden? Es schien doch so unausweichlich.

Er tritt in eine Telefonzelle und wählt ihre Nummer. Er hat sie mehrmals angerufen und ist auch in ihr Büro gekommen, aber sie war immer sehr beschäftigt. Sie weicht seinem Blick aus. Er möchte mit ihr über das neue Blatt sprechen, denn in ihrer Gegenwart kommen ihm die besten Ideen. An ihre einstige Zusammenarbeit denkt er wie an ein Duett von Virtuosen. »Ich würde gern mein neues Projekt mit dir diskutieren«, sagt er. »Können wir uns nicht zum Mittagessen treffen?«

»Ich arbeite heute nur noch eine Stunde.«

»Ist alles okay?«

»Ja, bestens.« Sie klingt müde und schlecht gelaunt. »Ich war gestern bis Mitternacht im Büro, gerade war der Bote hier, um den Text in die Druckerei zu bringen. Dafür will ich heute früh Schluß machen und mir ein verlängertes Wochenende gönnen.«

»Ich habe in deiner Nachbarschaft zu tun«, sagt er. »Können wir uns treffen?«

37

Joe sitzt auf einer Parkbank unter einer Platane, gegenüber von Angelas U-Bahnstation. Er sieht den weißen Wolken zu, die sich über den Türmen des Stadtzentrums ballen.

Als sie aus dem U-Bahnschacht kommt, fühlt sie seine Augen auf sich gerichtet. Sie hat ihn auf der Bank entdeckt, gibt aber vor, sich auf den Anblick der Allee zu konzentrieren. Er läuft ihr über die Straße entgegen.

»Laß uns im Park spazierengehen.« Sie steuert ihn weg von ihrer Wohnung. Sie trägt einen kurzen Rock und eine Sonnenbrille mit großen Gläsern. Also betrachtet er ihren Mund und ihre Beine.

»Ich habe deine *I Ging*-Münzen geworfen«, sagt er. »Gestern abend. Rausgekommen ist achtzehn.«

»Und was bedeutet das?«

»Verfall – Arbeite an dem, was verdorben wurde.«

»Und?«

»Das übrige habe ich vergessen.« Während sie gehen, faßt er sie bei der Hand. Sie duftet immer noch nach Rosen. »Und wie geht's dir jetzt so?«

»Oh, ich arbeite an einer Fernsehdokumentation über Frauen in leitenden Positionen. Außerdem spiele ich mit dem Gedanken zu kündigen und mich mit anderen Leuten zusammenzutun, die ein Brownstonehaus kaufen wollen – du weißt schon, so eine Art Wohngemeinschaft. Das ist billiger, als Miete zu zahlen. Ich denke auch daran, nach Kalifornien zu gehen, vielleicht im Sommer, für ein paar Monate – in ein Zen-Meditationszentrum.«

Sie biegen in den Reitweg ein. Kirschbäume und Schneeballsträucher stehen in Blüte. »Und du, Joe, – wie geht es dir?«

Er seufzt und tritt mit den Füßen kleine Staubwolken los. »Ich bin ziemlich unglücklich. Ich komme mir so eingesperrt vor.« Hastig ergänzt er: »Bei meiner Arbeit.«

»Aber du läßt dich doch gar nicht mehr im Büro blicken – Belinda sagt, du arbeitest zu Hause.«

»Das stimmt schon, aber der Druck ist der gleiche, und dann das Gefühl, nicht sein eigener Herr zu sein. Ich bin unruhig, ich möchte wegfahren, nach Asien, vielleicht nach Malaysien.«

Unter einer Eisenbrücke bleibt sie stehen und sieht zu ihm auf. »Bist du heute unglücklicher als vor einem Jahr oder glücklicher?«

Als Antwort läßt er die Schultern hängen, sein Gesicht hat sich so verdüstert, daß es ihr einen Stich gibt.

»Es ist ein verdammt hartes Brot ... bei Starr Whorf, die Arbeit mit Goodhugh und diesen Typen, die er einstellt.« Er dreht den Ehering an seinem kleinen Finger und reibt mit dem Daumen dagegen. Er tut ihm offenbar weh, und einen Augenblick lang glaubt sie noch einmal, sie könne ihn davon befreien.

»Mit meiner Arbeit ist alles in Ordnung«, sagt sie, »aber ich habe es satt, als Single zu leben, ich möchte mit jemandem zusammenziehen. Nur geht das ohne Gefühl natürlich nicht. Also denke ich mir, daß es das beste wäre, mit ein paar guten Bekannten zusammenzuziehen und Beziehungen draußen zu lassen. Wenn man sich mit jemandem nur um der Sicherheit willen zusammentut, gibt es schon deshalb keine, weil man unentwegt nach jemandem sucht, den man vielleicht doch liebt.«

»Hmm.«

Sie predigt, und beide wissen es. Sie schweigt.

»Trennungen können auch etwas für sich haben«, sagt er.

»Was meinst du damit?« Gerard hat Angela berichtet, daß Edith fast die ganze Zeit über mit der Eröffnung neuer Kliniken beschäftigt ist. Daran muß Joe gedacht haben.

»Um Probleme zu lösen«, sagt er. Obgleich er und Angela nicht mehr zusammen sind, springt immer noch ein Funke zwischen ihnen hin und her. Nichts ist verlorengegangen, oder?

»Meinst du damit, in der Ehe?« fragt Angela. Sie will ihre Predigt fortsetzen, er soll zugeben, mit der Wahl von Edith einen Fehler begangen zu haben. »Ich vermute, Trennungen können eine Ehe festigen, aber auch zerstören. Es besteht doch immer die Gefahr, daß man am Ende davor zurückschreckt, wieder zusammenzugehen.«

Sonntagabend soll Edith zurücksein. Es ist jetzt Freitag mittag. Manchmal freut er sich, wenn sie kommt, weil ihm dann jemand Gesellschaft leistet, doch in der Regel haben sie einander wenig zu sagen. Immerhin ist er froh, wenn er nicht alleine zu schlafen braucht. Er sagt nichts, nickt nur.

»Und wie läßt sich das Leben in Brooklyn an, dieser zauberhaften Stadt?«

»Wahrscheinlich werden wir das Haus verkaufen und wieder nach Manhattan ziehen. Es ist lästig, so weit weg zu wohnen. Nie bekommt man ein Taxi.«

»Joe, gibt es überhaupt etwas, das du magst oder das dich glücklich macht?«

Er schweigt.

Sie gehen eine Allee entlang, Birnbäume streuen ihre Blütenblätter auf den Gehweg. Angela betrachtet Joe wie der Arzt einen hoffnungslosen Patienten. Sie hat lange geglaubt, sie könnte ihn zu einer Änderung seines Lebens bewegen, aber nun endlich sieht sie ein, daß er sich immer nur Ediths Entscheidungen gefügt hat. Bestimmt werden sie auch noch Kinder bekommen.

»Ich habe eingesehen, daß ich keinen retten kann«, sagt sie.

Sie muß Derek Grinder damit meinen, denkt Joe.

»Und in welche Gegend von Manhattan willst du ziehen?« fragt sie. »In ein Reihenhaus? Oder wieder in einen Speicher? Denkst du an eine Wohnung in der Nähe des Büros?«

»Wenn ich das wüßte.« Neuerdings hat Edith sich in den Kopf gesetzt, sie müsse unbedingt eine Wohnung auf der Park oder der Fifth Avenue kaufen. Sie möchte Lois dazu bewegen, eine Klinik in Manhattan einzurichten. Edith meint, es würde Joe auch viel besser gefallen, nahe bei seinem Arbeitsplatz in einem modernen Block mit Pförtner zu wohnen.

»Was ist los, Joe?« Angela hat allmählich genug von dieser zähen und eckigen Konversation. Monatelange Überlegungen und ein ungeheurer Gefühlsaufwand versickern in blutleeren, allgemeinen Phrasen.

»Ach weißt du, Edith und ich –«

»Ja?«

»Wir kommunizieren kaum mehr miteinander.«

»So. Und warum?« Ihre Stimme klingt neutral.

»Es ist vermutlich so eine Phase, Teil eines Zyklus.«

»Dann ist ja alles bestens. Ihr seid unsterblich.« Hinterher bereut Angela die Schärfe ihres Tons. Hat er denn je mit Edith »kommuniziert«? Haben sie auch nur eine Woche lang nicht »an ihrer Beziehung gearbeitet«? Sie beißt sich auf die Lippe.

»Es wird bald regnen«, sagt Joe. »Es war heute ungewöhnlich schwül.« Er legt den Arm um sie und führt sie auf einen Rasen mit einer Eiche in der Mitte. Ihre Blätter sind üppig und glänzen. Sie setzen sich unter den Baum, Angela lehnt sich gegen den Stamm und streckt die Beine aus.

Sie schließt die Augen und stellt sich vor, eine dem Tode geweihte Märchenjungfrau im finstern Tann zu sein. Die Blätter fallen, dann deckt Schnee sie zu. Sie ist wie tot und sinkt langsam, zwischen den Baumwurzeln, ins Erdreich. Mit dem Herannahen des Winters sinkt sie immer tiefer ein, bis schließlich jede Bewegung erstarrt. Als die Tage wieder länger werden und auch für sie die Zeit kommt, wieder zum Licht emporzudrängen, möchte sie unter der Erde bleiben, für immer erstarrt. Nein, sagt etwas in ihr. Du mußt dies zu Ende bringen. Also steigt sie empor, Primavera öffnet die Augen.

Joe hat ihre Lippen beobachtet, die sich fast unmerklich bewegen. Woran mag sie denken? Er will es wissen, auch jetzt noch, will wissen, wie es ist, die Welt mit ihren Augen zu sehen. Er beugt sich über sie.

Sie sieht an ihm vorbei und schaut in das dunkle Laub über ihr, die Wolken, den Park. Das alles, der Mann neben ihr und ihre Gefühle für ihn – alles nur Schemen, die in einem großen Nichts schweben.

Sie wendet sich Joe zu und nimmt die Sonnenbrille ab. Sie blicken einander an. Zusammen sind sie wie ein zerbrechliches, zum Überfließen gefülltes Gefäß.

»Es ist noch immer da, nicht wahr?« fragt Joe.

Sie nickt. Sie denkt an einen Samurai-Film, in dem der Lehrmeister der Fechtkunst den Helden ermahnt: Erwarte nichts, sei auf alles gefaßt.

Große Tropfen fallen, es riecht jetzt nach Staub, es donnert, und Joe und Angela rennen Hand in Hand zu ihrer Wohnung. Dort hocken sie in ihren feuchten Kleidern auf dem roten Teppich in ihrem Schlafzimmer nahe dem Fenster, schauen den Blitzen zu, die durch den schwarzen Himmel zucken, und den windgepeitschten Ästen, deren Blätter ihre silbrige Unterseite zeigen. Sie bringt Gläser und eine große, kühle, grüne Flasche Wein. Er hat das Gefühl, auf einer treibenden Insel zu sein. Das Telefon läutet, sie zieht den Stecker aus der Wand. Der Wein schmeckt klar wie Quellwasser in seinem Mund.

Sie küssen sich. Angela hört ein Weinglas klirren und hofft, er habe seinen Ehering hineinfallen lassen. Verlangen überwältigt beide. Und sie geben ihm nach.

Zwischen ihnen herrscht eine Leichtigkeit, wie sie sie nie erlebt haben. Erwarte nichts, sei auf alles gefaßt. Fast meint sie zu spüren, wie es ist, in seiner Haut zu stecken, und er weiß nicht, wo sein Körper aufhört und ihrer beginnt.

Er bleibt die Nacht über bei ihr und bereitet Zabaglione zum Frühstück. Wie oft hat er davon geträumt! Er repariert den Fuß ihres Bettes, das zusammengebrochen ist, als sie sich in der Nacht liebten, provisorisch mit Streichhölzern, einem Schraubenzieher und einem Hammer. »Es wird leider nicht halten«, sagt er.

»Ich bin froh, daß du mein Bett ruiniert hast.«

Sie sitzen zusammen in der blau angestrichenen Badewanne. »Du bist ätherisch und wunderschön«, sagt er, »und wenn du jemals eine Tochter haben solltest, wird sie ebenfalls ätherisch und wunderschön sein.«

»Daß du so etwas sagen würdest, hätte ich nie für möglich gehalten. Danke.«

»Hast du übrigens je mit Goodhugh geschlafen?«

»Nein, ich finde ihn nicht besonders attraktiv.«

»Oder mit Gerard?«

»Mit Gerard? Natürlich nicht. Außerdem – hat er Elizabeth. Die beiden brauchen niemand anderen.« Sie will nicht zugeben, daß sie unter allen Männern dieses Planeten einzig Joe attraktiv findet.

Er bleibt bei ihr, sie genießen einander, plaudern, albern herum, und Angela zeigt ihm, wie man ›Greensleeves‹ durch die hohlen Hände flötet. Es ist, als lebten sie außerhalb der Zeit. Ob er für immer bleibt, ob er Edith verläßt, ob Angela ihn aufnehmen und immer so zärtlich zu ihm sein wird wie eben jetzt auf dieser treibenden Insel, bleibt unerörtert. Sprach sie nicht davon, in eine Wohngemeinschaft zu ziehen?

Sie spielen wie Kinder auf dem Bett, dem Teppich, der Couch, sie rollen umher und balgen sich und lieben sich, wie beide es immer erträumt haben.

Früher oder später werden sie Angelas Wohnung verlassen müssen, sie sind keine Königskinder, denen das Essen in goldenen Schüsseln serviert wird. Die Spatzen im Hinterhof werden nicht mit Leckerbissen im Schnabel herbeifliegen. Es ist, als ob ein goldener Kreis um sie gezogen wäre. Angela fürchtet, daß Joe, noch ehe Edith zurückerwartet wird, geht. Aber wenn sie ihn bitten würde zu bleiben, für immer, könnte er sich unter Druck gesetzt fühlen, und die schwebende Stimmung wäre zerstört. Er ist lange genug unglücklich gewesen, weil Edith ihn unter Druck gesetzt hat. Joe überlegt angstvoll, ob er heimgehen, seine Sachen holen und Edith einfach einen Zettel hinlegen soll; warum nur bittet Angela ihn nicht zu bleiben?

Jedenfalls gehen sie am Abend, eng aneinandergeschmiegt, in ein Broadway-Kino und sehen sich ›Die Revolte des Samurai‹ an.

In diesem Frühjahr hat Angela bereits dreiundzwanzig Samurai-Filme gesehen – es ist ein Samurai-Filmfestival –, darunter ›Die Revolte des Samurai‹. Sie fand, Joe müsse diesen Film unbedingt sehen, aber wie sie das bewerkstelligen sollte, wußte sie nicht. Nun hat es sich ganz von selbst ergeben, wie alles an diesem Wochenende. Wie ihr gleichzeitiges Aufwachen mitten in der Nacht, ihr gleichzeitiges Verlangen, den anderen zu lieben.

Nach dem Film kaufen Joe und Angela in einem Feinkostladen ein und gehen zurück in Angelas Wohnung. Keiner von beiden hat Appetit.

Joe ist erschöpft. Wo ist er? Was tut er hier? Er starrt auf die leuchtend orange- und türkisfarbenen Muster des Teppichs, nimmt Angela in die Arme, trägt sie ins Schlafzimmer und legt sie aufs Bett. Sie ist so zierlich, so leicht! Er streckt sich neben ihr aus und sieht sie eindringlich an.

»Woran denkst du?« Er muß es wissen, jetzt muß er es wissen.

»Ich denke an nichts, ich fühle.«

Er liebt sie sehr behutsam und fällt plötzlich in Schlaf. Vorsichtig läßt sie sich unter die Decke gleiten, ohne ihn aufzuwecken. Aber er öffnet die Augen, setzt sich auf und greift nach seinen Kleidern.

»Gehst du?«

»Ich muß die Katze füttern.« Edith wollte eine Katze; sie hat sich vorher sehr genau über Katzen informiert und zwei Monate nach der passenden gesucht. Es ist eine rote Abessinierkatze. Aber nun ist Edith kaum zu Hause und kann sich nicht um sie kümmern.

»Katzen haben neun Leben«, sagt Angela gereizt. »Komm her.« Aber er fährt fort sich anzuziehen, und sie fängt an zu weinen. »Ich habe es so satt! Ich habe alles versucht, aber mein Gefühl für dich sitzt einfach zu tief. Ich habe versucht, es in Worte zu zerlegen, ich habe versucht, es zu analysieren, ich habe mich bemüht, es zu verdrängen und dich zu hassen. Nichts hat gewirkt. Die besten Ratschläge nützen nichts. Ich weiß nicht, was es ist. Und ich kann nicht begreifen, warum wir nicht zusammensein können.«

Gerade will er ihr auseinandersetzen, daß die letzten beiden Tage die glücklichsten waren, die er je erlebt hat, als es klopft. Er greift nach seinen Schuhen und weicht zurück von der Tür.

»Augenblick!« ruft Angela. Sie gibt ihm ein Zeichen, er soll sich beruhigen, aber es hat den gegenteiligen Effekt: er geht noch ein paar Schritte rückwärts und scheint ganz in sich zusammenzusinken. Sie wirft einen Kimono über, schließt die Schlafzimmertür und macht die Wohnungstür einen Spalt auf.

»Ich bin's, Sharon. Diesmal ist es wirklich ernst.«

»Sharon – ich kann jetzt nicht –«

Sharon ist bleich und hat rotgeränderte Augen. »Aber ich muß mit dir reden.«

»Ich bin gerade sehr beschäftigt«, flüstert Angela. Es ist aber nicht zu verkennen, daß es Sharon schlecht geht. »Was ist denn los?«

»Mein Kopfschrumpfer hat mich Freitag gefragt, ob ich mit ihm ins Bett gehe. Das hat mich so geärgert, daß ich mich mit jemandem darüber aussprechen mußte, mit irgend jemandem, nur natürlich nicht mit *ihm*, klar! Aber du hast nicht aufgemacht und hast auch das Telefon nicht abgenommen. Ich wollte nicht, daß du es erfährst, aber ich habe so ein schlechtes Gewissen –«

»Warum?« Angela wirft einen Blick über ihre Schulter, als befürchte sie, Joe könne sich an zusammengeknüpften Laken durch das Fenster abseilen.

»Also Ron Nussbaum ruft mich dauernd an und erkundigt sich nach dir. Und rein zufällig hat er wieder angerufen, und ich hab ihm erzählt, was mich bedrückt, und dann hat er mich zu sich eingeladen, um mit mir in Ruhe darüber zu reden – jedenfalls hab ich das Wochenende mit ihm verbracht!«

»Na und?«

»Es war fabelhaft, aber ich habe so ein schlechtes Gewissen – deinetwegen –, weil ich annahm, daß Ron und du –«

»Sharon, ich bin sehr froh darüber, glaub' mir. Du und Ron – ihr seid wie füreinander geschaffen. Aber ich kann mich jetzt wirklich nicht darüber unterhalten, Joe ist bei mir.«

Durch die Tür kann Joe hören, daß draußen geflüstert wird. Bestimmt einer ihrer Liebhaber. Warum muß er für diese zwei Tage Seligkeit so gestraft werden?

Angela kommt zurück, seufzt und setzt sich aufs Bett. »Es

war Sharon, meine Freundin von oben. Sie ist ganz durcheinander.«

»Ich muß sowieso jetzt gehen, da kannst du dich mit ihr unterhalten.«

Sie faßt ihn bei den Ellbogen und sieht zu ihm auf. »Ich habe deinetwegen allerhand riskiert«, sagt sie.

Der Gedanke ist ihm bis jetzt nicht gekommen, er hat immer gemeint, nur er gehe ein Risiko ein.

»Seit ich dir begegnet bin, hat mir kein anderer Mann etwas bedeutet. Ich habe allerhand durchgemacht.« Jetzt beklagt sie sich wider ihren Willen doch.

Er weiß, daß es stimmt. Er weiß, daß sie die meisten Nächte allein verbringt. Ihre Wohnung ist die eines einsamen Menschen; einzig ihre Hand schlägt die Bettdecke zurück, einzig ihre Hand drückt auf die Zahnpastatube. Trotz seiner Warnungen, daß es keinen Zweck habe, hat sie auf ihn gewartet und gewartet. Und nun sitzt sie da, ein Häufchen Elend, verweint, mit gerötetem Gesicht unter dem lächerlichen rotseidenen Betthimmel, der von dem Anprall ihrer Anklagen zu flattern scheint. Er verachtet sich für seine Grausamkeit und Blindheit. Soll er es ihr gestehen? Soll er ihr sagen, wie glücklich sie ihn gemacht hat, wie sie ungeahnte Nischen in seinem Leben ausgefüllt, ihn mit ihrer Schönheit überrascht hat? Soll er ihr sagen, wie sehr er sie liebt, und daß sie ihn zu neuem Leben erweckt hat? Das würde ihren Tränenstrom nur noch verstärken. Und er kann überhaupt nicht begreifen, warum er von einem riesigen, hirnlosen Tier in tausend Fetzen zerrissen wird. Er nimmt sie in die Arme. »Aber ich vertraue dir ja, Angela«, sagt er. »Ich weiß nur nicht, warum du mir immer solche Angst machst.«

39

Am nächsten Abend kommt Edith mit einem halben Dutzend Büchern über Säuglings- und Kinderpflege und sanfte Geburt aus New Haven. »Wir müssen umziehen«, sagt sie selig. »Ich bekomme ein Kind!« Sie geht ans Telefon und ruft ihre Mutter und ihre Freunde an. »Und dabei hatte ich mir Sorgen gemacht, daß ich zu alt wäre«, hört er sie sagen.

»Gottseidank gibt es die Chorion-Biopsie. – Und wie! Joe ist begeistert!«

Manchmal begegnen sich Joe und Angela im Aufzug. Als die erste Nummer des neuen Alternativ-Energie-Blattes erscheint, findet er zwei Dutzend langstielige rote Rosen auf seinem Schreibtisch. Er erbittet im Blumenladen eine Beschreibung der Käuferin und wartet darauf, daß sie sich dazu bekennt, aber vergebens. Von Zeit zu Zeit macht sie bissige Bemerkungen, wie »Na so was, du lebst ja noch«.

Er stellt eine hübsche Assistentin ein, die gerade ihr Examen gemacht hat. Im Bett berichtet sie Joe über ihre Probleme: ihr Freund hat sich gerade der Mun-Sekte angeschlossen.

Nick Reymond ruft Angela an. Sie meldet sich als »Trans World Airlines«. Es ist ihr einerlei, was für einen Eindruck sie jetzt macht. Den ganzen Sommer über hat sie wie eine Einsiedlerin gelebt. Sharon ist zu Ron Nussbaum gezogen und hat ihre Wohnung zwei Männern vermietet, die sie ganz schwarz streichen ließen. Angela und sie sehen sich nun nicht mehr; was sie verband, muß der Ärger mit Männern gewesen sein. »Darf ich Sie zum Lunch einladen?« fragt Nick. »Dann können wir uns Zärtlichkeiten über Software ins Ohr flüstern.«

Sie nimmt an. Sie geht weiterhin mit Geschäftspartnern zum Essen, trifft aber keine privaten Verabredungen mehr. So ist es unkomplizierter. Beim Lunch mit Nick lacht sie die ganze Zeit über. Es hat sie überrascht, daß er sich an sie erinnert: »Ich habe ein fabelhaftes Gedächtnis«, sagt er.

Seine Augen sind sehr blau. Angela könnte einen Job in seiner Firma haben. Er lädt sie zum Abendessen ein. Sie wollte schon längst bei Starr Whorf kündigen – fast alle früheren Mitarbeiter sind inzwischen entlassen worden, und sie wird wohl die nächste sein, obwohl das Info nun, da es auch Anzeigen bringt, erheblichen Gewinn abwirft.

Nick lädt sie immer häufiger zum Lunch ein, zum Abendessen, nimmt sie mit zum Baseball und in eine Kneipe, wo man Pfeile nach einer Scheibe wirft. Nie deutet er an, was er von ihr hält oder ob sie ihm überhaupt gefällt. Er ist zuvorkommend, aber nicht aufdringlich. Von Melanie erfährt Angela, daß er nicht mehr mit der finsterblickenden Frau zusammen ist, und sie akzeptiert seine Einladung, übers Wochenende mit ihm nach Boston zu fliegen. Von einem Job in seiner Firma ist nun nicht mehr die Rede. Jetzt, da die Firma floriert, will er sie verkaufen und sich ausschließlich einer neuen Sache widmen: hochseetauglichen segelbetriebenen Frachtern. Selbstverständlich schwärmt er für Samurai-Filme – er hat sogar einen Streifen mit Toshiro gesehen, den sie noch nicht kennt, und schenkt ihr ein von Toshiro eigenhändig signiertes hölzernes *sake*-Gefäß.

Eines Abends erscheint er in ihrer Wohnung zum Abendessen und bleibt.

Ab und zu fragt sie: »Bist du immer noch hier?« Er zeigt ihr, wie man auf dem Long Island Sound segelt. Er führt sie in französische Restaurants. Sie nimmt fünf Kilo zu und lacht unentwegt. Es ist ihr nie zuvor in den Sinn gekommen, daß man Tag und Nacht mit jemandem heiter und entspannt zusammensein könnte.

Nick fliegt mit ihr für zwei Wochen nach St. Croix und bringt ihr Backgammon und Schnorcheln bei.

»Weißt du, es wird Zeit, daß wir ein gemeinsames Domizil haben«, sagt er auf dem Rückflug in die Staaten.

»Das würde für mich aber einen sehr großen Schritt bedeuten«, sagt Angela.

»Wir leben doch eigentlich sowieso schon zusammen.«

»Stimmt auch wieder.«

»Also sollten wir uns nach einer anständigen großen Wohnung umsehen.«

»Das darf doch nicht wahr sein«, sagt Angela.

Als sie zurück ins Büro kommt, merkt sie, daß Goodhugh sie ignoriert. Bei Belinda erkundigt sie sich, was los ist.

Belinda sieht sie mit großen hellbraunen Augen an. »Die Info-Dienst-Abteilung«, sagt sie, »ist in großen Schwierigkeiten. Joe ist besonders betroffen. Wußten Sie das nicht?«

»Nein, das wußte ich nicht.« Sofort fühlt Angela sich schuldig. Weil sie Joe aus ihrem Leben streichen wollte, hat sie ihm ihre Hilfe bei der Arbeit verweigert.

»Wird Joe entlassen?«

Belinda nickt. »Whorf and Brunell gefällt sein Energieblatt überhaupt nicht. Armer Joe, als ob das Leben nicht schon schwer genug für ihn wäre.«

Angela betritt Goodhughs Büro. »Was geht hier eigentlich vor? Können Sie Joe nicht helfen? Er hat doch eine Menge für Sie und Ihre Abteilung getan?«

Goodhugh blättert in Papieren.

»Ich möchte es wirklich wissen, Buff. Stimmt etwas nicht?«

Er hebt den Telefonhörer auf und wählt eine Nummer; sie geht hinaus.

In ihrem Büro läßt sie sich in den Sessel fallen. Offenbar ist eine rätselhafte Epidemie ausgebrochen.

Den Rest des Tages fühlt sie sich wie in einem Vakuum. Mark Bennett bittet sie in sein Büro und eröffnet ihr, er habe jemanden eingestellt, der ihr beim Info helfen solle. »Den hätten Sie mir erst einmal vorführen sollen, ehe Sie ihn einstellten«, sagt Angela empört, »schließlich muß ich mit ihm arbeiten.«

Noch am gleichen Tag räumt sie ihren Schreibtisch und kündigt.

40

Eines Tages im Sommer, drei Jahre später, treffen sich Joe und Gerard in einer *sushi*-Bar im Zentrum von New York. Seit Gerard in einem College in New Jersey »post-in-residence« ist, sehen sie einander nur noch selten. Sie beraten umständlich, was sie bestellen wollen, dann geht ihnen der Gesprächsstoff aus. Zum Glück fällt ihnen Starr Whorf ein.

»Angeblich steht da die Pleite bevor«, sagt Joe. »Goodhugh und die Seinen haben sich in den Laden eingekauft –, und jetzt ist die Firma so gut wie bankrott.«

»Schade, daß sie unser Info eingestellt haben«, sagt Gerard. »Das war wenigstens interessant. Ist dir übrigens je der Gedanke gekommen, daß Goodhugh das ganze Fiasko mit dem Alternativ-Energie-Blatt extra eingefädelt haben könnte?«

»Oh ja, durchaus – um mich loszuwerden, hauptsächlich aber, um den Vorstand in Mißkredit zu bringen, indem er bewies, daß dessen Projekte die Firma nur Geld kosteten. Und dafür haben Whorf and Brunell ihn auch noch befördert.«

»Kann sein, daß du bei diesem Manöver zum Sündenbock herhalten mußtest«, sagt Gerard. »Jedenfalls war das Angela Lees Theorie.«

»Angela? Seht ihr euch noch manchmal?«

»Selten. Sie ist dauernd unterwegs – hast du ihre Dokumentarfilme im Fernsehen gesehen? Der letzte handelte von Ladakh – das ist irgendwo nördlich von Tibet.«

»Ich habe kaum Zeit zum Fernsehen.« Meist kommt er erst gegen neun Uhr abends nach Hause. Angela – mein Gott.

»Hast du viel zu tun?«

»Sehr viel.« Joe beschreibt seine Tätigkeit bei einem Unternehmensberater. »Ich fühle mich da recht wohl, aber was ich mir wirklich wünsche, ist ein eigener kleiner Verlag. Du weißt schon, so was wie die Universitätspresse. Kostbares Papier, Leineneinband, gediegene Ausstattung. Ich weiß nur nicht, wann ich die Zeit dazu finden soll. Du triffst dich gelegentlich mit Angela? Wie geht es ihr?«

»Offenbar sehr gut. Sie lebt mit einem hochinteressanten Mann zusammen – ich bin ihm mal begegnet. Sehr rührig und gescheit. Kann sein, sie sind sogar verheiratet. Meiner Meinung nach hat Angela sich gefangen.«

»Sie war ja immer – sehr – gefühlsbetont.«

»Das war sie. Weißt du, sie hat eigentlich –«, Gerard bricht den Satz ab. »Und wie geht es Edith?«

»Wie immer. Sie hat auch sehr viel zu tun. Sie hat ihre Partnerin ausgezahlt und macht gerade eine eigene Klinik in Washington D. C. auf. Sie ist die meiste Zeit über dort.«

Auf der Straße erkundigt sich Gerard nach dem Landhaus.

»So was braucht seine Zeit«, sagt Joe. »Das meiste ist inzwischen renoviert, aber die Arbeit und meine kleine Tochter lassen mich zu nichts kommen. Du und Elizabeth müßt uns bald mal besuchen.«

»Mit Vergnügen.«

Sie verabschieden sich, und Joe geht weg. Traurigkeit überkommt ihn, denn er weiß, daß sie einander wohl kaum wiedersehen werden.

In der folgenden Nacht hat Joe einen Traum, an den er sich den ganzen nächsten Tag erinnert. Er rast mit Angela irgendwo in Montana eine Autobahn entlang. Die Fahrbahn ist leer, kein anderes Fahrzeug in Sicht. Der Himmel über ihnen ist riesig und blau, und Angelas Gegenwart neben ihm erfüllt ihn mit Sehnsucht. Aus dem Autoradio tönt Rockmusik: Bo Diddley, die Stones, Chuck Berry. Sie sind sehr glücklich, sie beide, und er weiß, daß sie sich gleich lieben werden. Plötzlich heult eine Polizeisirene auf, er muß unter einer Überführung anhalten, und irgend jemand verfügt seine Festnahme.

41

Ein wunderschöner Tag, golden, im Frühherbst, ein, zwei Jahre später. Die Luft ist klar und trocken, die Spielplätze im Central Park staubig und zertrampelt. Die Bürotürme rund um den Park schimmern bläulich, ihre silbrigen Fenster reflektieren vorbeiziehende Wolken. Hunderte von Menschen spielen Softball. Sie tragen bunte T-Shirts und rennen wild durcheinander. Angela, die ersatzweise in der Mannschaft jener Firma spielt, bei der Belinda nun als Betriebspsychologin tätig ist, trägt kein T-Shirt, sondern einen alten Pullover mit der Aufschrift »Wo bleibt das Magische?«, dazu ausgebeulte Jeans und Sandalen.

Die Gegenmannschaft erscheint in neuen marineblauen Sporttrikots, auf denen in weißen Buchstaben »Renwick« prangt, und dazu passenden Baseballmützen. Alle schieben Einkaufswagen mit Bierkartons, Kartoffelchips, Schlaghölzern, Malen und Handschuhen vor sich her.

»Also denkt daran«, ermahnt Belinda ihre Mannschaft aus Frauen und Lehrlingen der Postabteilung, »daß wir verlieren wollen. Am Ende der Spielzeit haben wir das bestimmt geschafft. Vorbeiwerfen, und wenn ihr am Schlag seid, nicht zu hart treffen, ja?« Angela spielt Second Base. Der Renwick-Mannschaft glückt ein Lauf nach dem anderen. Viele Schlachtenbummler feuern sie an und jubeln am lautesten, wenn einer der Spieler – er ist großgewachsen, schlank und glattgesichtig, trägt eine Hornbrille und einen sehr kurzen, jungenhaften Haarschnitt – zum Schlag ausholt. »Joe! Joe! Los, Joe!« schreien besonders die Frauen unter den Zuschauern. Angela blickt hinauf in die Wolken, sieht hinüber zu den Türmen des Dakota-Gebäudes, schaut in die Baumkronen. Plötzlich setzt er zum Lauf an, rennt an ihr vorbei und berührt das Mal mit der Kappe seines blauen Laufschuhs. Sie sieht, daß er viel älter ist, als sie annahm, sieht die Falten in seinem Gesicht – dem Gesicht eines großen Jungen, der bald eine Glatze haben dürfte.

Dann ist Belindas Mannschaft am Schlag. Als Angela an die Reihe kommt, ruft Nick ihr vom Spielfeldrand aufmunternd zu. Sie stellt ihre Bierdose ab und tritt ans Mal. Der Werfer ist eine hübsche junge Frau, die sich hilfesuchend nach dem Mann umsieht, der hinter ihr steht. Sie wirft die Bälle aus dem Ellbogengelenk auf gut Glück in die Gegend. Nun aber hat Angela Lust, den Ball mit aller Wucht zurückzuschlagen, und sie weiß auch, daß sie es tun wird. Belindas Anweisung, das Spiel zu verlieren, ist vergessen. Als der Ball endlich zu ihr kommt, schlägt sie kräftig zurück und streift die Foul-Linie. »Zeig's ihnen, Angela!« ruft Nick. Ihr nächster Schlag treibt den Ball entlang der Linie, sie rennt lachend fast bis ans Mal, wird aber vorher abgeschlagen. Später, als ihre Mannschaft aufs Feld geht, blickt der Spieler mit der Hornbrille ihr im Vorübergehen prüfend in die Augen.

»Hallo«, sagt er. »Tag!« Er kommt ihr bekannt vor.

Sie nickt höflich und ruft Belinda zu: »Wo ist mein Handschuh?«

Es *ist* Angela, denkt Joe. Sie hat zugenommen, ihr Haar ist viel dunkler jetzt und kurzgeschnitten. Sie wirkt selbstverständlicher, muskulöser und ist braungebrannt. Sie lacht und albert mit den anderen Mitspielern. Er möchte mit ihr sprechen, etwas sagen, irgendwas. Er denkt: sie hat nie etwas von mir verlangt. Darin war sie anders als alle anderen. Im Kopf probt er Begrüßungsfloskeln: »Du erkennst mich nicht, stimmt's?« – mit einem belustigten Grinsen. Oder: »Angela! Ich bin's, Joe Bly!«

Nach dem Match geht er direkt auf sie zu. »Hallo«, sagt er. Und wieder nickt sie höflich. Ihre Blicke kreuzen sich, sie geht weiter in die entgegengesetzte Richtung. Rätselhaft wie eh und je. Hat sie ihn wiedererkannt und will ihn einfach ignorieren? Oder hat er sich so verändert, daß sie ihn wirklich nicht erkennt!

Während sie das Spielfeld überquert, ist ihr bewußt geworden, daß es Joe war. Wie merkwürdig, daß sie bei seinem Anblick nicht mehr empfindet als bei irgendeinem Fremden, wie merkwürdig, daß sie ihn anfangs nicht einmal wiedererkannt hat. Sie wendet sich um und sieht gerade noch, wie er über das Spielfeld läuft. Er muß sich beeilen, um den 19 Uhr 43 Zug von der Grand Central Station zu bekommen, und sie schlendert mit ihren Mitspielern weiter.

»Na!« sagt Belinda, »hast du mit ihm gesprochen?«

»War das wirklich Joe Bly? Ich habe ihn fast nicht wiedererkannt.« Ihr fallen die Frauen ein, die ihn anfeuerten, seinen Namen riefen, nur seinen Namen. Sie kann nicht glauben, daß dem Mann, der in diesem Körper steckt, einst die intensivsten, leidenschaftlichsten Gefühle, Gedanken und Träume galten, von denen sie so lange besessen war, die ihr ganzes Sein beherrscht hatten. Und doch hat sie ihn nicht wiedererkannt – wie war das möglich? Sie betrachtet sich wie von außen, und ihr wird etwas schwindlig.

»Hast du mit ihm geredet? Wie geht es ihm?«

»Er sagt, daß er täglich zehn Kilometer joggt und Vegetarier geworden ist. In der Nähe seines Hauses in Connecticut hat er eine kleine Verlagssetzerei eingerichtet; wenn sein Verlag Geld abwirft, hört er bei Renwick auf.«

»Na so was.« Es fällt ihr immer noch schwer, ihre Erinnerung an Joe Bly mit dem neuen Joe in Einklang zu bringen. Wo ist all die Intensität geblieben? Welche Katastrophe, hätten sie sich zusammengetan!

»Übrigens«, fährt Belinda fort, »habe ich dir schon erzählt, daß er damals nach dem Einstellungsgespräch mit dir gesagt hat: ›Ich habe meinen Geisteszwilling gefunden‹?«

42

Ein Jahr nach dem Softballspiel. Es ist Herbst. Als Joe den Hügel hinauffährt und das Feuer sieht, denkt er zuerst, wie schön das doch ist, ein wogender Fächer aus orangefarbenem Licht, das den tiefhängenden Nachthimmel rot färbt.

»Um Himmelswillen«, sagt Edith. Auf dem Schoß hält sie einen großen flachen Pizzakarton. Ihre Tochter Rebecca beugt sich über den Sitz und pfeift durch die hohlen Hände. Joe hat es ihr vor kurzem beigebracht, und nun läßt sie bei jeder Gelegenheit den Ruf der Trauertaube ertönen. Auf dem Dach des Wagens ist ein Wiener Schaukelstuhl festgebunden.

»Ich höre die Sirenen«, sagt Joe. Er fährt nun sehr vorsichtig, als ob das irgendwie helfen könnte. »Die Nachbarn haben die Feuerwehr wohl schon alarmiert.« Er muß jetzt ruhig bleiben, um das Kind nicht zu ängstigen. Er lenkt das Auto von der mit weißem Kies belegten Einfahrt – rosa jetzt im

Feuerschein – auf den Rasen, damit er die Löschzüge nicht behindert.

»Alles, aber auch alles«, sagt Edith.

»Mammi, Pappi, das Haus brennt!«

Sie bleiben im Wagen, wo es nach warmem Käse, Tomatensauce und Rauch riecht, und rühren sich nicht.

»Zum Glück war keiner von uns im Haus«, sagt Joe.

»Sieh doch! Jetzt brennt auch noch das Fachwerk, alles, alles!« ruft Edith.

»Pappi, kann ich dich was fragen?« Seine Tochter hat nichts als Fragen. »Bauen wir ein neues Haus? Genau wie das alte? Wohin geht das Feuer, wenn es ausgeht? Woandershin? Oder verwandelt es sich in was, das wir nicht sehen können? Kann ich ein Stück Pizza haben? Wenn die Menschen alt werden, Pappi, werden sie dann immer kleiner und verschwinden am Ende ganz?«

»Was machen wir bloß? Was machen wir bloß?« Edith hat ihn das noch nie gefragt.

Das Haus bestand fast nur aus Holz, aus altem, gut abgelagertem Holz. Joe denkt an die Jahre, die er auf die Restaurierung verwendet hat: Er hat das Treppengeländer und den Kaminsims abgezogen, einen Kunstschmied mit dem Kopieren der alten Türgriffe und Schlösser beauftragt, hat die Schnörkel der Zierleisten im Eßzimmer neu gefirnißt.

»Wir bauen es wieder auf, wir werden es schaffen, oder?« fragt Edith immer wieder. Ihre Stimme ist belegt, die Augen gerötet. Sie sitzt auf der Kante des Motelbetts und stellt eine Liste für die Versicherung auf. »Cuisinart-Küchenmaschine. Espresso-Kaffeekocher.« Am Fußende des Bettes, in einem Kinderbett, schläft ihre Tochter, zwei Finger im Mund. »Wir kaufen ein anderes Haus und restaurieren es genauso. Was meinst du? Verdammt, und ausgerechnet morgen muß ich nach Washington fliegen.«

Joe liegt mit übereinandergeschlagenen Beinen auf dem Bett, die Hände hinter dem Kopf verschränkt, und starrt an die glitzernde Gipsdecke. Das Zimmer und seine billige, schäbige Ausstattung gleichen einer Filmkulisse. Eines Tages werden die Dreharbeiten beendet sein, und er wird sein wirkliches Leben wieder aufnehmen. In der Luft hängt ein schwach brenzliger Geruch – Rauch, der noch an ihren Kleidern haftet.

»Gottseidank sind meine Pelze noch eingelagert. Betamax. Der Eames-Sessel.«

Plötzlich scheint es Joe, als sei er Luft, als sei er Licht. Als könne er überall sein, jede Gestalt annehmen. Er blickt zu Edith hinüber. Er hat nicht bemerkt, daß sie im Lauf der Jahre fraulicher, runder, weniger hektisch geworden ist. Die Augen hat sie sorgfältig geschminkt, damit sie mandelförmig wirken.

Am nächsten Tag, beim Waldlauf durch seinen Besitz, denkt er an Angela. Nicht an die Angela mit den kurzen Haaren und der forschen Schlagmannhaltung, die den Ball in gerader Linie dicht am Boden zurückschlug. Er denkt an sie als seinen Traum mit den wehenden Haaren, dem leichten Schritt, die so süß schmeckte und die manchmal in ihrem heimatlichen Dialekt überraschend Verse zitierte. Sie duftete nach Rosen. Seit ihrer Trennung ist er manchmal einer Frau nachgegangen, die nach Rosen roch, denn ihr Rosenparfüm war plötzlich in Mode gekommen, und viele Frauen, einschließlich derjenigen, mit denen er schlief, dufteten auf einmal wie Angela. Als hätte Ali Baba ein »X« an jede Haustür gemalt, um seine Verfolger abzuschütteln. Sie sprach so oft vom Licht.

Sein Gefühl für Angela überkommt ihn plötzlich mit aller Macht, nicht als Erinnerung, sondern als etwas durchaus Gegenwärtiges. Den Menschen, den er als Angela geliebt hatte, gibt es für ihn nicht mehr, es bleibt ihm nur die Liebe selber, dieses Leben innerhalb seines Lebens – ein Leben, das er schon aufgegeben hatte. Er hockt sich neben den Bach unter eine Eiche, sieht hinauf in die Baumkrone und weiß nicht, wie lange er so dasitzt.

Er weiß, daß er diese Liebe eigentlich nicht verdient hat – sie ist ihm aus heiterem Himmel zugeflogen, ohne daß er sich darum bemüht hätte. Plötzlich werden Erinnerungen in ihm wach, die er sonst nur mit Mühe aus seiner Kindheit heraufzubeschwören vermag. Seine Mutter hält ihn hoch, damit er im Zoo die Seehunde besser sehen kann; er riecht einen Apfel; schmeckt die herbstliche Luft; er sieht das eigenartige Blau der Bilder in seinem ersten Lesebuch; er fühlt die alte, vertraute Bettdecke unter seinen Handflächen.

Sein Herz weitet sich, ihn überflutet ein derart starkes Lebensgefühl, eine solche Schwerelosigkeit, daß er glaubt, fliegen zu können. Er ist dankbar dafür, daß er lebt und daß er weiß, er lebt. Das Licht in den Ästen der Eiche ist eine freundliche, auf ihn niedersinkende Substanz, die er aufsaugt. Er geht weiter durch den Wald, Blätter rascheln unter seinen Schuhen, und er sieht alles: jedes Blatt, jeden kleinen Zweig, jeder verschieden und doch Teil eines Ganzen. Die Welt ist vertraut und leuchtend und tief, sie hallt wider in seinen Ohren. Er spürt, wie sein Körper durch die lange, gewundene Passage wandert, die sein Leben ist. Wohin geht das Feuer, wenn es ausgeht? Er und Angela waren nie ein richtiges Paar, selten je allein miteinander – aber welch eine Liebe loderte zwischen ihnen. Angela ist verschwunden, und nun wird er immer in sie verliebt sein: Sein Herz pocht so stark, daß er fürchtet, es nicht aushalten zu können. Schmerz und Verlust, die stumpfen Tage und Jahre sind wie durch ein Wunder weggefegt, von einem Licht, das alle Dinge ringsumher ausstrahlen.

Er geht durch das Dorf und meint jeden Menschen, der ihm begegnet, zu kennen: Eine alte Frau bückt sich, um die Leine am Halsband ihres Dackels zu befestigen; zwei junge Männer lehnen an der Hecktür ihres Lieferwagens und unterhalten sich. Er kennt diese Unbekannten so genau, wie ein Traum seinen Träumer kennt. Er geht in das kleine Büro über dem Eisenwarengeschäft, wo er seine Setzerei hat.

Die selbstgetischlerten Schränke haben die matte, rotgoldene Patina frisch gefirnißten Kiefernholzes. Es riecht nach Druckerschwärze und Papier. Ein Stapel frisch gebundener Bücher liegt auf dem Fensterbrett neben einer Gloxinie. Wer hier arbeitet, denkt er, als ob er zum erstenmal das Zimmer betreten würde, ist ein glücklicher Mann.

Er kehrt zurück zu dem ausgebrannten Haus. Nur noch das Fundament ist da, der Kamin und ein Gerippe aus verkohlten Balken. Mit Ruß bedeckte Pfützen in der Einfahrt, in der Luft der schwere Geruch nach nassem, verkohltem Holz. Im Wagen warten Edith und Rebecca. Der Wiener Schaukelstuhl, das letzte, von Edith zur Vervollständigung der Wohnzimmereinrichtung benötigte Möbelstück, ist immer noch auf dem Dach des Wagens befestigt.

»Ich komme nicht mit«, sagt er und stellt sich neben den Wagen. »Ich will mir ein Zelt besorgen.«

»Ich darf meine Maschine nicht versäumen«, sagt Edith. »Also komm' bitte.«

»Ich werde ein Haus bauen, es wird mein Haus sein, nach meinen Entwürfen gebaut und auf dem Grund und Boden, der mir gehört. Wenn ihr wollt, könnt ihr inzwischen bei mir im Zelt wohnen.«

»Du bist wohl wahnsinnig geworden! Und was wird aus deiner Stellung?«

»Ich kündige – der Verlag wird sich bald bezahlt machen. Ehe es Winter wird, muß ich das Haus gebaut haben. Machst du mit?« fragt er seine Tochter. Sie hat schwarzes Haar und dunkle Augen, und sie sieht ihn belustigt und entzückt an. »Würde dir das Spaß machen?«

»Und wo gehn wir aufs Klo?« fragt das kleine Mädchen.

»In den Wald, wie die Bären.«

»So! Und wenn es schneit?« fragt Edith.

»Ich werde ein wetterfestes Zelt kaufen, so eins, wie die Polarforscher haben.«

»Pappi, wenn der Schnee schmilzt, wohin geht dann das Weiße?«

Edith drückt auf den Anlasser. »Ich muß los.«

Er betrachtet die Ruine. Ein paar stehengebliebene geschwärzte Pfosten werfen Schatten auf den rußigen Rasen. Er denkt an die schöne, von ihm so geliebte Nußbaumtäfelung, an die Ausstattung aus Eichenholz und Mahagoni. Als er allein durch Griechenland reiste und antike Opferstätten besuchte, hatte er sich den Kopf darüber zerbrochen, warum ein Mann gerade das, was er am meisten liebte, aufgab: die schönste Frau, den stolzesten Stier. Es mußte wohl etwas sein, an dem man mit ganzem Herzen hing, sonst wurde das Opfer nicht angenommen und der Opfernde nicht erhört. Das Opfer, das er gebracht hat: die vielen Stunden, die er rücklings in dem feuchten Kriechkeller unter dem Wohnzimmer mit Bohrer und Drahtschere lag, die Jahre, die es dauerte, bis in allen Räumen die Leitungen neu verlegt waren.

»Joe«, sagt Edith leise.

Er wendet sich ihr zu. Sie sieht klein und verzagt aus. Er möchte ihr sagen, daß es herrlich ist, alles auf einen Schlag zu verlieren, aber er will sie nicht ängstigen. Sie ist schön, und ihr Kind ist schön, und es scheint ihm, als seien sie beide gerade in diesem Augenblick erst geschaffen worden. Er entsinnt sich, daß er verliebt ist, und in einem Aufwallen von Freude und Erstaunen öffnet er die Wagentür und sagt: »Rutsch rüber, ich fahre.«

43

Den ganzen Sommer über bearbeitet Angela den Garten hinter dem Haus, das sie und Nick sich auf dem Land gekauft haben. Sie gräbt, hackt und harkt. Sie sät und jätet. Sie nimmt Steine weg und beseitigt Baumstämme und Äste und schiebt karrenweise Dünger und Humus. Sie zwickt welke Blätter ab, bindet wuchernde Reben auf und befestigt Tomatenpflanzen an Stöcken. Sie sammelt Raupen und Schnecken von Blättern, pflückt Auberginen, Paprikaschoten und Rosen. Manchmal fragt Nick besorgt, ob es klug sei, so schwer zu arbeiten, da sie doch ein Kind erwartet. Aber sie fühlt sich wohl, und sie genießt es wie noch nie, sich zu strecken, zu bücken, Dinge aufzuklauben.

Die meisten Nächte schläft sie tief und durchwandert unbeschwert das Universum ihres Körpers. Ihre Hand ruht auf dem allmählich anschwellenden Leib, und tiefere Schichten ihres Bewußtseins verarbeiten Vergangenes in wunderbaren Träumen.

Sie träumt von Janos, daß er mit seiner jungen Frau am Titicacasee einen Gemüsehandel betreibt. Seine Hütte ist eng, doch nimmt er Angela und ihre Tochter, die zu Besuch kommen, auf. Angela hilft Janos und seiner Frau, bei einem Fest Früchte zu verkaufen. Sie ist froh, daß er endlich jemanden gefunden hat, den er liebt, und etwas, das er gerne tut, auch wenn es nur in ihren Träumen so ist.

Sie träumt von Derek. Er wohnt im Keller eines Reihenhauses in einer freundlichen Straße. Die Wohnung hat große Fenster, und sie kann hineinsehen. Er ist mit einem Dutzend oder mehr Frauen verheiratet, unter anderem auch mit Lynn Lewis. Einige tragen immer noch ihr Brautkleid. Er wirkt wohlgenährt und reicht ihr die Hand durchs Fenster. Er sagt, er schreibe für den Präsidenten der Vereinigten Staaten die Reden. »Er braucht mich.«

Sie trifft Goodhugh auf der Fifth Avenue, hält ihm eine Tüte Bonbons hin und schüttet welche in seine aufgehaltene Hand.

Nach jedem dieser Träume scheint es Angela, als ob ein Gewicht von ihr abgefallen sei, obwohl ihr nicht bewußt gewesen war, daß es auf ihr lastete.

Eines Morgens wacht sie in der Dämmerung auf. Ein Kardinalvogel singt. Sie hat von Joe Bly geträumt, aber was es war, weiß sie nicht mehr. Sie erinnert sich an ihn, wie er damals war, an seine Gedrungenheit, seine Wärme, seine Umarmungen, an endlose hypnotische grüne Blicke. Sie denkt: Ihn habe ich wirklich geliebt, und nicht den dünnen Fremden vom Spielfeld, den alten Joe, den habe ich geliebt. Wie vernarrt ich in ihn war! Wie verrückt! Und er muß mich auch geliebt haben – manchmal.

Nun weiß sie, so, wie sie damals waren, haben sie für einen kurzen Moment ein Stückchen Vollkommenheit zusammen gebildet. Und das hatte genügt. Sie hofft, daß er endlich glücklich ist – so wie sie jetzt.

Pierrette Fleutiaux

Pierrette Fleutiaux
Die Verwandlungen der Königin

Aus dem Französischen übersetzt von Eugen Helmlé
197 Seiten, Linson,
ISBN 3-608-95370-1

»In Pierrette Fleutiaux' Märchen werden die Königinnen erlöst durch den Aufbruch in die Wirklichkeit. Die Menschenfressersfrau zieht sich die Siebenmeilenstiefel ihres Mannes an und läßt sich von dem kleinen Daumerling lieben; die Königin, die die Liebe verschlafen hat, flieht mit Mann und Kind, um eine Sozialwohnung zu suchen und sich endlich zu vergnügen; im Märchen vom ›Aschenputt‹ heiratet der Held nicht die eiteldumme Prinzessin, sondern ihre Mutter, die Königin, und sie stellen dem Volk freie Wahlen in Aussicht. Und das Rothöschen, die emanzipatorische Variante des Rotkäppchens und Fleutiaux' komischste Figur, fürchtet ohnehin weder die Wölfe noch den schrecklichen Blaubart, sondern belehrt ihre Geschlechtsgenossinnen über den Umgang mit Raubtieren und Männern; Schneewittchen dagegen macht Abitur, ihre Stiefmutter heiratet einen Jäger und avanciert zur Philosophieprofessorin. Aber der Aufbruchoptimismus täuscht.
Die stillen, sehr persönlichen Geschichten Pierrette Fleutiaux' entwickeln, eine Magie des Alltäglichen, der ganz banalen Einsamkeit (nicht nur der Frauen), in denen die Wirklichkeit, ins Märchen erhoben, ihre Schrecken nicht verliert, sondern zum Gegenstand der Trauer wird.«
Stuttgarter Zeitung

Klett-Cotta
Postfach 10 60 16, 7000 Stuttgart 10

Saul Bellow im dtv

Foto: Thomas Victor

Eine silberne Schale
Das alte System

Diese beiden Erzählungen schildern die vielschichtigen Beziehungen und Konflikte innerhalb einer großen jüdischen Familie, zeigen, wie man sich quält und verwöhnt, hilft und übers Ohr haut, und wie man sich trotzdem liebt. dtv 10425

Mr. Sammlers Planet

Mit den Augen eines weise gewordenen europäischen Intellektuellen zeigt Saul Bellow New York aus einer Perspektive, die voller Tragik und Komik zugleich ist: »Alle menschlichen Typen sind reproduziert: der Barbar, die Rothaut, der Dandy, der Büffeljäger, der Desperado, der Schwule, der Sexualphantast, Dichter, Maler, Schürfer...« dtv 11200

Der mit dem Fuß im Fettnäpfchen
Erzählungen

»Ich sehe nicht einmal aus wie ein Amerikaner«, sagt Mr. Shawmut, Held der Titelgeschichte, »– ich bin groß, aber ich habe einen krummen Rücken, mein Hintern sitzt höher als bei anderen Menschen, ich habe stets das Gefühl, daß meine Beine unverhältnismäßig lang sind: man brauchte einen Ingenieur, um die Dynamik auszutüfteln...« – der amerikanische Nobelpreisträger von einer leichten, heiteren Seite. dtv 11215

Der Regenkönig

Eugene Henderson, ein spleeniger Millionär, hat die Nase voll vom »American way of life«, läßt Familie und Reichtum hinter sich und sucht sein Glück in Afrika. Dort wird er von den Wariwaris zum Regenkönig gekürt – ein nicht ganz ungefährliches Amt, wie sich herausstellt. Ein moderner Schelmenroman voll hintergründiger Komik. dtv 11223

Mehr noch sterben
an gebrochnem Herzen

Der international geschätzte Botaniker Benn Crader erweist sich, wenn's ums andere Geschlecht geht, als Ignorant und Laie. Auch Kenneth Trachtenberg, Benns Neffe und treuer Begleiter, ist kein Frauenheld. Mit Entsetzen verfolgt er die amourösen Abenteuer seines ältlichen Onkels und dessen Heirat mit der wesentlich jüngeren Matilda Layamon. Doch er gerät bald selbst in die Netze der Liebe. dtv 11364

Joyce Carol Oates im dtv

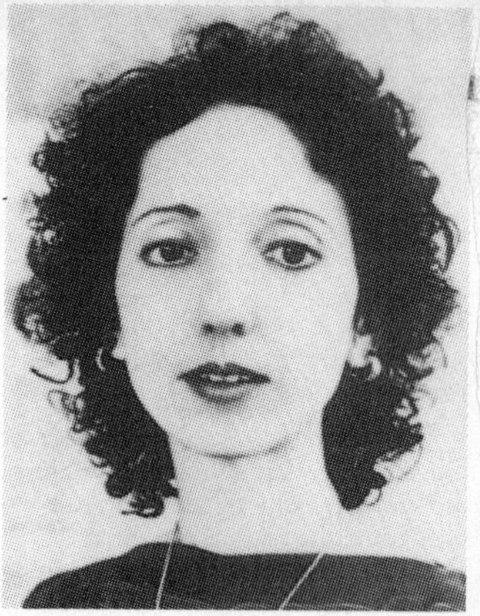

Grenzüberschreitungen

Zart und kühl, bitter und scharf analysierend, erzählt die Autorin in fünfzehn Kurzgeschichten von der alltäglichen Liebe, dem alltäglichen Haß und ihren lautlosen Katastrophen. dtv 1643

Jene

Die weißen Slumbewohner in den Armenvierteln des reichen Amerika, die sich nicht artikulieren können, sind die Helden dieses Romans. Die Geschichte einer Familie, aber auch die Geschichte Amerikas. dtv 1747

Lieben, verlieren, lieben

Von ganz »normalen« Menschen erzählt die Autorin, vor allem von Frauen, von Hausfrauen, Ehefrauen, Müttern und Geliebten. dtv 10032

Ein Garten irdischer Freuden

Ein Mädchen will ihren ärmlichen Verhältnissen entfliehen. Sie tut es – nichts anderes bleibt ihr übrig – mit Hilfe von Männern. dtv 10394

Bellefleur

Der Osten der USA ist der Schauplatz dieser phantastischen Familiensaga. Aus dem Leben der Menschen des Hauses Bellefleur wird ein amerikanischer Mythos. dtv 10473

Im Dickicht der Kindheit

In einem Provinznest lebt die starke, in ihrer Sinnlichkeit autonome Arlene mit ihrer jungen Tochter Laney, deren Schönheit und Wildheit der vierzigjährige Aussteiger Kasch verfällt. dtv 10626

Engel des Lichts

Die Geschichte einer alten Familie in Washington, die zwischen Politik und Verbrechen aufgerieben wird. dtv 10741

Unheilige Liebe

Auf dem Campus einer exklusiven Privatuniversität spielen die Mitglieder des Lehrkörpers eine »Akademische Komödie des Schreckens«. Sie lieben sich, sie hassen sich, aber keines dieser Gefühle hält vor. dtv 10840

Letzte Tage

Amerikanische Kleinstädte und europäische Metropolen sind die Schauplätze dieser sechs Erzählungen. dtv 11146

Die Schwestern von Bloodsmoor

Ein romantischer Roman, aber auch eine sarkastische Abrechnung mit den USA nicht nur des vorigen Jahrhunderts. dtv 11244

Fay Weldon im dtv

Die Teufelin

Die loyale, aber leider ziemlich unattraktive Ruth erträgt lange die sexuellen Eskapaden ihres Mannes. Irgendwann ist sie allerdings mit ihrer Geduld am Ende. Sie dreht den Spieß um und plant einen Rachefeldzug. Das erste, was in Rauch aufgeht, ist das Eigenheim. »Ein Buch, das seinen engagierten Kern (gegen die Weibchen, für die Frauen) mit soviel Witz ummäntelt, daß man sich von der ersten bis zur letzten Seite glänzend unterhält.« (Carna Zacharias in der Münchner ›Abendzeitung‹) dtv 11132

Herzenswünsche

Was Helen und Clifford aus der großen Liebe machen (natürlich eine Scheidung und diverse andere Dinge und noch eine Scheidung und die eine oder andere Karriere) und wie ihre verlorene Tochter Nell viel schöner und klüger wird, als es ihre Eltern verdient haben. Eine turbulente Schicksalskomödie, in der sich alle wiedererkennen, die auf der Jagd nach dem Glück noch nicht resigniert haben. dtv 11197

Du wirst noch an mich denken

Ein Mann und drei Frauen, die Geschiedene, die Neue und die Halbtagssekretärin – aus dieser nicht ungewöhnlichen menschlichen Konstellation macht Fay Weldon eine rasante psychologische Studie über Schein und Sein; mit einer Komik, die manchmal mörderisch ist. dtv 11225

Kleine Schwestern

Zusammen mit dem Antiquitätenhändler Victor, ihrem zwanzig Jahre älteren Liebhaber, fährt Elsa für ein Wochenende aufs Land. Der Besuch bei Victors reichen Freunden wird für Elsa zu einer Tour de force durch Liebe, Lügen, Sex und andere Ungeheuerlichkeiten. Aus Prinzen werden Frösche, und nichts bleibt, wie es war. dtv 11305

Isaac B. Singer im dtv

Feinde, die Geschichte einer Liebe

Immer noch von Ängsten gepeinigt, lebt ein der Nazi-Verfolgung entkommener Jude in einer fatalen Konstellation zwischen drei Frauen. dtv 1216

Der Kabbalist vom East Broadway

Geschichten von jiddisch sprechenden Menschen, denen Singer in seiner geliebten Cafeteria am East Broadway begegnete. dtv 1393

Leidenschaften – Geschichten aus der neuen und der alten Welt

Autobiographische Erzählungen über Okkultisches, Übersinnliches und Phantastisches. dtv 1492

Das Landgut

Kalman Jacobi, ein frommer jüdischer Getreidehändler, wird 1863 Pächter eines enteigneten Landguts in Polen und gerät mit seiner Familie in den Sog der neuen Zeit. dtv 1642

Schoscha

»Eine Liebesgeschichte aus dem Warschauer Ghetto und zugleich ein Gesellschaftsroman unter Intellektuellen.« (Stuttgarter Zeitung) dtv 1788

Das Erbe

Auch Kalman Jacobis Familie wird von den politischen und sozialen Veränderungen gegen Ende des 19. Jahrhunderts erfaßt. dtv 10132

Eine Kindheit in Warschau

Singer erinnert sich an seine Kindheit im Warschauer Judenviertel. dtv 10187

Verloren in Amerika

Singer als kleiner Junge auf der Suche nach Gott, als junger Mann auf der Suche nach Liebe, und als einsamer Emigrant in New York. dtv 10395

Die Familie Moschkat

Eine Familiensaga aus der Welt des osteuropäischen Judentums in der Zeit von 1910 bis 1939. dtv 10650

Old Love

Geschichten von der Liebe dtv 10851

Ich bin ein Leser

Gespräche mit der Literaturwissenschaftler Richard Burgin. dtv 10882

Der Büßer

Joseph Shapiro entkommt dem Holocaust und bringt es in den USA zu Vermögen, Ehefrau und obligater Geliebter. Eines Tages merkt er, daß er seine – wenn auch ökonomisch wie erotisch erfolgreiche – Existenz nicht mehr aushält ... dtv 11170